CHRYSALIDE

Asia Greenhorn

Silver

MONDADORI

www.ragazzi.mondadori.it

Prima edizione aprile 2012
Stampato presso Mondadori Printing S.p.A.
Stabilimento N.S.M., Cles (TN)
Printed in Italy
ISBN 978-8-04-61675-7

La vita è una lunga battaglia nelle tenebre.

Tito Lucrezio Caro

Premessa

I vampiri reali hanno poco a che fare con ciò che abitualmente viene detto di loro. Appartengono a una razza vicina a quella umana, cui sangue e Potere garantiscono forza, longevità e immunità alle malattie. Nascono, crescono e, molto più lentamente di ciascuno di voi, invecchiano fino a morire. L'unico modo per ucciderli prima che termini naturalmente la loro lunghissima esistenza è colpirne i punti vitali.

Soltanto il sangue del figlio di un umano e un vampiro potrebbe renderli Immortali. Per questo, il concepimento di simili creature è stato proibito dal Consiglio, l'organo di governo che riunisce i vampiri dell'Ordine della Notte e le Famiglie umane che custodiscono il segreto della loro esistenza.

Diciassette anni fa i miei genitori hanno infranto il divieto, e i capi supremi di entrambe le organizzazioni, Alaric Lochinvar e Aeron Fennah, ne hanno decretato la morte.

Solo a me hanno permesso di vivere per essere uno strumento nelle loro mani.

Conoscono infatti il Potere del mio sangue e ciò che può causare.

Non sanno, però, che Rhys Llewelyn ne conosce il sapore...

Winter

PARTE I
Sogna questa notte

Ridestati, domani, sogna questa notte...

EMILY BRONTË,
Come risplende luminosa

1

Winter Starr si fermò all'improvviso, le ombre del bosco che giocavano sui suoi lunghi capelli neri. Il piccolo cottage era proprio davanti a lei. Non sapeva se vi fosse arrivata per caso o se fosse sempre stata quella la meta della sua corsa.

— Vieni, bambina mia. Sono contenta che tu sia qui — disse Bethan Davies emergendo dal fitto degli alberi. Il suo timbro ricco e musicale pervase la brezza, circondando la ragazza.

— Ho bisogno di sapere — annunciò Winter seguendola all'interno della casa.

L'anziana donna non mostrò alcuna sorpresa e non esitò nemmeno per un istante a decidere che storia le avrebbe narrato. Attendeva di farlo fin dal giorno in cui Winter aveva lasciato Londra per trasferirsi a Cae Mefus dai Chiplin.

— È quasi impossibile che la vita benedica l'unione di un umano e di un vampiro — cominciò mentre Winter prendeva posto di fronte a lei al tavolo della cucina. — Molti ci hanno provato in passato, ma è stato concesso solo a chi appartiene alle Famiglie, come se la natura ci avesse creati intrecciati gli uni agli altri fin dall'origine. — Levò sulla ragazza uno sguardo pieno di amarezza. — Immagino ci sia una sorta di giustizia in tutto questo. Eppure, il destino di chi appartiene a entrambe le Stirpi non è mai stato felice, bambina.

Winter rimase in silenzio mentre le sue labbra si incurvavano nella parodia di un sorriso.

Questo lo so molto bene, Bethan, pensò tra sé. Nessuno poteva saperlo meglio di lei, figlia di un vampiro e di Elaine Mitchell delle Famiglie. *Quello che voglio scoprire è* quanto *sarà disperato...*

— Le due Stirpi hanno generato figli e figlie in diversi luoghi e diverse epoche. Per amore, come è stato per i tuoi genitori, oppure per stupidità, per calcolo, per brama di immortalità e Potere. Il più delle volte, quelle creature speciali sono state uccise nell'infanzia, prima che l'adolescenza ne risvegliasse i poteri.

Bethan parlava con semplicità e senza mezzi termini, incurante del dolore che le stava infliggendo. Forse la verità non poteva essere svelata altrimenti.

— Ma alcuni di loro donarono l'immortalità ai vampiri, nutrendoli con il proprio sangue.

Evocato dalla sua voce, il passato si addensò attorno a loro come nebbia fitta, denso di misteri sussurrati. Il cuore di Winter batté più forte, mentre il volto di Rhys baluginava nei suoi pensieri.

«Alcuni di loro donarono l'immortalità...» Strinse forte i pugni per arrestare il tremito delle proprie mani. *Già...*

Le parve che labbra invisibili le sfiorassero il collo appena sopra il pulsare delle vene. Là dove Rhys Llewelyn qualche settimana prima l'aveva morsa.

Era stata lei stessa a volerlo. L'aveva ingannato perché

succedesse. E ora, troppo tardi, si chiedeva cosa avesse fatto davvero.

— Molti seguirono il cuore. Qualcuno, invece, vi fu costretto. Ma ogni azione che compiamo ha delle conseguenze e raramente ciò che è fatto si può disfare. Possiamo solo affrontare a testa alta le nostre colpe e pagarne il prezzo, qualunque esso sia.

Le spalle di Winter furono scosse da un tremito. Altri immortali che il passato aveva inghiottito. Voleva conoscere davvero la fine di quella storia?

— Cosa stai cercando di dirmi? — domandò prima di poterselo impedire.

— Che il Potere accresce la Sete e la Sete si spegne solo nel sangue. Il Potere consuma, bambina. Nessun vampiro è forte abbastanza da sostenerlo per un tempo illimitato, senza lasciarsi prima bruciare l'anima e il senno.

Bethan alzò il viso su di lei. Aveva lo sguardo arcano di un'antica profetessa. Forse i suoi occhi non la vedevano davvero, eppure Winter ebbe la certezza che avessero scorto il volto di Rhys nella sua mente.

— Alcuni ne vengono annientati anche nel corpo — disse la donna. — Gli altri sono stati uccisi. Da colui che li aveva creati.

2

— Non può essere...

Winter fissò Bethan, sconvolta. Dita gelide di terrore le serrarono la gola.

Gli occhi della donna tornarono a rischiararsi, mentre affiorava da quel passato lontano. Aveva l'espressione di chi si sveglia da un sonno profondissimo, ma era di nuovo di fronte a lei.

— Esiste un ordine che non può essere infranto, bimba mia — disse piano. — La vita dei vampiri può durare molti secoli, però deve giungere a un termine, prima o poi. Sono esseri intessuti di Potere, ma non sono in grado di sostenerne più di quanto ne abbiano già in sé. Il tuo sangue dischiude energie che non possono essere vincolate a una sola creatura. La creazione di un vampiro immortale è una sfida alla natura che impone un tributo di morte. Nessuno può vincere questa battaglia.

Winter scosse violentemente la testa. Rhys l'aveva morsa perché *lei* l'aveva costretto. Gli aveva donato il proprio sangue per amore. Perché nessun pericolo potesse più annientarlo.

Bethan la guardò con i suoi grandi occhi scuri intrisi di segreti, severa e compassionevole al tempo stesso. Gli anni avevano ammorbidito le sue forme, ma non erano riusciti ad addolcire del tutto i suoi lineamenti.

— È così, Winter. È sempre stato così. Se il tuo sangue dovesse creare un immortale, tu stessa avresti il dovere di annientarlo. Tu sei ciò che dona l'immortalità e insieme ciò che distrugge gli immortali. È il tuo talento oscuro. Nessun altro lo potrebbe fare al posto tuo. L'esistenza di un immortale significa morte.

— No, ti sbagli — ripeté ostinata la ragazza. Odiava quella vecchia per ogni parola che aveva pronunciato.

Balzò in piedi e le voltò le spalle, precipitandosi verso la porta.

È già successo, Bethan, non capisci? Rhys è immortale, pensò disperatamente. *Lui non è malvagio...*

La donna non poté far altro che osservarla fuggire.

La rabbia e il dolore accendevano il suo volto. Winter ne era inconsapevole, ma in lei si percepiva l'eco della natura disumana di suo padre.

Eppure Bethan sorrise. Dopo tanti anni, Winter Blackwood Starr le stava restituendo anche la determinazione caparbia di Elaine.

Per l'ennesima volta la vecchia si perse a riflettere su quanto fossero intrecciati i loro destini: Winter portava con sé tutti i fantasmi del passato.

Doveva sconfiggerli per poter essere libera.

— Stai attenta, bambina... — la ammonì.

Winter, però, era ormai troppo lontana per sentirla.

Sbagli, Bethan, continuava a ripetersi ossessivamente, tra le lacrime. Raggiunse casa Chiplin correndo, senza nemmeno rendersene conto.

Si fermò davanti al basso cancello di legno e lasciò che

il vento le soffiasse addosso. Aspirò avidamente il profumo di fieno tagliato da poco, l'aria parlava dell'estate alle porte e Winter le affidò i propri pensieri.

Dall'interno della casa proveniva il vociare della televisione accesa. Il notiziario della sera era il solito concentrato di cattive notizie: la realtà era abbastanza orribile anche senza lasciarsi spaventare dalle sciocchezze di Bethan Davies.

Winter non era più una bambina. Aveva quasi diciassette anni ed era forte. Doveva solo nascondere la paura abbastanza a lungo da dimenticarsene e fingere come gli altri che fosse tutto normale.

— Ancora un'aggressione — gemette la signora Chiplin mentre lei attraversava il corridoio.

— Dannati succhiasangue — mormorò suo marito, sperando che Winter non lo sentisse.

La ragazza salì in fretta le scale che conducevano alla sua soffitta.

3

Winter non perse tempo ad asciugarsi i capelli dopo la doccia. Appallottolò l'asciugamano, lo infilò nel borsone e si rimise la divisa scolastica lasciando aperti gli ultimi due bottoni della camicetta.

Lorna Carter, una delle poche amiche che si era conquistata al St Dewi's, si stava truccando allo specchio sopra ai lavandini.

Winter la raggiunse, contenta di non essere sola con i propri pensieri. Cercò di dare un aspetto decoroso alla propria chioma umida, ma una goccia d'acqua inattesa sul collo la fece sobbalzare. Lorna sollevò su di lei il suo viso a forma di cuore.

— Sei nervosa, Win?

Le rispose con un'alzata di spalle.

Certo, ammise tra sé. Ovvio che lo fosse, quando ogni angolo di quella scuola la faceva pensare a Rhys.

Incurvò le labbra in un sorriso convincente e cercò di cambiare argomento con disinvoltura, certa che nessuna delle due volesse davvero parlare del suo strano comportamento.

— Vai agli allenamenti, nel pomeriggio?

Lorna fece una risatina. — Puoi scommetterci, tesoro! È il primo anno che arriviamo alle finali!

— Fantastico!

Non che il football le fosse mai interessato, ma Winter avrebbe fatto qualsiasi cosa per riuscire a distrarsi. Persino osservare i suoi compagni di scuola che correvano dietro una palla e farsi venire il batticuore per ogni goal segnato.

Recuperò la borsa dalla panca e porse a Lorna la sua.

— Forse è anche il primo anno che esci con qualcuno della squadra... — insinuò maliziosamente, ottenendo la reazione prevista: Lorna spalancò la bocca per lanciarsi nel racconto dettagliato di quanto fosse affascinante il suo ragazzo in calzoncini corti.

Winter la ascoltava solo a metà. Le pareva di recitare a memoria un insulso copione, mentre si sforzava di ignorare i corridoi che stavano percorrendo.

Era iniziato tutto in quel seminterrato...

— I ragazzi della squadra non sono male, Winter. Magari qualche volta potresti uscire con noi...

— Piantala, Lorna!

Winter continuò a camminare, mantenendo lo sguardo concentrato sulla punta delle proprie scarpe. Un passo dopo l'altro. Finché, all'improvviso, ebbe la certezza che *lui* fosse molto vicino.

Doveva uscire di lì in fretta. Accelerò l'andatura, ma sapeva che non sarebbe stato sufficiente.

— Credo che il tuo Nox stia aspettando qualcuno... — disse infatti Lorna dandole di gomito. I Nox erano uno dei club della scuola, il più elitario e misterioso. I suoi membri, anche se la maggior parte degli studenti lo ignorava, erano vampiri.

Le guance di Winter avvamparono nonostante tutto.

Rhys.

— Devo scappare... — dichiarò Lorna. — La prof di lettere ha cominciato a notare che i miei ritardi sono un po' troppo frequenti!

Oh, accidenti!

Winter tentò di alzare un braccio per trattenerla, mentre le passava accanto, ma il suo corpo semplicemente si rifiutò di ubbidire.

«Se il tuo sangue creasse un immortale, tu stessa avresti il dovere di annientarlo» disse ancora Bethan Davies nella sua mente.

Rhys Llewelyn avanzava cautamente. Temeva di spaventarla e ne aveva ben motivo, dato che ciascuno dei due ricordava fin troppo bene il momento in cui lui l'aveva morsa...

Infine furono uno di fronte all'altra.

— Ti andrebbe di parlare? — le domandò incerto.

Winter sollevò su di lui il suo sguardo argenteo.

Era bello, con lineamenti eleganti, capelli d'un castano scurissimo abbastanza lunghi da ombreggiargli gli occhi, e il portamento aristocratico tipico della sua stirpe.

Un vampiro, membro di una razza vicina a quella umana eppure aliena, la cui longevità era garantita dalla Sete. Ma tra i suoi simili, a soli diciotto anni, lui era l'unico a essere davvero immortale.

Il Potere che irradiava, forte e inquieto, sfiorò la ragazza e una parte di lei vi rispose malinconica.

Winter annuì, nonostante si fosse sforzata di rimandare quel momento da settimane. Si incamminò lentamente verso l'esterno e lui la seguì regolando il proprio passo sul suo.

La luce improvvisa costrinse entrambi a sbattere le

palpebre mentre uscivano nel parco del St Dewi's. Avevano bisogno di rimanere da soli, anche se nessuno dei due era certo che fosse una buona idea.

Winter camminò fino a un vecchio rovere. Era il suo albero preferito, solido e antichissimo.

Appoggiò la schiena alla corteccia e alzò il viso verso l'intrico delle foglie per non incontrare lo sguardo del ragazzo. Era certa che persino in quel momento si sarebbe persa a contemplare la sfumatura rossa che ne screziava le iridi castane. Occhi di diaspro e porpora.

— Cosa vuoi dirmi? — si costrinse a domandare.

Il vociare degli altri studenti era già diventato un brusio attutito, facile da ignorare.

Rhys sorrise e Winter lo ricambiò suo malgrado.

— Solo chiederti come stai...

— Non lo so. Sono successe troppe cose.

«Tu stessa avresti il dovere di annientarlo.»

— Non lo so davvero — ripeté amaramente.

Rhys trasse un sospiro. Tutti lo avevano sempre creduto calmo e razionale, eppure di fianco a lei non riusciva più a fingere di esserlo. Fin dal loro primo incontro, Winter aveva saputo riportare a galla la violenza delle sue emozioni.

— So che non avrei il diritto di dirlo, Winter — ammise scuotendo la testa — ma non rimpiango nulla di ciò che abbiamo fatto. Non più.

Temeva di sconvolgerla, ma era stanco di tacere fingendo che il tempo prima o poi sarebbe davvero riuscito a separarli.

— Ho cercato la morte al mulino.

Lei chiuse gli occhi, mentre i ricordi di ciò che era successo a Glan Gors si assiepavano nella sua mente.

Sospirò. L'aveva sempre saputo, ma era ancora più doloroso sentirglielo ammettere. Era un'altra delle cose con cui avrebbe dovuto fare i conti per sempre: Rhys aveva tentato di punirsi per ciò che lei l'aveva costretto a fare.

— Sono contenta che tu non ce l'abbia fatta — gli disse portandosi istintivamente la mano al collo. — Non ne avevi alcun diritto.

Il ragazzo si voltò fino a poterla guardare in viso. Erano troppo vicini.

— Lo so. L'ho capito quella notte.

Questa volta lei non riuscì a sfuggire i suoi occhi. I loro pensieri si corsero incontro fino ad abbracciarsi.

Era l'essenza del loro legame di sangue? O era semplicemente amore?

— Eppure non riesco a pentirmene... — mormorò Winter. Sentì lo sguardo di Rhys posarsi sulle sue dita e si costrinse a farle scivolare giù lungo i fianchi.

Non riesco a rimproverarmi di averti reso invincibile.

La questione in fondo era tutta lì. Aveva voluto metterlo al riparo da ogni pericolo e ci era riuscita. Anche se la fiducia che aveva in lui si era incrinata.

Rhys mosse la mano a sorvolarle il mento. Rinunciò a sfiorarle la pelle, accontentandosi soltanto di prendere una delle sue lunghe ciocche nere.

— So perché l'hai fatto e ne sono... felice. Se fossi davvero nobile come gli altri mi credono, dovrei confessarti che non sono mai stato degno del tuo dono. Ti avrei fermata prima che potesse succedere. Ma non ne sono stato capace.

Confusa e inquieta, Winter vide l'essenza del predatore affiorare nella sua espressione. Rhys inspirò a fondo, le ciglia scure scese a velargli lo sguardo.

— Adesso, però, non mi sento più in colpa — sussurrò posando la fronte contro la sua.

Dischiuse le dita, lasciando che i capelli le ricadessero morbidamente sulla guancia e riaprì gli occhi, immergendoli nei suoi con decisione.

— Lo rifarei, Winter — dichiarò solennemente sollevandosi appena. — Non rimpiango nulla, nemmeno di aver messo in pericolo la tua vita. Perché finalmente sono abbastanza forte da poterti proteggere.

Winter riprese a respirare solo in quell'istante. Non aveva mai creduto che Rhys potesse farle del male, ma la sua vicinanza portava in superficie un miscuglio di sensazioni troppo violente.

Aprì la bocca per parlare, però lui non gliene lasciò il tempo.

— So che probabilmente non avrò mai più la tua fiducia — disse in tono amaro. — Se mi dicessi che non vuoi più vedermi, lo capirei. Sarebbe giusto, anche se crudele. — Mosse un passo indietro, ma i loro occhi si rifiutarono di dividersi. — Volevo solo dirti che non ho nessuna intenzione di rinunciare a te, a meno che non sia tu a volerlo.

Le vertigini che la scuotevano continuavano a dirle di baciarlo.

Winter però resistette.

Gli voltò le spalle, la mano appoggiata al tronco del rovere sperando che le infondesse un po' di sicurezza.

— Per me non è cambiato niente, Winter...

E anche se non lo disse, lei sapeva ciò che lui stava pensando.

Il divieto era già stato infranto.

Avevano già commesso ciò che tutti volevano impedire.

Che senso aveva sforzarsi disperatamente di stare lontani?

— Perciò la decisione spetta a te.

«Sarebbe tuo dovere annientarlo...» Quelle parole l'avrebbero ossessionata per sempre?

Winter si strinse nelle braccia.

— Non lo so davvero, Rhys — mormorò piano. — Non so più nulla.

Tornò verso gli edifici scolastici senza più guardarsi indietro. Le emozioni di Rhys le risuonavano dentro fin da quando gli aveva donato il proprio sangue. Erano legati e lo sarebbero stati per sempre. Non aveva bisogno di vedere la tristezza sul suo viso per sapere quanto l'avessero fatto soffrire le sue parole.

Attraversò il campus lentamente per raggiungere l'aula di lettere. Gettò uno sguardo distratto al campo da football e sfiorò l'antica sagoma della sede dei Nox.

Il St Dewi's sembrava uguale a sempre: vampiri e umani, uniti dalla stessa uniforme scolastica, eppure separati da un invisibile confine.

E poi c'era lei che aveva in sé entrambe le nature. E che su quel confine camminava in equilibrio fin troppo precario.

4

Gli occhi cominciarono a bruciarle non appena tornò all'aperto, nella pausa pranzo, costringendola a farsi ombra con la mano per riuscire a individuare gli altri.

Il primo che riuscì a vedere fu Trevor Biven, che si stava allenando in mezzo al prato, concentrato a contare ad alta voce tutte le volte che il suo piede calciava il pallone per rimandarlo in aria.

Eleri e Gareth, i figli maggiori della famiglia Chiplin, erano seduti appena fuori tiro, le teste bionde così vicine che i loro capelli si mescolavano. Davanti a loro, un quotidiano spalancato pareva averne catturata tutta l'attenzione.

Di sicuro pieno di buone notizie, pensò Winter raggiungendoli senza entusiasmo. *Come al solito.*

E infatti Eleri si affrettò a richiuderlo non appena la sua ombra si profilò sulle pagine.

— Ciao, Win — la accolse con un largo sorriso. Con quei suoi occhioni azzurro cielo e quel viso da bambolina, era l'immagine stessa dell'innocenza.

Winter apprezzò il suo tentativo di risparmiarle nuovi turbamenti. Si sedette di fronte a loro, abbracciandosi le ginocchia.

Gareth le rivolse un cenno fissandola un istante più del necessario.

— Mi bruciano un po' gli occhi — dovette spiegargli la ragazza controvoglia.

Lui annuì. Probabilmente si stava chiedendo se lei avesse pianto, ma ormai la conosceva abbastanza bene da sapere che non era il caso di indagare. — A casa dovremmo avere del collirio — si limitò quindi a commentare, distendendo le gambe.

Portava la cravatta allentata e le maniche della camicia arrotolate gli lasciavano scoperte le braccia. Gareth riusciva sempre a sembrare perfettamente rilassato, ma Winter sapeva che momenti come quello, in cui la presenza di Trevor e degli altri studenti li costringeva a mettere da parte tutto ciò che riguardava le Famiglie e i vampiri, avevano per lui un gusto tutto particolare.

Si ritrovò a sorridergli. Come sempre.

— Com'è andata la mattinata? — buttò lì in tono leggero.

Gareth scrollò le spalle. — Niente di che... il tormento vero inizia la settimana prossima. Test ogni giorno.

— Allora ti toccherà trovare il tempo per studiare — lo punzecchiò Eleri.

— Non posso. Devo pensare alle vacanze.

Il pallone di Trevor precipitò in mezzo al gruppetto proprio in quel momento, subito seguito dal suo proprietario.

— Ben detto, Gary — approvò il ragazzo. — Quest'anno si va in Interrail!

— Basta che non ti porti dietro quella stupida maglietta...

Trevor guardò la S di Superman che campeggiava sul blu scolorito della propria T-shirt. Insieme a quella verde acido di Bart Simpson era la sua preferita.

— Senti chi parla! Nel cassetto ne hai una uguale — replicò seccato.

Gareth sogghignò. — Nel cassetto, appunto. E di certo non comparirà nelle foto ricordo delle mie vacanze.

Trevor non si lasciò distrarre. — Porto il nostro amico qui presente in giro per l'Europa. Sarà grandioso!

— Non ho ancora detto che ci vengo, Trev — protestò l'interessato mentre il suo sguardo intercettava brevemente quello di Winter.

— Andiamo! Non vorrai davvero passare un'altra estate a Llandudno? I miei nonni vanno a Llandudno. E lo trovano fico. Ma sono... *nonni!*

Trevor, sconvolto, si voltò verso le ragazze alla ricerca di sostegno.

— Noi non andiamo a Llandudno — replicò Eleri, facendo oscillare la coda di cavallo. — Andiamo a Porthcawl.

Trevor preferì ignorarla. — E tu, Win? Sarai dei nostri, vero?

Winter alzò le spalle. — In realtà, torno a Londra. Mia nonna è uscita dall'ospedale e praticamente è da agosto che non vado a casa.

Il loro amico toccò il fondo della disperazione, ma sapendo quanto Winter avesse temuto che sua nonna non riuscisse a sopravvivere al coma, e poi a riacquistare lucidità, riuscì a rianimarsi abbastanza da commentare: — Be', questa è una bella notizia. Mi fa piacere. E almeno tu hai una buona ragione per non venire!

Gareth gli mise in mano un panino. — Io non ho detto di no, Trev. Davvero. Ci sto pensando.

Il suo tono sincero stupì Winter. Era sciocco da parte sua, ma non riusciva a immaginare Gareth passare settimane lontano dalle Famiglie.

In fondo, era convinta che i segreti di cui lui ed Eleri

erano a conoscenza rendessero la loro vita irrimediabilmente diversa da quella degli altri ragazzi.

Mentre chinava il viso sulla borsa alla ricerca del proprio pranzo, la sua espressione si velò di tristezza.

Almeno loro sono umani, Win.

Mordicchiò il sandwich che si era portata, ma lo abbandonò dopo un paio di bocconi con un vago senso di nausea.

In quei giorni le capitava spesso di avere lo stomaco chiuso e le parole di Rhys, qualche ora prima, l'avevano sconvolta.

«Adesso ho la forza di proteggerti.»

Era davvero così? Avevano davvero una possibilità di rimanere insieme? Oppure era assurdo persino pensarci?

La nausea aumentò d'intensità.

Datti una calmata, si rimproverò. *Non puoi andare avanti così!*

Quando riemerse dai propri pensieri, scoprì che Eleri stava sfogliando una rivista, mentre Gareth e Trevor sonnecchiavano pigramente distesi sull'erba soffice.

Winter provò a imitarli, allungandosi accanto a loro. Voleva godersi la sensazione del sole caldo sul viso, come aveva sempre fatto ad Hyde Park prima che la sua vita cambiasse. Si trattava di qualcosa di semplice, di rassicurante.

Dietro le palpebre, gli occhi smisero di bruciare.

Aveva voglia di luce.

Gareth la raggiunse al termine delle lezioni, porgendole un paio di occhiali da sole.

— Scusami. Mi sono ricordato adesso di averli infilati nello zaino.

Erano grandi, con le lenti scurissime, e quando Winter

li indossò il ragazzo non riuscì a trattenere una risata. — Sembri una bambina con gli occhiali del papà.

Winter sorrise con poca convinzione e le sue dita sfiorarono istintivamente la sferetta di cristallo del ciondolo che portava sempre al collo. Il talismano di suo padre.

Idiota, si insultò Gareth rabbiosamente. *Aveva proprio bisogno di ripensare ai suoi genitori!* La sua espressione perse ogni divertimento. — Winter... io...

Lei scosse il capo con decisione. — Non importa. È stupido che continui a pensare a mamma e papà. Non torneranno da me solo perché ne sento la mancanza.

Mi dispiace, avrebbe voluto risponderle il ragazzo. L'espressione indecifrabile di Winter, però, lo convinse a tacere.

— Hanno fatto le loro scelte. A volte penso che la mia vita sarebbe più facile se riuscissi a dimenticarli.

Ma non ce la farò mai, anche se non hai idea di quanto lo vorrei, Gareth, protestò silenziosamente.

Winter lasciò il ciondolo di scatto e impose al proprio volto di distendersi.

— El resta a scuola? - domandò per cambiare argomento.

Gareth esitò un istante di troppo prima di voltarsi di nuovo a guardarla. — Si ferma per gli allenamenti. Io ho visto abbastanza oggi a pranzo.

Winter annuì assestandosi il borsone sulla spalla. — Anch'io pensavo di tornare a casa...

S'incamminarono fianco a fianco come innumerevoli altre volte, il passo sincronizzato dall'abitudine.

— Spero che Trev non voglia portarsi quel maledetto pallone in vacanza — disse Gareth dopo qualche tempo. — Non sono sicuro che riuscirei a sopportarlo.

Winter lo guardò sorpresa. — Andrai davvero con lui?

— Non se tu me lo impedisci...

Cadde uno strano silenzio. Al di là delle intenzioni, c'erano troppi sottintesi in quella frase. Winter scosse la testa, ma Gareth rimase serio.

— Comunque è vero che ci sto pensando — ammise infine. — Non so, in certi momenti penso che un cambio d'aria mi farebbe bene.— Sospirò, gli occhi fissi sulla linea dell'orizzonte. Poi mosse una mano davanti a sé. — A volte tutto questo mi va un po' stretto. Ma non devo dirlo a te, vero?

Winter si morse un labbro. — Credo che abbiamo un problema in comune...

Gareth scosse il capo. — No, Win. Tra i due io sono quello fortunato. Voglio dire, guardami: potrei avere tutto ciò che voglio.

Azzardò uno sguardo nella sua direzione.

— O quasi — riprese in fretta. — Forse mi sto lamentando solo di Cae Mefus, di stare qui a fare quello che tutti si aspettano da me come sempre. In realtà temo di essere un ragazzo viziato...

— No — lo interruppe lei. — Questo non è giusto.

— Poche cose lo sono, Winter, l'ho capito in questi mesi. È proprio questo il problema: sono cresciuto pensando che le Famiglie possedessero la chiave... della saggezza. Che ciò che facevano fosse sempre la cosa migliore.

— Forse ci provano.

Gareth si fermò. Attorno a loro il paese proseguiva la sua vita d'ogni giorno. Il Manaros, l'unico pub, non aveva ancora aperto i battenti e la proprietaria stava spazzando il marciapiede davanti all'ingresso.

— Proprio tu lo dici? — domandò incredulo. — Con tutto quello che ti hanno fatto?

— I tuoi genitori sono sempre stati gentili con me.

Gareth sbuffò. — Certo. Loro lo sono sempre. Ma non si sono mai ribellati. Hanno insegnato a me ed Eleri che non bisogna fidarsi dei vampiri. Nostro fratello crescerà credendo alle stesse cose. Eppure, quando abbiamo avuto bisogno sul serio di aiuto, sono stati i Nox i primi a offrircelo.

Winter si rabbuiò.

— Non sarebbe stato necessario se non fosse stato per me — mormorò.

Lui le prese la mano. — Non provare a fartene una colpa. Ti hanno tenuto all'oscuro di ogni cosa per anni prima di decidere che era arrivato il momento di gettarti in pasto alla sorte. Sono state le Famiglie a fare questo. Anzi, l'intero Consiglio, visto che anche i vampiri hanno detto la loro. E nemmeno tu puoi credere che l'abbiano fatto solo per proteggerti. — Strinse le sue dita tra le proprie, guardandola dritto negli occhi. — E tutto questo per interesse, Winter. Sono confuso, non è per niente come credevo: questo non è affatto *giusto*. È semplicemente... disgustoso.

— Questa è la mia storia, Gareth.

La stretta attorno alla sua mano si fece più forte.

— Qui ti sbagli, Win. È la *nostra* storia. Siamo stati usati tutti.

Gareth sorrise di nuovo, ma non con quel sorriso caldo che le rivolgeva di solito.

Erano cambiati tutti in quei mesi.

— Solo che io non riesco ad accettarlo. Perciò forse me ne andrò a zonzo con Trev. Magari al ritorno sarà tutto più chiaro.

Le passò un braccio attorno alle spalle, ricominciando a camminare.

Potrei cambiare idea, sai, Winter, soggiunse tra sé tenendola vicina. *Basterebbe che me lo chiedessi e un motivo per restare ce l'avrei...*

Sospirò, lasciando che fosse il rumore dei loro passi a riempire il silenzio.

Winter continuò a guardare davanti a sé.

Il colore del cielo stava cambiando impercettibilmente. Non era evidente, era quasi incredibile che se ne fosse accorta, ma in lontananza il giallo iniziava a sfumare nel rosso annunciando il tramonto.

— Gareth — gli disse poco prima di svoltare l'angolo che li avrebbe portati a casa Chiplin. — Ti andrebbe di restare fuori ancora un po'? È così bella questa stagione...

Si sentiva stupida a fare quella domanda. All'improvviso, però, il calore del sole sulla pelle e la luce del pomeriggio le parvero l'unica cosa importante.

Inconsapevolmente, la sua mano si sollevò fino a sfiorare nuovamente il ciondolo di Morgan Blackwood.

Presto la notte avrebbe cominciato a premere. Winter la percepiva già scivolare oltre le nuvole.

Presto sarebbe sorta la luna.

5

La luna era piena e splendente. Ammiccava tra le fronde, illuminando la boscaglia con i suoi raggi opalini. Era così diversa quella luminescenza pallida dallo splendore fiammeggiante del sole...

Winter se ne riempì gli occhi.

Avanzava leggera, quasi sospesa sullo strato di foglie e muschio del sottobosco. Di notte quel posto profumava d'acqua e di erba, l'aria stessa era umida e fresca.

I Chiplin si sarebbero preoccupati se avessero saputo che si trovava lì da sola, nel buio, lontana da ogni protezione. Ma quella era una notte dolce, la avvolgeva con i vapori sottili che si levavano dal Teifi, la nebbia argentata si specchiava nei suoi occhi.

Lì, lontana dalle case e dalle loro luci artificiali, la circondavano suoni sussurrati: la brezza leggera che spirava in alto, il gorgogliare del fiume nascosto nel fitto degli alberi.

Era come se la notte avesse amplificato i suoi sensi: riusciva a distinguere lo scalpiccio dei tassi, la corsa furtiva di una volpe.

I suoi occhi assorbivano la luna piena, ogni riflesso di quei raggi, le increspature delle cortecce sui tronchi.

Poteva concentrarsi su ogni dettaglio fino a escludere gli altri o abbracciare tutto ciò che le stava attorno, immergendosi in quella strana sinfonia dissonante. La voce del bosco.

Per un istante si sentì forte e libera. Il suo passo si fece danzante.

Poi un suono differente la attrasse. Non apparteneva alla selva, era troppo invadente, stonato.

E all'improvviso comprese: erano voci umane.

Una ruvida, secca. L'altra più pacata e gentile.

Lontane e in qualche modo familiari.

Le conosceva entrambe, eppure per qualche ragione, in quel momento, le sembravano molto più aliene dei suoni dell'oscurità.

Erano ansiose, sgradevoli da sentire.

— È andato da questa parte.

— Era solo.

Winter non impiegò molto a comprendere di chi stessero parlando gli umani.

Un soffio di vento riuscì a penetrare oltre la barriera degli alberi, disperdendo la foschia. Portò fino a lei un nuovo odore...

Non era quello di un animale selvatico, quanto piuttosto un aroma che sapeva di buio.

Vampiro, riuscì solo a pensare.

Si era tenuto sottovento fino a quel momento, avvicinandosi a lei lentamente, di nascosto, e ora la stava osservando all'estremità opposta della radura in cui si trovavano.

Rimase immobile e Winter fece lo stesso, la pelle increspata dai brividi, studiandolo.

I capelli scuri, lunghi fino alle spalle e arruffati, avevano raccolto qualche foglia dal bosco. Era alto e massiccio. Ma la cosa più incredibile era il volto. Impossibile afferrarne davvero i tratti perché erano stravolti, completamente deformati dalla Sete. Gli occhi erano ridotti a strette fessure accese di una luce febbrile. Le labbra erano schiuse a scoprire denti bianchi e appuntiti. Era la smorfia di un lupo prima della caccia.

Winter trattenne il fiato.

Il vampiro guardava nella sua direzione, ma non pareva vederla davvero. Tutti i suoi sensi erano proiettati oltre.

Non si muoveva, eppure sembrava che tremasse. L'adrenalina scorreva nel suo corpo facendo vibrare invisibili correnti di energia. La Sete che lo animava si irradiava intorno, sorvolando la radura fino a lei. Penetrò nel suo corpo dai piedi nudi e strisciò in alto pervadendola senza fretta.

Quando le risalì fino al petto, Winter si sentì scuotere dalle vertigini, e cominciò ad ansimare. Il suo cuore prese a battere all'unisono con quello del vampiro. Un ritmo folle iniziò a picchiarle in testa.

E d'improvviso l'energia divenne incontenibile e lo sconosciuto liberò i muscoli nella corsa della caccia.

I pensieri di Winter si tinsero di sangue e la Sete le serrò la gola.

Balzò a sedere di scatto, rendendosi conto solo confusamente di non trovarsi più nel bosco ma nella soffitta di casa Chiplin.

Eppure, l'ultima cosa che ricordava era un vortice di foglie, tronchi e rami che deviavano la sua corsa.

Sbatté le palpebre.

C'era qualcuno in piedi di fianco al suo letto, per niente felice di come lei gli stava torcendo il polso.

— Gareth?!

— Lasciami — le ordinò il ragazzo.

Winter ubbidì. Doveva avergli fatto piuttosto male perché le sue dita erano così serrate che scioglierne la morsa le richiese uno sforzo mai sperimentato prima.

— Che cavolo ci fai qui? — No, non era ancora del tutto lucida. Scosse la testa e ritentò. — Scusami. Mi dispiace.

Gareth si massaggiò il polso finalmente libero, poi le rivolse un cenno conciliante. — Meglio così. Significa che sai difenderti...

Winter incrociò le braccia al petto. Aveva la tachicardia e le bruciava la gola.

— Credo di aver fatto un brutto sogno — mormorò cercando di convincersene.

— Questo è sicuro.

Ed era stato così vivido che lei faceva ancora fatica a credere che si fosse trattato solo di un incubo. Era stata talmente sicura di trovarsi nel bosco...

Istintivamente cominciò a giocherellare con il suo ciondolo, come faceva ogni volta che era agitata. Era un'abitudine che si portava dietro sin dall'infanzia. Strinse la pietra liscia tra le dita. La sua pelle era così gelida che, per un istante, il cristallo parve tiepido al confronto.

— Che ore sono? — domandò, scostando il lenzuolo senza aspettare la risposta. — Credo di aver bisogno di un caffè.

Gareth le voltò le spalle di scatto e, improvvisamente, a Winter parve troppo corta la maglietta enorme che la copriva.

— Ti aspetto in cucina.

Pochi minuti dopo, erano seduti l'uno di fronte all'altra in attesa che l'acqua nel pentolino fosse abbastanza calda da sciogliere i grani del caffè solubile.

Winter aveva indossato i pantaloni di una vecchia tuta, nonostante l'estate fosse dietro l'angolo. Il gelo del sogno le era rimasto nelle ossa insieme a uno strano disagio.

Non era certa che sarebbe riuscita a liberarsene presto.

— Mi spiace di averti svegliato — disse.

Anche Gareth era inquieto. Si alzò per spegnere il fornello e recuperare due tazze, che depositò sul tavolo con gesti tesi.

— In realtà non sei stata tu. Il papà è rientrato da poco. Era appena andato a dormire quando hai cominciato a urlare.

Invece di rimettersi a sedere, si appoggiò al tavolo e si mise a rigirare il caffè solubile con il cucchiaino, fino a scioglierlo del tutto nella tazza.

— Era così stanco che non credo ti abbia sentito.

Winter avvertì un brivido salire lungo la schiena. — Griffith è uscito questa notte?

Gareth sbatté delicatamente il cucchiaino contro il bordo della tazza per farne cadere le gocce.

— Evans gli ha chiesto aiuto per interrompere una caccia.

Un campanello d'allarme le risuonò in testa: il capo della polizia e Griffith, voci umane e familiari tra alberi e nebbia. Un vampiro a caccia.

— Dove?

— Nel bosco.

Winter impallidì. Aveva un brutto presentimento.

6

Cameron Farland uscì dalla sede del Club Nox curandosi di fare più rumore possibile. Circondato dai suoi studiosissimi compagni, aveva dovuto sopportare uno dei pomeriggi più noiosi della sua vita.

E la noia tendeva a renderlo vendicativo e un po' infantile.

Aspirò una gran boccata d'aria fresca e attraversò il campus a lunghe falcate, consapevole dell'attenzione che attirava su di sé mentre si muoveva fischiettando per il cortile della scuola.

Difficilmente i Nox passavano inosservati, ma Cameron non ci provava neppure. Gli piaceva troppo sentire su di sé gli sguardi che lo seguivano. Sapeva che le ragazze trovavano affascinante l'espressione capricciosa della sua bocca e i suoi capelli color ambra.

Aveva lineamenti un po' troppo duri e spigolosi per essere davvero bello, ma pochi si prendevano la briga di sottilizzare.

Le nuvole che si stavano addensando all'orizzonte lasciavano intuire che ben presto la squadra di football avrebbe proseguito i propri allenamenti sotto una pioggia battente.

E chi se lo perde uno spettacolo così? si domandò un po' sadicamente. Contrasse le labbra, modulando una versione lenta e ironica di *Singin' in the rain*, e cercò un rifugio isolato sulle gradinate del campo.

Si fermò in prima fila, il più lontano possibile dalle scale, in uno di quei posti scomodi che nessuno occupava mai, nemmeno alle finali.

La debolezza che l'aveva colto al risveglio gli aveva suggerito di portarsi dietro del Siero prima che la Sete si facesse fastidiosa, perciò si guardò attorno ed estrasse dalla tasca una boccetta di vetro scuro.

Assicuratosi di essere al riparo da sguardi indiscreti, versò parte della polvere che conteneva in una bottiglietta.

Non gli piaceva essere sorpreso nel corso di quell'operazione. Solo i Chiplin e Winter Starr sapevano che quella sostanza mutava l'acqua in sangue, garantendo la sopravvivenza dei suoi simili nel massimo rispetto della vita umana. Nessun altro avrebbe potuto immaginarlo.

Appagare la Sete, però, era un momento piuttosto... *intimo*. L'agonia che lo precedeva, i brividi alle gengive mentre i canini si estendevano erano solo suoi.

Naturalmente, sarebbe stato più appropriato sorseggiare il Siero in un *flûte* di cristallo, sdraiato sui cuscini di velluto del Club Nox, ma per quel giorno ne aveva abbastanza del silenzio che gravava sulla sala studio.

Cominciò a bere, ritirandosi nel proprio mondo interiore e dimenticando all'istante i giocatori in campo e qualsiasi altro particolare fastidioso.

Per questo motivo, la palla che si abbatté all'improvviso sulla boccetta di Siero, rovesciandola al suolo, lo sorprese e lo fece infuriare.

E quando la rilanciò ai ragazzi della squadra, forse si dimenticò di calibrare con attenzione le proprie forze.

A Winter girava la testa.

Ogni piccolo rumore sembrava amplificato e l'immancabile brusio dei corridoi non aiutava affatto. Ignorando la presenza di Eleri al suo fianco, si portò le mani alle tempie pulsanti in cerca di sollievo.

Quel pomeriggio gli studenti del St Dewi's sembravano non aver niente di meglio da fare che discutere e agitarsi più del solito. Molti si stavano precipitando all'esterno, altri si accalcavano davanti alle vetrate che davano sul cortile.

Quando l'ennesimo gruppetto le sorpassò correndo, Eleri si mosse fulminea per trattenere un ragazzo.

— Si può sapere che diavolo succede?

Il prigioniero, con ogni probabilità uno studente del primo anno, aveva un'espressione eccitata e qualche problema di acne.

— Mi hanno detto che c'è una rissa — rispose, certo che spiegasse tutto.

— E allora?

Lui sbuffò, evidentemente contrariato dal tempo che stava perdendo.

— Tra il capitano della squadra di football e un Nox!

Una precisazione interessante.

Lasciando la presa, Eleri cominciò a correre verso l'uscita e Winter non ebbe altra scelta che seguirla.

Il ragazzo che era stato colpito dal lancio di Cameron continuava a tenersi la spalla. La sorte, con un certo senso dell'umorismo, aveva deciso che fosse proprio il portiere con cui Lorna Carter stava uscendo ultimamente, dando così al gesto di Cameron un significato del tutto diverso.

Al St Dewi's, infatti, nessuno ignorava la tormentata relazione che Lorna e Cameron avevano avuto fino a qualche mese prima. Lorna era stata letteralmente ossessionata dal Nox e lui l'aveva assecondata oppure tormentata, a seconda dei momenti.

Non che si fosse mai permesso di superare i limiti stabiliti dal Patto: non l'aveva mai morsa, non aveva fatto altro che flirtare, ma l'attuale ragazzo di Lorna ignorava troppi segreti per poterlo apprezzare.

E Andrew Lloyd, da bravo capitano, aveva deciso di intervenire a difesa del compagno.

— Che cosa volevi fare, eh, Farland? Che cosa volevi fare? — ripeteva a gran voce, mettendo a dura prova la pazienza tutt'altro che infinita del Nox.

— È ovvio che il tuo portiere non sa parare, amico — replicò quello in tono provocatorio. — Mi chiedo come abbiate fatto ad arrivare in finale...

Nemmeno Lloyd era noto per il proprio autocontrollo. Assestò una spinta a Cameron e rimase a guardarlo mentre indietreggiava.

Era alto quanto lui e largo il doppio e coltivava il suo astio verso i Nox fin dal primo giorno al St Dewi's. La sua mascella squadrata era contratta in un'espressione bellicosa.

Cameron, al contrario, era uno di quei tipi abbastanza sottili da essere presi poco sul serio dagli sportivi. Ma era anche un vampiro che aveva appena ricevuto il proprio apporto di sangue. Lasciarsi ingannare dall'apparenza equivaleva perciò a compiere un grossissimo errore di valutazione.

Farland ristabilì con grazia l'equilibrio perso e il suo

sguardo assunse una sfumatura pericolosa che avrebbe dovuto impensierire il capitano e i suoi compagni di squadra.

Lloyd invece parve non accorgersene. — Dovrei passarci sopra solo perché sei un Nox? — disse, continuando ad avanzare minacciosamente. Appoggiò le mani sul petto dell'avversario e spinse di nuovo. — Vi credete intoccabili, vero?

Cameron lo assecondò indietreggiando ancora. La sua espressione rimaneva divertita, ma stava perdendo ogni calore.

— Lasciami perdere, Lloyd — suggerì.

— Se no? — Il capitano gli si fece più sotto, evidentemente certo di poter risolvere in fretta la situazione. — Chi chiamerai adesso che non c'è più Vaughan a difendervi?

Una frase infelice.

Lloyd lo spinse di nuovo, ma questa volta Cameron non si smosse di un millimetro.

— Idiota — mormorò Rhys Llewelyn, lasciando il proprio posto tra i curiosi per intervenire.

— Calmati, Lloyd — disse con voce ferma. — Non c'è bisogno di scaldarsi tanto per un incidente...

Il capitano della squadra si voltò a fronteggiarlo. Rhys lo superava in altezza e, a dispetto del suo fisico slanciato, era impossibile crederlo debole.

— Incidente? — chiese Lloyd senza lasciarsi intimidire. — Hanno visto tutti che l'ha fatto apposta! Ce l'ha con lui perché Lorna adesso non pende più dalle sue labbra.

Rhys inarcò un sopracciglio.

— L'hai fatto di proposito, Cameron?

Cameron si strinse nelle spalle. — Se volessi fargli male troverei altri modi — replicò inespressivo.

Rhys annuì con la traccia di un sorriso. — Lo penso anch'io.

Poi tornò a guardare Lloyd, e quando parlò la sua voce suonò allegra. — Malinteso chiarito. Vi accompagniamo in infermeria. Quella spalla ha bisogno di ghiaccio — sentenziò.

Allora Lloyd si arrabbiò davvero.

L'ansia aiutò Winter a dimenticare il mal di testa.

Ricordava fin troppo bene di cosa fosse capace Farland quando perdeva il controllo. E anche se Lloyd non godeva della sua simpatia, uno spargimento di sangue a scuola era l'ultima cosa di cui avessero bisogno.

Si allontanò da Eleri e sgusciò tra la folla, puntando dritta all'occhio del ciclone. Sapeva che ci avrebbe trovato Rhys, ma l'adrenalina che saturava l'aria le impedì di pensarci.

— Non fate sciocchezze — mormorò tra sé.

7

Rhys si fece di lato un istante prima che il pugno di Lloyd si abbattesse sul suo zigomo sinistro.

Il mancato impatto fece sbilanciare il capitano e diede a Rhys la possibilità di portarsi alle sue spalle.

— Ti stai rendendo ridicolo — gli disse piano. — Non abbiamo alcuna intenzione di scatenare una rissa, perciò datti una calmata. Subito.

Tenne la voce bassa perché solo lui potesse sentirlo, e le impose un timbro innaturalmente tranquillo, ipnotico. Doveva mantenere la calma o qualcuno avrebbe finito per farsi male davvero. E, dopo anni e anni di felice copertura, i Nox avrebbero finito per destare qualche sospetto.

Andrew Lloyd, però, era fuori di sé. — Certo, voi non vi sporcate mai le mani...

La tensione che si respirava solleticava istinti difficili da tenere a bada.

Rhys sentì il richiamo del Potere. Lo tentava come una sirena tra le onde.

Ci vorrebbe così poco, diceva. *Potresti distruggerlo invece di fare la figura del codardo.*

Il ragazzo serrò i pugni e riprese a parlare. — Ragiona, Lloyd... non vedi che ti stai scaldando per niente?

Finalmente riuscì ad afferrare un lembo della sua mente.

Lloyd gli rivolse uno sguardo truce.

Poi dovette annuire.

Winter sentiva il Potere crescere attorno a lei. La chiamava con insistenza e la connessione con Rhys rendeva la sua intensità quasi irresistibile.

Il brontolio lontano del temporale già riecheggiava quell'energia pronta a scatenarsi.

— Se qualcuno si è fatto male, è il caso che provvediamo — esplose mettendosi tra i due contendenti.

Cameron e Lloyd si girarono a guardarla come se fosse un fantasma.

Rhys, invece, alzò gli occhi al cielo. L'improvvisa irruzione della ragazza aveva spezzato il ponte che lo univa a Lloyd, facendogli perdere di nuovo il controllo sulla sua mente.

Non ti riguarda, Win, la ammonì senza parole.

— Ci stavamo appunto chiarendo.

La voce di Rhys era controllata, ma Winter poteva sentire le vibrazioni di Potere che la impregnavano. Gli rispose con uno sguardo bruciante, sforzandosi di non cedere all'ansia che le contraeva lo stomaco.

— Se volete picchiarvi dovete darvi una mossa — disse — vi sta guardando tutta la scuola. Il preside non ci metterà molto a decidere chi espellere.

Cameron aggrottò la fronte, ma Lloyd cominciò a tradire segni di preoccupazione: essere espulso a pochi giorni dalla finale era un rischio che non aveva contemplato.

Radunando tutta la propria dignità, voltò loro le spalle.

— Fatti accompagnare in infermeria — suggerì al portiere infortunato. — Gli altri possono continuare gli allenamenti.

Quando passò accanto a Winter, tuttavia, fece in modo di incontrare i suoi occhi.

— Sei contenta, *amica dei Nox?* — domandò con pochissima simpatia. — Frequentare Lorna non ti ha insegnato niente?

Winter continuò a fissarlo gelida.

— Lasciali perdere o ti metterai nei guai, Starr — concluse Lloyd. — Loro non sono come tutti gli altri.

Le passò abbastanza vicino da sfiorarla e Winter fremette. Come osava dirle come avrebbe dovuto comportarsi?

L'adrenalina si trasformò in rabbia.

Non aveva bisogno di guardare Rhys e Cameron per capire che provavano la stessa cosa.

Era furente. L'ira la faceva sentire forte e contemporaneamente le consumava ogni energia.

Non sapeva nemmeno più a chi fosse rivolta, se contro Lloyd, oppure Farland. O Rhys che aveva usato il proprio Potere per piegare la volontà di un ragazzo troppo stupido.

Rhys le si avvicinò.

— Non c'era altro modo di calmarlo, Winter — provò a spiegare.

— Non ne avevi il diritto — replicò lei.

Poi tutto si fece nero e lui ebbe appena il tempo di sorreggerla prima che lei scivolasse al suolo.

8

Winter galleggiava in una nebbia grigia che la circondava completamente, né solida né liquida ma più densa del fumo. Vi rimase sospesa a lungo.

Aveva il cervello ovattato e provava la stessa sensazione di benessere che di solito precede il risveglio da un buon sonno.

Un suono ritmico e lento scandiva il tempo. Solo dopo un po' riuscì a comprendere che si trattava del battito rilassato del proprio cuore.

Le piaceva quella quiete.

Ancora cinque minuti... pensò svogliatamente.

Tentò di muoversi, ma le parve di non avere più un corpo: non c'erano muscoli che le rispondessero, nessuna percezione tattile.

Da qualche parte, però, il suo cuore batteva...

Cominciò a sentirsi inquieta e la foschia attorno a lei parve vibrare in risposta, diventando ancora più spessa.

Winter si fece più attenta, ma la sua testa non funzionava come avrebbe dovuto. Non ricordava come fosse arrivata in quel luogo né dove si fosse trovata fino a poco prima. Non poteva semplicemente essere intrappolata lì...

Si concentrò alla ricerca di un indizio e finalmente riuscì a distinguere un rumore. Non c'era modo di identificarlo con sicurezza: sembrava la vibrazione di una lunga corda d'acciaio.

Proveniva da qualche parte oltre la nebbia. Era un suono teso, frustrato.

Lo ascoltò fino a percepire una sfumatura familiare che la attraeva e spaventava allo stesso tempo.

Era strano. Winter non ricordava nulla, come se quel grigiore fosse la prima cosa che sperimentava nella sua vita. Eppure quel suono aveva un significato per lei.

Si sforzò di capire, ma l'unica cosa che le venne in mente fu un volto dagli occhi castani. No, non solo castani... avevano una sfumatura più calda, quasi rossa.

Era il viso di un ragazzo, un viso bellissimo e preoccupato.

La vibrazione metallica si trasformò in una parola.

— Winter...

Lei sussultò.

La nebbia perse consistenza, il corpo riacquistò il suo peso e il cuore tornò a essere un muscolo pulsante all'interno del suo petto.

Rhys...

Non era più in quel luogo sospeso nel nulla. I ricordi tornarono: Cameron Farland e Lloyd, la voce ipnotica di Rhys.

Lo svenimento.

L'infermeria del St Dewi's puzzava di disinfettante. Era l'unica cosa che Rhys Llewelyn fosse riuscito a notare da quando vi era entrato portando Winter tra le braccia.

Tutto il resto – le pareti del verde deprimente da ospedale, la luce che filtrava dall'unica finestra, il pavimento di linoleum – non avevano alcuna importanza per lui.

Apri gli occhi, ripeté nella sua mente per l'ennesima volta, gettando un'occhiata veloce alla porta.

Il medico scolastico era in anticamera insieme al portiere colpito da Cameron. Fortunatamente, il danno era meno grave di quanto fosse sembrato a prima vista, perciò avrebbe dato del ghiaccio al ragazzo e sarebbe tornato a occuparsi di Winter. Poi aveva messo ben in chiaro che non desiderava trovarlo lì al proprio ritorno.

— Tieni la spalla a riposo. Tra qualche ora non ti farà già più male — disse in tono sbrigativo.

Per favore, Winter... ripeté il ragazzo mentre i passi del medico si avvicinavano. La maniglia si abbassò.

Rhys non aveva alcuna intenzione di andarsene.

— Sei Llewelyn, vero? – disse il medico.

Winter non l'aveva mai incontrato di persona, ma quel suo modo di parlare strascicando ogni parola era leggendario al St Dewi's.

Trattenne il respiro mentre aspettava la reazione di Rhys.

— Sì, signore.

La sua voce suonò calma come al solito.

— Allora anche i Nox hanno un cuore... — replicò l'uomo.

Resistendo alla tentazione di aprire gli occhi, Winter immaginò il suo sorriso.

— Adesso però è meglio che tu vada. Questa ragazza ha bisogno di cure.

— Winter — mormorò Rhys impaziente. — Il suo nome è Winter Starr.

Winter seppe con assoluta certezza che il medico stava annuendo senza troppo interesse.

— Volevo solo accertarmi che non le servisse nulla.

Lei socchiuse impercettibilmente le palpebre per spiarli. Il medico scolastico era un uomo nevrile, di bassa statura. I lunghi baffi castani gli davano un'aria buffa.

— Che tu ci creda o no, l'unica cosa di cui ha bisogno sono io — replicò fissando dritto negli occhi il ragazzo che gli stava davanti. — Lei è appena svenuta e io ho una laurea in medicina.

Oltrepassò Rhys, e Winter si affrettò a richiudere gli occhi perché non si accorgessero che era sveglia.

La mano fresca e ruvida dell'uomo le si posò sulla fronte. Si ritrasse subito, però.

— Strano — commentò il dottore. — I cali di pressione dovrebbero abbassare la temperatura... Lei, invece, scotta.

Forse le regole sono diverse per chi non è del tutto umano, pensarono Rhys e Winter in sincronia perfetta.

— Vado a prendere il termometro...

Winter mantenne il viso inespressivo, decidendo di prolungare la sua messinscena mentre il medico si allontanava.

Furono lo spostamento dell'aria e un brivido improvviso a farle comprendere che non era riuscita a ingannare anche Rhys.

— Se mi dici che stai bene lo mando via — le sussurrò all'orecchio. — O me ne vado io, se preferisci.

L'imbarazzo le tinse le guance di rosa, ma non ebbe la possibilità di replicare.

— Allora stai meglio, ragazza mia — commentò infatti il medico, facendo ritorno.

Winter spalancò gli occhi e concentrò su di lui tutta la propria attenzione. — Sì, adesso sono a posto.

— Sei magrolina — osservò ancora l'uomo con fare insinuante. — Mangi a sufficienza?

— Sì, signore.

— E dormi?

— Certo.

Abbastanza da avere incubi tutte le notti.

— Fai uso di sostanze?

— No, signore.

L'uomo si chinò su di lei e abbassò la voce. — È possibile che tu sia incinta?

Winter trasalì, a disagio come raramente le era capitato.

— Solo perché sono svenuta?

— Chiedertelo era mio dovere professionale. E ho bisogno anche di qualche dato in più sulla salute dei tuoi genitori...

Le sopracciglia della ragazza si sollevarono. *Sono morti,* si trattenne dal rispondere. *E, per inciso, mio padre era un vampiro.*

— Signore, io sto bene — assicurò quindi. — Davvero. Non c'è bisogno che perda tempo con me.

Si mise a sedere con uno slancio energico e sperò che il rossore del suo viso le desse un'aria credibile.

Il medico, tuttavia, non si lasciò convincere.

— La prassi è questa. Devo compilare la cartella clinica e misurarti temperatura e pressione.

Winter sospirò incredula.

— Ma l'ha appena fatto — intervenne Rhys sorprendendo entrambi. — Non ricorda?

L'uomo si voltò verso di lui con espressione indignata.

— Ti ho già detto di uscire — ribadì.

Il ragazzo incrociò le braccia al petto. Niente, nella sua postura, lasciava prevedere che fosse disposto a ubbidire.

— Ho sentito — replicò infatti.

— Non intendo visitarla in tua presenza — continuò il dottore.

— Dimentica che non è più necessario.

La sua voce si era abbassata di tono per assumere la stessa cadenza ipnotica che aveva usato in presenza di Lloyd.

La rabbia del medico cominciò a evaporare e nei suoi occhi affiorò il dubbio.

— Me lo ricorderei — insistette con un'ombra di incertezza.

Rhys continuò a fissarlo senza sbattere le ciglia, mentre l'aria cambiava impercettibilmente riempiendosi di un'energia nuova.

— Probabilmente ha ragione — gli concesse infine. — Si prenda del tempo per pensarci...

Lo sguardo del medico si fece acquoso, mentre il Potere di Rhys vinceva le sue ultime resistenze.

— Ho bisogno di fare due passi — mormorò uscendo.

Il ragazzo annuì compiaciuto.

— Si può sapere cosa credi di fare? — sibilò Winter appena l'uomo fu uscito.

Il suo rossore era ormai dovuto alla rabbia.

— Ho sentito il Potere, Rhys — lo incalzò. — Non puoi usarlo semplicemente per controllare chi non si comporta come vorresti.

Rhys distolse lo sguardo, ma non cedette all'imbarazzo. — Me ne vado subito, Win. Volevo solo sentirti dire che stai bene.

Lei si fece scivolare il ciondolo tra le dita. Si era scaldato a contatto con la sua pelle ed emanava un piacevole tepore.

Sospirò, fissando un punto in cui il pavimento di linoleum si era leggermente sollevato da terra.

— Sto bene.

Ci sarebbero state così tante cose da dirsi che non sapeva nemmeno da che parte cominciare.

— Grazie per avermi aiutata...

Portava i capelli raccolti in una treccia che le scivolava lungo il collo, facendo sembrare la sua pelle ancora più chiara.

Rhys le si avvicinò di nuovo. — Lo farò sempre — disse con dolcezza.

Il bisogno di sfiorarla era quasi incontrollabile, ma sapeva di doverle lasciare tempo. Si limitò a riempirsi gli occhi della sua immagine. Sentiva che anche lei era turbata. Il dono di sangue che li aveva uniti li rendeva fin troppo trasparenti l'uno all'altra.

— Vorrei che fosse tutto più semplice...

Gli occhi di Winter brillavano argentei. La tristezza che vi si leggeva era insopportabile.

— È più semplice di quanto tu creda — la interruppe lui. — Almeno tra noi.

Lentamente, ignorando l'urgenza che provava, allungò la mano verso di lei e la posò con delicatezza sul suo viso. Trattenne il fiato in attesa di una reazione, ma Winter rimase immobile.

Lo guardava senza più rabbia. Sembrava solo stupita, come se si stesse sforzando di credergli.

— Ci sei tu e ci sono io.

Voleva disperatamente convincerla, in un modo che non aveva nulla a che fare con il Potere e con il sangue. Sapeva che rischiava ancora di perderla e il solo pensiero gli strappava il fiato.

Chinò il viso verso il suo mettendoci un tempo che gli parve infinito e si bloccò di nuovo. Attese un cenno, un movimento, qualcosa che gli ordinasse di fermarsi, di non baciarla. Poi carezzò le sue labbra con le proprie.

Quando lei rabbrividì, anche il suo respiro accelerò.

— Lo vorrei così tanto, Rhys...

Finalmente il ragazzo ebbe il coraggio di abbracciarla. Desiderava stringerla a sé, tenerla forte contro il suo petto per essere certo che non sarebbe fuggita di nuovo. Invece la avvolse tra le braccia con tutta la delicatezza di cui era capace.

— Allora proviamoci.

Dopo qualche istante sentì le mani di Winter scivolargli lungo la schiena.

— Non...

La baciò per impedirle di continuare.

Non è vero. Nessuno può più impedirci di stare insieme.

La reciproca vicinanza era intossicante. Winter ricambiò il bacio lasciandosi cullare da quell'illusione.

Poi la voce del medico tornò ad avvicinarsi rimbombando nel corridoio. Stava parlando con qualcuno.

— Sabato alle 10 davanti alla stazione — sussurrò Rhys prima di lasciarla andare. — Trova una scusa.

Le posò un bacio rapidissimo sulla bocca sfiorandola appena.

— Ti prego...

«Tu stessa avresti il dovere di annientarlo.»

Winter annuì, sapendo che stava sbagliando. E sapendo che sarebbe andata.

Quando il medico rientrò, Rhys uscì con disinvoltura.

Il sorriso che nascondeva dietro la mano sfiorì non appena si trovò davanti Gareth Chiplin in attesa nel corridoio.

— Non ti sei ancora deciso a starle lontano? — gli domandò il ragazzo in tono duro.

Era preoccupato e non faceva nulla per nasconderlo. Rhys si impose di essere gentile. — Qualcuno doveva pure portarla in infermeria.

Gareth serrò la mascella perché, ancora una volta, si era fatto precedere dal Nox. Il suo sguardo si fissò sulla porta chiusa dell'infermeria come se avesse potuto vederci attraverso.

— Lei non è come te, Llewelyn.

Tentò di far sembrare quelle parole un'ovvia constatazione, infondendovi tutta la propria sicurezza.

— Può darsi — replicò Rhys senza convinzione — ma non illuderti nemmeno che sia umana. Prima lo accetterai, prima potrai davvero esserle d'aiuto.

L'espressione di Gareth si fece ancora più cupa, ma trovare la forza di affrontare la realtà era un problema suo.

Rhys si allontanò nel corridoio senza aggiungere altro.

«Non illuderti che sia umana...»

Prima di lasciare l'infermeria, Winter trasse un lungo sospiro.

Da mesi sapeva che era così, eppure non era ancora pronta ad accettarlo.

9

La serranda dell'officina si richiuse sferragliando. Il proprietario armeggiò con le serrature e il ragazzo al suo fianco controllò l'orologio. Le 22.30.

Accidenti, se è tardi...

Incurante del grasso nero che gli era rimasto sulla pelle, si passò una mano fra i capelli rossicci.

Aveva lavorato per tutto il pomeriggio e sentire il motore della vecchia Bentley risvegliarsi e fare le fusa era stata una grossa soddisfazione. I suoi programmi per la serata, però, erano irrimediabilmente sfumati.

— Abbiamo fatto un buon lavoro, Miles — gli concesse l'uomo, un sorriso soddisfatto stampato sul faccione. Era stanco, ma i suoi piccoli occhi azzurri brillavano. — Stiamo riportando quella bellezza al suo splendore...

Miles ricambiò il sorriso. La Bentley era un modello dei primi anni Ottanta. Non era tra le sue preferite, però non disse niente perché sapeva che suo zio adorava quelle vecchie signore.

— Ci facciamo una birra, Hank?

L'uomo soppesò l'offerta. Era tentato. — Chiama i tuoi

amici e bevitene una alla mia salute. Tua zia mi aspettava a casa già tre ore fa.

Miles gli batté una mano sulla spalla. — A domani, grande vecchio.

Si divisero, ciascuno per la propria strada: Hank svoltò l'angolo e si infilò nel primo portone e Miles si avviò nella direzione opposta.

Voleva andare a trovare la sua ragazza. Da quando aveva cominciato a lavorare non riuscivano quasi più a vedersi e lui era stanco di sentirsi ripetere che preferiva i suoi catorci a lei.

Lei abitava fuori dal paese, perciò lo attendeva una camminata silenziosa attraverso i campi, venti minuti a passo svelto. Miles tagliò per una stradina secondaria che nessuno si era mai preoccupato di far asfaltare, ignorando il cartello a T che la dichiarava interrotta. Superò con un salto la sbarra di divieto d'accesso come faceva da anni e s'inoltrò in mezzo alla campagna.

Winter non sapeva perché improvvisamente si trovasse accanto a Miles in una cittadina sconosciuta.

Lui non poteva vederla, ma lei non riusciva a smettere di guardarlo.

Miles non era affascinante: era massiccio, indossava una logora tuta da meccanico piena di macchie e il suo aspetto lasciava intendere che avesse avuto una lunga giornata.

Era vivo, però.

E questo lo rendeva incredibilmente interessante.

Winter si stupì a *desiderare* di poterlo osservare.

In realtà si sarebbe dovuta chiedere perché fosse lì. E dove.

Qualcosa la impensieriva, un senso infelice di premonizione... Ma come interrompere ciò che con ogni probabilità era solo un sogno?

Miles avanzava senza fretta. In tutta la vita non si era mai mosso dal paese e ne conosceva a memoria ogni angolo. Ogni tanto le nuvole coprivano la luna, ma lui non aveva bisogno di luce per proseguire.

Forse era troppo distratto dai propri pensieri. O forse era il suo inseguitore a essere innaturalmente silenzioso.

Il ragazzo si accorse di lui solo quando il suo peso lo schiacciò contro l'erba.

Lo spavento lo fece urlare. Si divincolò furiosamente, cercando di capire chi o cosa l'avesse attaccato.

Miles non era mai stato un tipo particolarmente coraggioso, ma solo in quel momento si accorse di non aver mai conosciuto prima la paura. Gli divampò in testa, sostituendo ogni pensiero.

Forse era il cane della fattoria. Aveva fatto male a non portarsi dietro una torcia elettrica. Eppure erano mani di uomo a serrargli il collo alla base.

Mentre scalciava, i suoi piedi colpirono il bersaglio abbastanza forte da farlo esitare.

Miles ne approfittò per girarsi e guardarlo in viso e la sua paura non fece altro che aumentare.

Era un uomo. O, almeno, il suo corpo sembrava umano. Gli occhi, però...

Dio onnipotente, pensò Miles.

Nessuno aveva uno sguardo simile. Era selvaggio, famelico.

Sembrava uscito da un incubo...

L'aggressore gli afferrò i capelli, costringendolo a piegare la testa di lato. Spalancò la bocca. E morse, là dove il sangue scorreva più copioso.

La sua bocca si incollò alla pelle e Miles non riuscì più a trattenere le lacrime.

Fermati, supplicò Winter. *Ti prego, smettila!*

Sentiva le labbra umide, il calore invaderle la gola. Avrebbe dato qualsiasi cosa per interrompere quell'incubo, per dimenticare la gioia selvaggia di quel momento.

Quando il vampiro fu sazio, Miles fuggì di corsa, premendosi le dita sulla gola. Il sangue smise di scorrere dopo pochi istanti, lasciandolo esausto e stordito a vagare tra i campi.

Winter si risvegliò lentamente.

Le ultime ore della notte le avevano concesso un sonno profondo come non le capitava più da ormai troppo tempo. Si crogiolò in quella piacevole sensazione fino allo squillo della sveglia, dopodiché cominciò a stiracchiarsi pigramente.

Si sentiva riposata e forte nonostante gli incubi l'avessero tormentata per ore prima di svanire.

La debolezza del giorno precedente era scomparsa, ma la dolcezza di quel risveglio la faceva sentire un po' in colpa.

Approfittane, Win, si impose, *non essere stupida...*

Mise a tacere i dubbi e si godette quel benessere. Solo dopo che ebbe aperto gli occhi, tuttavia, si rese conto di ciò che non andava davvero: sulle labbra e sul palato sentiva il sapore rugginoso del sangue.

Miles...

Lo stomaco le si contrasse violentemente. Si vestì più in fretta che poté e raggiunse i Chiplin in cucina.

— Buongiorno a tutti.

Ognuno la salutò a suo modo.

— Ciao, Winnie — disse la signora Chiplin. Come al solito era già pronta per affrontare la nuova giornata: un filo di trucco, quasi impercettibile, e i capelli chiari raccolti.

Non rimase a fissarla mentre beveva il caffè e non le offrì nulla da mangiare, segno evidente che nessuno l'aveva informata del suo svenimento.

Winter ne fu sollevata. Sedette accanto a Dai, che la accolse con un sorriso enorme.

A dieci anni, il bambino di casa era probabilmente l'unico a ignorare il segreto della sua vera natura, anche se presto avrebbe cominciato a ricevere gli insegnamenti delle Famiglie, proprio come i suoi fratelli.

— Forse prendiamo un cucciolo — le annunciò entusiasta.

— Davvero?

— Sì. La cagnolina di un mio compagno ne ha fatti cinque e mamma e papà hanno detto che dopo le vacanze possiamo portarne a casa uno, se vogliamo...

— Solo se i compiti in classe vanno bene, Dai — intervenne Griffith Chiplin riempiendo il fornello della pipa in attesa che il caffè si raffreddasse.

— La mamma viene con me a vederli dopo la scuola.

Morwenna non disse niente. Teneva lo sguardo inchiodato sul televisore, serissima.

Winter si alzò, avvicinandosi all'apparecchio per sentire meglio le parole.

— Shildon, contea di Durham — stava annunciando il giornalista. — Stanotte questa tranquilla cittadina è stata testimone di una nuova, inspiegabile violenza.

La ragazza fu scossa da un brivido.

— La vittima, attualmente in stato di shock, è un ragazzo: un apprendista meccanico di ventidue anni, Miles Cooper.

Le sfuggì un urlo, uno di quelli che Gareth le sentiva fare ogni notte. La tazza le cadde di mano, frantumandosi sul pavimento.

10

Lo Starbucks di Piccadilly era abbastanza affollato da consentire il massimo anonimato, eppure Susan Bray rimpiangeva la quiete del proprio ufficio. Era certa che in tutto quel brusio non sarebbe mai riuscita a concentrarsi a sufficienza. O forse era semplicemente colpa dell'agitazione.

Cercò di distendere la fronte aggrottata e affondò le dita tra i capelli castani, scombinandone la piega ordinata.

Di fronte a lei, il ghiaccio si stava sciogliendo lentamente nel caffè americano e il portatile stava scaricando un fiume in piena di posta. Si tolse la giacca grigia del tailleur e la appese con cura allo schienale della sedia.

Quando tornò a sollevare lo sguardo, scoprì che Iago Rhoser, l'Esecutore, l'aveva finalmente raggiunta.

— Il PC è già connesso, avvocato? — le domandò come unico saluto.

Susan annuì. Con il tempo aveva smesso di trovare irritanti i modi dell'Esecutore, complice il fatto che lui occupava un gradino molto superiore al suo nella piramide sociale delle Famiglie.

Lo osservò posare una tazza fumante sul tavolo e prendere posto con calma studiata. L'espressione perennemente severa era attenuata da un sorriso cordiale, a beneficio di eventuali osservatori.

— Ha letto del ragazzo di Shildon?

Susan picchiettò il dito sulla copia ripiegata del "Times" alla sua destra. Nemmeno lei era un tipo di troppe parole.

— Il tempo stringe, avvocato — osservò l'Esecutore. — Ormai dovrebbe essere chiaro.

Gli occhi scuri della donna gli si piantarono sul viso.

— Sa che la penso come lei, signor Rhoser — disse scandendo ogni parola. — Giocare all'eroe, però, non mi diverte.

L'uomo sogghignò. — Dovrà farci l'abitudine dopo che avrà inviato quella mail...

Entrambi, infatti, sapevano che lei l'avrebbe spedita e avrebbe fatto ciò che era necessario, inutile girarci attorno.

Aeron Fennah, il capo delle Famiglie, stava conducendo trattative segrete per rovesciare il Gran Maestro dell'Ordine, la potente società che controllava i vampiri. E loro, per poterlo incastrare, avevano bisogno di prove ben più solide dell'indirizzo anonimo di posta elettronica su cui erano riusciti a mettere le mani.

— Chi le dice che *macduff* accetterà di incontrarmi? E non otterremo nulla se non riusciremo a scoprire la sua vera identità. Potrebbe volerci del tempo e intanto rischiamo di essere scoperti.

— Andiamo, Bray... Ormai sono in molti a sapere che lei si è sempre occupata della piccola Starr.

Susan sospirò. *Winter*... il cui sangue avrebbe garantito allo sconosciuto *macduff* l'immortalità e l'avrebbe convinto a siglare l'accordo. E così il Consiglio, l'organo di governo che riuniva i vampiri dell'Ordine e le Famiglie con lo scopo di garantire la pace, sarebbe stato distrutto.

— È davvero convinto che lui si presenterà di persona?

Iago Rhoser si prese qualche istante per riflettere.

— Lo spero vivamente. Stiamo parlando del premio più allettante... Se fossi al suo posto non incaricherei un altro. Qualsiasi vampiro sarebbe troppo tentato dal sangue della ragazza.

L'avvocatessa abbassò gli occhi sul portatile e digitò in fretta la password. La casella mail che Aeron Fennah riservava a quella corrispondenza, *johnsmith*, si aprì dopo pochi secondi.

— Bene, allora vediamo di sbrigarci.

Molto lontano da lì, in una vecchia villa appena fuori Edimburgo, *macduff* annuì davanti allo schermo del proprio computer.

Da: johnsmith. Il momento è giunto. L'avvocato Bray le spiegherà ogni cosa. Presto otterrà la gloria immortale che va cercando. A lei stabilire il luogo dell'incontro.

Macduff si concesse il piacere di rileggere quelle poche righe ad alta voce perché anche il vampiro al suo fianco potesse sentire.

— Ci siamo, amico mio... — gli disse soddisfatto.

L'altro fu scosso da un fremito fin troppo evidente, ma si limitò ad annuire.

— Presto — mormorò. — Deve essere presto...

Nel silenzio assoluto si udì solo il ticchettio dei tasti.

A: johnsmith. Domani alle 19.00. Atrium. Edimburgo.

Susan Bray e l'Esecutore si scambiarono un'occhiata.

Per organizzare una gita in Scozia avevano davvero pochissimo tempo.

11

Era sabato.

Winter si immobilizzò sulla soglia di casa Chiplin, chiedendosi se davvero fosse il caso di superarla.

Perché mi sono lasciata convincere? si domandò per l'ennesima volta. Era una stupida, stupida idea, eppure non era riuscita a tirarsi indietro...

Lorna Carter aveva accettato di coprirla senza bisogno di saperne di più, ma Winter era comunque certa che lei sarebbe stata la prima a non approvare il suo appuntamento con un Nox.

Perché non riusciamo mai a fare ciò che è giusto, Rhys?

E, volendo, c'erano altre mille domande senza risposta, e la prima riguardava il motivo per cui proprio loro due si fossero amati fin dal primo istante. Sarebbe successo comunque se Winter fosse stata una qualsiasi ragazza umana, se Rhys Llewelyn non fosse stato un vampiro? Oppure era soltanto l'attrazione del sangue che si stava prendendo gioco di loro?

Winter gettò un'occhiata all'orologio. Mancavano quindici minuti al loro primo appuntamento.

Torna di sopra, Win. Chiuditi in soffitta e non pensarci più, si consigliò saggiamente.

E invece controllò la propria immagine nello specchio dell'ingresso, il trucco leggerissimo che la faceva sembrare un po' meno bambina, i capelli sciolti, l'effetto dei jeans e dei sandali con il tacco. La maglietta viola scuro le lasciava scoperti le spalle e il collo.

Okay. Vado davvero da Lorna.

Si chiuse la porta alle spalle e trasse un lungo respiro stringendo il ciondolo di cristallo tra le dita.

Raggiunse la stazione alle dieci precise.

Rhys lasciò che fosse Winter a stabilire le distanze e, quando lei si fermò a un passo, rinunciò ad avvicinarsi.

— Ti va di vedere il mare? — le chiese semplicemente.

Per una frazione di secondo, temette che lei si sarebbe voltata e sarebbe scomparsa, che fosse venuta solo a dirgli addio.

Winter invece annuì con la traccia di un sorriso.

— Dove?

— A Pensarn. In treno ci vuole meno di un'ora.

S'incamminarono verso la banchina, uno di fianco all'altra, lanciandosi di tanto in tanto qualche occhiata furtiva.

Non erano mai usciti insieme. Persino quando erano in fuga da tutti, a Londra, avevano avuto ben poche occasioni per stare da soli.

L'aria era colma di una dolce agitazione, mentre il treno si fermava, sferragliando, davanti a loro.

Winter sperò che potesse portarli lontano, ben oltre Pensarn, via dalle Famiglie e dall'Ordine. E dall'incubo della predizione di Bethan.

Allungò il braccio esitante e prese la mano di Rhys

nella propria. Niente al mondo l'avrebbe costretta a fargli del male. — Solo io e te per oggi.

Rhys le rivolse uno sguardo intenso, scintillante, che tradiva quanto lui stesso lo desiderasse. — Nient'altro.

Quando salirono sul vagone, la distanza tra loro era scomparsa. Winter gli posò la fronte contro la spalla, i capelli sciolti disegnarono una macchia nerissima sul rosso cupo della sua maglietta.

Rhys si appoggiò alla parete e le sue braccia le avvolsero la schiena con dolcezza.

— Mi sei mancata — sussurrò.

— Anche tu — gli rispose lei pianissimo. — Mi manchi sempre...

Si raddrizzò e lo guidò lungo il corridoio, tenendolo per mano, fino a raggiungere due posti isolati.

Pensare divenne sempre più difficile, ma per qualche ora tutti gli ostacoli potevano restare ad attenderli a Cae Mefus.

Il paesaggio continuava a mutare veloce, il verde si tuffava nel cielo color acciaio. La mattinata era straordinariamente luminosa, anche se all'orizzonte s'intravedeva uno spesso strato di nuvole. Quando apparve il mare, Winter si sporse in avanti d'istinto.

— Non ci sono mai stata senza la nonna — mormorò.

Rhys studiò furtivamente la sua espressione. — Possiamo andare da qualche altra parte, se preferisci.

Lei scosse la testa. — No. Mi piace il mare. E poi non sono mai stata da queste parti. Con la nonna abbiamo girato solo la Cornovaglia.

— Qui non ci sono le stesse scogliere.

Winter continuava a osservare, fuori dal finestrino, la spiaggia chiara e ampia che si scorgeva in lontananza.

— Sembra tutto più dolce...

— Lo è.

Lui non stava più parlando del paesaggio, però. Parlava di quelle ore rubate e Winter arrossì delicatamente.

Voleva osservare le onde insieme a lui.

La ferrovia deviò nell'abitato, raggiungendo Abergele, e il treno cominciò a rallentare la sua corsa.

— Tu non pensi mai al futuro, Rhys?

Il ragazzo le sorrise. — Non se posso evitarlo. E oggi è vietato.

Mentre la vettura frenava, la aiutò ad alzarsi attirandola a sé.

— Solo io e te. L'abbiamo promesso, no?

Winter annuì e il suo viso tornò a distendersi.

«Tu stessa avresti il dovere di annientarlo.»

Le sue dita le sfiorarono il viso, strappandole un sorriso.

Non ora, Win, si ammonì. *Oggi non esiste nient'altro.*

Era facile crederlo quando erano così vicini.

Mentre scendevano alla stazione di Abergele e Pensarn, si abbandonò a quella strana magia.

Forse era colpa del sangue, ma poteva esistere un sentimento più forte?

L'aria era fresca e salmastra. Il vento forte aveva scoraggiato quasi tutti, e loro erano gli unici a passeggiare sul lungomare.

— La compri una rosa per la tua ragazza? — domandò una fioraia a Rhys quando passarono davanti alla sua bancarella.

Una folata più dispettosa delle altre agitò i capelli di Winter, aprendoli come ali alle sue spalle. Lei e Rhys si strinsero la mano e cominciarono a correre, dimenticandosi di rispondere.

Il mare li chiamava.

Mentre si avventuravano tra i ciottoli della spiaggia, lei si fermò per togliere i sandali e proseguì tenendoli nella mano libera.

Le onde si frangevano sulla battigia vaporizzando intorno goccioline impalpabili e salate.

Rallentarono, avvicinandosi al mare quanto potevano, ridendo quando venivano bagnati da spruzzi improvvisi.

Winter aveva le guance rosee. Lunghe ciocche nere si agitavano scomposte attorno al suo viso, dandole un'aria libera e selvatica.

Il cuore di Rhys batteva un po' più forte ogni volta che incrociava il suo sguardo. Lei aveva occhi talmente brillanti...

Poi si ritrovarono stretti in un abbraccio privo di pensieri.

Si sedettero sul pietrisco, sospesi tra mare e vento.

Winter non aveva più paura.

Loro due e nient'altro.

Il resto, qualsiasi condanna minacciasse il loro destino, avrebbe dovuto aspettare.

12

L'Atrium era uno dei ristoranti più famosi di Edimburgo.

L'arredamento era un sobrio insieme di antico e moderno: legno scuro, sedie dalla fodera bianca, pietra a vista e lampadari in lamina metallica che gli donavano un'illuminazione dorata e soffusa.

Un sollecito maître condusse Susan Bray fino a un tavolo appartato.

L'uomo che si alzò ad accoglierla indossava una giacca di tweed dal taglio impeccabile e occhiali che servivano solo a farlo sembrare più maturo e autorevole. Era alto, capelli castano chiaro, sorriso cordiale e vagamente divertito. Per quanto potesse contare, non dimostrava neppure quarant'anni.

— È davvero un piacere, avvocato — disse tendendole la mano.

Susan la scosse in una stretta decisa, ben intenzionata a mostrarsi sicura di sé.

— Il piacere è mio. Ero davvero curiosa di scoprire chi si nascondesse dietro il misterioso John Smith.

Il maître scostò la sua sedia dal tavolo e lei vi prese posto con un cenno di ringraziamento.

— Credo comprenderà le ragioni di tanto riserbo...

— Naturalmente — rispose Susan.

Ciò che invece le restava da scoprire era quanto *macduff* fosse stato riservato con Fennah. Quello era il vero punto cieco del loro piano: se Fennah avesse conosciuto la reale identità del suo corrispondente, lei dubitava che sarebbe riuscita a lasciare Edimburgo sulle sue gambe.

Il maître approfittò del loro silenzio per porgere all'uomo la lista dei vini, ma lui scosse il capo.

— Champagne, signor Dougall? — gli domandò allora.

— Che sia la bottiglia migliore delle vostre cantine, Sean.

Susan rivolse al suo ospite uno sguardo indagatore.

— Dougall, dunque — commentò. — Posso ritenerlo il suo vero nome?

— Fennah non è ancora riuscito a stabilirlo? — replicò il vampiro con un sorrisetto apparentemente disteso.

Ci siamo, Susan, pensò la donna, pronta a giocare il tutto per tutto. Scosse il capo.

— Ebbene sì — ammise infine l'altro. — Malcolm Dougall, per servirla. Vuole che le mostri un mio documento?

Questa volta fu lei a sorridere. — Finché noi delle Famiglie vi aiuteremo a mantenere l'anonimato, i documenti della vostra stirpe continueranno a essere ben poco affidabili, signor Dougall. A quando risale il suo atto di nascita reale?

Il viso di Malcolm Dougall si illuminò di divertimento.

— 1804. Credo che attualmente sia custodito in una teca al Kelvingrove di Glasgow, ma l'ho perso di vista da almeno un secolo.

Stupita, Susan pensò che era il primo vampiro dotato di senso dell'umorismo che lei avesse mai conosciuto.

Poi il maître fece ritorno, reggendo cerimoniosamente una bottiglia dall'aria costosa. — Desidera sentire se è di suo gradimento?

Dougall annuì.

— Deve scusarmi, avvocato — disse sollevando il flûte e scoccandole un sorriso. — Con il passare del tempo persino Sean ha capito che sono... molto attento a ciò che bevo.

Prima di sorseggiare il vino, ne aspirò rispettosamente l'aroma.

— Eccellente come sempre, amico mio.

Il maître annuì gongolante e porse a entrambi il menù.

— Le consiglio il pesce. Sono pronto a scommettere che nessun ristorante londinese possa reggere il confronto.

Susan mantenne lo sguardo fisso nel suo. — Accetto la sfida, signor Dougall.

Poco tempo e un paio di brindisi dopo, avevano davanti agli occhi il Tweed Kettle migliore della Scozia.

Dougall aveva allentato la cravatta e aperto la giacca con disinvoltura. Dalla postura rilassata e dal modo in cui assaporava ogni portata, era evidente che sapeva godersi la vita.

Susan, però, non avrebbe potuto trovarlo più spiazzante...

Nulla, durante quell'incontro, stava procedendo secondo i piani. Sembrava più una cena tra vecchi amici che una riunione clandestina tra congiurati.

— E così è pronto a sfidare il Consiglio — commentò, tentando di riportare la conversazione dove avrebbe dovuto condurli.

Il sorriso di Dougall si appannò impercettibilmente.

— L'Ordine, avvocato Bray — precisò dopo qualche istante. — E per l'esattezza l'attuale Gran Maestro.

— Non condivide la politica di Lochinvar?

— Questo è quantomeno riduttivo, mia cara. Ho motivi molto personali per nutrire... diciamo così, un *forte risentimento* nei confronti di Alaric Lochinvar.

Susan si fece più attenta. — Vuole condividerli con noi?

Dougall appoggiò il mento al pugno, guardandola al di sopra degli occhiali. Aveva occhi verdi e dorati ora del tutto privi di allegria.

— No.

Susan dovette reprimere un brivido. Stava cominciando ad avere paura, ma quando il vampiro si sporse verso di lei, facendole cenno di avvicinarsi, si costrinse ad assecondarlo.

— Ma potrei rivelarli a lei, se solo si decidesse a spegnere quella stupida trasmittente che ha in tasca — le disse nell'orecchio. — È tutta la sera che il suo ronzio mi infastidisce.

L'avvocatessa deglutì a vuoto, ma tenne duro. — Se lo facessi, succederebbero cose spiacevoli...

Il vampiro si scostò con un sorriso affascinante. Si alzò con calma e si portò alle spalle della donna, curvandosi su di lei.

— Si sfili la giacca. Mi bastano cinque minuti per farle un buon riassunto — sussurrò.

Susan eseguì gli ordini con la bocca improvvisamente asciutta.

Mentre un cameriere sfilava accanto a loro con il carrello dei dolci, Dougall gettò rapidamente l'indumento sul ripiano inferiore. Il ragazzo passò oltre senza nemmeno aver avuto il tempo di accorgersene e il vampiro si risedette come se niente fosse.

— Ho l'impressione che lei non giochi pulito, Susan — dichiarò estraendo il cellulare. — Anzi, sono quasi certo che se telefonassi al signor Fennah, usando un numero che per quanto lei ne sappia, mi ha dato lui stesso, potrei causarle dei problemi. — Il suo sguardo era tornato ironico. — Sbaglio?

— Lo scopra da solo — replicò la donna in tono tagliente.

Dougall rise. — Non bluffi, avvocato. La vita umana è già abbastanza breve.

Susan sentì il sudore freddo velarle la fronte, eppure non poteva cedere. — Ha uno strano modo di convincere le Famiglie a concederle ciò che desidera...

— Ci restano tre minuti. Le interessa la mia storia? Deciderà poi se riferirla o meno a chiunque ci stesse ascoltando.

Lei serrò le labbra, prima di dire: — Parli.

Dougall versò altro vino a entrambi.

— Morgan Blackwood era come un fratello per me. Il Consiglio decretò la sua morte sedici anni fa e io stesso dovetti rinunciare alla mia posizione nell'Ordine per averlo sostenuto — rivelò. — Ma se crede che sia stato Fennah a ordinarlo è un'illusa. Lui è sempre stato una pedina esattamente come l'Esecutore. Sa a chi apparteneva il castello dove Morgan ed Elaine Mitchell erano nascosti?

L'avvocatessa lo comprese immediatamente. — Ad Alaric Lochinvar.

L'espressione di Dougall era amara. — Già. Li ha nascosti entrambi fino alla nascita della piccola e poi ha lasciato che fossero massacrati.

La nascita della piccola...

— Perciò ci può scommettere, avvocato. Voglio la figlia di Morgan e voglio vendetta.

Susan sbatté le palpebre, incredula. Dougall stava smontando ogni loro teoria, eppure lei gli credeva perché aveva parlato di Winter con la tenerezza di uno di famiglia.

— Allora lei non cerca l'immortalità...

Il vampiro si strinse nelle spalle.

— È un bene sovrastimato. Quelli come me hanno un'aspettativa di vita lunga quattro secoli. Abbastanza da accumulare un bel po' di rimpianti, non trova?

— Credevo volesse scatenare una rivolta.

— Per non essere più costretto a bere soltanto Siero?

Rise, mentre la sua espressione cambiava di nuovo. O era un tipo decisamente trasparente, oppure non sentiva la necessità di nasconderle i propri pensieri.

— No, non lo ritengo un male insopportabile. E sa perché? — Indicò la tavola davanti a sé. — Perché esiste il Tweed Kettle. Il salmone può essere cucinato in migliaia di modi, uve diverse producono vini dagli aromi più vari, la pizza italiana è un piacere dei sensi. In definitiva, anche il sangue è un po' sovrastimato...

Non c'era modo di capire quanto fossero serie le sue parole, perciò Susan si accontentò di sorridere.

— Devo riprendere la giacca... — disse infine.

— La prego, stia seduta. Sarei terribilmente scortese se non lo facessi io. — Si alzò con movimenti fluidi. — E sappiamo entrambi che sarei anche ingenuo, se le dessi ancora modo di parlare liberamente con il suo contatto.

Susan lo osservò allontanarsi. Si chiese se fosse il caso di tentare la fuga, ma l'esca gettata dal vampiro l'aveva catturata irrimediabilmente.

Possibile che ci siamo sbagliati tanto, Esecutore? Che da mesi tentiamo di rovesciare Fennah mentre è Lochinvar il rischio maggiore per il Consiglio?

Perché se era così, si trovavano tutti in guai molto grossi.

— Rifletta su ciò che ci siamo detti, Susan — le consigliò Malcolm Dougall tornando con la sua giacca. — Quando ci rivedremo, sarò io a volere delle garanzie...

Più tardi, mentre camminava per le vie di Edimburgo, il vampiro ripensò a ogni parola di quello strano incontro.

Aveva sempre avuto talento nel comprendere le persone. Sapeva con assoluta certezza che l'avvocatessa aveva tentato di ingannarli e che non era stato Fennah a mandarla.

Questo però potrebbe essere addirittura un bene.

Susan Bray era una donna intelligente, aveva fegato e, anche se non aveva fatto nulla per farglielo capire, voleva bene a Winter. Poteva rivelarsi una valida alleata.

Rimaneva solo da capire se lei fosse pronta a fidarsi.

Non potrà pensarci a lungo, mia cara... abbiamo poco tempo.

Winter Starr aveva poco tempo.

13

Dopo quella giornata insieme, doversi separare sembrava impossibile.

Tornati a Cae Mefus, Winter e Rhys si ritrovarono a passeggiare ancora abbracciati nei prati.

I fiori stavano cominciando a richiudersi, preparandosi al tramonto, ma il cielo era ancora terso.

Rhys si sporse per sentire il profumo delle sue guance e Winter lo lasciò fare, immobile.

— Sai di mare.

— È un complimento? — lo provocò.

— Non uno dei migliori, lo ammetto...

La vicinanza però le dava i brividi, togliendole la voglia di scherzare. Si sedette sull'erba, rimpiangendo il trascorrere delle ore. Lui la seguì.

— C'è ancora tempo prima del coprifuoco — le sussurrò, circondandole le spalle con un braccio.

Winter si domandò come facesse a sapere sempre cosa lei stesse pensando. O come ci riuscisse lei.

Era come se il sangue che gli aveva donato li avesse uniti ancora più profondamente. C'era sempre un filo che collegava l'una all'altro, facendoli sentire parte della stessa cosa.

Fa quasi paura, disse tra sé, senza sapere a chi fosse rivolto quel pensiero.

Rhys sorrise e fece incontrare le loro labbra.

Esitò un istante, poi entrambi si schiusero a quel contatto.

Winter si lasciò scivolare all'indietro fino a sentire i fili d'erba solleticarle le spalle.

Si baciarono ancora.

Quando dovettero riprendere il respiro, nessuno dei due si risollevò.

Winter sfiorò il viso di Rhys, provando una strana impazienza. Aveva bisogno di sentire ancora il suo sapore.

Gli occhi del ragazzo seguirono la sua mano fino a che non gli scomparve tra i capelli.

Abbassò le ciglia e quando tornò a guardarla, il suo sguardo era intenso e penetrante. Le permise di vedere tutto il desiderio che provava e la ragazza seppe che lo osservava, identico, in lei, come se fosse troppo doloroso costringere i loro corpi a rimanere separati.

Sollevò il viso e lo baciò di nuovo.

Le loro sensazioni si confusero insieme, con dolcezza, come se fosse la cosa più naturale al mondo.

Erano legati da un filo rosso sangue.

Poi quel languore si trasformò in un batticuore più indistinto, irrazionale e travolgente.

Rhys le posò le labbra sul collo e vi premette un bacio. L'intensità di quelle sensazioni divenne difficile da contrastare. Persino i loro pensieri erano troppo vicini perché lui potesse nasconderle ciò che provava.

Forse sarebbe riuscito a resisterle, ma la Sete avrebbe sempre fatto parte del suo desiderio.

Winter si divincolò, liberandosi dall'abbraccio e scattando in piedi.

— Sappiamo tutti e due che è sbagliato — disse voltandogli le spalle.

Non voleva che la vedesse in viso. Tutta la dolcezza si era dissolta, aveva voglia di piangere e di gridare.

Rhys sospirò, rialzandosi con lentezza. Le si avvicinò senza fretta, anche se avrebbe voluto stringerla forte a sé. All'improvviso l'aria fu satura di un'energia che ribolliva soffocata. Il Potere e la Sete si stavano risvegliando.

— Ti riaccompagno a casa.

Le sfiorò il palmo, increspando l'alone ineffabile che la circondava. Il richiamo della ragazza lo fece rabbrividire, ma Winter lo respinse d'istinto. C'era troppa confusione dentro di lei, un tumulto tempestoso di emozioni.

Si rese conto di ciò che aveva appena fatto solo quando Rhys incrociò le braccia, evitando il suo sguardo.

Guardò le proprie mani, incredula e combattuta. Una parte di lei desiderava che le loro dita tornassero a intrecciarsi, e contemporaneamente ne era quasi infastidita.

Che ti prende, Win?

Rhys era innamorato di lei, non le avrebbe mai fatto del male. La Sete faceva parte della sua natura, ma non c'era motivo di temerla...

Eppure non era quello il problema.

La sua non era paura, non più. Era una sensazione bruciante di rabbia. Si era sentita preda e non riusciva a tollerarlo. Non si sentiva semplicemente offesa, era come se un istinto sconosciuto le avesse gridato di ribellarsi.

Senza più guardarsi indietro, tornò sullo sterrato e proseguì verso casa Chiplin.

14

Gareth era inquieto.

Introdursi nella sede dei Nox era stato facile, ma, mentre spiava i volumi della loro biblioteca, aveva la sensazione di essersi spinto troppo oltre, di ficcare il naso in segreti che non lo riguardavano.

Riguardano Win, però, si ripeté per convincersi.

Non sapeva neppure bene cosa stesse cercando, né come avrebbe giustificato la sua presenza lì se fosse stato sorpreso, ma ne aveva abbastanza di sentirla gridare ogni notte in preda agli incubi.

«Non illuderti che sia umana» aveva detto Rhys Llewelyn. E probabilmente era un buon consiglio.

Fuori dalla finestra, la luce stava cominciando ad attenuarsi. In meno di un'ora si sarebbe fatto buio e lui non aveva ancora trovato niente.

Costeggiò la libreria, sfiorando con le dita il legno scuro degli scaffali e le coste rilegate dei volumi.

Ti aspettavi di trovare l'enciclopedia medica del vampiro? si domandò sarcastico.

Qualcosa del genere, in effetti, anche se era stato ingenuo: i vampiri erano troppo attenti a non lasciare in giro prove della propria esistenza, perciò tutto quello che aveva davanti erano tomi sul folklore e le tradizioni popolari, alberi genealogici e noiosi annuari che raccontavano la storia delle famiglie dei Nox e di altre illustri casate.

Llewelyn... Farland...

Infine l'occhio gli cadde su un volume blu scuro, rilegato in pelle e impolverato.

Gareth lesse la scritta dorata: BLACKWOOD.

Centro! Fece appena in tempo a prenderlo, prima che un rumore di passi risuonasse nel corridoio.

Aveva lasciato la finestra spalancata in vista di un'eventualità del genere, eppure la possibilità di darsi alla fuga gli parve, all'improvviso, un gesto da codardi.

Sogghignò, decidendo all'istante le sue prossime mosse.

Spalancò il libro sul tavolo e si sedette a consultarlo con aria di sfida.

— Quello è il posto di Cameron — dichiarò Rhys Llewelyn entrando nella stanza.

Gareth realizzò subito che il ragazzo non era dell'umore migliore. Il suo viso era cupo, nervoso. Ma se aveva avuto una brutta giornata erano problemi suoi, giusto?

— Davvero? — replicò quindi, simulando perfetto stupore.

Rhys lo ignorò. Si avvicinò al tavolo e sollevò il libro senza troppe cerimonie per guardarne il titolo.

— Una lettura interessante, ma non particolarmente istruttiva. — Si spostò accanto alla libreria e vi si appoggiò. — Del padre di Winter si parla a partire da pagina 247. Non credo che le mie sottolineature disturberanno la tua lettura...

Gareth si appoggiò allo schienale della sedia e lo fissò di traverso.

— Tu non ti stanchi mai? — chiese, sinceramente interessato. — Di fare il primo della classe, intendo.

— Ti assicuro che è meglio così.

Gli voltò le spalle e sfilò un paio di libri dalle mensole.

— Comunque lì scoprirai solo che Morgan Blackwood è nato nel 1807 vicino a Inverness, che era un Soldier della Loggia di Edimburgo e che venne istruito da Alaric Lochinvar in persona a causa del suo grande potere. Immagino tu sappia già che è morto sedici anni fa.

Gareth sorrise senza allegria.

— Dovevi proprio rovinarmi il finale? — domandò sarcastico.

Rhys sbatté i volumi sul tavolo davanti a lui, sentendo crescere la rabbia.

— Prenditeli e sparisci.

Si fissarono ostili, poi Gareth si alzò. — Ti dà così fastidio che anch'io mi preoccupi di Winter? Be', fattene una ragione! Non sei tu a vedere la sua faccia stravolta ogni mattina! Tu non potrai mai darle la pace che cerca.

Negli occhi di Rhys passò un'ombra sofferente.

Nemmeno tu, però... quella deve trovarla da sola.

Distolse lo sguardo, valutando le possibilità, e si fece scivolare una mano in tasca per afferrarne il contenuto.

Per tutto il giorno aveva atteso l'occasione giusta per parlarne con Winter, ma ancora una volta si era lasciato giocare dai suoi stessi sentimenti.

Allungò il braccio verso Gareth e gli consegnò il piccolo oggetto.

— Sai anche tu cosa le sta succedendo, Chiplin. Presto avrà bisogno di questo.

Soltanto la sua espressione tormentata convinse Gareth a prendere in custodia l'oggetto per farlo sparire nel proprio zaino insieme ai libri.

— Ti sbagli — scandì piano mentre si avviava verso l'uscita.

Rhys si avvicinò alla finestra per osservare il sopraggiungere del tramonto. La sua mente continuava a vagare, mostrandogli Winter che si allontanava tra i campi.

— Puoi anche continuare a evitare me... — mormorò. — Ma fino a quando riuscirai a sfuggire te stessa?

15

Un'altra lunga notte.
Winter si svegliò rabbrividendo per il freddo. Un usignolo stava cinguettando poco lontano.

Doveva essere ancora buio, magari con un po' di fortuna sarebbe riuscita a riaddormentarsi. A occhi chiusi, cercò di afferrare il lenzuolo per coprirsi meglio.

Un paio di tentativi andarono a vuoto. Cominciò a tastare il letto attorno a lei, sentendosi all'improvviso scomoda, e provò a rigirarsi.

Poi un suono vicino di acqua corrente la convinse a guardare.

Non è possibile, fu il suo primo pensiero.

Si passò la mano sugli occhi, ma la scena non cambiò. Era circondata dagli alberi e dalla foschia azzurrina che si levava dal Teifi. Il tappeto di muschio e foglie che copriva il suolo le pungeva la schiena attraverso la maglietta che aveva indossato prima di andare a letto.

Nella luce debole che precedeva l'alba, Winter si sollevò a sedere, ancora troppo stupita per potersi davvero spaventare. Guardò le proprie gambe nude. Aveva le ginocchia tutte sporche di terra e i polpacci graffiati dai rovi.

Mentre troppe emozioni si risvegliavano insieme, fu scossa da un tremito violento.

Cosa...

Il suo ultimo ricordo risaliva alla sera prima, alla morbidezza del suo cuscino.

E ora apriva gli occhi nel bosco.

Winter comprese di essere sull'orlo del crollo.

Non provarci! s'impose con tutta la forza di volontà che le rimaneva. *Non ora...*

Si alzò traballando e cominciò a camminare.

Devi tornare a casa... ce la puoi fare...

Strinse gli occhi e riuscì a individuare il sentiero.

Così, Win... brava!

Sfiorò il suo ciondolo con dita infreddolite e si concentrò solo sui propri passi, sforzandosi di escludere tutto il resto. Dentro la sua testa sgomitavano pensieri ed emozioni, e nessuno di questi era felice. Non doveva ascoltarli o non ce l'avrebbe fatta.

Sarebbe uscita dal bosco dalla parte dei pascoli. Bastava attraversarli per raggiungere casa Chiplin.

Doveva essere passata dai finestroni del tetto, li avrebbe trovati ancora aperti.

Sono tre piani, Winter, disse una voce antipatica dentro di lei. *Hai camminato sulla tettoia e ti sei calata dalla grondaia dormendo? Ci credi davvero? Non vuoi sapere come hai fatto?*

Si strinse le braccia attorno al busto, ma la voce non si rassegnò a tacere.

Prima o poi dovrai affrontarlo, proseguì insinuante.

Dillo... Dì quello che ti spaventa davvero!

Winter represse un singhiozzo, rifiutandosi di ubbidire.

Gareth si svegliò di scatto sentendo strani rumori provenire dall'esterno.

Si tese in ascolto, infilandosi i pantaloni in tutta fretta.

Venivano dalla tettoia, più vicini al bagno che alla sua finestra. Al primo tonfo attutito seguì un silenzio quasi assoluto, e nella sua testa si dipinse l'immagine di un intruso che si issava sulle tegole dopo aver risalito la grondaia.

Piano con la fantasia, si ammonì avvicinandosi ai vetri senza far rumore.

In realtà l'ipotesi dell'intruso non era da escludere, visto che era già successo in passato. Il vampiro che aveva scalato il loro tetto qualche tempo prima, però, non si era certo mosso con tanta cautela.

Il suono riprese, una specie di strisciare furtivo lungo la tettoia.

Lentamente, Gareth scostò la tenda, complimentandosi con se stesso per non aver chiuso le persiane la sera prima.

Nuvole scure velavano i primi raggi di sole, ma la sagoma in equilibrio precario sullo spiovente era comunque inconfondibile. Winter.

Che diavolo?!

Gareth decise che se lo sarebbe domandato dopo.

Lasciò la propria stanza di corsa e si precipitò in bagno, dove accese la luce.

Non spaventarti, Win!

Mentre raggiungeva la finestra trattenne il fiato, quasi attendendosi un nuovo, più drammatico schianto. Invece fu lui a sobbalzare trovando la ragazza a un soffio da sé, sul davanzale, in attesa che lui le aprisse per lasciarla entrare.

Girò la maniglia.

— È la tua versione della ginnastica mattutina?

Winter scivolò dentro e Gareth rabbrividì quando una ciocca gelida gli sfiorò il braccio.

Solo allora mise a fuoco il suo aspetto: lei non indossava altro che un'enorme maglietta strappata fino a lasciarle scoperte le spalle, aveva i capelli sciolti e cosparsi di foglie, gli occhi scintillanti. Le gambe nude erano increspate dai brividi e graffiate come se avesse corso in mezzo ai rovi.

Cosa che poteva benissimo aver fatto, a giudicare dalle apparenze.

L'insieme lasciava perplessi, ma era anche... *sexy.*

Le porse un accappatoio. L'avrebbe aiutata a metterlo, ma lei glielo tolse di mano.

— Grazie — sussurrò tenendo lo sguardo fisso per terra.

Gareth deglutì a vuoto.

Devi essere gelata... pensò, provando anche a formulare le parole.

— Dove sei stata? — gli uscì invece dalle labbra.

Per la prima volta in quei minuti assurdi, Winter lo guardò dritto in faccia.

— Non lo so — rispose secca.

— Stai scherzando? In genere, quando si esce di nascosto, lo si fa per un motivo... Io l'ho fatto decine di volte per andare al Manaros.

Si stava già pentendo di ogni singola sillaba, perciò cercò un modo di sdrammatizzare.

— Non che ci sia mai andato in pigiama...

Lei si morse un labbro per non rispondere. Aprì l'acqua della doccia.

— Magari dopo, Gareth — sospirò nel tono inequivocabile del congedo.

In quel momento, la memoria del ragazzo gli giocò

un brutto scherzo, riportandolo indietro al pomeriggio precedente.

«Prenditeli e sparisci» si sentì ripetere da Llewelyn nella sua mente.

Assurdo, pensò richiudendosi la porta del bagno alle spalle. Eppure Winter gli aveva appena ricordato il Nox.

Tornato nella propria stanza, Gareth tirò fuori dallo zaino ciò che, suo malgrado, aveva accettato di custodire.

Si sedette sul letto e rimase a fissare la boccetta di Siero che teneva tra le mani, un piede che tamburellava furiosamente sul pavimento.

Non è come te, ripeté senza più sapere se parlasse a Llewelyn o a se stesso.

16

Al Manaros, Eleri inserì una monetina nel juke-box, un modello vintage che era l'orgoglio del locale. Studiò i titoli disponibili e finì per selezionare il solito brano.

Campane, frastuono, poi gli OneRepublic cominciarono a cantare e la ragazza si unì a loro, sussurrando appena.

I capelli biondi le fluttuavano attorno alle spalle, mentre tornava al tavolo camminando a tempo di musica.

— Ancora questa roba, El? — la accolse Gareth con aria annoiata.

Lei non gli diede peso. Suo fratello era stato di cattivo umore per tutto il giorno. Era stata lei a proporgli di uscire, ma dubitava che una sera al pub potesse guarirlo. E quando lui era in quello stato lasciarlo perdere si rivelava sempre la scelta migliore.

— Mi piace — rispose con sincerità.

— Rassegnati, Gary. Tua sorella non apprezzerà mai il rock duro — intervenne Trevor, scuotendo la testa e posando sul tavolo il proprio bicchiere ormai vuoto.

— Winter non c'è? — domandò tanto per avviare una conversazione.

Gareth si incupì all'istante ed Eleri non fu l'unica a notarlo.

— Non sta molto bene.

Mentre Trevor si alzava per tornare al bancone, comprendendo al volo che non era il caso di insistere, lei si sporse verso il fratello.

— Credevo fosse solo una scusa per starsene a casa...

Gareth sbuffò. — Ovvio che non l'hai vista oggi. Non le ho nemmeno detto che saremmo venuti qui.

Winter si rigirò nel letto, le lenzuola strette al corpo per sentirne il contatto confortevole.

Un altro sogno, ma per una volta familiare.

Gareth ed Eleri al pub con Trevor.

La musica copriva le loro parole, gli altoparlanti del Manaros la diffondevano a tutto volume.

Riconobbe la canzone, anche se il nome continuava a sfuggirle.

El la adora...

Rimase a osservarli, felice finalmente di assistere a qualcosa di tanto innocuo.

Si godette la penombra accogliente del pub.

Un sogno tranquillo era proprio quello che le serviva...

— Non sono riuscita a incrociarla. È rimasta in soffitta tutto il giorno. — Eleri si passò una mano sulla fronte per scacciare un ciuffo ribelle. — In questo periodo è...

Cercò la parola a labbra serrate.

— Strana? — terminò Gareth per lei.

La ragazza annuì.

— Di sicuro non deve essere un momento facile per lei. — Non c'era un modo garbato per dirlo, perciò Eleri fu rapida e diretta. — E se riguardasse... ciò che è?

Gareth si strinse nelle spalle. — Lo pensa anche Llewelyn, credo.

Eleri tacque, incerta. Non si erano mai inoltrati tanto a fondo in quel territorio, ma non sopportava più di vedere suo fratello in quelle condizioni.

— Hai mai pensato di lasciarla perdere?

Gareth si immobilizzò.

Troppo tardi, pensò tristemente. Le passò un braccio attorno alle spalle e posò un bacio sui suoi capelli dorati.

— Discorso chiuso, Ellie — le disse poi con il suo tipico sorriso traverso.

Lei lo ricambiò con la stessa espressione. — Okay. Allora vediamo di divertirci!

E si alzò per raggiungere un gruppetto all'estremità opposta della sala.

Il trillo del cellulare svegliò Winter, che agguantò il telefono a tentoni e lesse il messaggio.

«Siamo tutti al Manaros» diceva Gareth. «Riposati, domani si va a scuola.»

Sulle sue labbra affiorò un sorriso.

«Siamo tutti al Manaros...»

Un istante dopo, però, sentì montare l'inquietudine.

Proprio come nel sogno, realizzò.

Ripensò alla penombra del pub, ai mille dettagli nitidi che le erano rimasti impressi, alla musica, ai bassi che le rimbombavano nel petto. Persino l'odore del locale le pervadeva ancora le narici.

Perché l'ho sognato?

Nel caso del ragazzo di Shildon aveva creduto che si trattasse del suo legame con i vampiri, ma ora... dopo che si era addirittura risvegliata nel bosco...

Cosa mi sta succedendo?

Improvvisamente ebbe paura di riaddormentarsi.

Mentre i suoi occhi tornavano a chiudersi, appesantiti dal sonno, strinse forte tra le dita il ciondolo di cristallo. Suo padre l'aveva creato perché la proteggesse.

Si aggrappò a quel pensiero cercando di calmarsi, poi un brivido inquieto le traversò la schiena.

Dopo aver salutato i suoi amici, la ragazzina bionda rimase per qualche tempo all'angolo della strada, poco lontano dall'unico pub di Cae Mefus.

La figura silenziosa che la stava osservando, una giovane vampira dai capelli cortissimi e dal fisico androgino, mosse qualche passo cauto nella sua direzione, facendo attenzione a mantenersi nell'ombra.

Nonostante si trovassero in pieno centro abitato, quella ragazza dalla pelle bianca e dalle guance rosee sembrava indifesa. L'istinto primitivo e bruciante che l'osservatrice era riuscita a tenere a bada fino a quel momento divampò incontrollabile.

La Sete le arse la gola. Non ricordava di averla mai provata in modo tanto intenso. Doveva nutrirsi subito, non riusciva a pensare a nient'altro. Fino a un attimo prima aveva avuto intenzione di seguire un gruppo di ragazzi che si allontanavano dal pub, in attesa di un angolo deserto in cui tendere il suo agguato. Adesso, invece, non riusciva a pensare a nient'altro.

Conosceva il nome di quella ragazzina, doveva averlo sentito pronunciare dai suoi amici.

Incapace di resistere, la chiamò.

— Eleri...

Non era mai stata molto potente, ma per una volta riuscì a infondere nella propria voce un tono suadente, una vibrazione ammaliante.

— Eleri...

Il fascino di quel richiamo avvolse Eleri, stupendo la vampira stessa. C'era una forza nuova dentro di lei.

Eleri si voltò.

— Chi è? — domandò, con una traccia dell'abituale diffidenza. L'istinto le consigliava di rimanere immobile, ma i suoi pensieri avevano già cominciato ad annebbiarsi.

— Avvicinati... non mi riconosci? — Poi la vampira sospirò di nuovo il suo nome. — Vieni da me, Eleri.

La Sete le contorse le viscere, il bisogno di nutrirsi le diede le vertigini e, per qualche oscura ragione, seppe che nei suoi occhi si era acceso un bagliore argenteo.

Ed Eleri cominciò a camminare verso di lei, lasciandosi inghiottire dal buio.

— Non avere paura...

Un passo. Poi un altro.

A poco a poco la vampira si allontanò dal Manaros continuando a chiamarla e la ragazza umana la seguì con una docilità innaturale.

Solo quando le fu troppo vicina, Eleri riuscì a riscuotersi da quella strana malia. La vampira aveva teso le mani verso di lei, pronta ad afferrarla.

Eleri scartò di lato e scappò, inoltrandosi nel vicolo.

Winter non riusciva a svegliarsi.

Avrebbe voluto urlare, avvisare Eleri del pericolo, ma era prigioniera di quell'incubo, bloccata nella mente della vampira.

Il cuore le batteva fortissimo per la paura, mentre tutti i suoi sensi rispondevano all'istinto della Sete.

Un dolore fortissimo alla gola e al petto la inchiodava in quel corpo sconosciuto. Si ritrovò a inseguire l'amica sulla strada ormai divenuta sterrato, verso i campi.

La luna era velata dalle nubi ed Eleri continuava a incespicare correndo. La vampira era felice.

Presto l'avrebbe raggiunta.

Winter tentò di reagire. Per qualche istante la sua forza di volontà si scontrò con quella della vampira, ma l'istinto pulsava sordo in entrambe.

La vampira sapeva che non sarebbe più riuscita a usare il Potere che la sua voce aveva avuto poco prima.

Ma era comunque più forte... l'umana non avrebbe avuto scampo.

Saltò in avanti gettando a terra la sua vittima ed Eleri cadde con un grido.

La brama di sangue della vampira aumentava a ogni istante, le faceva dolere persino i denti, come se per protendersi dovessero prima lacerare le gengive.

Afferrò la chioma dorata di Eleri, costringendola a esporre il collo. Si passò la lingua sulle labbra secche e chinò il capo di scatto.

Morse, trovando a colpo sicuro il pulsare della vena, e il sangue fluì dentro di lei a fiotti caldi.

Un brivido di piacere le scosse tutto il corpo, facendole dimenticare persino la ragazza piangente che si agitava sotto di lei.

Bere. Non c'era altro che desiderasse al mondo.

Eleri si sforzò di rimanere lucida. La sua assalitrice era così inebriata dal sangue che la tensione aveva completamente abbandonato i suoi muscoli.

Era la sua ultima possibilità.

Strinse entrambi i pugni e li calò sulla schiena della vampira con tutta la sua forza, proprio sopra alle reni, facendole spalancare la bocca con il fiato mozzo.

Il dolore improvviso si trasmise fino a Winter, costringendola a gridare e riscuotendola da quell'incanto di violenza e sangue.

La vampira tentò di raggiungere nuovamente il collo della preda, poi parve riscuotersi. Si rialzò traballante e corse via, rapida come se stesse fuggendo.

Un istante dopo, Winter era di nuovo nel proprio letto. Tutto il suo corpo era scosso da tremiti violentissimi. Il sapore del sangue le inondava la bocca.

— El... — mormorò.

Il ciondolo di cristallo le bruciava così forte sul petto che dovette sollevarlo al di sopra della maglietta.

Doveva trovare Eleri. Si alzò di scatto e prese il telefono, vestendosi in fretta.

Gareth rispose al terzo tentativo.

— Credevo fossi El... — fu il suo saluto.

— El è stata aggredita.

— Come lo sai?

Non ne ho idea, Gareth...

Nella sua voce, però, non c'era traccia di dubbio. — Esci dal pub e prendi il vicolo di destra. È poco lontano, tra i prati.

Gareth sbuffò. — Come fai a saperlo?

— Tra poco sono lì...

Interruppe la comunicazione senza lasciargli il tempo di replicare. Immaginò la fronte aggrottata dell'amico, ma era certa che si stesse già precipitando fuori dal Manaros.

La salveremo, Gareth. Te lo giuro.

17

Il richiamo del Potere aveva attirato Rhys fino ai pascoli dietro casa Chiplin. Era forte e se ne sentivano le tracce in ogni alito di vento.

Il rumore appena percettibile del finestrone che veniva aperto attrasse il suo sguardo fino al tetto.

Stai per fare qualcosa di molto avventato... pensò nel vedere la sagoma di Winter issarsi sulle tegole con agilità.

Ne seguì i movimenti mentre lei si calava lungo la grondaia senza far rumore. Si spostò sicura, rapida, fino a raggiungere il bordo.

Saltò verso il basso, accucciandosi sulle ginocchia per attutire la caduta, e si risollevò guardando dritta nella sua direzione.

Rhys attese che lei lo raggiungesse superando la rete di confine e si mise al suo fianco.

Eleri è in pericolo, gli disse senza parole.

Il ragazzo sapeva che era in corso una caccia, ma non gli importava.

Non gli importava di nient'altro che Winter.

Ti seguo.

Persino in quel momento era difficile distinguere a chi appartenessero i pensieri.

La loro corsa si fece sempre più rapida, attraverso Winter anche lui ne conosceva la direzione.

Tagliarono per i pascoli senza fermarsi un istante, mentre Rhys continuava a cercare nell'oscurità la presenza di altri vampiri. L'erba altissima li ostacolava appena.

L'adrenalina dava a Winter una forza che non aveva mai sperimentato.

Superarono i paletti che delimitavano le varie proprietà, puntando verso un filare d'alberi.

La strada che fiancheggiavano era una striscia bianca.

Eleri...

Quando il suo sogno si era interrotto, Eleri si trovava nel prato che avevano di fronte. Winter rallentò fino a fermarsi e si guardò attorno piena d'urgenza.

Riesci a vederla?

Rhys non rispose.

Si era levato un vento freddo che, per un attimo, confuse ogni traccia olfattiva. Poi, un nuovo soffio d'aria portò fino a loro l'odore del sangue.

El!

Winter si mise a correre.

Eleri era ancora a terra, ma era riuscita a strisciare fino a un folto cespuglio. Il sangue continuava a scorrere, anche se il flusso era diminuito in fretta. Sperava che il vento forte che si era levato ne disperdesse presto le tracce.

Le tirava la pelle, sulle dita, dove iniziava a seccare, quasi le avesse immerse in una colla a presa rapida.

Insisté a premersi la mano sulla gola, aspettando che la fitta pulsante della ferita si attenuasse, mentre le lacrime continuavano a scorrere.

Non sapeva più se fossero di paura, di dolore o di rabbia. Sapeva solo che erano incontenibili.

Era stata così dannatamente stupida a correre verso i pascoli...

— Coraggio, El — cercò di convincersi. — Devi provare ad alzarti!

Si rigirò su un fianco e fu presa dalle vertigini.

Aveva l'impressione che il suo cervello rotolasse di lato invece di rimanere fermo al proprio posto.

Forza, si ordinò. *Vuoi stare qui finché non torna?*

Era frustrante rendersi conto che non aveva la forza per fare null'altro. Aveva le orecchie ovattate e davanti ai suoi occhi si susseguivano delle esplosioni di puntini chiari.

Quando una voce la chiamò da lontano, gridò.

— Eleri...

Winter avanzò pianissimo, ripetendo ininterrottamente il nome dell'amica per farsi riconoscere. Era troppo buio perché potesse vederla davvero.

— Stai bene, El?

Eleri voltò il viso verso di lei, tremante. La voce aveva un suono dolce, ma somigliava così tanto a quella della vampira che l'aveva aggredita da farle temere di potersi confondere.

— Vattene via!

— El... sono Winter.

Eleri sbatté le palpebre per mettere a fuoco la figura mentre cercava di riflettere.

Era possibile?

Winter non era venuta al Manaros.

Gareth aveva detto che non si sentiva bene... Non poteva essere lei.

— El, tra poco sarà qui anche tuo fratello. Sono davvero io, te lo giuro!

Eleri attese immobile che la vista snebbiasse. — Come fa Gary a sapere dove sono?

Si concentrò sulla sagoma che aveva di fronte: il fisico sottile, i lunghissimi capelli. Winter non poteva essere lì, non in pigiama. Doveva essere un sogno.

— L'ho avvertito io. Ho... — l'apparizione fece una pausa cercando le parole. Eleri cominciava a credere che fosse proprio Winter. — Ho sognato quello che ti è successo...

Eleri rabbrividì ancora, ma la diffidenza la stava finalmente abbandonando.

— È stato orribile, Win.

— Mi dispiace tanto, El.

Winter si avvicinò con cautela. Tolse dalla fronte dell'amica un ciuffo di capelli con tutta la delicatezza di cui era capace e lei le prese la mano.

— Aiutami ad alzarmi.

I tremiti si calmarono e, dopo qualche istante, Winter le passò un braccio sotto la schiena.

— Ce la fai a sederti?

— Credo di sì.

Eleri si strinse forte a lei e l'odore di sangue e paura della sua pelle impregnò le narici di Winter, scivolandole fino al cervello. Lo stomaco le si contrasse in uno spasmo violento e il fantasma della Sete sussultò dentro di lei.

Sollevò l'amica trattenendo il respiro e tentò di sciogliersi dall'abbraccio con delicatezza. Eleri, però, non voleva lasciarla andare.

Non ce la faccio, El!

Winter si sentì soffocare. Quindi riprese fiato inalando quell'odore acre.

Si passò la lingua sulle labbra. Conosceva già il sapore di quel sangue...

La voce di Gareth li sorprese in quell'istante, permettendole di liberarsi. Il ragazzo coprì di corsa la distanza che li separava e prese la sorella tra le braccia cullandola piano.

— Stai bene, Ellie?

— Ora meglio.

Winter sgusciò in piedi e la luce di una torcia la abbagliò per qualche secondo.

— Qualcuno pensa di potermi spiegare cos'è successo? — disse Ioan Evans distogliendo il fascio di luce da lei per puntarlo su Rhys.

Il capo della polizia di Cae Mefus era alto e massiccio e il suo viso aveva un'aria poco amichevole. Per quanto fosse al corrente dell'esistenza dei vampiri, odiava essere coinvolto in simili casi.

Winter trasse un lungo respiro, concedendo finalmente un po' di aria fresca ai propri polmoni. Il vento aveva cambiato direzione e l'aroma del fieno tagliato di recente la aiutò a dimenticare quello di Eleri.

— Buonasera, signor Evans.

Immergendosi nella luce della torcia, Rhys le si avvicinò, fermandosi alla distanza prudente di un passo.

— Allora?

Winter abbassò lo sguardo.

Non aveva nemmeno lontanamente immaginato che Gareth potesse chiamare Evans e adesso non aveva la più pallida idea di cosa raccontargli.

Ho visto ciò che succedeva in sogno?

No, era fuori discussione...

Fu Gareth stesso a salvarla.

— Gliel'ho già spiegato, Evans... Winter ed Eleri sono uscite insieme dal Manaros. El è stata attaccata, ma Winter è riuscita a telefonare per avvisarmi.

Evans gettò uno sguardo scettico all'abbigliamento di Winter. Era passato diverso tempo da quando aveva diciassette anni, ma era ragionevolmente convinto che nessuno di quell'età uscisse in tuta la sera.

La sua espressione la costrinse a improvvisare.

— Non volevo nemmeno venirci al Manaros. Volevo solo prendere un po' d'aria dietro casa. Gary ed El mi ci hanno praticamente trascinata di peso...

Evans aggrottò la fronte, poi indicò Rhys con la testa.

— E da quando i ragazzi delle Famiglie escono con i Nox?

L'espressione di Rhys si riempì di fastidio, come se il capo della polizia fosse andato molto vicino a insultarlo.

— C'è un solo pub in tutta Cae Mefus... — replicò scocciato. — Cosa che non permette di scegliersi le compagnie.

L'uomo scosse il capo rinunciando a insistere, anche se, negli ultimi mesi, Rhys Llewelyn aveva trascorso un po' troppo tempo con la Starr per poter fingere che fosse un caso.

— L'aggressore?

Winter si strinse nelle spalle. — Una vampira. È scappata verso il bosco.

Evans annuì. — Sarà meglio che me ne occupi subito. Voi tornate a casa e vedete di non cacciarvi in altri guai.

Rhys lanciò un'occhiata infelice a Winter e serrò i pugni. — Le serve una mano, signore?

Evans sbuffò.

— Non certo da un branco di ragazzini — disse nel suo tono più serio, incamminandosi nella direzione che Winter gli aveva indicato.

Avrebbe avuto bisogno di un nuovo vice, questo sì, *uno*

in gamba come Danny, o, meglio ancora, che le Famiglie gli inviassero qualcuno che conosceva già la verità.

Così non sarei costretto a farlo trasferire come è successo con lui...

La realtà era che Danny Roberts gli mancava. Era un gran poliziotto e un bravo ragazzo, ma si era avvicinato troppo alla verità per poterlo tenere accanto a sé a Cae Mefus.

Evans s'incamminò, immerso nei propri pensieri.

Stava diventando sentimentale. Forse, alla fine, il tempo della pensione era arrivato davvero.

A Londra, un ragazzo alto e nevrile, dai capelli castani e dagli occhi inquieti, oltrepassò la soglia di un piccolo hotel di Harlesden. Gli bastò un'occhiata per inquadrare l'ambiente: vecchia carta da parati seppiata, poche stanze e un portiere grasso in canottiera bianca che si irrigidì al suo ingresso.

— Sei qui per un'ispezione, amico? — gli domandò con falsa giovialità.

Il ragazzo scosse il capo.

— Non questa volta — replicò.

— Però sei uno sbirro, vero?

— Che te ne importa?

E poi chi lo sapeva, ormai? Insomma, fino a qualche settimana prima non avrebbe avuto alcun dubbio su cosa rispondere, ma adesso le cose erano cambiate.

Il portiere gonfiò il mento nell'espressione più indifferente che riuscì a trovare.

— A me niente, agente — disse convinto. — Basta che mi lasci la caparra.

Il ragazzo fece un sorrisetto mentre estraeva il portafoglio.

Lasciò quanto gli chiese il portiere e una piccola mancia che indusse l'uomo a porgergli penna e registro degli ospiti in modo estremamente gentile.

Lui diede una scorsa al foglio, mentre per l'ultima volta si chiedeva cosa scrivere. Continuava ad avere la sensazione che l'anonimato si sarebbe rivelato molto utile nel corso di quella vacanza.

Ma sì, al diavolo, decise infine. *Perché continuare a giocare pulito?*

Scrisse in stampatello un nome e firmò in fretta, certo che il portiere dell'albergo stesse già leggendo.

— Stanza 5 al primo piano.

Mentre richiudeva il libro, il ragazzo sbirciò la pagina con un sorriso.

David Robson e Danny Roberts erano due nomi che, in fondo, si assomigliavano abbastanza.

18

— Cosa significa che l'hai sognato, Win?

Dopo aver messo a letto Eleri, Gareth si stava ancora sforzando di tenere la voce bassa. Se proprio i suoi genitori dovevano scoprire di quell'avventura, non voleva che succedesse quella notte.

Winter chiuse la porta della soffitta e sedette sul piano della propria scrivania. Non aveva alcuna fretta di tornare a dormire, non con tutto quello che stava succedendo, ma sospettava che nemmeno quella conversazione sarebbe stata piacevole.

— Esattamente quello che ti ho detto, Gareth — replicò stancamente. — Prima vi ho visti al Manaros e poi mi sono trovata là fuori con Eleri.

Gareth le scoccò uno sguardo penetrante, poi tornò a fissarsi la punta delle scarpe.

— E hai visto l'aggressione proprio mentre...

La ragazza serrò le labbra. Si chiese quanto l'amico fosse ancora in grado di accettare, perché quello non era nemmeno lontanamente il dettaglio peggiore.

— Ti è già capitato?

Si passò nervosamente una mano sulla fronte.

— Sì — ammise quindi in un sussurro.

Si rialzò e cominciò a camminare avanti e indietro per la stanza, cercando di trattenere la paura. Aveva sempre contato sulla sua amicizia e il pensiero di ciò che lui avrebbe pensato da quel momento la terrorizzava.

Gareth incrociò le braccia sul petto, preparandosi a una lunga attesa. — Winter...

Nessuna risposta.

— Win!

Lei sussultò. Per un attimo fu tentata di mentire, poi prese fiato e diede il via a un racconto sconnesso.

— Non so esattamente quando sia cominciato... All'inizio sembravano incubi come tutti gli altri... Sono mesi che ne faccio... Immagino dovrò trovare il modo di conviverci...

Le mancò la voce. Nel volto pallido, gli occhi spaventati sembravano enormi.

— Ti ricordi quando Griff ed Evans sono andati in perlustrazione? Mi hai sentito urlare e mi hai svegliata.

Il ragazzo annuì. Era tardissimo e la stanchezza gli faceva pulsare la testa, ma la tensione gli irrigidiva ogni muscolo.

— C'era un vampiro in caccia — ricordò con lei.

Lei si rifiutò di incrociare il suo sguardo.

— Lo so. L'ho... *visto!* Ho sognato il vampiro nel bosco e ho sentito la voce di tuo padre. E poi c'è stato il ragazzo di Shildon e il mattino dopo il telegiornale ha dato la notizia. Era un incubo così vivido... E quando mi hai visto rientrare quella mattina... Non ricordo quasi niente, so solo che mi sono svegliata fuori dalla mia stanza.

Gareth le si avvicinò. Le mise una mano sulla spalla e lei lo fissò con lo sguardo lucido di lacrime represse. Lui la trasse a sé, vincendo la sua resistenza, e infine Winter si lasciò abbracciare, nascondendogli il viso sul petto.

Le era mancata quella loro strana vicinanza.

— Ho paura — mormorò con un filo di voce. — E se fosse colpa mia?

— Una parte di te è legata a loro, Win, per questo hai visto ciò che succedeva.

In quell'abbraccio caldo e dolce, il senso di colpa divenne insopportabile.

— Non capisci... È molto di più. Una parte di me *è* come loro, Gareth! I miei genitori hanno infranto il divieto e io sono il risultato. Sono morti e io devo affrontare da sola quello che sto diventando. Senza nessuno che mi aiuti a capire cosa fare, come resistere...

— Hai salvato El. Conta solo questo.

Winter lasciò ricadere le braccia.

— Ero nella mente della vampira — insistette.

Sentì Gareth trattenere il fiato e per un tempo lunghissimo fu certa che l'avrebbe allontanata. I singhiozzi le si addensarono nel petto. Lui aveva avuto fin troppa pazienza. Gareth apparteneva alle Famiglie mentre lei era figlia di un vampiro.

Poi le braccia del ragazzo la strinsero più forte.

— Mi dispiace — le sussurrò. — Non so cosa ti stia succedendo... e vorrei tanto aiutarti, Winter.

— Ho sentito tutto ciò che provava lei. Persino la Sete. Ero terrorizzata, eppure una parte di me...

Gareth le premette un dito sulle labbra. — Se non fosse stato per te, mia sorella sarebbe ancora là fuori. Forse le hai addirittura salvato la vita, Winter.

La sua voce suonò confortante. Voleva cancellare le sue paure, ma più di ogni altra cosa voleva impedirle di finire quella frase.

Non è ancora il momento, Win... pensò disperatamente. *Non sono ancora pronto a sentirtelo dire...*

La tenne tra le braccia a lungo, in una stretta che dava forza a entrambi.

Nella sua tasca, la boccetta di Siero era gelida e pesante. Era quello il momento giusto per dargliela, eppure non riusciva ancora a decidersi.

Qualunque fosse stata la sua scelta, sapeva che qualcosa sarebbe cambiato irrimediabilmente.

«Non è umana» ripeté Rhys Llewelyn nei suoi ricordi. Gareth sentì di non averlo mai detestato tanto.

Mentre i suoi occhi rimanevano fissi sul volto angosciato della ragazza, comprese cosa avrebbe fatto.

Estrasse il flacone e lo sollevò in mezzo a loro tenendolo tra due dita.

— Tieni — disse in tono stanco. — Se sei davvero come loro, ti servirà.

Winter lo fissò con occhi enormi, increduli. — È quello che credo?

— Siero — confermò Gareth.

Un regalo di Llewelyn, fu tentato di aggiungere. Non lo fece. Si odiava già abbastanza per ciò che stava dicendo. Non voleva cadere ancora più in basso.

Winter, comunque, ci arrivò da sola. — Te l'ha dato Rhys, vero?

È un tipo troppo sofisticato per dei banali cioccolatini, considerò il ragazzo con ironia feroce. Ma deglutì a vuoto, costringendosi a tacere per la seconda volta.

Winter si passò una mano sul viso, troppo confusa per capire se si sentiva più furente o ferita.

Come hai potuto, Rhys?

Gareth sospirò. — Credi davvero che ti servirà?

Stava andando tutto per il verso sbagliato, ma lui aveva bisogno di conoscere la sua risposta, un bisogno lacerante.

Gli occhi argentei della ragazza riuscirono a incontrare i suoi. Brillavano sulle guance arrossate dalla rabbia, così intensi che era quasi impossibile sostenerne il peso.

Sei davvero un illuso, Gary, comprese allora lui. *Non è vero, non cambierà nulla. Non in quello che provi.*

— Non importa — disse infine. — L'unica cosa che conta è che tu sia riuscita a salvare Eleri. Tutto il resto non m'interessa. Lo capiremo quando sarà il momento.

Winter sorrise, poi afferrò il Siero e lo scagliò con forza nel cestino ai piedi della scrivania.

Se mai fosse giunto il momento, sarebbe stata lei a volerlo.

19

A mezzogiorno, l'Atrium era meno frequentato che la sera. Il solito maître accolse Malcolm Dougall e il suo accompagnatore con cortesia impeccabile, guidandoli verso il tavolo che avevano prenotato.

— Vi raggiungeranno in due, vero? — domandò in un eccesso di zelo indicando i quattro coperti.

— Ci puoi scommettere, Sean.

Rivolse all'uomo un sorriso gentile e si sedette a un capotavola, che non era apparecchiato.

— Devo spostare le posate?

— No. Voglio solo vedere la faccia dei miei ospiti quando varcheranno quella soglia...

Sean annuì e si allontanò, fingendo di aver capito.

L'altro vampiro, invece, si sistemò di fianco a Dougall, di traverso rispetto all'ingresso.

— Ci stiamo scommettendo anche noi, Malcolm — commentò serissimo. — E la posta in gioco è fin troppo alta.

Dougall gli calò la mano sul braccio in un gesto decisamente amichevole.

— Andrà tutto bene, vedrai.

Il suo interlocutore gli rivolse uno sguardo inquieto. Era prossimo al limite, un confine che poteva cambiare tragicamente ogni equilibrio.

— Ho smesso diversi anni fa di essere ottimista.

— Non hai bisogno di ricordarmelo — replicò Dougall senza troppe cerimonie. — Ma cerca di fidarti, d'accordo? L'Esecutore è in città, l'hai detto tu stesso.

Sfilò gli inutili occhiali che indossava, li posò sul tavolo e prese a massaggiarsi l'attaccatura del naso.

— Se Susan Bray si presenterà sola, saremo in guai seri. La mia presenza ci espone troppo, Doug.

— Sei libero di fare marcia indietro, amico mio, ma pensa al tempo che perderemmo.

L'altro lo fissò con occhi grigi e penetranti.

— Se questo incontro va male non avremo più alcuna speranza di...

— Per questo oggi sei qui — lo interruppe Dougall con convinzione. — Credimi, la signora Bray non ha apprezzato il fatto che sedici anni fa sia stato proprio Lochinvar a dare l'ordine...

— Me lo auguro. Mette il nostro Gran Maestro in una brutta posizione, ma loro sono fedeli alle Famiglie. I *nostri* problemi potrebbero non interessarli.

Malcolm Dougall sospirò.

Comprendeva la preoccupazione del suo accompagnatore, ma aveva bisogno che rimanesse lucido.

— Susan Bray ha trascorso gli ultimi anni a vegliare su Winter — gli ricordò in tono pacato. — Il suo destino rimane una priorità tanto per l'Ordine quanto per le Famiglie. Alla peggio, sarà questo a convincerli. Otterremo il loro aiuto, vedrai. Oh, eccoli.

L'altro vampiro distolse lo sguardo, si raddrizzò sulla sedia e lasciò defluire dal viso ogni espressione. I suoi occhi tornarono a essere l'insondabile superficie metallica di sempre nel momento esatto in cui Susan Bray e Iago Rhoser fecero il loro ingresso nella sala.

— Il dado è tratto, Doug.

Mentre Malcolm si alzava per stringere la mano agli ospiti, l'amico lasciò che i capelli scuri gli ricadessero sul viso, confondendone i tratti nella penombra.

— Carissima Susan — disse Malcolm Dougall con allegria. — Vedo che ha portato qualcuno di tutto rispetto...

Iago Rhoser lo fissò dritto negli occhi.

— Nemmeno lei è solo, Dougall — osservò gelidamente, poi tentò di identificare lo sconosciuto al tavolo, sbirciando oltre la spalla del vampiro.

Dougall fece in modo di ostacolargli la visuale finché l'Esecutore non si fu seduto.

— Sì — riconobbe quindi senza nascondere il proprio divertimento. — Ero davvero ansioso di farvi incontrare di nuovo, dopo tanto tempo...

La cicatrice che sfregiava il volto dell'Esecutore parve bruciare non appena riconobbe il secondo vampiro.

— Lieto di rivederla — disse questi.

Iago Rhoser lottò per non portarsi una mano al viso. Non gli avrebbe mai dato quella soddisfazione. All'improvviso, però, gli parve di essere stato riportato indietro di sedici anni, all'istante prima di ricevere quella ferita, al momento in cui lui e il suo nemico si erano guardati, pronti a uccidere e a morire.

Credeva di averlo ucciso.

E invece era di nuovo davanti a lui, immutato da allora.

— Morgan Blackwood — mormorò. — Questa sì che è una sorpresa.

Susan Bray impallidì vistosamente e Malcolm Dougall si affrettò a sistemarle la sedia sotto le ginocchia, approfittando della confusione per posizionarla accanto al vampiro.

— Ma che bella rimpatriata! — commentò quindi, indugiando in piedi per poter studiare le reazioni dei presenti.

L'aria era così carica di elettricità da impedire ogni previsione.

— Vi ricordo che siamo in un luogo pubblico, e anche piuttosto elegante. Siamo tutti un po' nervosi, ma vi sconsiglierei vivamente di ricorrere alla violenza.

L'Esecutore rilassò appena le spalle, gli occhi ancora fissi in quelli argentei del vampiro.

— Per me va bene — acconsentì. — Almeno finché restiamo qui dentro...

Dougall si sedette accanto a lui.

— Perfetto — concluse allora Morgan Blackwood. — Non ho alcuna intenzione di fare qualcosa di tanto volgare come attaccarla tra queste mura, ma le assicuro che non esiterei a infrangere il galateo se mi ci costringesse. Sedici anni fa il suo intervento ha causato la morte di Elaine. Le giuro che sto facendo uno sforzo per ricordarmi che non è stata la sua mano a ucciderla.

Iago Rhoser fece un sorriso gelido. — Risparmiatevi le minacce. Avete già il vantaggio di averci sorpresi.

Cadde un silenzio teso che Susan si incaricò di rompere. — Winter le somiglia, signor Blackwood... — osservò piano.

Nonostante Morgan Blackwood potesse sembrare troppo giovane per avere una figlia adolescente, la somiglianza con Winter era tale che era impossibile dubitare della loro parentela. E lui era un vampiro.

Avevano gli stessi occhi grigio argento e gli stessi capelli nerissimi. Persino l'espressione era simile. Inquieta, tempestosa.

Guardarlo costringeva Susan a ricordare che la ragazzina che aveva visto crescere per tutti quegli anni non era completamente umana.

Morgan non fece commenti alla sua affermazione, ma in fondo non ce n'era bisogno.

— La ringrazio per essersi presa cura di lei — disse invece dopo un momento.

— Non dovrebbe. Fennah si è solo servito di me per sorvegliarla.

— Era inevitabile. Il Consiglio si è sempre dato molto da fare per tenersi mia figlia, non è vero, Esecutore?

Iago Rhoser s'incupì.

— Come faccio a credere ciò che sostenete sul Consiglio? Sedici anni fa ti ho quasi ucciso, Blackwood, quindi perché non dovrei riprovarci?

I due vampiri si scambiarono un'occhiata.

— Perché hai già fallito una volta — replicò Blackwood — È vero, Lochinvar ci ha usati tutti per fare esattamente ciò di cui ha accusato Fennah, ma la mia famiglia ci è già andata di mezzo fin troppo. Della vendetta m'interessa molto poco, adesso tutto ciò che voglio è mia figlia.

— È folle! — esclamò l'Esecutore.

Susan Bray piegò il collo di lato per sciogliere la tensione che lo irrigidiva.

— Forse — commentò con voce priva di ogni inflessione. — O forse no. Il signor Blackwood potrebbe spiegarci il suo punto di vista. Abbiamo già verificato che le loro informazioni erano corrette: il luogo in cui lui ed Elaine Mitchell erano rifugiati apparteneva effettivamente a Lochinvar.

Il suo sguardo era fisso in quello di Morgan Blackwood e

l'ombra di tristezza che ne velò gli occhi al sentir pronunciare il nome di Elaine la colpì, facendola sentire a disagio.

Era un vampiro vecchio di due secoli e il Potere lo circondava come un manto. Un tempo Lochinvar lo aveva scelto come suo successore. Eppure, in quel momento, le sembrava solo un uomo tormentato.

— Il Gran Maestro vuole un Immortale, ma l'immortalità ha un prezzo che lui non è disposto a pagare in prima persona — disse, la voce ferma a dispetto dei fantasmi del passato che si agitavano attorno a loro. — Sceglierà un candidato, a cui concederà il sangue di Winter perché sia la sua arma, la garanzia del suo potere e il suo successore perché è convinto che la pace si possa assicurare soltanto con la sottomissione del Consiglio. Non succederà se mi ridarete mia figlia.

Susan serrò le labbra e annuì. Aveva senso e per quanto ne sapevano loro poteva essere già successo, ma credere alle parole di chi aveva già tradito il Patto per amore di una donna...

— E se invece Lochinvar avesse ragione? — si sforzò di domandare. — Se questo garantisse davvero la pace?

Dougall rise.

— Non accadrà, amici miei. Solo Lochinvar può decidere di concentrare così tanto Potere su una sola persona e aspettarsi che funzioni... *Questo* è folle: il Potere consuma sempre chi lo possiede, per questo la creazione di un Immortale è sempre stata il più grande dei nostri divieti.

Squadrò i volti dei presenti, facendo pesare su ciascuno il proprio sguardo.

Nemmeno l'Esecutore dubitava più che stessero dicendo la verità: ne erano perfettamente convinti, il che li avrebbe resi avversari forse ancora più pericolosi.

Dougall scosse le spalle e incurvò le labbra in un sorrisetto pieno di ironia.

— Se lasciassimo campo libero a Lochinvar non ci sarebbe più speranza per nessuno — dichiarò.

— Provate a immaginare — continuò — una versione impazzita di Superman, invulnerabile persino alla kryptonite. Ammettiamo che il nostro Gran Maestro riesca a tenerlo a bada per qualche tempo, ma poi? Anche ammettendo che sia migliore di ciò che io e Morgan riteniamo, prima o poi il Gran Maestro morirà. E tutti noi ci ritroveremmo a dover gestire il suo simpatico esperimento...

Un cameriere si avvicinò per prendere le ordinazioni, ma nessuno di loro prestò attenzione al menù.

— Quindi quale sarebbe il vostro piano? — domandò infine Iago Rhoser.

Dougall e Blackwood si scambiarono un'occhiata.

— Presto Winter avrà bisogno di ricevere un addestramento serio — disse quest'ultimo, esitando in modo quasi impercettibile nel parlare della figlia. — Un addestramento che le Famiglie, da sole, non saranno in grado di darle. Lochinvar lo sa benissimo, e ha già rimandato fin troppo il momento.

Susan e l'Esecutore restarono in attesa senza battere ciglio.

— Lasciamo che Fennah si convinca di aver trovato un alleato tra i vampiri e che incarichi Doug di occuparsi della faccenda. È un outsider, ma Lochinvar conosce il suo passato da Soldier.

Blackwood si concesse un sorso di vino.

— Ed era un mio amico fraterno, quando ero vivo — soggiunse quindi con un vago divertimento. — Di conseguenza, il Gran Maestro potrebbe accettare l'idea che non abbia nessuna intenzione di fare del male a mia figlia, né di berne il sangue.

— E noi dovremmo appoggiarvi perché possiate riprendervi la ragazzina — concluse l'Esecutore al suo posto.

Nello sguardo di Blackwood passò un lampo di collera.

— E incaricare qualcuno di affidabile tra la gente delle Famiglie perché mi affianchi nell'addestramento — intervenne Dougall. — Questo ci permetterà di alleggerirvi da una bella responsabilità, non trovate? Lochinvar non potrà creare un Immortale senza di lei.

Susan si ritrovò ad annuire. Winter avrebbe ritrovato suo padre e loro non si sarebbero più dovuti preoccupare della sua scomoda eredità. Eppure, se non fosse stato così...

— Chi ci garantisce che non sarete voi a fare ciò che volete impedire al Gran Maestro? — intervenne l'Esecutore con aria di sfida.

— Il buon senso — replicò Dougall laconico. — Quanto al vostro interesse, quando i tempi peggioreranno saremo alleati invece che nemici. Lochinvar è pazzo e Fennah venderebbe le Famiglie a chiunque fosse disposto a offrirgli qualche vantaggio. Al vostro posto, non sottovaluterei l'aiuto di nessuno.

20

Winter era inquieta.

La luce le feriva gli occhi e i rumori le giungevano ingigantiti. Era come se tutti i suoi sensi fossero sovrastimolati e ciascuno reclamasse la sua attenzione.

Sentiva l'odore di terra ed erba del campo da football del St Dewi's, gli scricchiolii delle gradinate su cui era seduta con Eleri e Gareth. I movimenti dei giocatori durante gli allenamenti dovevano essere più lenti del solito, perché in alcuni momenti le apparivano quasi spezzati in una successione di istantanee.

Non era una sensazione del tutto sgradevole, ma la debolezza di quei giorni la rendeva quasi insopportabile.

Lei aveva tenuto duro fino alla fine dell'ultimo test, ma adesso non vedeva l'ora di potersi rifugiare nella quiete della sua soffitta. Lì, se non altro, non avrebbe più corso il rischio di incontrare Rhys.

Eleri saltò in piedi, entusiasta per un'azione ben riuscita messa a segno da Trevor Biven.

— Grande! — esclamò. — Dopo dobbiamo andare a fargli i complimenti... Trev è migliorato tantissimo!

Winter risollevò il viso sul campo giusto in tempo per vedere le mosse successive dell'amico.

Trevor continuò a correre puntando diritto all'area avversaria, la palla che sembrava legata al suo piede.

Andrew Lloyd cominciò a tallonarlo nel tentativo di impedirgli ogni passaggio. Scartò per sottrargli la palla e le loro gambe inevitabilmente s'incrociarono.

Trevor cadde sulle ginocchia strisciandole sul terreno.

L'arbitro fischiò e Lloyd stesso tese la mano al ragazzo per aiutarlo a rialzarsi da terra.

— Scusa, amico. Tutto okay?

Trevor stese le gambe una alla volta per testarle e fece uno dei suoi sorrisi contagiosi. Lloyd chiese una pausa e si avviarono fianco a fianco verso le panchine.

Gareth si alzò a sua volta.

— Vado da lui — annunciò. — Venite anche voi?

Poco dopo erano vicino alla fontanella con Trevor. Il ragazzo aveva messo la testa sotto l'acqua e i capelli gli si erano appiccicati alla testa, incorniciandogli il viso accaldato e soddisfatto.

— Allora, che ne dite? Sarà una grande finale quest'anno! — Era sudato e sprizzava entusiasmo. — Vi voglio in prima fila, chiaro?

Gareth gli batté una mano sulla schiena. — Contaci.

Winter sorrise. Ci sarebbe stata anche lei, decise. A ogni costo.

Poi il vento cambiò direzione facendola sussultare.

Trevor aveva le ginocchia insanguinate.

Winter non ebbe il tempo di pensare, né di capire cosa stesse succedendo. Il suo corpo si mosse come animato da volontà propria.

Gareth reagì per puro istinto. Si voltò di scatto, riuscendo a mettersi tra lei e Trevor. Mentre l'impatto lo faceva barcollare, riuscì a serrare le braccia attorno al corpo della ragazza con tutta la sua forza.

Eleri spalancò gli occhi, ma si avvicinò all'amico.

— Vieni con me — ordinò spingendolo indietro verso le panchine.

Trevor non poté far altro che assecondarla. Era successo tutto troppo in fretta perché potesse rendersi conto di essere davvero in pericolo. Il sorriso di poco prima, però, era sbiadito dal suo volto, lasciando spazio alla perplessità.

— Muoviti — insistette Eleri, sperando che non si mettesse a fare domande. — Tra poco ricominciano a giocare. Ti perderai gli allenamenti.

Lo condusse in mezzo alla folla e cominciò ad allontanarsi per tornare dal fratello.

— Che cavolo è... — La voce di Trevor la fece fermare bruscamente. — Winter è svenuta di nuovo?

— Temo di sì — disse Eleri in tono sicuro. Quella era una spiegazione che non avrebbe fatto male a nessuno e Trevor doveva crederci. — Win non sta troppo bene, ultimamente. Adesso la portiamo in infermeria.

L'espressione del ragazzo passò da scettica a preoccupata.

La facilità con cui aveva abboccato era così innaturale che Eleri non fu stupita di scorgere tra la folla Rhys Llewelyn, intento a osservarli da lontano.

I loro occhi s'incrociarono per un istante, poi il ragazzo si allontanò per raggiungere Gareth.

Winter si dibatteva furiosamente tra le braccia che la stringevano. Ma nonostante la forza con cui si divincolava, la presa non accennava ad allentarsi.

Nell'universo della ragazza non c'era nulla tranne il

bisogno straziante che le lacerava le viscere. Il dolore era così forte da farle scendere le lacrime.

Riusciva a pensare solo che la soluzione era vicinissima, sarebbe bastato seguire quell'odore rugginoso per ottenere finalmente sollievo, ma la stretta non si scioglieva, bloccandola lì.

— Winter... — la chiamò il ragazzo.

La sua voce era familiare e la sofferenza nel suo tono le fece male, però lei non riusciva a ricordare a chi appartenesse.

— Smettila, Win! Calmati...

Si sentì in colpa senza sapere perché, comprese solo che stava facendo qualcosa di sbagliato.

La gola continuava a bruciare, annebbiandole la mente.

L'odore del ragazzo che la intrappolava le invase le narici. Era familiare, era buono, forse...

Una fitta improvvisa alle gengive le strappò un lamento e in quel momento le emozioni tornarono portandosi dietro i ricordi.

Gareth.

Quel ragazzo era Gareth Chiplin.

Il dolore fisico perse ogni importanza di fronte a ciò che provò in quell'istante.

Smise di lottare e l'amico la tenne stretta mentre il suo corpo veniva scosso da tremiti incontrollabili. Cameron Farland li aveva raggiunti, pronto a intervenire.

Winter seppe che anche Rhys si stava avvicinando, ne sentì la presenza nella mente, rassicurante, stabile.

Lasciò che le scivolasse nei pensieri e fu come se tutto il suo essere si fosse improvvisamente sdoppiato. Il dolore si attenuò, diluito nei corpi di entrambi, e parte della sua forza fluì in lei.

I brividi rallentarono e s'interruppero.

— Perdonami, Gareth — sussurrò pianissimo.

Si alzò e il ragazzo non tentò più di trattenerla mentre correva verso il folto degli alberi.

Gareth si rimise in piedi. Voleva seguirla: in quelle condizioni Winter era un pericolo per gli altri e per se stessa.

Cameron Farland, però, gli afferrò il polso. — Fermo.

Gareth strattonò il braccio per liberarsi. Winter aveva bisogno di lui.

— In questo momento non sei tu a poterla aiutare — disse Farland.

Il ragazzo seguì la direzione del suo sguardo e vide Rhys inoltrarsi in mezzo alla vegetazione del parco.

E d'improvviso gli fu tutto chiaro. La confusione toccò l'apice, poi crollò lasciandolo spossato.

Non era servito a niente. Nessuno dei suoi sforzi aveva avuto successo e ora non gli rimaneva che la sensazione di essersi illuso.

Farland aveva ragione, lui non poteva fare niente per Winter, non più.

Perché fino a quel momento non aveva voluto vedere altro che la sua umanità.

21

Winter non sarebbe riuscita ad arrivare più lontano, ma ormai non le importava. Comprese di aver raggiunto la propria meta.

Si fermò. Attorno a lei, persino la radura sembrava attendere silenziosa che Rhys la raggiungesse.

Ascoltò il lieve rumore dei suoi passi. Risuonavano contemporaneamente fuori e dentro di lei.

— Cosa mi sta succedendo? — gli domandò infine.

Rhys si avvicinò ancora. Gli sarebbe bastato allungare un braccio per poterla sfiorare, ma si impose di rimanere immobile.

— Stai tornando te stessa — rispose in un sussurro.

Winter appoggiò la fronte alla corteccia di un albero.

— È la Sete ciò che sono?

— No, ma ne fa parte. Come fa parte di me.

— Solo ora lo capisco davvero. — Un sorriso amaro le contrasse le labbra. — Tu sapevi che sarebbe successo?

Le rispose il silenzio.

Winter si voltò lentamente.

Doveva guardarlo in viso.

— Non potevi parlarmene, invece di dare a Gareth quello stupido boccettino?

— Non ce l'ho fatta. E avevi ancora bisogno di tempo, Winter.

Le venne quasi da ridere.

Nonostante la rabbia di quei giorni, gli occhi di Rhys non le erano mai parsi così attraenti. Erano scuri e caldi, e un fuoco color diaspro ne illuminava le profondità. Winter ne sentì il richiamo e sbatté le palpebre per sottrarsi alla loro magia.

Erano colmi di mistero e di Potere... di ciò che la spaventava, ma che allo stesso tempo faceva parte di lei.

Accettare la natura di Rhys significava accettare la propria.

Lui le tese la mano.

— Non sarò mai più umana? — aveva bisogno di saperlo, prima di posare la propria su quel palmo.

— Quanto lo sei sempre stata. Ma in parte sei come me.

Adesso riusciva a vederlo con chiarezza: accettare di amarlo significava smettere di fuggire da se stessa.

Sorrise. Ormai non poteva impedirsi né l'una né l'altra cosa.

Era troppo tardi.

Le parve di essere di fronte al proprio destino.

— La Sete mi sta consumando — mormorò. — Non so fino a quando riuscirò a combatterla...

La risposta di Rhys sembrò emergere da un sogno. O da un incubo, ma Winter non desiderava più opporsi. Mentre faceva incontrare le loro dita, ne osservò il movimento come ipnotizzata.

— Smetti di farlo. — Rhys si portò la sua mano alle labbra. — Imparerai a controllare ciò che senti... — Si sedette e lei lo seguì. — Te lo prometto, Winter.

Forse sarebbe fuggita se lui non le avesse detto quelle parole, invece scelse di credergli.

Scivolò tra le sue braccia e gli posò la testa sul petto per sentire il battito del suo cuore. I loro pensieri, le loro emozioni, erano fusi insieme, ma in quel momento era bellissimo invece che spaventoso.

Il sangue, il Potere e la Sete facevano parte di loro, di ciò che li univa e li avrebbe uniti per sempre.

A Winter sembrò che nebbie di sogno si fossero levate a circondarli. C'erano altre regole in quell'attimo fuori dal tempo, un'ebbrezza dolce e tormentosa insieme. Era invincibile, così seducente che non desiderò più combatterla. Voleva sciogliersi in lei, assaporarne ogni fremito.

A occhi chiusi, Rhys attese che lei la esplorasse. Tra loro non c'era più alcuna barriera. Winter provò le emozioni del ragazzo, scorrevano sulla sua pelle come vento.

Comprese che erano l'eco perfetta delle sue.

Amore. Desiderio. Sete.

Lentamente Rhys fece incontrare i loro sguardi.

Forse era il destino.

O forse la conseguenza di ciò che avevano iniziato.

— Accetta che ricambi il tuo dono...

Sollevò il proprio polso, accostandoselo alle labbra, e Winter fu scossa da un tremito. I denti graffiarono piano la pelle, gli occhi negli occhi di lei. Quindi affondarono sul pulsare della vena e la vertigine scosse entrambi.

Winter sentì assieme a lui il sapore del sangue. Era inebriante, era giusto.

Poi Rhys sollevò la bocca, umida e scarlatta. Chinò il viso verso il suo, senza fretta, rendendo quei secondi eterni.

Quando le loro labbra s'incontrarono, Winter seppe

che stava portando a termine qualcosa che non era mai stato completo.

Esitò e una lacrima solitaria le scivolò sul viso.

Amava Rhys. Il suo sangue la tentava, ne aspirò il profumo sulle labbra del ragazzo. Non aveva mai desiderato nient'altro con la stessa conturbante intensità.

Le batteva forte il cuore. Aveva paura perché se avesse accettato quel bacio di sangue, nulla avrebbe mai cancellato quel momento. Non sarebbe più stato possibile tornare indietro.

«Tu stessa avresti il dovere di annientarlo» ripeté Bethan nella sua mente.

Oh, no, non accadrà mai.

Winter incurvò lentamente le labbra.

Ti amo, Rhys, pensò con tutta se stessa.

Finalmente erano davvero vicini, erano uno lo specchio dell'altra.

Sono come te.

Sollevò il viso e premette la bocca contro quella di lui, accettandone il dono.

Aveva avuto paura di Rhys perché non aveva saputo accettare se stessa.

Bevve dalle sue labbra, mentre brividi di piacere le increspavano la pelle. In quel nettare carminio ebbe la sensazione di assaporare la sua anima, la lasciò fluire in sé come un tesoro prezioso.

Poi rimase a guardare i suoi occhi.

Sarebbe stato per l'eternità...

Rhys piegò la testa di lato esponendo il collo e Winter vi posò la bocca. I suoi baci leggeri lo fecero rabbrividire. Le passò una mano tra i capelli, sulla nuca, e Winter rispose a quella pressione leggera.

Morse.

Si ritrovarono distesi e Rhys continuò a stringerla su di sé.

Così deve essere, pensarono entrambi, *sangue per sangue.*

E infine il morso tornò un bacio rovente che risalì lungo il mento conquistando ancora le labbra.

Winter si scostò appena per riprendere fiato, ma le sue mani continuarono a scivolare su di lui. Si insinuarono oltre i vestiti e gli percorsero la schiena, disegnando spirali infinite sulla pelle.

Gli occhi di Rhys ardevano di un calore che aveva trattenuto fino ad allora. Bruciavano sul viso.

Le dita di Winter si posarono sul primo bottone della camicia, poi gliela sfilarono con gesti impazienti, quasi goffi, mentre lui le sfiorava la bocca con le labbra. La vista del suo petto la fece arrossire, in un'ondata improvvisa di timidezza.

Il ragazzo la guardò per un istante, il respiro accelerato.

Il tempo che impiegò a sbottonarle la camicetta gli parve insopportabilmente lungo. Il profumo della pelle di lei, la sua consistenza liscia e morbida sotto le dita gli pervasero i sensi.

Winter sollevò le braccia e lo trasse a sé.

Questa volta non si sarebbero fermati.

22

Winter si sentiva felice in modo quasi colpevole mentre attraversavano Cae Mefus di ritorno a casa. Sorrideva dolcemente e le sue guance avevano un'insolita sfumatura rosea che la rendeva ancora più bella.

— Quando la scuola finirà dovrò tornare a Londra — disse incerta.

Per la prima volta, quella prospettiva non le sembrava più così entusiasmante se significava separarsi da Rhys.

Il ragazzo si fermò e la abbracciò quasi troppo forte.

— Potrei venire con te — dichiarò sulle sue labbra prima di impossessarsene con un bacio.

Lei gli passò le braccia attorno al collo, in punta di piedi, stringendolo con altrettanta passione.

E di nuovo furono soli in un sogno dorato, fatto di brividi languidi. Il bacio divenne ancora più intenso, nessuno dei due aveva fretta di interromperlo.

— Sarebbe perfetto — mormorò infine Winter.

Doveva ancora riprendere il controllo del proprio respiro e non riusciva a smettere di sorridere.

Lui rise.

— Sarebbe perfetto se adesso non fossimo arrivati... — protestò rivolgendole uno sguardo pieno di provocazione.

Non aveva alcuna fretta di allontanarsi da lei, anche se ormai si trovavano nella via accanto a quella dei Chiplin.

— Ti lascio andare solo se prometti che non cambierà nulla — disse quindi, perfettamente serio.

Si guardarono negli occhi a lungo, condividendo emozioni e pensieri, e Winter comprese che lui voleva davvero conoscere la sua risposta.

Possibile che non te ne rendi conto? gli domandò nella propria mente.

Non riusciva a credere che lui avesse bisogno di sentirglielo dire. Non dopo che aveva bevuto il suo sangue.

Non dopo che avevano fatto l'amore.

Il ricordo delle ore appena trascorse carezzava loro la pelle. Era accaduto davvero.

Rhys non cedette.

— Puoi prometterlo?

Winter ne provò tenerezza.

Gli sfiorò delicatamente la guancia, proseguendo la carezza fino al collo. C'era un segno rosso pallido non più grande del petalo di un fiore dove l'aveva morso.

Vi passò lievemente l'indice.

Poco tempo prima, lei stessa ne aveva avuto uno identico. Ma allora le era parso una condanna. Questo, invece, era una promessa.

— Non cambierà — disse con voce dolcissima e sicura. — Non cambierà mai più.

Rimasero abbracciati fino a quando non ne furono certi entrambi, poi ripresero a camminare, tenendosi per mano.

Casa Chiplin comparve subito dietro l'angolo, oltre la chioma frondosa di un rovere.

Senza bisogno di dirselo si separarono di un passo, accontentandosi di sfiorarsi le mani per prolungare di qualche istante la vicinanza.

I signori Chiplin potevano benissimo essere a una finestra, o persino Gareth...

— Meglio che ti fermi qui — sospirò Winter.

Rhys annuì senza alcun entusiasmo. Lasciò scivolare via le dita della ragazza, poi la sua espressione si fece rassegnata.

— Vai. Qualcuno sarà terribilmente preoccupato per te...

Lo sguardo di Winter rimbalzò automaticamente sulla casa.

Doveva decidersi a entrare, eppure avrebbe volentieri rimandato quel momento all'infinito.

Mosse qualche passo esitante, certa che lui non l'avrebbe più trattenuta, e prese fiato. — A domani.

Superò il cancello e percorse il vialetto immobilizzandosi sulla veranda.

Forza, Win! tentò di incoraggiarsi. *Cosa c'è di diverso dagli altri giorni?*

Ma naturalmente c'erano talmente tante cose...

Aveva tentato di aggredire Trevor e lo avrebbe fatto, se Gareth non gliel'avesse impedito.

Non mi sono neanche chiesta se gli ho fatto male...

L'improvviso senso di colpa rischiò di appannare persino la sua nuova felicità.

E poi quello che era successo nella radura...

Nervosamente, sfilò il fermaglio che le tratteneva i capelli e li pettinò con le dita prima di tornare a fissarli. Si risistemò la divisa con gesti nervosi, il viso acceso di un rossore sempre più intenso.

Sospirò e mise la mano sulla maniglia.

Aveva l'impressione che ai Chiplin sarebbe bastata

un'occhiata per leggerle sul viso tutto ciò che aveva fatto nelle ultime ore.

Esitò, poi si sciolse nuovamente i capelli sperando che le coprissero il viso.

Si voltò per l'ultima volta verso Rhys e il suo sorriso le diede la forza di aprire la porta.

Griffith Chiplin si fermò a salutarla mentre passava accanto all'ingresso.

— Winnie! Arrivi giusto in tempo per la cena: hai fame?

Aveva lo stesso sguardo azzurro cielo di Eleri e la sua voce, come l'espressione, era sempre gentile. Doveva aver appena spento la pipa perché l'aroma dolce del tabacco permeava ancora l'aria.

— Non molta, Griff.

Stai tranquilla, accidenti!

Il signor Chiplin aprì la porta della cucina e si fece da parte per lasciarla passare.

Winter entrò, sperando con tutta se stessa che Gareth ed Eleri non fossero ancora scesi. Aveva bisogno di un po' di tempo per calmarsi.

Era felice in modo imbarazzante e contemporaneamente tanto tesa da sentirsi rigida. La sua pelle era ancora increspata dai brividi. Tenne lo sguardo fisso sul pavimento e riconobbe Gareth dalle scarpe che indossava.

— Ciao, Win.

Il saluto indifferente del ragazzo, tuttavia, la costrinse a guardarlo in viso.

Scoprì che lui la stava studiando inespressivo.

— Tutto okay? — le domandò così piano che solo lei riuscì a sentirlo.

Annuì.

— Bene — ma il sollievo sul suo volto conservò una sfumatura amara che le fece male.

— Grazie — gli disse passandogli accanto. Gli doveva molto quel giorno.

Sorrise in fretta a Eleri, che non si era persa nemmeno un particolare di quella scena.

Poi la signora Chiplin smise di rimestare nelle pentole e le fece cenno di avvicinarsi.

Ci siamo... pensò Winter, mentre il battito del cuore accelerava.

Non avrebbe neppure saputo dire cosa la preoccupasse di più: il Patto vietava qualsiasi tipo di relazione tra umani e vampiri e lei l'aveva ormai tradito in ogni modo possibile. E il fatto che fosse umana solo a metà rendeva le cose ancora più complicate.

Winter guardò il viso sorridente di Morwenna Chiplin, la sua espressione affettuosa...

Poteva davvero dirle che una parte di lei aveva sete di sangue?

La donna le posò una mano sulla schiena.

— Tua nonna ha telefonato circa un'ora fa — disse del tutto inaspettatamente. — Ha pregato di dirti di richiamarla appena possibile.

Winter non se lo fece ripetere.

Corse in soffitta e mise in carica il cellulare per poterla richiamare.

Marion Starr rispose al quinto squillo.

— Nonna, stai bene?

— Tesoro! Tutto a posto, tranquilla.

La sua voce calda e familiare la commosse.

— Allora sono gli ultimi giorni di scuola...

— Sì. Ancora due ed è finita.

— Bene, allora i miei calcoli erano giusti — rispose la nonna. Tacque per qualche istante e poi emise un respiro profondo.

— Brutte notizie?

— No, spero di no. Lochinvar e Fennah ci hanno convocato, Winnie. Hanno fissato un incontro per venerdì sera.

Winter si lasciò cadere sul letto. — Immagino non sia possibile rifiutare.

— Mi dispiace, tesoro mio.

23

L'enorme ruota panoramica si muoveva pigra ma inarrestabile nel cielo notturno di Londra. Nessuno stupore che la chiamassero *London Eye*: l'illuminazione cangiante la faceva sembrare un gigantesco occhio multicolore spalancato sulla città. Persino il Tamigi, ai suoi piedi, risplendeva di luci scintillanti.

Quando la cabina che occupava raggiunse il suolo, Malcolm Dougall si allontanò dalle pareti di vetro, distogliendo riluttante lo sguardo dal Big Ben per riportarlo sul gruppo variopinto che stava per raggiungerlo.

Aveva seguito buona parte del loro percorso dall'interno della capsula.

C'erano tutti: Iago Rhoser, Susan Bray, Fennah, Lochinvar e Marion Starr. E in mezzo a loro la figura pallida di una ragazzina che era davvero ansioso di incontrare.

Si sporse dall'apertura, agitando davanti a sé una bottiglia di champagne.

— Da questa parte, amici miei... — li richiamò allegramente.

Naturalmente il primo a raggiungerlo fu l'Esecutore,

che si fece avanti guardandolo con una diffidenza solo in parte simulata.

Dougall sorrise, tornando all'estremità opposta della cabina per far posto ai suoi ospiti. Avevano stretto un'alleanza segreta di cui solo l'avvocato Bray era al corrente, ma questo non significava che provassero simpatia l'uno per l'altro.

Susan e l'anziana signora Starr, sottile e fiera come una ballerina in pensione, salirono subito dopo, strette ai fianchi della giovane Winter.

Dougall dovette fare uno sforzo per non concentrare subito tutta la propria attenzione su di lei.

Sii paziente, vecchio mio... si impose.

Si distrasse osservando l'ingresso sincrono di Alaric Lochinvar e Aeron Fennah. Dougall sorrise nell'osservare come nessuno dei due fosse disposto a cedere il passo all'altro.

Visti così vicini, il Gran Maestro dei Vampiri e il capo delle Famiglie, colui che alcuni ancora chiamavano Pater come ai vecchi tempi, creavano uno strano contrasto.

Lochinvar era un vampiro tanto anziano che i suoi capelli si erano ingrigiti. Aveva occhi grandi, leggermente incurvati verso il basso, e i modi di un vecchio gentiluomo.

La sua affinità con il Potere era straordinaria persino per uno della loro razza. Il suo corpo sembrava avvolto da una cappa di energia sovrannaturale perfettamente controllata.

Fennah, al contrario, era un tipo piuttosto comune: alto, capelli castani e la fronte leggermente stempiata, mostrava esattamente i suoi cinquant'anni. In lui, le uniche cose che colpivano davvero erano lo sguardo calcolatore e il portamento militare.

Nel complesso, però, entrambi stavano solo facendo

sfoggio della propria potenza. Un vero peccato che Dougall non ne fosse affatto impressionato.

Distese con noncuranza le braccia, riassestandosi la giacca di lino bianco, e puntellò il gomito alla sbarra antistante la vetrata.

— Benvenuti — disse con entusiasmo mentre le porte si chiudevano alle loro spalle.

La cabina cominciò lentamente a prendere quota.

— Sono trascorsi molti anni dal nostro ultimo incontro, Malcolm Dougall — commentò Alaric Lochinvar.

Dougall incurvò le labbra sarcastico. — Anni lunghi e felici.

Il Gran Maestro mantenne la propria espressione imperturbabile. — Devo convenirne.

Winter sbatté le palpebre perplessa, riprendendo a mordicchiarsi le labbra. Nessuno le aveva ancora spiegato quale fosse l'obbiettivo di quell'incontro e, anche se i vampiri sembravano apprezzare moltissimo quel senso di attesa, probabilmente lei era troppo umana per farlo.

Si guardò attorno: Susan e la nonna non sembravano meno tese di lei.

— Mi dispiace saltare i preamboli, signori — disse improvvisamente Aeron Fennah come se non vedesse l'ora di concludere — ma questo giro panoramico non durerà in eterno e credo che abbiamo del lavoro da svolgere.

E nonostante non provasse alcuna simpatia per lui, Winter riuscì per la prima volta ad apprezzarne i modi spicci.

— Lavoro sgradevole — precisò Lochinvar. — Anche se come sempre, Malcolm, hai scelto un contorno pittoresco...

— Tutte le buone notizie meritano uno scenario suggestivo — replicò Malcolm Dougall allegramente.

Si raddrizzò e finalmente si concesse ciò che aveva desiderato fare fin dal primo istante: si avvicinò alla panca su cui era seduta Winter e si accucciò di fronte a lei.

— Winter Blackwood Starr — disse, assaporando il suono del suo nome in modo tanto palese da imbarazzarla. — Come avrai capito, sono Malcolm Dougall.

I loro occhi s'incontrarono mentre le tendeva la mano. L'aperta diffidenza della ragazza non lo infastidì e Winter ne fu stupita. Malcolm Dougall aveva modi bizzarri, ma l'espressione del suo volto affascinante era diretta e sincera. Ne ricambiò la stretta, scoprendola calda e forte.

— La buona notizia è che d'ora in poi sarò io a occuparmi di te.

Winter sussultò.

— E questi signori me lo permetteranno anche se mi detestano perché sanno che non farei mai del male alla figlia del mio compianto amico.

— Lei conosceva mio padre?

Dougall annuì. — Meglio di chiunque altro, tesoro. So quali poteri potrebbe averti trasmesso e come fronteggiarli.

— Nessuno ti ha ancora concesso alcunché, Dougall — intervenne Lochinvar freddamente.

— Siete così pieni di alternative da non ricordarle tutte? — domandò l'altro concedendosi il piacere di essere sarcastico. Distolse lo sguardo da Winter e fissò alternativamente Lochinvar e Fennah. Il capo delle Famiglie l'avrebbe appoggiato finché avesse ignorato il loro piccolo segreto, ma mostrare un po' di incertezza sembrava saggio.

— Sul serio, signori... basta con i giochetti.

Quando Winter e sua nonna rincasarono, Gareth si era appena appisolato sul loro divano con un libro di Hornby adagiato sul petto. Marion Starr sorrise.

— Deve essere un buon amico — commentò con dolcezza. — È stato carino da parte sua accompagnarti.

Winter lo guardò a sua volta. Era strano vedere Gareth a Londra, sullo stesso divano su cui lei aveva dormito centinaia di volte.

In qualche modo, però, era anche normale, come se Gareth le fosse stato accanto tutta la vita.

Quello spettacolo bastava a sciogliere un po' della sua ansia.

E infatti, sentì un'insolita ondata di tenerezza salirle agli occhi.

— È un grande amico, nonna.

— Sì, ne sono convinta. — Marion le passò un braccio attorno alle spalle. — E conosce la verità, Winnie? Sa cosa...

— Cosa sono? Che mio padre era un vampiro?

La nonna annuì e Winter comprese che era uno strano momento per loro. La nonna aveva custodito il suo segreto da sempre, ma era la prima volta che ne parlavano davvero.

— Lo sa. A volte mi chiedo come faccia ad accettarlo...

— Perché appartiene alle Famiglie? Ti vuole bene, tesoro mio, forse più di quanto tu non ti renda conto.

Marion la guidò verso la cucina per non disturbare il ragazzo addormentato e le versò un bicchiere di succo di frutta.

— Tua madre credeva nella pace, sai? — disse infine. — Era il suo sogno più grande, ancora prima di conoscere Morgan... Era convinta che vampiri e umani potessero andare d'accordo. All'epoca l'Ordine e le Famiglie avevano dato il via a moltissimi progetti di integrazione e Elaine e Bethan Davies ci lavoravano insieme con grandissimo entusiasmo. Tuo nonno e io non riuscivamo a capirla fino in fondo, ma era così raggiante che pian piano riuscì a contagiare anche me...

Winter fece un sorriso amaro.

— E adesso, invece, cosa pensi?

Gli occhi verdissimi della nonna erano profondi e tristi, spalancati su un passato che non aveva mai condiviso con nessuno.

— So che è sbagliato, ma non posso fare a meno di pensare che Morgan Blackwood mi abbia portato via mia figlia. All'inizio, mi sembrava quasi che l'avesse uccisa con le sue stesse mani. In certi momenti sono quasi arrivata a odiare Elaine per la sua stupidità e il suo egoismo. Ha messo il suo amore al di sopra di tutto il resto e ci ha costretti a sopportare la sua perdita.

Winter osservò le lacrime che cominciavano a scivolarle sulle guance.

— Anch'io ho provato la stessa cosa — ammise. — Quando ho scoperto la verità, ero arrabbiata con loro. Mi hanno messa al mondo sapendo che sarei stata condannata per sempre... E mi hanno abbandonata.

Marion scosse il capo, perdendosi nei propri pensieri.

— Qualche volta mi chiedo se non ho sbagliato tutto con te, Winnie. Quando ti ho preso in braccio per la prima volta, riuscivo solo a pensare che avevi lo sguardo d'argento di Blackwood... Eri *sua* figlia, per l'amor di Dio! Ma poi mi hai sorriso, e avevi le fossette sulle guance come Elaine. E mi sono sentita come se avessi una seconda possibilità, come se mi avessero restituito la mia bambina. È stato in quel momento che ho deciso che avrei ubbidito al Consiglio e che ti avrei fatto crescere lontana da tutta quella morte. Non era importante che tuo padre fosse un vampiro, tu non appartenevi a quel mondo. Eri tutto ciò che mi rimaneva di Elaine. Eri mia nipote, e non avrei perso anche te. Dovevo tenerti lontano dall'Ordine e dalle Famiglie per darti una vita semplice e lunghissima...

Il rimpianto incideva nuove rughe sul suo viso e Winter dovette distogliere lo sguardo.

— Perdonami, non ho avuto la forza di insegnarti ad amare tuo padre.

È me stessa che non mi hai insegnato ad amare, nonna, comprese la ragazza disperatamente. *È la parte di lui che sopravvive dentro di me, quella parte di cui non mi libererò mai per quanto tutti ci sforziamo di fingere...*

Poi il suo sguardo si soffermò sulle guance umide di Marion.

Che senso avrebbe ferirla ancora?

— Non importa — dichiarò coraggiosamente, stringendola in un lungo abbraccio. — Quello è il passato, nonna...

— Domani passa una bella giornata con i tuoi amici — disse la donna dopo qualche tempo.

Forse il segreto era proprio quello. Erano sedute nella loro cucina e Gareth dormiva nella stanza accanto. Era il presente che dovevano affrontare.

— Madison mi è stata molto vicina in questo periodo. Anche lei ti vuole bene.

— Lo so — replicò Winter.

Tanto bene da non rinfacciarle nemmeno di essere stata rapita per causa sua e da aver organizzato una festa con i fiocchi per il suo ritorno a Londra, alla quale era disposta a lasciar partecipare persino un vampiro.

La nostalgia si risvegliò acuta, pur nel groviglio di tutte le emozioni di quel giorno, e improvvisamente Winter realizzò di non aver mai parlato di Rhys alla nonna.

— Domani ci raggiungerà qualcun altro da Cae Mefus — disse in fretta.

La nonna annuì con un rapido sorriso e lei si costrinse a proseguire.

— È uno dei vampiri del St Dewi's.

Marion s'irrigidì prima di poterselo impedire, poi tornò a distendersi.

— Il Consiglio non ne sarebbe entusiasta, probabilmente — disse in tono neutro.

— È un problema? Per te, dico.

La nonna scosse la testa con un sospiro. — Sei una ragazza intelligente, tesoro mio. Abbiamo già preso fin troppe decisioni al posto tuo cercando di proteggerti.

Winter si sforzò di sorridere, eppure dentro di sé avvertì la sensazione di averla appena ingannata.

24

Il Rainbow quel sabato sera era affollato come sempre, ma Winter era contenta di trovarsi lì. E questa volta, con Gareth confuso tra la folla, c'erano davvero tutti.

— Grazie, Mad — ripeté per la centesima volta.

Madison Winston alzò le spalle con un gran sorriso. Si era perfettamente ripresa dalla brutta avventura di Cae Mefus e aveva approfittato delle ultime settimane per ravvivare il ciuffo verde e la sfumatura rosso tiziano dei suoi capelli.

La solita Mad... la prova che non era il mondo a essere cambiato ma solo il loro modo di vederlo.

— Piantala! — le gridò per sovrastare il frastuono. — E vedi di divertirti. Siamo qui per questo, no?

Winter annuì piena di buona volontà e tornò a voltarsi verso il palco dove i Sin-derella stavano per cominciare un nuovo pezzo.

— Ehi, tuo fratello è migliorato, Mad — disse nel sentire le prime note dolci del basso.

Poi attaccò il cantante, a mezza voce. Winter si ritrovò a mormorare le parole tra sé e sé. Era una cover degli Eels, una breve ballata romantica che le era sempre piaciuta.

Insieme al mostro che amo posso affrontare il mondo.

Sentì il braccio di Rhys avvolgerle la schiena e posò la testa sulla sua spalla.

Ma basterebbe un bacio sulle sue labbra per far esplodere quel piccolo cuore...

— Sono contenta che ci sia anche tu — gli sussurrò nell'orecchio.

— Ci sarò sempre, te l'ho già detto.

Madison rimase a osservarli per qualche istante. Sapeva di non essere l'unica a farlo: Gareth, accanto al bancone, gettava su di loro sguardi inquieti.

E la sua espressione era talmente triste che si sentì in dovere di raggiungerlo.

— Così ti rovini la serata...

Il ragazzo spostò lo sguardo su di lei, ma impiegò qualche istante per metterla a fuoco davvero.

— Non credo possa peggiorare — replicò. Scosse la testa e un ciuffo biondo cenere gli scivolò sulla fronte. — E a essere sinceri non me ne importa. Ho voglia di fare i capricci...

— Come preferisci.

Madison fece un cenno al barista, un ragazzo dai capelli rasati e pieno di piercing, poi si appoggiò con i gomiti al ripiano in attesa di un altro drink.

— Ecco a te, Mad.

Lei gli rivolse un gran sorriso e cominciò a giocherellare con la cannuccia, mescolando ghiaccio e foglie di menta.

— L'importante è che non rovini la serata a lei, Gareth. Winter ha bisogno di sapere che può contare sui suoi amici.

Gareth s'incupì. — È ovvio che può contarci. Se avessi voluto rovinarle la serata sarei stato meno gentile con Llewelyn.

Madison sollevò su di lui uno sguardo divertito. — Sì, ti stai comportando bene per essere tanto geloso.

Il ragazzo aprì bocca come per protestare, poi la richiuse.

— D'accordo. Ma non è neanche solo quello... — disse infine. — Il punto è che si stanno comportando da incoscienti, eppure Winter continua a fare finta di niente. Dovrei intervenire, dividerli, e non solo perché ne ho una voglia matta... Invece continuerò a guardarli fingendo di non vedere e non farò un accidente di niente.

Tacque improvvisamente, chiedendosi quando avesse preso quella decisione, in quale maledetto momento di quelle assurde settimane.

— Perché? — domandò Madison.

— Perché voglio continuare a essere suo amico, e ciò significa che non posso mettermi in mezzo. E perché Win non è umana.

Il punto, in fondo, era quello.

«Non illuderti che sia umana...» Llewelyn lo aveva messo in guardia. E forse, nel momento in cui Winter si era gettata su Trevor, Gareth aveva dovuto accettarlo.

— Però resta sempre Winter. Lo capisco, sai? Sarebbe più semplice se scoprire queste cose l'avesse resa un'altra, se avessimo il diritto di scivolare fuori dalla sua vita perché è cambiata o se ci avesse in qualche modo ingannati. Invece non è così.

Madison gli posò una mano sulla spalla e lui s'irrigidì per un attimo.

— Però ho organizzato io questa serata. Quindi, Gareth Chiplin, adesso mi tocca trovare un modo di fartela piacere...

Il ragazzo si ritrovò a sorriderle.

Quando il complesso cui facevano da spalla tornò sul palco, i Sin-derella raccolsero le proprie cose e lasciarono il locale. Madison e Gareth li seguirono chiacchierando tra loro e Winter li raggiunse nel parcheggio tenendo Rhys per mano.

— Siete stati grandi! — disse.

Kenneth Winston, il fratello di Madison, le rispose alzando il pollice.

— Allora? — domandò. — Avete qualcosa di simile in quel vostro paesino sperduto?

La provocazione era tanto amichevole che Gareth rise.

— Scherzi? Da noi non hanno inventato nemmeno lo stereo, figurati le chitarre elettriche!

Kenneth si unì alla risata.

— Quanto ti fermi? — gli chiese poi. — Dacci solo una settimana, montanaro, e faremo di te un autentico londinese!

— Si può provare — replicò Gareth, cogliendo tutti di sorpresa. — Ma vi avviso: in una settimana sarete voi a parlare gallese meglio di mia sorella.

Ma sì, pensò tra sé. *Perché no?* Cosa ci sarebbe stato di male nel concedersi una settimana di vacanza?

Niente vampiri né Famiglie per sette lunghi giorni...

— Sì. Direi che si può fare.

Winter gli scoccò uno sguardo stupito. Era la prima volta, quella sera, che sembrava accorgersi della sua presenza e il suo stupore gli fece piacere in un modo un po' sadico.

— Perfetto — dichiarò Madison. — Intanto, però, andiamo a prenderci qualcosa da mangiare, sto morendo di fame!

Kenneth ci rifletté un istante. — Cinese da asporto e mangiamo al nostro covo.

Winter provò l'impulso di protestare. Era felice di stare con i suoi amici, ma cominciava a temere che lei e Rhys non sarebbero riusciti a stare soli nemmeno un minuto.

Ce la faremo, le assicurò Rhys direttamente nei suoi pensieri.

Sentirlo parlare nella propria mente ormai le sembrava giusto e naturale. Gli strinse la mano intanto che i ragazzi sistemavano gli strumenti nel furgone del batterista e si stipavano al suo interno.

— Pensate di starci tutti lì dentro? — domandò Gareth scettico.

Kenneth alzò le spalle. — Winter, ti ricordi quando siamo andati a Brighton? Digli quanto è capiente questo macinino.

Il ricordo la fece ridere. Era successo un paio di anni prima per andare in dieci a una festa in spiaggia. Era stato uno dei viaggi più scomodi e divertenti della loro vita.

— Neth, tu eri più basso di venti centimetri. E avevamo solo una chitarra.

— Impossibile!

Ne scaturì un'accesa conversazione e Rhys ne approfittò per attraversare la strada e raggiungere un taxi parcheggiato accanto al marciapiede.

Aveva i fari accesi, ma il conducente, un uomo massiccio e quasi calvo, era intento a mangiare un panino, appoggiato alla portiera, all'esterno della vettura.

Si decise a guardare Rhys solo dopo aver deglutito il boccone e aver bevuto un lungo sorso d'acqua.

— Non vado da nessuna parte — dichiarò in tono sgarbato. — Sono fuori servizio.

Rhys non si lasciò scoraggiare.

— Ha il motore acceso — osservò garbatamente.

— Solo per l'aria condizionata. Non vado da nessuna parte — ripeté l'altro.

Il ragazzo distese il braccio lentamente per indicargli il furgone.

— Per favore... Come vede, avremmo bisogno di un passaggio.

L'uomo, però, scosse il capo con espressione irremovibile. — Esistono i mezzi pubblici. Oppure puoi fare l'apposito numero telefonico e rivolgerti a uno dei miei colleghi, se proprio vuoi impressionare la tua ragazza. Le farà piacere scoprire che sei pieno di risorse.

Essere stato interrotto durante la prima pausa che si concedeva da ore l'aveva reso piuttosto indisponente, ma non ne provava alcun rimorso. Non gli piaceva la gente che frequentava quel locale e non gli erano mai andati giù i figli di papà belli e precisi come quello che aveva davanti.

Guardò Rhys fisso negli occhi, cercando di impressionarlo. Qualcosa, però, non andò secondo i suoi piani.

— Per favore — disse di nuovo il ragazzo con voce straordinariamente carezzevole. — Faccia come le chiedo.

Aveva strani occhi castani, con una curiosa sfumatura rossa che rendeva impossibile distogliere l'attenzione.

— Okay — si ritrovò a dire il tassista.

Madison avrebbe voluto raggiungere Rhys per sapere se era riuscito a conquistare il taxi. Era stata una buona idea, Winter avrebbe sicuramente apprezzato quel viaggio solitario.

Non appena fu abbastanza vicina da poter sentire la sua conversazione con il tassista, però, le passò ogni voglia.

Non aveva le idee molto chiare sui vampiri e le loro facoltà, eppure qualcosa le diceva che Rhys stava giocando sporco.

— Ti piace renderti la vita facile, eh? — gli domandò quindi, incapace di trattenersi. — Basta schioccare le dita e gli altri fanno quello che vuoi... Funziona così?

Rhys ricambiò il suo sguardo, privo di espressione. — No, non «funziona così». Ma avevamo bisogno di un taxi e ora abbiamo un taxi.

— Non sono sicura che la cosa mi piaccia — mormorò la ragazza tra i denti.

Aveva studiato Rhys per tutto il tempo, quel giorno, chiedendosi cosa fosse la strana sensazione che le faceva avvertire.

Non aveva difficoltà ad ammettere di averne ancora timore: dopotutto, qualche mese prima era stato sul punto di morderle la gola. E tuttavia c'era dell'altro: un dettaglio stonato, qualcosa di diverso...

Rhys Llewelyn aveva cambiato sguardo.

E per qualche motivo a lei non sembrò un bene.

PARTE II

Solitario a mezzanotte

Solitario a mezzanotte nel mio cortile,
i miei pensieri m'hanno abbandonato da tempo.

WALT WHITMAN,
Foglie d'erba

25

Alle spalle dell'elicottero, le Highlands erano un susseguirsi cangiante di roccia, prato ed eriche contro il grigio acciaio del cielo.

Sembravano ammantate di velluto morbido, che il vento increspava, cambiandone in un attimo la sfumatura.

Winter le osservò farsi sempre più piccole fino a svanire nelle onde alte e fredde del Mare del Nord.

Non era mai salita su un elicottero: il frastuono era fastidioso nonostante le cuffie e la fragilità della struttura la rendeva inquieta, ma il panorama era tanto bello da togliere il respiro. Il mare era una distesa turbolenta, bassa sotto di loro.

— Il pilota assicura che arriveremo prima della perturbazione — la informò Malcolm Dougall.

Indossava un completo di lino color panna che gli dava l'aspetto antiquato di un distinto abitante delle colonie.

La ragazza annuì inespressiva.

Non aveva ancora deciso come comportarsi con lui: le diceva di essere stato amico di suo padre, ma lei non lo conosceva abbastanza da potersi fidare.

— Arriveremo dove? Siamo in viaggio da ore e ancora non so dove siamo diretti...

— All'isola del tuo addestramento.

Grazie tante! Winter s'imbronciò.

Quello era forse il dettaglio che le piaceva meno. Le Famiglie e l'Ordine l'avevano tenuta all'oscuro di ogni cosa per sedici anni e ora avevano avuto la splendida idea di consegnarla a uno sconosciuto per capire cosa fare delle sue facoltà.

Bethan Davies, l'unica altra passeggera del velivolo, le sorrise comprensiva...

Tuttavia, nemmeno la certezza che l'avrebbe avuta accanto per tutta la durata dell'addestramento la faceva sentire meglio.

— Siamo su un elicottero — insistette. — Credete che salterei giù se non mi piacesse la destinazione?

Il vampiro rimase in silenzio tanto a lungo da farle sospettare che stesse deliberatamente testando la durata della sua pazienza.

— E va bene, signorina — rispose infine. — Siamo diretti a un'isola delle Shetland, una delle più piccole, per l'esattezza.

Ne disse il nome, ma il rombo del motore impedì a Winter di sentirlo.

— Un tempo i suoi abitanti la chiamavano semplicemente Aigeadach o Silvery Island. Attualmente credo non vi risieda più nessuno da quasi un secolo. — Le scoccò un sorriso piuttosto provocatorio. — Il che significa che noi tre ci godremo un bel po' di privacy...

— Proprio la vacanza che qualsiasi adolescente sogna — replicò la ragazza.

Dougall scrollò le spalle. — Di sicuro quella che serve a un tipo complicato come te. Almeno qui non rischi di fare del male a qualcuno. Vedere il lato positivo delle cose è l'essenza della felicità.

Winter avvampò, chiedendosi se qualcuno gli avesse raccontato di Trevor e dei suoi sogni. Poi si rese conto che l'espressione del suo futuro maestro era semplicemente curiosa.

— Perché? Potrebbe succedere? Che faccia del male a qualcuno, intendo.

— Non su quest'isola. E se saremo molto fortunati, nemmeno quando l'avrai lasciata. Sei un esserino straordinario, ma spero che persino tu possa imparare a controllarti.

Lei rimase in silenzio. Non sapeva se a sconcertarla di più fossero i modi di Dougall o le sue intuizioni.

— Dominare la Sete è difficile per ogni vampiro, specie se giovane come te.

Winter lo fissò con occhi enormi. — Io non sono un vampiro! — protestò d'impulso.

— Sì, per metà — la contraddisse Dougall in tono ironico. — E ti pregherei di non dirlo con tanta indignazione. Non è un insulto, nonostante tutte le stupidaggini di cui le Famiglie ti avranno riempito.

La ragazza si sentì arrossire. — Ovvio che non lo è. E i Chiplin non mi hanno affatto riempito di stupidaggini. Intendevo solo dire che sono più umana che vampira. Almeno, lo sono sempre stata...

Fino a qualche giorno fa, aggiunse dentro di sé. Si sentiva in bilico su un trampolino. Forse Dougall poteva aiutarla davvero, ma rivelargli ciò che le stava capitando equivaleva a un completo salto nel buio.

Il vampiro continuò a guardarla perfettamente immobile, gli occhi fissi nei suoi. Sembrava intenzionato a scandagliarle l'anima.

— E non hai la sensazione che le cose possano cambiare? — domandò con inaspettata gentilezza. — Non hai mai provato il richiamo del sangue?

— Dougall! — intervenne Bethan in tono di rimprovero. Si protese in avanti dal proprio posto, ponendosi tra loro quanto lo permettevano le cinture di sicurezza.

— Questa è una domanda che non può restare senza risposta, signora Davies.

— Sì, invece. Non abbiamo neppure messo piede sull'isola e la sta già sconvolgendo. Winter merita delle spiegazioni, prima, non crede?

Dougall si limitò a inarcare le sopracciglia.

Winter invece scosse la testa.

— Va tutto bene, Bethan — disse con voce ferma. — Voglio rispondere. — Poi puntò lo sguardo sul vampiro. — Tanto sa già che è successo, non è vero, Dougall?

Lui sorrise, più con calore che con compiacimento.

— *Moran taing*, Winter — la ringraziò in gaelico scozzese, finalmente pronto a concludere quella conversazione.

Nessuno parlò più e Winter ne approfittò per sprofondare nei propri pensieri, ignorando gli sguardi che l'uomo le scoccava di tanto in tanto.

Infine l'elicottero toccò terra.

Il vampiro fu il primo a slacciarsi la cintura e a raggiungere l'uscita. E quando Winter gli passò accanto, con movimenti irrigiditi dal viaggio e dalla diffidenza, si mosse con rapidità improvvisa.

Tese una mano verso di lei e trovò la catenina d'argento senza alcuna esitazione.

— Non devi proteggerti da nulla su quest'isola — dichiarò impossessandosene. — E chiamami pure Doug. Detesto i formalismi inutili.

26

Madison sollevò gli occhi dal tagliere che stava lavando e controllò l'orologio alle sue spalle per l'ennesima volta.

Le sei.

Per fortuna il suo turno in frullateria era quasi finito. I clienti erano stati così pochi che nemmeno il lavoro era riuscito a distrarla dai suoi pensieri, e la giornata le era sembrata interminabile.

Era più di un mese che si era trovata quel lavoretto, con l'intenzione di mettere da parte qualche soldo per comprare una vecchia macchina, ma era la prima volta che le capitava di annoiarsi.

— Tanto vale tornare a casa e sfogarmi con Gareth — bofonchiò a mezza voce. — Già che ha deciso di fermarsi a Londra, almeno avrà qualcosa da fare.

Le piaceva pensare ad alta voce quando non c'era nessuno che potesse sentirla.

Era un'attività che la aiutava a rallentare il lavorio della sua testa e quel giorno, tra l'addestramento di Winter, la stranezza del comportamento di Rhys Llewelyn e la decisione improvvisa di Gareth, ne aveva un gran bisogno.

Il pensiero di Gareth si portò puntualmente dietro una scia di dubbi. Chissà perché non era tornato a Cae Mefus...

Madison era fin troppo portata a fare supposizioni, ma doveva ammettere che spesso si rivelavano corrette. E in questo caso preciso, aveva l'impressione che si trattasse più di una fuga che di una vacanza.

Gareth, ragazzo mio, tu mi nascondi qualcosa!

Ancora mezz'ora, decise, e l'avrebbe blindato per farlo parlare.

È evidente che ne avresti un gran bisogno, tra l'altro...

Il campanello sulla porta d'entrata tintinnò all'ingresso improvviso di un cliente e Madison si voltò, pronta a riceverlo con un sorriso.

Era un ragazzo sui venticinque anni, alto e castano. Indossava una semplice maglietta grigia e un paio di occhiali da sole che sfilò prima ancora di raggiungere il bancone. Non l'aveva mai visto e, dal modo in cui si guardava attorno, comprese che doveva essere la prima volta che entrava lì dentro.

Era carino, non appariscente, ma decisamente carino con quel suo fisico asciutto e scattante e i vivaci occhi scuri dal taglio allungato.

— Ciao, posso aiutarti?

Il ragazzo fece un mezzo sorriso. — Ti assicuro che il fatto di non essere più in mezzo al frastuono della strada è già un aiuto.

Forse non era nemmeno di Londra, perché il suo inglese aveva un accento leggermente più duro, in qualche modo familiare.

— Lì esposto c'è il menù. La frutta è tutta fresca. Decidi pure con calma, se hai bisogno sono qui.

Madison approfittò della sua incertezza per rifornire il portabicchieri e svuotare il recipiente della centrifuga. Mentre lo riposizionava, la sensazione di essere osservata la costrinse però a ricambiare lo sguardo del ragazzo.

— Scusa, qui non si finisce mai di fare ordine! Hai già scelto?

Lui scosse il capo. — In realtà ero sovrappensiero. Ho l'impressione che ci siamo già visti...

Madison si chiese se fosse un modo banale per attaccare bottone, ma l'espressione di lui era troppo concentrata e pensierosa.

— Mi avrai scambiato per Nicole Kidman, lo fanno tutti prima di ricordarsi che lei è alta e bionda e io no — replicò allegramente.

Il ragazzo sorrise, ma era ancora incuriosito. — Possibile — commentò con quella sua lieve cadenza. — Però avrei detto che mi ricordi proprio... te.

Uffa! Madison era certa di non averlo mai incontrato, eppure qualcosa continuava a sfuggirle.

— Magari mi hai visto qui in giro, vado spesso al Rainbow.

— No, non credo.

Già. Non era affatto un tipo da Rainbow.

— Possibile che tu sia stata in Galles?

Finalmente, nella testa della ragazza scattò il collegamento che cercava. Era gallese, ecco cos'era quella vaga inflessione!

Peccato che i suoi ricordi del Galles non fossero dei migliori...

— Solo una volta — ammise, improvvisamente sospettosa. — Ma non conosco nessuno lì.

Abbassò il viso con decisione e cominciò a sbucciare una mela, fingendosi molto impegnata. — Hai deciso cosa prendi?

— Va benissimo una spremuta, grazie.

Madison si avvicinò allo spremiagrumi e schiacciò il tasto d'accensione. Il motore si avviò brontolando.

Tranquilla, Mad, si impose sbuffando, *anche se è gallese non significa che sia un vampiro o qualcuno delle Famiglie...*

Eppure lo sguardo che lui le teneva incollato addosso riusciva a intaccare il suo ottimismo.

La porta tintinnò di nuovo e la collega del turno successivo, una ragazza biondissima e decisamente in sovrappeso, superò il bancone per infilarsi nel retro.

— Ehi, ciao! — le gridò dietro.

— Ciao, Madison, scusa.

La sua voce suonò così lontana da farle capire che doveva essere già in cortile.

Madison levò gli occhi al cielo. Nonostante la sua considerevole mole, la sua collega era una delle persone più frenetiche che conoscesse, sempre affaccendata in cose che solo lei sapeva.

Finì di spremere le arance e portò il bicchiere al ragazzo in attesa. Lui lo ignorò.

— Madison? — ripeté invece. E poi aggiunse: — Madison Winston?

Lei s'immobilizzò dov'era. — Si può sapere chi cavolo sei?

— Danny Roberts... sono un poliziotto. Ti ho riconosciuto perché ho visto delle foto nel fascicolo del tuo rapimento.

Invece di tranquillizzarla, la risposta la rese ancora più nervosa. Aveva superato il trauma, ma non le piaceva ricordare di essere stata sequestrata da una banda di vampiri guidati da un professore pazzo che voleva ricattare Winter.

— Ero il vice di Evans a Cae Mefus. Ho seguito il caso per un po' prima che me lo togliessero.

— Allora non ti riguarda più. E, come vedi, sono sana e salva. Quindi cosa vuoi?

— Solo cercare di capire...

— Stai scherzando? — domandò Gareth, incredulo.

Senza i Sin-derella che facevano le prove, il loro seminterrato era tanto silenzioso che l'eco della sua voce rimbalzò sulle pareti del cucinino.

Madison tagliò con le forbici un'altra fetta di pizza dal cartone che stava in mezzo al tavolo.

— È ovvio che non hai troppa stima del mio senso dell'umorismo... — replicò prima di addentarla con voracità.

Il ragazzo rimase a guardarla affascinato mentre lei la finiva in tre soli morsi.

— Notevole — commentò.

— Quando sono agitata mi viene fame — gli spiegò, strappando un foglio di scottex direttamente dal rotolo. — E il vostro amico Danny mi ha fatto agitare parecchio.

Gareth si lasciò andare contro lo schienale.

Per essersi trasferito al covo solo il giorno prima, pareva perfettamente a suo agio. E lo sarebbe sembrato anche di più se la conversazione fosse stata meno preoccupante.

— Quindi vuole sapere cos'è successo davvero — mormorò tra sé.

— Sì. E visto che secondo lui dovrei essere io a dirglielo, avrei gentilmente bisogno di qualche dritta, signor custode di segreti secolari.

Il ragazzo incrociò le braccia sul petto, riflettendo. —

In due parole, ha fatto così bene il suo lavoro da essersi avvicinato un po' troppo alla verità. Quindi Evans l'ha ricattato con una denuncia firmata da mio padre che è prontamente scomparsa nel nulla quando lui ha accettato di trasferirsi. E mentre raggiungeva il mulino con i miei, ha sparato a Vaughan nel petto e l'ha visto rialzarsi...

Madison lanciò alla pizza uno sguardo pieno di desiderio, ma riuscì a trattenersi.

— Mi stai dicendo che voi delle Famiglie lo avete tolto di mezzo perché non scoprisse l'esistenza dei vampiri? Dai, è assurdo, deve aver già capito che Vaughan non è umano!

Lui annuì. — È il nostro compito principale, Madison. Loro si impegnano a non danneggiare gli umani e noi li aiutiamo a restare nell'ombra.

— Non sarebbe stato più facile spiegargli tutto come avete fatto con me? — domandò Madison. — Voglio dire, un buon poliziotto può far comodo.

— Tecnicamente, sarebbe vietato. E a dirla tutta, non ho mai capito perché Winter ti abbia spifferato ogni cosa.

— Il suo ragazzo mi è praticamente saltato alla gola.

Gli occhi di Gareth si strinsero a fessura e Madison non riuscì a capire se fosse più infastidito dal sentir definire Llewelyn il ragazzo di Winter o dalla notizia in sé.

— E sono la migliore amica di Win. Quindi *dovevo* sapere tutto.

— *Dovevi*, naturalmente — ripeté lui sarcastico. Poi, però, scrollò le spalle. — Comunque, sei stata rapita e hai visto tutto il casino al mulino, per cui sarebbe stato inutile tacere.

Rimasero zitti per qualche istante, poi Madison richiuse il cartone della pizza.

— Quindi cosa gli raccontiamo? Danny saprà sempre

dove trovarmi, a meno che non mi licenzi... e non ne ho nessuna intenzione, tanto per la cronaca.

Gareth scosse il capo con decisione. — Forse dovrei incontrarlo io.

— Ma per piacere! Sei il figlio dell'uomo che ha firmato la sua falsa denuncia. Qualunque cosa gli dicessi, lui non ti crederebbe.

— Se solo sapesse che Evans e mio padre gli hanno fatto un favore, tenendolo all'oscuro...

Madison sollevò lentamente il viso per guardarlo meglio. — Perché ne sei così convinto?

— Perché è pericoloso. Non è legato alle Famiglie, non c'è alcun motivo di esporlo al rischio.

La ragazza sbatté la mano sul tavolo, indignata. — Ma che stai dicendo, Gareth? Hai sfogliato i giornali in questo periodo? Hai seguito i telegiornali? Le aggressioni sono in aumento, la gente non sa cosa ci sia dietro, eppure ci va di mezzo lo stesso. È la vita che è pericolosa, non la verità. Io sono contenta che Win mi abbia raccontato tutto. Adesso so che i pericoli veri sono molti più di quelli che credevo e potrei almeno tentare di difendermi.

— Difendervi è compito nostro, Madison — puntualizzò lui. — Tu dovresti solo cercare di farti coinvolgere il meno possibile.

C'era una profonda amarezza nelle sue parole, e un tono vagamente rassegnato che fece sbollire tutta la rabbia di Madison.

— Non lo farò, Gareth — gli disse con gentilezza. — Non posso abbandonare Winter. Voglio starle vicino anche se non ci sono costretta, anche se significa accettare che la mia migliore amica sia per metà uno di quei cosi e affrontare casini inimmaginabili. Nessuno mi ha dovuto costringere. E comunque non sarebbe giusto far finta di niente, non potrei mai. Sono due buoni motivi… Lo capisci, vero?

Gareth fu tentato di rispondere di no. Ma a essere sincero lo capiva perfettamente e provò quasi invidia nei confronti di quella strana ragazza incosciente e delle sue certezze.

— Noi due non ci conosciamo bene, so solo che sei innamorato di Winter e che non ti sei ancora deciso a dirglielo. Però le sei stato vicino quando io non potevo farlo. Ti ringrazio per questo. Potrai anche essere confuso, ma sono certa che continuerai a combattere, non ti tirerai mai indietro.

La fiducia nella voce di Madison lo confortò. Cominciava a capire come mai Winter le fosse tanto affezionata.

— Però fatti un favore: prenditi il tempo di capire perché lo stai facendo.

— Perché appartengo alle Famiglie — rispose Gareth quasi per istinto.

Tuttavia, per la prima volta da molto tempo, gli parve di nuovo un motivo importante.

— Bene, ora vediamo di sistemare questa storia di Roberts, ti va?

27

Il primo giorno Dougall l'aveva svegliata alle sei del mattino, lasciandole a stento il tempo della colazione prima di trascinarla in giro per l'isola. Avevano percorso la sua superficie in lungo e in largo, perlustrandone ogni singolo, deserto anfratto.

E il giorno seguente avevano fatto altrettanto.

La mattina successiva, Winter cominciò a esserne stufa.

— Doug — lo chiamò con tutto il fiato che le rimaneva mentre risalivano la scogliera settentrionale. — Un maestro non dovrebbe spiegare delle cose al suo allievo?

Dougall si voltò a guardarla sorridente. — A volte. Forse.

— E quando cominceremo?

— Abbiamo *già* cominciato.

Winter desiderò urlare. — Ma davvero?

Per tutta risposta l'uomo tornò a guardare davanti a sé e riprese a camminare.

— Abbiamo esplorato questo posto per due giorni di fila e non mi hai ancora detto una sola parola.

— Neanche tu, a voler sottilizzare. La tua mancanza di

fiducia nei miei confronti è disdicevole. Credi che possa aiutarti in qualche modo se non ti fidi di me?

Winter si fermò e lasciò cadere a terra il proprio zaino, soddisfatta dal tonfo che produsse.

— Potresti almeno darmi un motivo per farlo... — dichiarò — altrimenti continueremo a perdere il nostro tempo.

— È quello che temo anch'io — replicò Dougall tra sé. Tuttavia tornò indietro, fermandosi a qualche passo di distanza da lei.

— Ero amico di tuo padre — ribadì controvoglia.

— Anche Lochinvar, a quanto ne so — ribatté la ragazza raccogliendo la sfida. — Eppure ha lasciato che lo uccidessero...

Sul volto del vampiro passò un'ombra di rabbia.

— D'accordo, vuoi delle informazioni? — chiese con un sogghigno. — Cominciamo: l'antico nome delle isole Shetland era Hjaltland. Sono un arcipelago di più di cento isole, di cui solo dodici sono attualmente abitate se non si tiene conto di foche, pulcinelle di mare, strolaghe, sule e altri affascinanti animali.

Marciò con decisione sulla roccia, raggiungendo il punto in cui il rilievo s'interrompeva a strapiombo sul mare, e si bloccò sul limite più esterno.

— E lo senti questo suono simile a una turbina inceppata? Quello che finisce con un respiro un po' asmatico?

Winter continuò a fissarlo senza battere ciglio.

— È l'incredibile verso dell'uccello delle tempeste... Siamo fortunati a sentirlo, perché è una specie piuttosto rara e strettamente notturna. Il gracchiare legnoso che viene dalla spiaggia invece potrebbe essere una sula bassana. A livello naturalistico questo posto è splendido, non trovi anche tu?

Winter rise nervosamente.

Era sempre più convinta che l'addestramento sarebbe stato un completo disastro.

— Che cosa stai cercando di capire, Doug? Solo quanto sono resistente? O se sono all'altezza di mio padre?

Il vampiro si voltò, pericolosamente in bilico in cima alla scogliera. La fissò esasperato, inclinando il capo.

— Di sicuro hai la testa dura quanto lui.

Poi, senza aggiungere altro, spiccò un salto nel vuoto. Winter gridò forte, vedendolo precipitare, e corse verso la spiaggia.

Dougall la attendeva placidamente seduto sul pietrisco, i jeans arrotolati sopra alle caviglie e un paio di bottoni aperti sulla camicia di lino verde.

Winter riprese faticosamente fiato, il viso arrossato dalla corsa.

— Volevi farmi prendere un infarto?

— Sono un vampiro, ragazzina. Ho a disposizione un'intera gamma di effetti speciali che è davvero un peccato non sfruttare — le disse con noncuranza. — A questo proposito, mi complimento per la tua rapidità. Davvero efficace, anche se poco umana. Hai stoffa. Potremmo ricavarne qualcosa, se ti impegnassi di più.

Il vento tra loro era freddo e pungente, mentre il terzo giorno che trascorrevano su quell'isola volgeva al termine.

— Impegnarmi in cosa, Doug? Qual è il senso di tutto questo?

Il vampiro distolse riluttante lo sguardo dal turbinio delle onde.

Gli occhi di Winter avevano lo stesso colore del cielo pieno di nuvole ed erano talmente simili a quelli di suo padre...

Non vedo l'ora che tu la incontri, Morgan. Ti farà impazzire questa adolescente incasinata!

Ma ovviamente era troppo presto per quello. Il Potere che la circondava era inquieto e più pericoloso di quanto lei stessa si rendesse conto. Era necessario che imparasse a controllarlo e quelle sue emozioni burrascose erano solo il primo ostacolo.

— Hai detto che hai sentito la Sete... — le disse piano.

Winter abbassò il viso e i capelli le si agitarono attorno alle spalle.

— Non voglio che mi ricapiti mai più — mormorò. — Ho bisogno di sapere come fare per fermarla.

Dougall osservò l'amarezza che riempiva quel viso troppo giovane e spaventato. Poteva insegnarle a combattere la paura, ma prima doveva vincere la sua diffidenza.

— Puoi solo saziarla. Perché una volta che si è manifestata, non farà che crescere. E potrai controllarla solo quando avrai capito quanto ti appartiene.

Lo sguardo argenteo di Winter si accese di collera. — Perché? Mia madre era umana...

— E anche tu lo sei, Winter. Ma solo a metà. Quando lo accetterai e smetterai di combattere contro te stessa potrai imparare, ma se non riesci a scendere a patti con la Sete non sarai mai in grado di controllare il Potere. Non aspettarti che ti aiuti a privarti delle tue capacità. Devi accettarle, se davvero vuoi dominarle.

— Perché mi hai tolto il ciondolo?

Winter serrò i pugni, mentre lui le voltava le spalle.

— Torno indietro. Sei libera di fare quello che vuoi fino a cena. Quindi ti restano un paio d'ore per piangerti addosso, se ti va.

La lasciò a fissare le onde, inquiete e ribollenti come lei stessa.

Winter sedette sulla spiaggia ghiaiosa, poco distante da dove si era trovato lui fino a un attimo prima, e affondò le dita tra i ciottoli umidi, stringendoli così forte da sentire quasi male alle dita.

Si sentiva sola e confusa, la nostalgia di Rhys era una fitta sorda al petto. Le mancava il suono della sua voce, la possibilità di posare la testa sulla sua spalla per farsi confortare, il tocco delle sue mani sulla pelle... e soprattutto le mancava quell'incanto dorato che li avvolgeva facendoli sentire forti e felici.

Aveva bevuto il suo sangue e le sarebbe bastato per tutta la vita, anche se Dougall non poteva saperlo.

La Sete era diventata amore, raggiungendo la perfezione. Si era trasformata in un sentimento puro come la neve. Non c'erano più ombre da combattere.

Lei l'aveva reso immortale, e nessuno l'avrebbe mai costretta a fargli del male.

Non esisteva alcun desiderio altrettanto forte: Rhys era l'essenza stessa della sua Sete e l'unica cosa che potesse saziarla. Era tutto ciò che la legava a se stessa.

Allungò la mano di fianco a sé, sicura per un istante di sentirlo accanto così come lo avvertiva nella propria mente, nel battito del proprio cuore.

Cercò di ricordare la giornata che avevano trascorso al mare, le loro mani intrecciate.

Ma c'era solo quella corrente limpida e impetuosa, che le scompigliava i capelli e rinfrescava la pelle.

Si sentì stanca e infreddolita come non si era più sentita dal pomeriggio in cui aveva davvero accettato di amarlo.

Mi manchi...

Risentì il sapore della sua bocca umida di sangue che la baciava e per la prima volta da allora se ne vergognò.

Se fosse stata davvero umana, l'avrebbe trovato disgustoso. E invece quel ricordo rese più intensa la nostalgia e le incendiò la gola.

In cerca di sollievo, Winter si premette le dita sul collo nel punto esatto in cui si era sempre trovato il suo ciondolo. Non trovarlo le strappò un gemito di frustrazione.

Per tutta la vita quel gesto l'aveva fatta sentire protetta, quasi che nel ciondolo fosse rimasto qualcosa dei genitori che non aveva mai conosciuto. E ora che non lo indossava, si sentiva dannatamente fragile, esposta.

In balia di se stessa, di ciò che stava diventando.

Cosa mi sta succedendo?

Improvvisamente, lontana da Rhys, la paura e i dubbi erano tornati a tormentarla.

Si era convinta che quanto era accaduto nel bosco avesse completato in lei una qualche trasformazione.

«Una volta che si è manifestata, la Sete non farà altro che crescere.»

E se Dougall avesse avuto ragione? Se bere sangue avesse semplicemente scatenato qualcosa che aveva atteso dentro di lei per diciassette lunghissimi anni?

Raccolse una manciata di sassolini e li scagliò lontano.

«Hai un paio d'ore per piangerti addosso, se ti va.»

Ma non l'avrebbe fatto, perché lei non era *debole.* Non lo era mai stata.

Rabbrividendo nell'aria fredda, Winter si tolse i vestiti e si gettò in acqua.

Lo shock dell'impatto le strappò il fiato. I muscoli si contrassero, rifiutandosi di rispondere. Le onde la sommersero.

Forza, Win! si ordinò.

Per qualche metro, vicino alla spiaggia, l'isola creava una piccola insenatura. L'acqua era così bassa che una nuova onda la spinse contro il fondo. Puntò i piedi e scalciò violentemente.

Quando riemerse, cominciò a nuotare.

Dougall la osservò per qualche tempo, ben nascosto dietro uno scoglio, poi riprese a camminare con uno strano sorriso.

Sorrideva ancora mentre varcava la soglia del piccolo cottage in cui risiedevano, l'unica abitazione dell'isola.

— Dov'è Winter? — lo accolse Bethan Davies.

— Fuori — rispose laconico. — Aveva bisogno di sbollire.

La donna gli scoccò un duro sguardo di rimprovero. — Suo padre sa come la sta trattando?

— Suo padre ha deciso di vederla solo quando avremo finito per non intralciare l'addestramento. Direi che la cosa migliore sarebbe di accelerare i tempi. Tutti quanti, intendo.

Bethan fremette, punta nel vivo. — Non posso insegnarle nulla finché la riporta a casa stravolta. Sprecherei solo fiato e le confonderei le idee.

— Oh, andiamo, signora Davies! Non è una bambina da trattare con i guanti! Quando ero giovane l'avrebbero considerata una donna a tutti gli effetti.

— A quei tempi Napoleone era imperatore dei francesi e lei indossava ridicoli mutandoni lunghi! Adesso, però, ha smesso di farlo... Sono i vantaggi del progresso.

Il vampiro incrociò le braccia sul petto, ma sul suo volto affiorò un sorriso.

— Si porti dietro un asciugamano — disse poi in tono candido.

Rimase accanto all'ingresso e attese che Bethan tornasse indietro dal bagno.

— Ha già cenato, signora Davies? — le domandò aprendole cerimoniosamente la porta.

— Eravamo d'accordo così, mi pare.

— Ottimo. Mi occuperò io del pasto di Winter.

La donna lo superò sbuffando.

28

La Loggia londinese dell'Ordine della Notte si trovava in una vecchia dimora signorile ai margini di Notting Hill.

Era circondata da un'alta recinzione in muratura e gli alberi rigogliosi e altissimi del parco la riparavano da sguardi indiscreti.

Negli ultimi mesi Rhys c'era già stato un numero di volte sufficiente a sapersi orientare alla perfezione nei piani superiori, ma di solito l'aspetto maestoso delle sue mura grigie gli ricordava troppo la casa di suo padre perché potesse sentirsi davvero a suo agio.

Quel giorno non vi badò nemmeno.

Raggiunse a grandi passi la stanza che ospitava il Gran Maestro e batté un colpo secco alla porta.

La voce di Lochinvar risuonò dall'interno, bassa e cortese come sempre. — È aperto.

Prima di entrare, Rhys fece un lungo respiro.

— Mio caro ragazzo, che piacere — lo accolse Alaric Lochinvar con un sorriso.

— Mi scuso per il disturbo, signore.

— Sei sempre il benvenuto, figliolo.

Gli indicò una sedia, un mobile antico di legno e velluto posto davanti alla sua scrivania, e Rhys vi si accomodò, cominciando immediatamente a tamburellare con un piede sul soffice tappeto persiano.

Lochinvar andò dritto al punto. — Cosa ti turba?

Non c'era modo di ottenere l'informazione che cercava se il Gran Maestro non era disposto a dargliela, perciò il ragazzo fu altrettanto diretto.

— Ho davvero bisogno di sapere dov'è Winter.

Lochinvar aggrottò la fronte e il suo sorriso assunse una sfumatura divertita.

— Dovevo aspettarmi una domanda del genere — disse conciliante.

— Quindi?

L'anziano vampiro incrociò le mani davanti al viso.

— Sei talmente giovane e impaziente... In questo somigli alla tua piccola Starr: così tanti anni ancora da vivere e ogni minuto vi sembra fondamentale.

Il tamburellio si fece più rapido e Lochinvar rise.

— Via, via, Rhys, un po' di contegno!

— Vorrei solo essere certo che sia al sicuro. Non che ne dubiti, ma...

— Ma la ami, lo so.

Il tono era quello di un nonno benevolo e l'espressione si adattava splendidamente a quelle parole, eppure Rhys non si lasciò placare. Erano tre giorni che Lochinvar si rifiutava di rispondere a quella domanda.

Si fissarono a lungo e la gentilezza evaporò lentamente dal volto del Gran Maestro.

— Non te lo dirò, mio giovane amico — dichiarò con improvvisa freddezza. — Puoi chiedermelo ogni giorno da qui a quando lei ritornerà, ma non avrai nessuna risposta.

Negli occhi di Rhys passarono stupore e rabbia prima che riuscisse a controllarsi.

— Credevo si fidasse di me — commentò insinuante.

Lochinvar, invece, mantenne una calma irritante.

— Davvero? — domandò sarcastico.

No. Rispose il ragazzo tra sé. *È da tanto che ho smesso di credere nelle favole.*

Tuttavia, con uno sforzo enorme, riuscì a nascondere quei pensieri dietro una maschera di perfetta incredulità.

— Ti conosco meglio di te stesso, e finora ho avuto le mie buone ragioni per lasciarti libero. Ma sei abbastanza intelligente da capire che questo è un concetto molto diverso dalla fiducia.

Rhys serrò i pugni sotto il tavolo.

— Per favore — insistette inghiottendo tutto il proprio orgoglio.

Alaric Lochinvar sbuffò. — Evita le suppliche, ti prego. Sono inutili e poco decorose. Ti ho già detto che non puoi saperlo.

— Perché?

— Perché non ti riguarda. Devo ricordarti che basterebbe una mia parola per gettare entrambi in pasto all'Esecutore, Rhys Llewelyn? Che ti sei condannato da solo, nel momento in cui hai affondato i denti nel collo di quella ragazza, infrangendo il più solenne divieto del Patto?

Rhys non riuscì più a trattenersi.

— *Lei* me l'ha lasciato fare — esplose furente.

— E come potevo sapere che vi sareste spinti oltre il confine?

Lochinvar stava mentendo e non faceva il più piccolo sforzo per nasconderlo.

— Era ovvio... naturale...

— La virtù dovrebbe dominare persino le pulsioni cui

la natura ci ha condannati. Posso fidarmi di un moccioso che perde la testa davanti ai begli occhi di una ragazza?

La sua pazienza stava evaporando e Rhys si impose di riguadagnare il controllo. Anni di litigi con suo padre gli avevano insegnato che esiste un momento in cui uno dei contendenti deve fare un passo indietro, se non si vuole arrivare a un punto di rottura.

E lui non poteva permetterselo, in quel caso. Per quanto lo detestasse, doveva lasciare che Lochinvar continuasse a crederlo in suo potere.

Tacque, accettando ogni parola a testa bassa.

— Cos'altro pretendi, Rhys? Vi ho lasciato tutto il tempo di cui avete avuto bisogno. Ti ho permesso di starle accanto e proteggerla. Ti ho concesso il suo sangue e un Potere che la maggior parte di noi non osa nemmeno sognare. Ora però sono io a pretendere qualcosa da te... — Espirò a denti stretti e il suo viso tornò a distendersi. — Ho diritto alla tua riconoscenza. E voglio che tu prenda il posto che ho preparato per te.

Rhys finse di non capire. — Intende nell'Ordine?

Lochinvar annuì. — Metti da parte i sentimenti. Ricevi l'Iniziazione e dimostrami che posso davvero fidarmi di te. Diventa il servo fedele dell'Ordine.

Il ragazzo chinò il capo, confuso e onorato. — Lo farò, signore.

Ma per Winter, non per lei, soggiunse dentro di sé. *E non sarò mai un servo.*

29

— Tua madre era inquieta come te — disse Bethan avvolgendo Winter nell'asciugamano.

Aveva i capelli zuppi e le labbra bluastre per il freddo.

— Guarda come ti sei ridotta, tremi come un pulcino!

La ragazza aprì la bocca per protestare, ma si ritrovò a battere i denti. — Dovevo sfogarmi o sarei impazzita.

La risata di Bethan la stupì, eppure fu un suono piacevole e dolce.

— Anche Elaine faceva così. Quando la tensione era troppa, diceva sempre che doveva muoversi. — Le strofinò le spalle, attendendo con pazienza che i tremiti rallentassero un po'. — Almeno è servito?

Winter le concesse il primo sorriso da quando erano sull'isola.

— Non tanto — ammise, strizzandosi la chioma così forte da farla gocciolare rumorosamente. — Mia madre aveva qualche altro trucco?

— Era anche un'osservatrice. Dovunque si trovasse, sceglieva un posticino e ci trovava qualcosa di bello da guardare. Lo faceva per delle ore, se necessario. Una volta le dissi qualcosa che la fece andare su tutte le furie e lei passò mezza giornata a Kensington in riva alla Serpentine. Poi tornò indietro e mi chiese con calma delle spiegazioni.

Winter pensò alla foto di Elaine che la nonna teneva nel proprio cassetto. Provò a immaginare il suo volto che prendeva vita, il colore delle sue guance quando era arrabbiata, il modo in cui poteva muovere la bocca, le espressioni che non le aveva mai visto fare. A Marion non piaceva parlare di sua figlia, e in quel momento Winter desiderò rivolgere a Bethan mille domande su di lei.

— E quelle spiegazioni la convinsero?

— No, a essere sinceri — confessò la donna. — Ma le ascoltò e tentò davvero di capirle. Le accettò solo anni dopo, quando fu il momento giusto.

— Io non voglio metterci anni a capire cosa vuole Doug — protestò Winter.

Bethan si chinò a raccoglierle i vestiti come se fosse stata una bambina piccola e glieli porse.

— Allora ascoltalo, Winter. Non dico che dovresti fidarti di lui perché è una cosa che non si può decidere con la testa. Ma potresti provare a pensare che ha le sue ragioni per comportarsi come sta facendo.

La ragazza si voltò a guardarla con espressione scettica. — Mi ha tolto il ciondolo... Ho camminato tanto che faccio fatica a stare in piedi e ho imparato solo a riconoscere il verso dell'uccello delle tempeste o delle sule come-si-chiamano.

— A Londra non l'avresti mai scoperto — replicò Bethan. — E prima o poi potresti addirittura apprezzarlo.

Attese che la ragazza si fosse rivestita e le passò un braccio attorno alle spalle, guidandola verso casa senza fretta.

Winter tremava ancora e sembrava davvero esausta.

Mi auguro che Dougall sappia sul serio cosa sta facendo.

Quando raggiunsero l'abitazione, l'ora di cena era passata da un pezzo, ma le notti estive erano così brevi a quella latitudine che l'orizzonte era ancora illuminato dalla luce argentea che gli abitanti delle Shetland chiamano Pallida Estate.

Ancora qualche settimana e, nei rilievi più alti dell'arcipelago, il sole non sarebbe più tramontato.

Prima di entrare, Bethan si prese addirittura il disturbo di bussare. Lo fece per pura cortesia, perché Dougall doveva essersi accorto da un pezzo del loro arrivo.

Infatti, non appena ebbero messo piede nel corridoio, richiamò Winter dalla sala da pranzo.

La ragazza lo raggiunse con l'entusiasmo di un condannato mentre Bethan si affrettava a entrare nella propria camera.

— È stata piacevole la nuotata? — domandò Dougall in tono disteso.

Era seduto davanti alla tavola, illuminata da qualche candela e bizzarramente apparecchiata.

Winter osservò lo spettacolo con diffidenza. Nei giorni precedenti le cene erano state pasti rapidi e frugali, consumati direttamente in cucina. Era la prima volta che la sala da pranzo veniva davvero allestita.

Il vampiro la osservò di sottecchi mentre lei realizzava quale fosse il dettaglio stonato in quell'insieme: sopra l'elegante tovaglia di damasco blu notte, c'erano solo due alti calici, una brocca d'acqua limpida e una piccola anfora di vetro molato piena di polvere rossa.

Siero.

— Accomodati, mia cara — le disse con un sorriso affascinante. — La cena è pronta.

Le labbra di Winter si contrassero in una linea dura.

— Non ho fame.

Dougall ignorò le sue parole, ma la sua espressione, mentre scostava la sedia dal tavolo per farla sedere, era gentile e priva di provocazione.

— Vorresti almeno farmi compagnia? Detesto nutrirmi da solo e poi potrebbe essere una buona occasione per conoscerci meglio.

La ragazza rimase rigida e immobile al proprio posto.

La luce baluginante delle candele proiettava strane ombre sulle tende tirate e la stanza sembrava immersa in un'atmosfera remota.

I suoi occhi si posarono sul volto del maestro, indugiandovi a lungo. Le parve di vederlo davvero per la prima volta, di scorgere finalmente i secoli della sua lunga vita addensarsi attorno alla sua figura. Quante cose aveva visto da quando era nato? Quanti segreti custodiva che aspettavano solo di essere trasmessi?

Winter impiegò qualche secondo a riconoscere il tocco del Potere che il vampiro aveva evocato. Lo circondava come una corrente viva e palpabile.

Evidentemente, Dougall aveva deciso che il momento degli effetti speciali era arrivato.

Con uno sforzo che la fece impallidire, Winter distolse lo sguardo ed eresse tra loro un'alta barriera. Il Potere vi premette contro senza più poterla raggiungere.

— Stai cercando di impressionarmi? — La sua voce era ferma ma più flebile di quanto avrebbe desiderato.

Tuttavia accettò l'invito, o forse la sfida, e sedette al tavolo.

Dougall tornò al proprio posto.

— Al contrario, Winter, sono io a essere impressionato. Ciò che hai appena fatto dovrebbe essere quasi impossibile senza un buon addestramento — ammise con sincerità.

Lei non rispose, rendendosi conto che era vero. Prima di quel momento, non era mai riuscita a richiamare il Potere. Non consapevolmente, almeno.

La barriera che aveva eretto vacillò fuggevolmente.

— Non so come ci sia riuscita...

— Immagino che dovremo scoprirlo, non credi?

Winter concentrò su di lui tutta la propria attenzione, rifiutandosi di guardare la tavola imbandita.

— Rivoglio il mio ciondolo.

Dougall alzò le spalle. — Temi ancora che potrei saltarti alla gola con tanti saluti alla memoria di tuo padre?

Quando lei annuì seccamente, lui scoppiò in una risata.

— Ho avuto a disposizione un bel po' di anni per imparare a controllarmi.

— Come il professor Vaughan. Eppure lui è riuscito a trattenersi a stento.

Ancora ridacchiando tra sé, l'uomo versò un po' di polvere nel calice, lo colmò d'acqua e prese a ruotarlo delicatamente perché il Siero si sciogliesse meglio.

— Considerato ciò che mi hanno raccontato delle sue ultime imprese e ciò che so di lui, il paragone non mi rende giustizia, mia cara. Il desiderio del tuo sangue l'ha spinto a tradire Lochinvar dopo aver vissuto un'intera vita al suo servizio: davvero non credi che io meriti un po' più di fiducia?

— No.

Winter si accorse di avere lo sguardo fisso sul liquido rosso che si agitava nel calice. Deglutì a vuoto, mentre la sua bocca si faceva improvvisamente secca.

— Voglio dire, come faccio a esserne certa? — soggiunse in un sussurro.

Dougall studiò il suo volto per qualche istante. — Se davvero volessi il tuo sangue me lo sarei già preso, ragazza mia. Invece sono qui a sorseggiare educatamente il mio Siero e a cercare di convincerti che sarebbe meglio se accettassi di farlo anche tu. Questo depone a mio favore, non trovi?

— Non ne ho mai avuto bisogno. Non lo farò.

L'uomo si portò il bicchiere alle labbra e lei ne seguì affascinata il movimento. Quando lo vide deglutire, il bruciore che provava si espanse fino allo stomaco.

Dougall riabbassò la mano lentamente, spiandola da dietro le ciglia. Il Siero era solo una pallida imitazione del sangue, ma lasciò che la ragazza invidiasse il sollievo che riusciva a trasmettergli.

Smetti di opporti, Winter... la invitò, spingendo quel pensiero sino a lei. *La tua Sete è straziante.*

Rimbalzò contro il muro invalicabile della sua barriera e ne venne respinto.

— Stupefacente! Sei ancora in grado di resistere — osservò con calma nonostante lo stupore — anche se ho fatto in modo che stasera fossi debole e stravolta.

Prima di proseguire, le scoccò un'occhiata traversa.

— Sai, l'eredità di tuo padre è forte in te. Gli somigli molto più di quanto immagini. Forse addirittura più che a Elaine.

Winter spalancò gli occhi prima che la sua espressione tornasse dura, impenetrabile. — Stai mentendo.

Dougall inarcò le sopracciglia. — Se lo dici tu...

Bevve un altro sorso, socchiudendo gli occhi per il piacere, e Winter fu scossa da un tremito. Scostò violentemente la sedia, pronta ad andarsene.

— Non mi convincerai, Doug. Nemmeno parlandomi dei miei genitori... Io non sono come loro!

L'uomo sospirò. — D'accordo, Winter. Forse hai davvero ragione tu.

Era inutile continuare a provocarla. Distese il proprio volto e rimase a fissare la fiamma della candela più vicina. Gli spifferi che filtravano dalle finestre la facevano danzare delicatamente.

— Ma a dispetto di tutto, continuo ad avvertire la tua Sete. E so che la senti anche tu e che ti spaventa. Non devi giudicare te stessa, non è necessario che ti sforzi di resisterle, quando potresti imparare a controllarla.

Lo sguardo della ragazza continuava a studiarlo diffidente.

Il sangue di Rhys, pensò Winter.

Era l'unico che desiderasse, perché trasformava la Sete in amore. La rendeva dolce invece che mostruosa.

— Devi accettare ciò che fa parte di te, Winter. Anche se ti terrorizza perché hai sempre creduto di essere umana. Ti senti indifesa di fronte a tutto questo, ma solo il coraggio di affrontarlo ti renderà più forte.

Fece una pausa e, per un istante, il suo sguardo si riempì di dolcezza, mentre finalmente comprendeva davvero.

— Credo di riuscire a capirlo: nessuno ti ha mai spiegato ciò che dovevi sapere, nessuno ti è stato vicino quando il desiderio del sangue si è risvegliato, è così? È questo che ti è successo?

Lei strinse i pugni, le unghie che graffiavano il broccato.

— Non sono felice di com'è andata la tua vita. Se ne avessi avuta la possibilità, non ti avrei mai lasciata al Consiglio.

— Risparmiati le frasi di circostanza!

Dougall si premette le dita sulle tempie. Tutta quella rabbia non era rivolta a lui, eppure non c'era modo di cancellarla a meno che non fosse lei stessa a volerlo. Si augurò di aver preso la decisione giusta.

— Alcuni dicono che la vera forza stia nella determinazione con cui si mantiene la propria parola, ma in certi casi è solo una stupida ostinazione.

Lentamente, il vampiro allungò una mano fino al calice che stava di fronte a Winter e lo trasse a sé per lasciarvi cadere del Siero. Mantenne lo sguardo sul suo viso persino mentre versava l'acqua per completare la miscela.

Infine, spinse nuovamente il calice verso di lei.

— In certi casi, la vera forza è la capacità di mutare opinione e di accettare i cambiamenti. E credo che questo sia uno di quei momenti.

La ragazza serrò ancora i pugni, eppure continuò a guardarlo negli occhi, rifiutandosi di abbassare lo sguardo sul bicchiere colmo.

— Non ho appetito — ripeté gelida.

Dougall si alzò di scatto e raggiunse la cucina. Fu di ritorno con una rapidità sorprendente.

Aveva in mano un boccone di pane che addentò quasi con rabbia.

— Persino questo può mantenere in vita il mio corpo, ragazzina, ma noi stiamo parlando di altro. — Indicò l'ampolla che conteneva il Siero. — È il sangue a far vivere i nostri poteri!

Afferrò il bicchiere e ne svuotò il contenuto in un solo fiato.

Winter non riuscì più a trattenersi.

— Quali poteri? Di cosa stai parlando? Non m'importa un accidente dei vostri stramaledetti poteri di vampiri! Io non sono in grado di sfondare una porta blindata con un calcio o di spostare un oggetto senza toccarlo. Non so creare Sigilli come mio padre e neanche mi interessa! Voglio solo indietro la mia vita, svegliarmi al mattino e preoccuparmi del college, o di che vestito mettere al prossimo concerto dei Sin o dove trascorrere la giornata con il mio ragazzo. Non mi sembra di chiedere molto!

La barriera attorno a lei era crollata, scatenando ondate rabbiose di Potere che percorrevano la stanza.

Dougall lo avvertì dolorosamente, ma scoppiò a ridere.

— Questo! Questo è il Potere! Questo è ciò che fa parte di te!

I loro occhi si incontrarono nella distanza colma di quella vibrazione sovrannaturale.

L'uomo le si avvicinò, resistendo all'energia che gli correva incontro.

Prese la mano sottile della ragazza tra le sue.

Winter lo fissò a occhi sbarrati fino a che il suo sorriso caldo e aperto non divenne l'unica ancora che le impediva di venire inghiottita da quell'abisso ribollente.

— Fallo smettere — supplicò.

Sentì che l'energia di Dougall si univa alla sua, solida e forte, aiutandola a sostenere ciò che aveva scatenato.

Quando ne prese il controllo, fu come se l'avesse liberata da un peso che la stritolava.

E dopo un istante, il Potere tornò a dissolversi lasciando l'aria improvvisamente vuota.

— Fidati di me — le sussurrò il vampiro. — Ti giuro che imparerai a controllarlo.

Winter non riuscì neppure ad annuire, era così esausta che rischiava di svenire da un momento all'altro.

Mentre lei lo osservava, Dougall sciolse il Siero in un bicchiere e glielo avvicinò alle mani.

— Ora lo capisci che ne hai bisogno?

No! desiderò ripetere la ragazza.

Invece avvicinò il calice alle labbra e l'odore metallico del sangue sintetico raggiunse le sue narici togliendole ogni possibilità di scelta.

Bevve. Avidamente.

Si riempì la bocca di quel sapore, poi deglutì a piccoli sorsi rapidi. Man mano che il liquido scivolava in basso, la gola si decontraeva, trovando sollievo dall'arsura dolorosa che l'aveva incendiata.

Non assomigliava nemmeno lontanamente alla gioia perfetta che le aveva dato il sangue di Rhys, era qualcosa di più primitivo. Era la rozza e appagante estinzione di un bisogno primordiale.

Il sapore non era quello giusto, ma allo stesso tempo le carezzò il palato in modo diverso da qualsiasi altro cibo umano.

Credette persino di riconoscere l'istante esatto in cui raggiungeva lo stomaco, sfamandolo istantaneamente.

Oh, sì... Doug aveva ragione. Non si trattava di nutrire il corpo. Era come assorbire energia pura, capace di placare un bisogno che andava oltre il corpo, una brama la cui voce si era sempre rifiutata di ascoltare.

L'intensità di quella sensazione la spaventò. Le parve di tradire ciò che era.

Tutto il contrario, protestò la Sete dentro di lei reclamando l'ultimo sorso. *È la prima volta che sei davvero te stessa.*

Winter posò il bicchiere e si premette le dita sulle labbra.

Oltre i vetri, l'estate nordica decretava la fine di un lunghissimo giorno.

30

Winter trascorse sulla spiaggia una mattina solitaria. Il Siero le aveva restituito le forze e il sonno di quella notte era stato profondo e privo di incubi.

Si accoccolò su un masso che digradava nell'acqua e rimase ad ascoltare il suono delle onde. Era ritmico e rilassante. Battendo sugli scogli, l'acqua riempiva l'aria di goccioline minuscole profumandola di salsedine.

La brevità delle notti estive sull'isola le dava un senso di sospensione, ma in fondo quell'atmosfera argentea e rarefatta cominciava a piacerle.

Dougall le si avvicinò lentamente, ma la ragazza non lo guardò fino a quando non posò una mano sulla roccia accanto a lei.

— Hai fatto la scelta migliore, Winter.

Lei gli sorrise anche se non ne era affatto sicura.

— È difficile scoprirsi tanto diversi da come si pensava.

Per un istante la mano di Dougall si posò sulla sua spalla.

— Ammetto che sei un caso un po' limite, ma se può consolarti, qualcosa del genere capita a tutti, prima o poi.

Winter rise. — A dir la verità, non mi consola affatto.

Lui sogghignò ironico. — Peccato. Era l'argomento migliore che avessi.

Si sedette, appoggiò la schiena alla roccia e osservò il volo di un gabbiano fino a che planò sul punto più estremo della battigia.

— Riflettendoci, riesco a capire la tua diffidenza nei miei confronti — dichiarò dopo un lungo silenzio. — In un certo senso, è giusta.

Tacque finché non si sentì addosso il suo sguardo.

— In realtà, ti sto nascondendo delle cose che non sono ancora disposto a rivelare — riconobbe quando fu certo di avere tutta la sua attenzione. — Molte ti riguardano da vicino, sai? È uno squilibrio inevitabile tra maestro e allievo.

La rabbia fece tremare le labbra di Winter. — Quindi? — gli domandò gelida.

— Lasciami finire, per favore — la pregò lui allegramente. — Mi sono preparato un così bel discorso!

Puntellò il gomito alla pietra e posò la testa sulla mano, voltandosi a guardarla di sottecchi.

— Dicevo che è uno squilibrio comprensibile. Il fatto che riconosca così apertamente di nasconderti delle cose dovrebbe risultare stimolante, se ci pensi bene. Però... — e qui fece la pausa enfatica di un bravo commediante — rimane un problema. Ho dei segreti, ma non ammetto che ne abbia tu.

Senza alcun avvertimento, risvegliò il Potere e glielo gettò contro tanto rapidamente che lei non riuscì a reagire.

Winter lo sentì scivolare nella propria mente senza potersi opporre ed ebbe l'orribile sensazione che Doug puntasse dritto ai suoi ricordi, rovistando senza ordine tra le immagini che gli si presentavano.

— Winnie — disse il vampiro. — Tua nonna ti chiama così. Ma per i tuoi amici invece sei Win. Carino.

— Smettila. Non ti riguarda.

— E il tuo colore preferito è l'azzurro ghiaccio, molto appropriato... Accidenti quanto leggi, ragazza mia!

Winter desiderò urlare. L'idea che potesse scoprire di Rhys le diede il panico. Doveva schermarsi, ma l'agitazione le rendeva impossibile persino provarci.

Dougall proseguì, inesorabile. — Hai fatto bene a non comprare quell'abito verde, non si addiceva al tuo incarnato, anche se devo ammettere che il modello ti stava proprio bene. Reagisci in fretta se hai qualcosa da nascondere — la avvertì. — Siamo ancora al giro di riscaldamento... E, del tutto a sproposito, il St Dewi's mi piace, anche se non hanno grande talento nella scelta degli insegnanti. E la vampira, la Nox, è davvero carina. Come si chiama?

Era arrivato così vicino a Rhys che Winter si sentì con le spalle al muro.

La sua reazione fu del tutto istintiva: scattò in piedi come una molla e tentò di allontanarsi. Dougall le serrò il polso in una morsa.

— Potrei anche lasciarti scappare, ma capiresti lo stesso che è inutile. Non perdiamo tempo.

Idiota! Stupida idiota! ringhiò Winter tra sé. Era la seconda volta che arrivava vicina a fidarsi di un vampiro, l'aveva già fatto con Darran Vaughan, quando aveva creduto che volesse davvero aiutarla, e ora stava finendo nello stesso modo.

Stupida! Stupida!

— Oh, non distrarmi con questa storia — protestò lui. — Sei una ragazza sveglia, ormai dovresti aver capito che il tuo sangue non m'interessa e, per inciso, credo che anche Vaughan fosse sincero, quando ti ha detto che non aveva intenzione di ucciderti.

Winter diede uno strattone violento per liberare il polso, ma Dougall non lasciò la presa fino a quando lei non gli affondò le unghie della mano libera nel braccio.

— Ehi, sto solo curiosando nei tuoi pensieri... — si difese con un sorriso. — C'è un ragazzo vampiro che compare un po' troppo spesso. Attenzione, Cappuccetto Rosso, i lupi gentili e affascinanti sono i più pericolosi. Ma non devo ricordarti che rischi corri, vero?

Winter lo spinse indietro con tutta la forza che aveva e fece per allontanarsi.

Dougall rise. Un attimo dopo, la ragazza si ritrovò a terra con la sua mano stretta attorno a una caviglia.

— Ti suggerirei di provare in un altro modo: non te la cavi troppo bene nelle risse.

La sua presenza era un peso nella mente di cui non riusciva a liberarsi. Furente, Winter serrò le palpebre e il Potere si scatenò attorno a lei come un'esplosione, agitandole i capelli dietro le spalle come una raffica di vento.

— Esci dalla mia testa — gli ordinò feroce.

L'energia le crepitava sulla pelle ribollendo dall'interno, così incontrollabile da farle temere che per liberarsi avrebbe distrutto il suo corpo.

Dougall dovette chiudere gli occhi, investito da una vampata rovente. Le lasciò la caviglia e si alzò mentre il Potere che lei aveva evocato gli si stringeva contro soffocante.

Winter era agitata e piena di rabbia. Non si stava semplicemente difendendo, lo stava attaccando, comprese mentre i loro ruoli si invertivano senza preavviso.

Era la prima volta da decenni che lui si ritrovava a essere preda. Si sentì pervadere da quella corrente bruciante, ma decise di non opporsi per un minuto che gli parve eterno. Doveva lasciarle il tempo di capire...

Lentamente, Dougall richiamò attorno a sé uno scudo.

— E ora che intenzioni hai? — la provocò. — Dovresti averle sempre ben chiare prima di fare ciò che hai appena fatto! Stai maneggiando qualcosa che può renderti invincibile, qualcosa con cui potresti persino tentare di uccidermi. Anzi, se lo desiderassi davvero, questo sarebbe probabilmente il momento migliore per provarci. Ma non ridurti a esserne vittima o potresti essere tu a morire.

Winter fu scossa da un tremito e ciò che la circondava sussultò. La facilità con cui quell'energia le rispondeva era straordinaria. Doveva solo abbandonare la paura che permetteva al Potere di divorare le sue forze.

— Devi decidere se ti serve per difenderti o per attaccare. Oppure devi liberarlo in fretta. Riesci a capirlo?

La ragazza annuì, il viso pallido e contratto. Presto il suo corpo non sarebbe più stato in grado di reggere.

— Basta così, mi hai sentito? — disse il vampiro a denti stretti. Estrasse di tasca il ciondolo di cristallo e lo fece ondeggiare di fronte ai suoi occhi. — Vuoi gettare la spugna? Rimettiti al collo questa roba e sarà tutto finito...

Una sfida. Winter strinse i pugni fissando la sferetta iridescente. Il desiderio di afferrarla le contraeva il volto.

— Ma ti avverto che in questo modo rimarrai un pericolo per chiunque ti stia attorno.

Forza, ragazzina! Dimostrami di che stoffa sei fatta, soggiunse tra sé.

Finalmente Winter reagì. Aveva giurato a se stessa che nessuno avrebbe più sofferto per causa sua.

Rifletti, si impose.

Cercò di ricordare ciò che Dougall aveva fatto la sera prima, il modo in cui lo aveva lasciato evaporare lentamente. Con uno sforzo enorme, afferrò il Potere e lo costrinse a concentrarsi attorno a lei.

E finalmente la morsa che serrava il vampiro si attenuò e il Potere tornò a fluire nel vento, libero e innocuo.

Dougall rimise in tasca l'amuleto e la raggiunse con movimenti tesi. Winter respirava affannosamente, come se l'aria nei suoi polmoni non fosse sufficiente a riempirli.

Mentre attendeva che si calmasse, tuttavia, sul viso del maestro c'era un sorriso soddisfatto.

— Brava ragazza!

Le mise un braccio attorno alle spalle e lei non protestò.

— Stai cominciando a capire con cosa hai a che fare, vero?

Winter continuò a guardare in basso. — Se non ti fossi difeso...

La risata dell'uomo la stupì.

— Presto sarai in grado di fare i conti anche con le tue emozioni, ma per ora non fartene una colpa. Ho deliberatamente scatenato la tua rabbia perché eri troppo spaventata. Il ciondolo di tuo padre non ti ha mai permesso di capire cosa sia il Potere, finora.

La sua voce, che era più calda quando parlava di Morgan Blackwood, obbligò Winter a sollevare lo sguardo.

— Sai già qualcosa dei Sigilli?

— Solo che bisogna essere operatori esperti perché si carichino di Potere e raggiungano lo scopo a cui sono stati destinati. E che il mio dovrebbe essere una specie di scudo che impedisce al Potere di raggiungermi.

L'uomo annuì continuando a guidarla verso il cottage.

— Abbastanza corretto — le concesse. — Il principio è lo stesso di un rivestimento termico. Per semplificare, puoi immaginarlo come lo strato isolante di una casa: protegge i locali dalle intemperie esterne, ma al contempo impedisce la dispersione di calore, mantenendo la temperatura interna. Quindi il tuo ciondolo ti scherma dal Potere che viene da fuori, ma allo stesso tempo non permette a quello che è dentro di te di sorpassare certi limiti. Cosa che, in sostanza, fino a ora ha rallentato lo sviluppo delle tue facoltà. Per questo quando siamo arrivati sull'isola ho preferito fartelo togliere.

Winter tacque. Non era affatto contenta di quella trovata, ma stava forse cominciando a comprenderne la necessità.

— Credevo che il Potere fosse una facoltà innata dei vampiri — osservò infine sulla soglia di casa.

Dougall mise mano alla maniglia, poi cambiò idea.

— Non in senso stretto. Saperlo evocare è una capacità che molti di noi hanno, ma non è qualcosa che ci appartenga. Non nasce al nostro interno, semmai la sua origine è...

Allargò le braccia in un gesto che comprendeva l'isola, le onde e il cielo.

— La vera fonte del Potere è tutto questo... Riesci a sentirlo?

Winter osservò quel paesaggio argenteo e sospeso. La brezza che le correva incontro era profumata di fiori, erba e salsedine. Il suo fruscio era un canto, che rispondeva a quello più ritmico delle onde. Mosse piano le dita, sfiorando l'aria come qualcosa di misteriosamente solido. Era una percezione che colmava i sensi.

E subito sotto, al di là, c'era una vibrazione impalpabile ma innegabilmente viva. Anche Dougall ne faceva parte. E in qualche modo lei stessa.

Il Potere saturava ogni cosa. Fluiva nelle correnti, nell'acqua, nelle profondità della terra, nel sangue di ogni creatura vivente.

Era la risposta alla Sete.

No, non doveva averne paura.

— Siamo canali per il Potere. Nient'altro. E tu più di tutti. Puoi accoglierne tanto da donare l'immortalità, e probabilmente da ottenerla tu stessa di rimando, per quanto ne sappiamo. È straordinario... — Poi, il volto di Dougall si fece improvvisamente serio. — Ma se questo accadesse, se qualcuno riuscisse a ottenere ciò che è proibito, non dimenticarti mai che la chiave di tutto resterà sempre il Potere. Una chiave che non si può infrangere: se tu morissi, l'Immortale generato dal tuo sangue morirebbe con te. E se invece morisse lui, tu stessa saresti annientata dal Potere che vi unisce.

31

Chiusa nel bagno dei dipendenti, alla frullateria, Madison si sciacquò il viso con l'acqua gelida, incurante degli spruzzi che le finivano sulla maglietta appena indossata.

Era nervosa e per lei era una sensazione tutt'altro che abituale.

Frugò nella pochette e si passò la spazzola tra i capelli prima di sistemarli in due corti codini. Poi studiò la propria immagine allo specchio indugiando sul ciuffo verde che le incorniciava il lato destro del volto, sul brillantino al naso e sul piercing sotto il labbro inferiore.

Quel giorno non aveva esattamente l'aspetto migliore per affrontare un poliziotto, concluse con un'alzata di spalle. Perché Danny Roberts poteva anche essere un ragazzo intelligente e simpatico, ma restava pur sempre uno sbirro.

— A Gareth andrebbe anche peggio — ripeté a se stessa decidendosi finalmente a uscire da quella stanza.

Salutò la collega del turno successivo e si allontanò dalla frullateria passando dall'uscita posteriore. Non lo faceva quasi mai perché la costringeva a un giro inutile per arrivare alla fermata del metrò più vicina, ma non aveva fretta di raggiungere la propria destinazione.

Il piano era farsi dire da Danny cosa avesse già scoperto, ed era certa che sarebbe stato abbastanza faticoso.

Controllò l'orologio, inviò a Gareth un messaggio digitato in tutta fretta e raggiunse l'incrocio a cui aveva appuntamento, mordicchiandosi le unghie senza sosta.

Danny era già dall'altro lato della strada, appoggiato al muro di un edificio con la sua solita espressione pensierosa.

— Ehi — lo richiamò agitando un braccio in aria.

Attese che scattasse il verde del semaforo e lo raggiunse dribblando il grasso labrador dorato che una donna anziana portava al guinzaglio.

— Grazie di essere venuta, Madison — le disse lui non appena furono abbastanza vicini.

— Ma ti pare? — Madison sorrise imbarazzata e, prima che Danny avesse tempo di rispondere, indicò con la testa la strada alle loro spalle. — Ti va se camminiamo un po'?

— Come preferisci.

Mentre si avviavano, Gareth uscì dal bar all'estremità opposta dell'incrocio e cominciò a seguirli.

— Non hai notato nulla di strano negli uomini che ti hanno rapita?

Era almeno la decima volta, nel corso di quell'interminabile passeggiata per le vie di Londra, che Danny Roberts riusciva a ripetere sostanzialmente la stessa domanda, formulandola in modo diverso.

Madison gli aveva risposto di no con altrettanti giri di parole, ma non poteva fare a meno di riconoscergli una notevole creatività.

Quando il Tower Bridge si profilò davanti a loro, decise di cambiare tattica.

— Ho notato solo che erano abbastanza bastardi da rapirmi — dichiarò quindi. — Voglio dire... non è *normale* fare una cosa del genere, no?

— Più normale di quanto tu creda, purtroppo — replicò il ragazzo incupendosi. — Le atrocità commesse dagli uomini non si contano.

Alla luce dei lampioni, i suoi occhi inquieti scintillarono indignati.

Madison sospirò, più affranta dalla frustrazione che dal peso dei ricordi. Di quel passo non sarebbero arrivati a niente e Gareth rischiava solo di essere scoperto. Non sapeva dove si trovasse esattamente perché aveva tenuto lo sguardo inchiodato sul poliziotto per tutto il tempo, nel timore di tradirsi. Di sicuro, però, era poco lontano da loro.

Esausta, decise che forse era il momento di essere un po' più diretti. — Perché ho la sensazione che le mie risposte non ti soddisfino, Danny? Sembra quasi che ti aspetti qualcosa di diverso... Forse sei tu ad aver notato qualche stranezza.

Danny sospirò a sua volta. Le rivolse uno sguardo circospetto e cedette all'urgenza.

— In effetti, sì — ammise. — Ero poco lontano da Glan Gors la notte in cui sei stata liberata.

La ragazza esultò fra sé. *Ci siamo!*

— Ho incrociato Darran Vaughan mentre fuggiva dal mulino, anche se questo è un dettaglio che ho ricostruito solo in seguito.

S'interruppe bruscamente e Madison comprese che erano arrivati al momento cruciale. Atteggiò il proprio viso in un'espressione di attesa trepidante, ma Danny le rivolse uno sguardo diffidente.

Poi, i suoi occhi la oltrepassarono, arrestandosi su un punto alle sue spalle.

— Questo però credo che Gareth Chiplin te l'abbia già raccontato — disse in tono duro. — Quindi che senso ha girarci attorno come stai facendo? Se ti sta controllando, o ricattando in qualche modo, me lo puoi dire. Sono un poliziotto, posso aiutarti. Non so se dietro a tutto questo ci siano solo Evans e suo padre, o chissà chi altro, ma voglio arrivare a vederci chiaro in questa faccenda e, per come l'intendo io, darmi una mano è nel tuo interesse.

Madison arrossì vistosamente. — Non è come credi.

Ma non ci fu il tempo di spiegargli come stessero le cose.

Un urlo lancinante alle loro spalle fece trasalire entrambi.

In una frazione di secondo, il ragazzo tranquillo e riflessivo scomparve, lasciando spazio al poliziotto.

— Aspettami qui.

Madison si ritrovò da sola. Con la coda dell'occhio riuscì a distinguere il guizzo di una chioma bionda che correva nella stessa direzione presa da Danny. Gareth.

Li seguì con un sospiro snervato.

32

Rhys indossò l'ampia camicia bianca che gli avevano lasciato sul letto, un indumento di foggia arcaica con un profondo taglio sul petto trattenuto dalle catenelle di due fermagli in filigrana d'argento.

Dare ai propri candidati l'aspetto anacronistico di giovani cavalieri era uno dei pochi vezzi che l'Ordine si era trascinato dietro dal Medioevo al terzo millennio.

L'iniziazione non era altro che una formalità, perché l'Ordine accoglieva tra le proprie fila ogni esponente delle stirpi più antiche. Una bella messinscena che, tuttavia, rispondeva perfettamente al senso dell'umorismo dei vampiri.

Finalmente, dopo aver trascorso la sua intera vita nella convinzione che non avrebbe mai compiuto quel passo per il puro gusto di fare un dispetto a suo padre, il momento era giunto.

Rhys sbuffò e prese a guardare, inquieto, fuori dalla finestra della camera che gli era stata messa a disposizione.

Se evitava di sollevare lo sguardo oltre le chiome degli ontani, se si sforzava di puntare dritto su Hyde Park, poteva fingere di essere nella sua stanza al dormitorio dei Nox.

Lo aveva sempre fatto nel corso delle sue precedenti visite.

In quel momento, invece, i suoi occhi vagarono sulle sagome dei grattacieli arrossati dal tramonto, alla ricerca del punto in cui si nascondeva il Rainbow e, più a est, verso casa Starr.

Annuì tra sé. In qualche modo era giusto che ciò che stava per compiersi si svolgesse proprio lì, nella città di Winter.

Un giorno, si disse, l'avrebbe condotta nel cuore della Loggia per mostrarle ciò che le avevano tenuto nascosto per anni. Ma per poterlo fare doveva avere la forza di andare avanti.

Respirò a fondo, chiedendosi per l'ennesima volta se davvero non esistesse un'alternativa, e sorrise al fantasma del suo volto.

Pensare a lei rendeva quell'attesa più sopportabile.

Era Winter l'unico motivo che avesse di entrare nell'Ordine, il modo in cui lo guardava, i brividi che percorrevano entrambi a ogni bacio.

Non sapeva dove lei si trovasse in quel momento, ma non avrebbe mai accettato di separarsi da Winter se non fosse stato certo di poterla ritrovare.

Era meglio così, in fondo. Sarebbero seguiti tempi duri, feroci, e lui stesso...

No, meglio che fosse lontana e al sicuro.

Un fruscio leggerissimo all'inizio del corridoio lo avvertì che stavano venendo a prenderlo.

Rhys inspirò quanto più a fondo riuscì e si voltò a guardare la porta con viso inespressivo.

Grazie al sangue di Winter, era forte abbastanza.

Un battito secco sul legno.

— Avanti — disse con voce accettabilmente calma.

La porta si aprì, svelando suo padre e il Gran Maestro, nel sobrio completo cerimoniale nero.

Hywel Llewelyn lo studiò dall'alto in basso, ma ciò che vide dovette piacergli perché dal suo viso severo trasparì orgoglio.

Gioisci, papà, pensò il ragazzo duramente. *Goditi il tuo trionfo, perché presto non avrò più bisogno di te.*

Chinò il capo in segno di rispetto, imitando l'espressione di calma solennità di Alaric Lochinvar.

— Sei pronto, giovane aspirante? — gli domandò il Gran Maestro.

Rhys ripensò alle labbra di Winter e al Potere del suo sangue.

— Sono pronto, signore e maestro — rispose, usando l'antiquata formula rituale.

— Allora seguici e sottomettiti al giudizio dei confratelli dell'Ordine.

Gli bendarono gli occhi con un drappo di seta scura. Suo padre pose una mano sulla sua spalla e Rhys avvertì la stretta leggera delle sue dita attraverso la stoffa grezza degli abiti.

Quel gesto incoraggiante, dopo anni di indifferenza, lo infastidì. Hywel Llewelyn era finalmente orgoglioso di lui e Rhys fu tentato di sottrarsi a quel contatto.

Resisti. Ricordati perché lo fai.

I sensi, più acuti che mai a causa della tensione, gli permisero di seguire i movimenti di Lochinvar. Sentì i suoi passi che li precedevano, distinguendoli da quelli del padre e dai propri, straordinariamente leggeri.

Hywel Llewelyn si piegò verso di lui e il calore del suo corpo gli formicolò sulle guance.

— Sono fiero di te, figliolo.

Dietro alla benda, Rhys rimase impassibile.

— Grazie, papà — disse in tono modesto.

— Non avere paura, nessuno qui dentro ha il tuo Potere.

Il ragazzo tacque. Per la prima volta erano d'accordo su qualcosa, ma Hywel, presto, avrebbe smesso di esserne felice.

Si lasciò condurre giù lungo le scale. Primo piano... pianterreno...

Contò i propri passi lungo il corridoio memorizzando la posizione della porta segreta che li avrebbe portati sottoterra, nel Sacrario.

Il rumore attutito dei suoi ingranaggi ben oliati precedette un soffio d'aria impregnata di incenso, fumo e cera, che risaliva dal basso. Torce alle pareti: ne riconobbe la luce fiammeggiante oltre la seta scura che gli copriva gli occhi.

Oh, sì, i vampiri sanno giocare maledettamente bene, pensò inalando quell'odore secco e muschiato. Chiunque ne sarebbe stato impressionato.

Il Gran Maestro tolse una delle torce dall'anello di ferro che la reggeva e il metallo tintinnò ricadendo contro la parete.

Man mano che scendevano in profondità, l'eco del salmodiare proveniente dal Sacrario si fece sempre più intenso, un monotono e ripetitivo susseguirsi di parole impossibili da comprendere.

Infine, un mutamento nell'onda sonora lo avvertì che si trovavano in una grande sala dagli alti soffitti.

Rhys fu accompagnato su una piattaforma al centro della stanza, schiena a schiena con gli altri aspiranti.

Vennero quindi privati della benda, ma solo quando il Gran Maestro ebbe raggiunto il proprio scranno.

Il Sacrario occupava un vasto spazio di forma ovale, alla cui estremità un giro di colonne di marmo nero, posto attorno alla pedana, creava una sorta di abside che circondava il seggio del Maestro della Loggia.

I dignitari dell'Ordine erano posizionati in cerchi concentrici attorno alla piattaforma, secondo un preciso ordine gerarchico, sottolineato dai colori diversi delle fasce che attraversavano loro il petto. I più influenti, dagli ornamenti scarlatti, riempivano gli interstizi tra le colonne, nella cerchia più interna, mentre, poco lontani dal Gran Maestro e dalle sue guardie, c'erano i Soldier con le loro fasce candide.

Esistevano così tante regole sull'abbigliamento cerimoniale che Rhys non si era mai preoccupato di impararle tutte, ma ricordava che il senso di quei paramenti non aveva niente di innocente: stava a indicare la loro assoluta dedizione, perché il bianco comprendeva tutti i colori dell'Ordine di cui erano i difensori, e la loro invincibilità. Il loro sangue non avrebbe mai macchiato la stoffa perché nessuno al mondo era abbastanza forte da ferirli.

Alaric Lochinvar pronunciò le formule iniziali e la sua voce coprì ogni altro suono permeando il Sacrario.

Per ciascun aspirante faceva da testimone un membro anziano delle Logge.

Il cerimoniere, una vampira con lunghi capelli bianchi, dal timbro vellutato e autorevole, elencò le regole dell'Ordine, compiendo lenti giri attorno alla piattaforma prima di fermarsi di fronte al Gran Maestro.

Se era nervosa per l'insolita partecipazione di Lochinvar a quella cerimonia, niente lo lasciava trasparire.

Elencò i nomi dei giovani in attesa, poi si rivolse a ciascuno di loro.

Quando venne il turno di Rhys, Hywel Llewelyn gli

cinse le spalle con un braccio e lo guidò fuori dal gruppo, conducendolo di fronte all'officiante come ogni garante aveva fatto con gli aspiranti che l'avevano preceduto.

— Rhys Llewelyn, hai compreso le leggi del nostro Ordine? — domandò la vampira cerimoniere studiando il suo volto con tanta aperta curiosità che il ragazzo ebbe la certezza fosse al corrente di ogni cosa.

Sapeva che Lochinvar era lì per lui. Forse addirittura che aveva acquisito l'immortalità.

— Sì, Signora — le rispose con voce calma.

— Hai udito i divieti che ti saranno imposti?

— Sì, Signora.

— Sei pronto a sottometterti ai tuoi doveri e a servire l'Ordine, recando onore alle Logge in ogni istante della tua vita?

Rhys fece un sorriso che i presenti scambiarono per emozione.

— Sono pronto. La mia vita appartiene all'Ordine di cui sarò sempre servo fedele — mentì.

La vampira annuì e si voltò verso il testimone che lo accompagnava.

— Hywel Llewelyn, Maestro della Loggia di Cardiff, hai udito la parola di questo aspirante. Sulla tua vita, testimoni che è degno di ricevere l'iniziazione dell'Ordine della Notte?

Hywel Llewelyn annuì. — Sulla mia vita, io lo giuro davanti a voi tutti.

— Allora solleva la Spada delle Iniziazioni e accoglilo tra noi.

Hywel Llewelyn piegò il capo nell'accenno di un inchino, poi le si avvicinò per ricevere l'arma.

— In nome delle Leggi dell'Ordine, invoco il mio diritto di prelazione — disse allora Alaric Lochinvar, decidendosi solo in quel momento a rivelare il motivo della propria insolita partecipazione. — Reclamo per me l'onore dell'iniziazione di questo aspirante, il cui sangue mi ha già nutrito.

Rhys trattenne un sorriso di trionfo nel rilevare lo stupore dei presenti, e parte della sua ansia si attenuò. Fino all'ultimo non era stato certo che il Gran Maestro avrebbe parlato: in passato gli unici per cui l'aveva fatto erano stati Darran Vaughan e Morgan Blackwood, che Lochinvar aveva scelto un tempo come suo successore.

La soddisfazione che si leggeva sul volto di suo padre e l'imperturbabilità della maestra di cerimonie, però, erano la prova che il tutto era stato stabilito con largo anticipo.

Hywel Llewelyn prese infatti l'arma cerimoniale dalle mani della vampira, reggendola senza impugnarne l'elsa, e avanzò lentamente fino al seggio del Gran Maestro.

— Per l'onore concesso a me e a questo aspirante, sia reso grazie al Gran Maestro Lochinvar — disse in tono solenne, porgendogli la spada.

Lochinvar strinse l'elsa nel pugno e la sollevò verso l'alto mentre avanzava verso Rhys.

— A lei il privilegio di sciogliere i vincoli, Maestro della Loggia di Cardiff — annunciò Lochinvar enfaticamente.

Mentre suo padre slacciava i fermagli che gli chiudevano la camicia, Rhys abbassò il volto rispettosamente. Poi scivolò in ginocchio come tutti si aspettavano che facesse.

— La tua vita pretendo — disse il Gran Maestro brandendo la spada di fronte a lui — e la stilla di sangue della tua fedeltà.

Gli aveva già rivolto quelle parole, quando lui e Winter erano rinchiusi nella Prigione. L'aveva fatto prima di morderlo e bere il suo sangue.

La tradizione imponeva che gli appoggiasse la spada prima sopra il cuore e poi sulla nuca, nella parodia di un'iniziazione cavalleresca.

Ma quando Rhys spiò il volto di Lochinvar, comprese che avrebbe ripetuto il cerimoniale più antico.

Mentre la lama della spada gli feriva il petto, tracciandogli un lungo solco sanguinante sul torace, Rhys riuscì a vedere solo il volto di Winter, il suo corpo bianco nella penombra del bosco.

Non siamo burattini nelle tue mani, Alaric Lochinvar, giurò. *Non lo saremo mai più.*

Molto lontano dalla pedana, confuso nella folla alle spalle dei dignitari, un vampiro dai capelli color terra e dagli occhi impenetrabili che gli erano valsi il soprannome di Crow, cornacchia, osservò quella particolare iniziazione con vivo interesse.

A Cae Mefus aveva già incontrato Rhys Llewelyn, il ragazzo della giovane Starr.

Era presto perché Darran Vaughan rivelasse la sua presenza, ma aveva fatto bene a mandarlo alla Loggia quella notte. I dettagli del suo ingresso nell'Ordine lo avrebbero interessato immensamente.

33

Winter si sentiva stranamente leggera.

Corse su per il rilievo a sud dell'isola, stupendosi della morbidezza del prato sotto i propri piedi. L'aria argentea era fresca e primaverile.

Raggiunse la sommità e si fermò per ammirare il paesaggio, girando lentamente su se stessa per osservare l'isola, il cottage addormentato in cui viveva con Bethan e Dougall, il piccolo attracco delle barche nell'insenatura orientale.

Poi si voltò verso sud, osservando le nuvole aprirsi per mostrare il Tower Bridge.

Non dovrebbe essere lì, pensò con un brivido, comprendendo di trovarsi in un nuovo incubo.

Senza riflettere, corse in quella direzione.

Al di là del ponte, Londra appariva come una massa scura e inquieta.

Il Potere si stava manifestando in almeno due luoghi differenti, disegnando colonne di luce che si slanciavano verso il cielo notturno di quella riva.

Winter passò sotto alle torri guardandosi attorno freneticamente e si bloccò alla fine del ponte, mentre i rumori della città esplodevano attorno a lei.

Per un istante le parve di percepire la presenza di Rhys, avvinta ad altre nel luogo in cui aveva origine la fonte di Potere più bianca e forte. Mosse un passo in quella direzione, ma qualcosa la respinse.

In quella parte della città, i lampioni tremolarono per poi spegnersi. Scomparvero dallo scenario del suo sogno come se non fossero mai esistiti.

Winter boccheggiò, mentre l'altro Potere cominciava a chiamarla. Aveva il sapore della Sete.

Scese la scalinata a destra del ponte e corse a perdifiato lungo la sponda del Tamigi.

Madison e Gareth non erano lontani.

Danny Roberts estrasse la pistola ancor prima di svoltare l'angolo. Non era ciò che gli avevano insegnato all'accademia, e quell'arma non era neppure d'ordinanza, ma le sue esperienze recenti suggerivano di non considerare troppo le regole.

Resistendo al senso di urgenza che provava, si concentrò sui rumori che provenivano dal vicolo cercando di stabilire quante persone fossero coinvolte nella rissa.

Distinse almeno tre voci diverse che urlavano e un brivido gli percorse la schiena.

Gareth lo raggiunse in quell'istante, muovendosi il più silenziosamente possibile.

— Dai un'occhiata prima — suggerì in un sussurro teso.

Aveva il viso stravolto dall'ansia, eppure il suo atteggiamento era stranamente circospetto.

— Non dovresti essere qui — rispose Danny a voce altrettanto bassa. — È pericoloso.

Gareth alzò le spalle.

C'era qualcosa di strano in quella situazione, un'anomalia inquietante.

Le risse sono rumorose, considerò tra sé il poliziotto. Ma in quel vicolo non si udiva nulla tranne i lamenti delle vittime.

Tenendo la schiena puntata al cemento della palazzina industriale dietro di sé, si lasciò scivolare in basso e azzardò un'occhiata prudente a ciò che stava accadendo.

— *Rech!* – imprecò quindi.

C'erano almeno sette persone in quel vicolo, ma gli unici suoni erano i lamenti dei tre a terra. Uno degli aggressori era appoggiato al muro, a pochi metri dall'angolo. Aveva un'espressione rilassata, quasi indifferente a ciò che succedeva. Eppure doveva aver partecipato allo scontro, perché aveva il viso sporco di sangue come se fosse stato colpito con violenza.

Danny si ritrasse e sollevò verso Gareth la mano aperta con quattro dita distese. Era un gesto automatico. L'aveva fatto centinaia di volte per comunicare a Evans il numero dei cattivi.

Gareth colse il messaggio.

— *Rech* — mimò a sua volta con le labbra.

Fece per muoversi, ma l'altro lo spinse indietro scuotendo il capo. Si rialzò e scivolò oltre il riparo del muro sparando un colpo verso l'alto.

Il rumore richiamò l'attenzione di tutti i presenti e la sentinella spiccò un salto atterrandogli addosso e abbattendolo al suolo.

Winter, immobile di fianco a Gareth, si protese verso di lui per trattenerlo e impedirgli di lasciare il proprio riparo.

Le sue dita gli attraversarono la spalla, lasciandosi dietro una scia di fumo opalescente, però il ragazzo non se ne accorse nemmeno. Corse verso Danny e il suo avversario senza fare il minimo tentativo di nascondere la propria presenza. Tirò indietro una gamba e calciò con quanta forza aveva, nella speranza di colpire il vampiro e non il poliziotto.

La suola della sua scarpa raggiunse un punto morbido nel corpo dell'aggressore, facendolo piegare per il dolore improvviso. Prima ancora di raddrizzarsi, però, il vampiro saltò oltre la sua vittima e si diresse verso di lui.

Ancora a terra, Danny ruotò su se stesso e fece fuoco puntando i gomiti all'asfalto. La testa del vampiro esplose in un'ondata rossa di sangue, ma l'adrenalina non permise al poliziotto di curarsene. Si risollevò immediatamente con l'arma già puntata verso gli altri tre e allargò i piedi assumendo la posizione stabile con cui prendeva la mira al poligono.

— Polizia! — gridò.

I tre aggressori si risollevarono dai corpi a terra e il torpore svanì immediatamente dai loro occhi. Osservarono il cadavere del loro compagno e solo a quel punto la loro attenzione si concentrò sul ragazzo armato.

Con calma innaturale cominciarono a camminare verso di lui. Non sembravano intenzionati a collaborare e Danny abbassò l'arma, sparando davanti alle scarpe del più vicino.

Le loro vittime, tre senzatetto terrorizzati, approfittarono dell'insperata distrazione per dileguarsi.

L'espressione dei vampiri, invece, fece capire a Winter che non si sarebbero fermati fino a che non avessero avuto vendetta.

Con il cuore che le batteva fortissimo corse verso Gareth per metterlo in guardia.

— Allontanatevi! — gli urlò nelle orecchie senza ottenere alcun risultato.

Loro non potevano sentirla, perché in realtà lei si trovava a centinaia di chilometri di distanza, nel suo letto sull'isola. Eppure continuava ad avere la certezza che quello fosse molto più che un sogno.

Madison sussultò alla seconda detonazione. Le urla si erano interrotte, facendole temere che non sarebbe mai riuscita a trovare Gareth e Danny. Non vivi.

— Polizia! — gridò poi Danny.

Il sollievo le rese le gambe molli. Stava per correre nella direzione da cui proveniva la sua voce, quando un sussulto di buon senso le suggerì di non arrivarci disarmata.

Si guardò attorno freneticamente mentre poco lontano echeggiava una nuova detonazione. Solo a una seconda occhiata riuscì a scorgere alcune barche ormeggiate.

Si sdraiò a pancia in giù sull'asfalto per recuperare il remo della più piccola, cominciando a sentirsi ridicola oltre che terrorizzata.

Dopo qualche tentativo andato a vuoto, il beccheggiare dell'imbarcazione la sollevò abbastanza da permetterle di stringere le dita attorno al legno.

Madison trasse a sé il remo e si rialzò in fretta.

Schiena contro schiena, Gareth e Danny osservavano i vampiri farsi sempre più vicini.

— Spara — sibilò Gareth mentre il sudore gli imperlava la fronte. — Muoviti, accidenti!

Danny tentò di convincersi a prendere di nuovo la mira, ma il suo braccio si rifiutò di sollevarsi. Non era per sparare alla gente che portava il distintivo...

— Non posso — mormorò a denti stretti. — Sono disarmati.

— Allora è finita.

Gareth era troppo giovane per essere un guerriero, nel suo mondo i vampiri erano sempre stati solo degli scomodi compagni di scuola. Ma al mulino di Glan Gors aveva capito che la realtà poteva essere dannatamente diversa.

E, a differenza del suo compagno, sapeva che, se avessero atteso di essere attaccati, sarebbe stato troppo tardi.

— È l'ultimo avvertimento — gridò di nuovo il poliziotto. — Fermi dove siete!

I vampiri non sembrarono nemmeno udirlo, continuando ad avvicinarsi senza fretta.

— Okay. Adesso spara! — ripeté Gareth.

Danny fece fuoco, colpendo uno di loro alla caviglia.

Il ferito gridò e i suoi compagni persero definitivamente la pazienza. All'improvviso la loro lenta marcia si trasformò in una corsa velocissima.

Senza realizzare che gli rimanevano solo sei colpi prima di essere costretto a ricaricare, Danny ne sparò altri due, ma gli avversari erano così rapidi che nessuno andò a segno.

Prima che potesse ritentare, uno dei vampiri lo colpì con il dorso della mano facendogli scattare la testa di lato, mentre il suo compagno raggiungeva Gareth allo stomaco con una ginocchiata. Il labbro rotto, Danny sentì in bocca il sapore del proprio sangue.

Winter gridò con quanto fiato aveva, e la paura si trasformò nella rabbia più feroce che avesse mai sperimentato. Un'ondata violenta la travolse fino a farla sussultare.

Il Potere rispose al suo richiamo, addensandosi dentro di lei, e la barriera che aveva eretto attorno a sé lo fece rimbalzare indietro, ritorcendoglielo contro. Il dolore improvviso la fece lacrimare, strappandole l'aria dai polmoni. Si accasciò a terra, contorta da una sofferenza che non aveva mai provato.

Madison svoltò l'angolo e calò il remo sulla testa del vampiro più vicino prima ancora di capire cosa stesse facendo. L'impatto improvviso lo stordì abbastanza da consentire a Danny di liberarsi.

La ragazza gli tese la mano e lui si lasciò aiutare, ristabilendo a fatica l'equilibrio. Puntò la pistola contro il vampiro che aveva già ferito, ma questa volta sollevò il tiro all'altezza del cranio. La creatura scartò di lato nell'istante esatto in cui lui premeva il grilletto e gli si gettò contro.

Mentre Gareth teneva coraggiosamente testa al proprio aggressore, il vampiro colpito da Madison riuscì a rimettersi in piedi e tentò di afferrarla alle spalle, mentre lei roteava convulsamente quell'arma improvvisata, impedendogli di raggiungerla.

Winter si portò le mani alla gola annaspando selvaggiamente. Questa volta sapeva dove indirizzare il Potere. Lasciò crollare il proprio scudo, permettendo a quell'energia di riversarsi fuori dal suo corpo immateriale portando via il dolore.

Si passò la mano sugli occhi per liberarli dalle lacrime e ciò che vide alimentò nuovamente la sua ira.

Madison era spalle al muro, Danny Roberts aveva perso la pistola e Gareth era inchiodato al suolo. Un vampiro gli era addosso, bloccandogli le gambe con tutto il peso. Winter comprese che l'avrebbe morso fino a dissanguarlo.

Senza riflettere, sospinse la propria mente fino al vampiro in un ultimo tentativo disperato.

— Fermati! — gli ordinò.

Aveva così paura di non riuscire nel suo intento che gli riversò addosso tutta la propria rabbia. La resistenza della creatura fu una barriera appena percettibile. La spezzò come legna secca e si ritrovò subito nella sua testa.

— Fermati! — ripeté terrorizzata.

Il contatto con i pensieri dell'aggressore le diede una cupa fitta di disgusto. Avvertiva ogni sfumatura della sua mente, la voragine delle sue emozioni, la pressione bruciante della Sete.

Solo con Rhys aveva sperimentato a lungo un contatto tanto profondo. Sfiorare la sua anima, però, l'aveva riempita di dolcezza, l'aveva fatta sentire completa. La miscela di sensazioni di quel vampiro, invece, era così orrenda che dovette lottare per tollerarne la vicinanza.

— Adesso riesci a sentirmi, bastardo? — gli urlò contro.

In lui, la brama di sangue era un istinto così viscerale da cancellare ogni altra percezione. Gareth era talmente umano e vicino... e il suo sangue tanto invitante...

Il corpo del vampiro fu colto da uno spasmo, mentre la sua volontà si ribellava a quella della ragazza. La Sete strisciò fino a lei e Winter dovette respingerla con tutte le sue forze.

— Nemmeno per idea — impose. Questa volta, però, parlava a se stessa.

Se Dougall non l'avesse costretta a nutrirsi, non ne sarebbe mai stata in grado. Winter lo ringraziò silenziosamente.

Poi affondò la propria coscienza nelle profondità di quell'essere sconosciuto, fino a raggiungere la fonte del suo Potere.

Era una creatura infida e pericolosa ma, persino in lui, la magia che scorreva nei vampiri era pura e invitante.

Un brivido d'anticipazione le risalì la colonna vertebrale trasmettendosi fino al vampiro.

Infine, si abbandonò all'istinto e si nutrì del suo Potere, assorbendo quella vibrazione arcana fino a che la sua preda giacque priva di forze.

Fu Madison la prima che riuscì a raggiungere la pistola.

Mentre premeva il grilletto, le sue mani furono scosse da un tremito così violento che il proiettile centrò il bersaglio per pura fortuna.

Dallo zigomo del suo aggressore zampillò un'ondata scarlatta e la creatura lanciò un grido.

Nel frattempo, Gareth approfittò dell'improvvisa immobilità del suo aggressore per scivolare fuori dalla sua portata e strisciare al fianco di Danny. Per rialzarsi dovette puntellarsi al palo di un lampione ma, non appena le gambe tornarono a sorreggerlo, si gettò nuovamente nella mischia.

Usando tutto il peso del proprio corpo, si lasciò ricadere addosso a un vampiro con le mani strette a pugno. Lo colpì alla base del collo tramortendolo per qualche istante.

A Danny fu sufficiente per raggiungere Madison e impossessarsi dell'arma. L'ultimo colpo del caricatore perforò la spalla dell'unico vampiro rimasto ancora in piedi.

Nel silenzio che seguì, Madison riaprì gli occhi in tempo per sorprenderne la fuga. Cercò di avvertire i suoi compagni, ma dalla sua bocca uscì solo un gemito strozzato.

Rimasero fermi, scambiandosi occhiate tese alla luce dei lampioni.

— Grazie — riuscì infine a dire Danny rivolto a entrambi.

Gareth gli tese la mano.

— A te — disse, ancora senza fiato. — Credo che ti dobbiamo una spiegazione.

Il poliziotto ricambiò vigorosamente la stretta.

Solo Gareth fu scosso da un brivido fuggevole, mentre il Potere sfumava disperdendosi nel vento.

Un istante dopo, Winter balzò a sedere nel proprio letto disfatto.

Dougall osservò gli occhi spalancati della ragazza e, quando fu certo che lui l'avrebbe riconosciuto, si arrischiò a posare una mano sulla sua in un gesto rassicurante.

Del tutto inaspettatamente, Winter gli gettò le braccia al collo e l'uomo la tenne stretta mentre i suoi tremiti rallentavano.

— Ti va di dirmi cos'è successo? — le domandò infine.

Winter gli raccontò dei propri incubi parlando in fretta e senza ordine. Quando ebbe finito, sul volto di Dougall c'erano stupore e un'ombra di soddisfazione.

— Sarà il caso che facciamo qualcosa per la tua Empatia, prima che qualcuno finisca per farsi molto male.

34

Nel prato antistante la casa, Dougall spostò indietro il piede sinistro, trasferendovi il peso per rendere stabile la propria posizione.

Winter ne osservò l'assetto e provò a imitarlo.

— Credevo che oggi mi avresti insegnato a controllare il Potere — disse con un sospiro mentre lui le girava intorno guardandola critico.

— Piega di più il ginocchio sinistro. Devi poterti molleggiare sulle gambe. Se le tieni rigide non riuscirai a tirare un solo calcio senza perdere l'equilibrio.

Winter ubbidì e l'uomo si fermò al suo fianco in posizione identica. Portò avanti e indietro il peso tenendo le braccia distese, una davanti e l'altra dietro di sé, all'altezza delle spalle. Era solo un piccolo movimento e a vederlo sembrava semplicissimo.

Quando tentò di ripeterlo, però, la ragazza scoprì di non poterlo eseguire con la stessa fluidità.

— Cosa sto sbagliando? — gli chiese dopo un paio di prove insoddisfacenti.

— Sei tesa.

Dougall le mise le mani sotto le ascelle e la sollevò delicatamente verso l'alto. Poi fece pressione con i pollici alla sommità delle sue spalle e la indusse ad abbassarsi nuovamente. La sequenza si ripeté più volte e alla fine la ragazza si rilassò, lasciando che lui la guidasse.

— Così, esatto.

La presa si allentò, ma Winter continuò a molleggiare in modo sempre più morbido.

— Adesso che stai in piedi, prova a ruotare il busto.

Lei eseguì.

— Ora muoviti in avanti... No! Le ginocchia!

Le indicazioni si susseguirono sempre più in fretta e sempre più complesse, impedendo a Winter di pensare ad altro.

Alla prima pausa, tuttavia, non riuscì a trattenersi. — Ieri notte hai parlato di Empatia. Cosa intendevi, Doug?

Lui inarcò un sopracciglio di fronte alla sua ostinazione e la guardò ironico.

— Intendevo la tua capacità di raggiungere la mente degli altri — rispose.

— Io non leggo i pensieri — protestò la ragazza perplessa.

— Lo so. Altrimenti avrei parlato di telepatia. — L'uomo sorrise, evidentemente contento di poterla tenere sulle spine. — Nel tuo caso, tra l'altro, non sarebbe nemmeno corretto parlare di mente: tu non riesci a sentire i pensieri o a esercitare qualche influenza sulla sfera razionale. Da quello che ho sperimentato, tu ti trasferisci – almeno, potresti essere in grado di farlo con il giusto allenamento – ed è sul Potere che agisce la tua facoltà. Il controllo che potresti ottenere è solo una conseguenza, riesci a seguirmi?

— Come fai a dirlo?

— Intendi a parte ciò che mi hai raccontato delle tue avventure notturne? — replicò Dougall con un sogghigno. — La verità è che non ne sono affatto certo, ma è probabile se nei tuoi incubi vedi le cose attraverso gli occhi di altri. E dato che fino a qualche giorno fa ti sei sempre rifiutata di bere il Siero, credo che sia stato il richiamo del Potere a far scattare il meccanismo. O la Sete, più precisamente.

Winter sbuffò, tentando di conciliare quell'ipotesi con quanto aveva vissuto.

— E stanotte? Non avevo davvero bisogno di... — dovette fare una pausa prima di dirlo — di nutrirmi. Voglio dire, sarei un pericolo pubblico se mi succedesse la stessa cosa ogni volta che qualcuno evoca il Potere persino a chilometri di distanza.

— Perché credi che abbia tanta fretta di istruirti?

L'espressione infelice della ragazza, tuttavia, lo costrinse a proseguire.

— Comunque, quello che è accaduto stanotte potrebbe essere dovuto anche ad altri fattori: se davvero hai visto delle colonne luminose, forse l'energia scatenata era straordinariamente intensa. Oppure potresti essere stata attirata dai tuoi sentimenti - dopo tutto, nell'aggressione erano coinvolti i tuoi più cari amici - o, ancora, il Potere che hai sentito ti era familiare. In ogni caso sei riuscita a sottrarre le forze a quel ribelle, quindi ciò che hai fatto si è rivelato utile.

Si alzò e le tese la mano, aiutandola a rimettersi in piedi.

— Quando mi insegnerai a controllare tutto questo?

Dougall rise.

— Lo sai, vero, che tendi a essere troppo impaziente? Stiamo parlando di facoltà e forze immateriali e tu non hai ancora la più pallida idea di come si faccia a tirare un pugno senza fratturarsi le dita... e perdi la calma troppo facilmente. Finché ti lasci dominare dalle tue emozioni, rischi solo che il Potere ti si ritorca contro. Quindi, resto del parere che sia meglio partire da cose più concrete.

Si rimise in guardia e trascorse l'intera giornata impegnandola in sequenze di parate e affondi sempre più complessi.

Crow si lasciò la stazione di Peckham Rye alle spalle camminando ad ampie falcate.

Era la prima pausa che la pioggia concedesse loro in una giornata inaspettatamente fredda per le temperature londinesi di quel periodo.

Le strade di Peckham erano quasi deserte, ma il suo aspetto era così cambiato in quelle settimane che più nessuno faceva caso a lui nella capitale.

Aveva rinunciato alla lunga coda per una rasatura severa, quasi militare, e aveva imparato a imitare tanto il contegno sobrio dei londinesi del centro quanto quello da duro degli abitanti dei bassifondi.

Era un predatore e la grande città la migliore delle giungle.

Un treno passò sferragliando alla sua sinistra, oltre la barriera delle case di Holly Grove, e il suo odore gli punse le narici. L'unica cosa del Galles che davvero gli mancasse era l'aria. Con la pioggia, Londra puzzava di smog e polvere.

Stringendosi nelle spalle percorse l'intera via, camminando per una volta a testa bassa. Aveva fretta e non cercava guai.

Entrò nei giardini di Warwick, un piccolo parco che

trovava tra i più squallidi dell'intera città, e raggiunse Darran Vaughan a una delle panchine più discoste dall'ingresso.

— Ben trovato, amico mio.

Crow ricambiò il saluto chinando appena il capo in segno di rispetto.

Lui e Vaughan non sarebbero potuti essere più diversi: Vaughan era antico, era stato un membro influente dell'Ordine, addirittura il braccio destro del Gran Maestro. Crow, al contrario, era giovane e privo di radici, uno degli emarginati, ma aveva imparato a fidarsi di lui e ad accettarne la guida, soddisfatto dei vantaggi che ne traeva.

— Ho fatto due chiacchiere con i senzatetto di Tower Bridge — annunciò senza perdere tempo. — Pare che alcuni dei nostri siano stati fermati da un poliziotto e da due ragazzini durante una Caccia.

Vaughan accolse la notizia senza particolari emozioni. Sembrava che nulla lo toccasse mai e la sua espressione rimaneva sempre quella seria e distante di una statua. Nei mesi, Crow aveva scoperto che soltanto gli occhi, la luce delle iridi chiarissime, ne rivelavano talvolta i pensieri.

— Sono coinvolte le Famiglie? — volle sapere.

Crow scosse il capo. — Non credo, anche se sembrerebbe la cosa più probabile... Due ragazzini e un poliziotto, anche se armato, non sarebbero sopravvissuti a quattro di noi senza capire chi avevano di fronte. Però i nostri contatti tra le Famiglie non sapevano neppure cosa fosse successo.

Vaughan annuì pensieroso. — Allora credo che dovremo indagare un po'. I tuoi ragazzi, invece?

— Allo scontro ne sono sopravvissuti un paio. Forse dovrebbe parlarci lei, signore, uno dei due è ancora sotto shock.

— Allontanalo. Non abbiamo bisogno di un vigliacco che si lascia fermare da tre umani e una pistola.

Crow scrollò le spalle. — Non credo siano stati loro a spaventarlo — spiegò quindi. – Ha parlato di Potere, signore. Per questo credo che dovrebbe vederlo lei. Ha avvertito una forza che non era umana.

Vaughan si portò la mano al mento, riflettendo, mentre un vento insistente gli scuoteva i capelli biondi. Più lunghi di quanto li avesse portati nel breve periodo in cui aveva insegnato al St Dewi's, e increspati dalla pioggia, contrastavano con il suo abbigliamento da impeccabile gentleman.

— Un vampiro in grado di colpire a distanza... — considerò sottovoce. — Potrebbe essere una guardia dell'Ordine.

E non una qualsiasi... precisò tra sé. Quella era una facoltà che solo alcuni dei Soldier possedevano, ma il loro compito non era certo quello di pattugliare la città portandosi dietro un terzetto scombinato di umani.

Soprattutto, non mentre alla Loggia si celebravano le iniziazioni.

Eppure non sembrava molto probabile che l'Ordine fosse già sulle loro tracce. Erano stati molto attenti a non seminare indizi, anche se significava perdere tempo prezioso.

— E per quanto riguarda ciò che cerchiamo?

— Potremmo aver individuato nuove tracce della *Corona Argentea*.

Pronunciò quel nome latino con un'esitazione vagamente diffidente. Crow era un uomo d'azione, non si trovava a suo agio con talismani e amuleti.

Vaughan invece si concesse un sorriso autentico.

35

La stanza era inondata di luce nella giornata più radiosa che Winter avesse visto sulle Shetland. I raggi del sole entravano dalla finestra spalancata, piovendo dal cielo e rimbalzando rifratti sulle onde del Mare del Nord.

Bethan Davies, che camminava avanti e indietro, ne era completamente ammantata. Winter pensò che quella strana atmosfera si addiceva perfettamente alla storia leggendaria che le stava raccontando.

— Secondo la tradizione, a fondare il Consiglio delle Due Stirpi nelle Isole Britanniche furono Hereward di Canterbury e una vampira, Rowena di Caithness, all'inizio del IX secolo — disse la donna.

Winter la fissò perplessa. — Credevo che il Consiglio risalisse a non più di sedici anni fa.

L'espressione di Bethan sembrò addirittura scandalizzata. — Santo Cielo, no! Come credi che saremmo arrivati fin qui, altrimenti? Il Consiglio esiste da più di mille anni.

— E allora perché il Patto è così recente? Non c'era bisogno di leggi, prima?

— È una vergogna che tu sappia così poco della tua storia. Fennah e Lochinvar non avevano il diritto di tenerti all'oscuro di tutto. Le leggi ci sono sempre state, bambina. Il Patto non ha stabilito regole. Ha solo ribadito l'impegno di tutti a rispettarle nonostante ciò che accadde.

La ragazza s'incupì.

— Ovvero nonostante la mia esistenza... — osservò senza gioia.

La donna sospirò, domandandosi come confortarla.

— Non farne una colpa ai tuoi genitori — disse infine. — Non sono stati gli unici a infrangere il Divieto e tanti dei loro predecessori l'han fatto per motivi molto meno nobili dell'amore. Probabilmente era solo destino che succedesse.

Winter rimase a lungo in silenzio.

— Dov'è la vera sede del Consiglio? — chiese poi in un goffo tentativo di cambiare argomento. — Alla Prigione?

— Nella nobiltà delle nostre anime — rispose Bethan automaticamente. Poi sorrise senza felicità. — Ma questa è solo una formula che ti insegnano fin da bambino se nasci nelle Famiglie o tra i vampiri. Significa che al di là dei luoghi e dei simboli siamo noi stessi a far vivere davvero la sua essenza di pace. I Fondatori avevano edificato un palazzo a Westminster, ma è andato distrutto e le sedi del Consiglio sono sempre state tante. Fennah è di origine gallese, per cui anni fa il Consiglio si riuniva in un palazzo di Ger Y Goeden.

Quello bruciato dall'incendio di cui aveva visto la foto su un vecchissimo quotidiano, comprese Winter.

— E adesso? — domandò.

— Gli uffici dei Consiglieri Maggiori — rispose Malcolm Dougall affacciandosi alla finestra. — La residenza di Fennah a Swansea e l'isoletta di Lochinvar al largo di Argyll.

Dando le spalle alla finestra, posò le mani sul davanzale e vi si sedette con uno slancio elegante. Indossava un cappello di paglia nero sbiadito che pendeva leggermente di lato, e una camicia a maniche corte color panna. Nel complesso aveva l'aria di un turista a Goa e Winter dovette trattenere un sorriso.

— I moderni mezzi di comunicazione attecchiscono lentamente tra noi vecchi conservatori, ma basta un telefono per sopperire egregiamente alla distanza. E la scarsità dei contatti consente a ciascuno dei nostri capi di farsi gli affari propri senza interferenze — proseguì l'uomo. — In realtà, Winter, devi immaginarti il Consiglio delle due stirpi più come una grande azienda che come un ordine cavalleresco. I soci di maggioranza hanno interesse a mantenere un bel clima di apparente collaborazione e soprattutto ad accrescere le loro quote societarie. Poco romantico, ma efficace di questi tempi.

Bethan sbuffò. — Davvero un ottimo modo di appassionarla alla causa — fu il suo caustico commento.

— Dimenticavo la sua giovane età, signora Davies. Anch'io ero dannatamente idealista prima di compiere novant'anni — replicò Dougall con una vaga sfumatura ironica. — È davvero un peccato dover infrangere i sogni adolescenziali della nostra pupilla, ma mi preme che abbia una visione chiara della realtà.

Fece un mezzo giro e appoggiò la schiena ai mattoni della nicchia che circondava la finestra, sistemandosi il cappello.

— E, per inciso, mi duole di avervi interrotto. Prosegua, la prego.

La donna si portò le mani ai fianchi torniti, squadrandolo seccata prima di riprendere: — D'accordo. È giusto, in fondo. In linea teorica, però, il primo dovere del leader delle Famiglie e del Gran Maestro dell'Ordine sarebbe quello di difendere la pace. A ricordarglielo, dovrebbero essere gli altri membri del Consiglio, o Consiglieri minori, i portavoce degli umani e dei vampiri. E prima che lo dica qualcun altro, ci sono stati dei momenti in cui il loro ruolo era molto più apprezzato di adesso. Per riprendere la metafora, loro sono i capi del personale che hanno la responsabilità di riportare ai dirigenti lo stato reale dei fatti.

Winter non li invidiò. Da quello che aveva potuto sperimentare, non doveva essere un compito semplice.

— La pace non dovrebbe far comodo a tutti?

— *Il potere* fa comodo a tutti — mormorò Dougall prima che Bethan avesse il tempo di rispondere. — La pace è un bene accessorio che molti tendono a trascurare.

Sotto la tesa del cappello, le sue labbra erano incurvate nel solito sorriso aperto e irresistibile.

Bethan rinunciò a ribattere. Negare che fossero sull'orlo della rivolta sarebbe stato impossibile.

— Vuole proseguire lei, Dougall?

Lui sollevò il capo.

— In effetti sì — ammise senza pudore. — Ho alcune cose da mostrare a Winter.

Lasciò ricadere le gambe al di là della finestra, ristabilendo fluidamente l'equilibrio non appena toccò il suolo, e tese le mani alla ragazza.

Winter rivolse a Bethan uno sguardo di scuse, poi lo raggiunse scavalcando il davanzale, senza valutare nemmeno per un istante la possibilità di usare la porta.

— Dove? — chiese atterrando sull'erba accanto a lui.

Dougall si sfilò cerimoniosamente il cappello e si picchiettò l'indice sulla fronte. — Qui dentro — annunciò in tono di sfida.

Prima che lei potesse ritrarla, lui s'impossessò della sua mano e condusse la ragazza in mezzo al prato.

— Raccontartele sarebbe troppo banale. E poi il sapore di una verità conquistata non ha eguali...

Si sedette, sistemandosi in grembo il cappello, e la fissò in attesa.

Lei gli si mise di fronte. Dougall non le rendeva mai le cose semplici, ma una parte di lei cominciava ad abituarsi ai suoi modi.

Raccogliendo la sfida, richiamò il Potere proiettandolo verso di lui all'improvviso.

Superò le sue difese senza incontrare alcuna resistenza e comprese che, quel segreto, Dougall glielo stava deliberatamente mostrando.

Winter si trovò inaspettatamente in un enorme salone privo di finestre.

Era uno strano locale lungo e stretto come la navata di certe chiese, che culminava con una piattaforma rotonda circondata da esili colonne di pietra grigia. Subito dietro, nel punto estremo del locale, c'era uno scranno di legno dall'aria antica.

Non assomigliava a niente che avesse mai visto, ma la sobria solennità della sala suggeriva che si trattasse di un qualche luogo di culto.

L'unico dettaglio che consentisse di dare una collocazione temporale a ciò che lei stava vedendo era l'abbigliamento dei presenti, vampiri silenziosi vestiti come si usava nei primi dell'Ottocento, con le gambe fasciate da pantaloni aderenti e alti stivali, camicie dal collo alto e giacche napoleoniche.

Ciascuno di loro portava una fascia di stoffa colorata al petto.

Winter cercò di voltare la testa per guardarsi attorno, ma scoprì di non poterci riuscire. Il corpo non le rispondeva, e la ragazza impiegò qualche istante a comprendere di trovarsi nella mente di Dougall, in uno dei suoi ricordi.

Sono nella Loggia di Edimburgo. Sto per ricevere l'iniziazione dell'Ordine. Il pensiero si formulò da solo, quasi che in quell'istante Winter avesse accesso a ogni conoscenza del suo maestro.

Perché questo posto? gli domandò.

Lui non rispose, lasciando che la ragazza vedesse ogni cosa solo attraverso i suoi occhi.

Si trovava sulla pedana sopraelevata, accanto a una decina di giovani vampiri cui altrettanti membri dell'Ordine stavano togliendo le bende che avevano avuto sugli occhi.

Qualcuno aveva da poco fatto lo stesso con Dougall. Attraverso la sua mente, Winter avvertiva ancora la sensazione della seta sulla pelle.

I pensieri del suo maestro, che allora non doveva essere più vecchio di lei, erano un misto familiare di impazienza e insofferenza alle costrizioni, ma nella sua anima di adolescente assumevano una sfumatura più fragile e inquieta.

Sapeva che il passo che stava per compiere avrebbe cambiato per sempre la sua vita, che i privilegi dell'Ordine avrebbero avuto un prezzo.

Irrequieto, Malcolm Dougall si guardò finalmente attorno, incrociando per un istante gli occhi grigi di un ragazzo alla sua sinistra.

Era alto e sottile, con capelli nerissimi che gli ombreg-

giavano il viso per poi ricadere lungo il collo trattenuti da un sottile laccio di cuoio. I suoi lineamenti avevano ancora qualcosa di delicato e infantile, eppure a Dougall bastò un'occhiata per capire che non provava neanche lontanamente le emozioni che sentiva lui.

Teneva il viso alto e il suo sguardo era acceso di un brillio argenteo fiero e riconoscente.

Sta realizzando il sogno della sua vita, *comprese con una punta di invidia,* per lui non esiste onore più grande...

Winter guardò il giovane vampiro sconosciuto, osservandolo davvero per la prima volta. Doveva avere circa quindici anni a quell'epoca, e il suo viso era quello di un ragazzo pieno di ideali. Ma era Morgan Blackwood.

Non appena lo ebbe riconosciuto, la corsa del tempo accelerò, trasformando le mosse dei presenti in una successione indistinta.

Un attimo dopo, Winter stava di nuovo osservando suo padre. Era in piedi davanti ad Alaric Lochinvar, più giovane di due secoli ma perfettamente riconoscibile.

— Sei pronto a sottometterti ai tuoi doveri e a servire l'Ordine recando onore alle Logge in ogni istante della tua vita? — gli chiese il Gran Maestro.

Dougall e Winter li fissavano, pieni di sorpresa. Che Lochinvar in persona scegliesse un aspirante era un evento rarissimo.

— Sono pronto — disse Morgan Blackwood in tono basso ma fermo. — La mia vita appartiene all'Ordine di cui sarò sempre servo fedele.

La sua voce era limpida e piena di sincerità. Non aveva solo accettato il vincolo, lo desiderava con tutto se stesso, in ogni fibra di sé era convinto che non potesse esistere scopo più nobile dell'offrire la propria vita all'Ordine.

Mentre tornava al proprio posto, i loro sguardi s'incontrarono di nuovo e Morgan gli rivolse un sorriso incoraggiante.

In quel momento, Malcolm Dougall pensò che se ognuno di loro fosse stato come lui, il mondo sarebbe potuto cambiare.

Non era più che un sogno, ma forse valeva la pena di tentare.

Winter si ritrovò di nuovo sul prato accanto a Dougall, i pugni contratti.

— Che bisogno c'era, Doug? Perché me l'hai mostrato?

L'uomo riemerse dal passato più lentamente di lei, districandosi tra i fili della propria memoria. La sua espressione era remota, vagamente turbata.

— Per farti capire — rispose poi, mentre le emozioni scivolavano via dal suo viso. — È tempo che tu conosca davvero la tua storia. Non è quello che hai sempre desiderato?

Winter scosse il capo guardando in basso. — Forse no. A volte preferirei che i miei genitori non fossero mai esistiti...

Dougall tacque per qualche istante, osservando il tremito delle sue labbra.

— Io sono fiero di averli conosciuti — disse quindi. — Eravamo nel 1821 ed è stata la prima volta che io e tuo padre ci siamo incontrati. Io avevo diciassette anni e lui era addirittura più giovane. Se non fosse stato per Morgan, forse quel giorno mi sarei tirato indietro e la mia vita sarebbe stata tutta diversa. Lui però aveva carisma persino quando era un ragazzetto e io ero abbastanza ingenuo da lasciarmi contagiare da tutta quella fiducia negli ideali.

Winter ripensò al viso di suo padre. La luce innocente dei suoi occhi le ricordava Dai e il suo entusiasmo da bambino. Un nodo d'angoscia le serrò il petto.

Quel ragazzino che voleva proteggere la pace a costo della sua stessa vita un giorno sarebbe diventato l'uomo capace di trascinare il Consiglio alla rovina.

Dougall la spiava da dietro le ciglia e Winter seppe che era in attesa del suo prossimo attacco.

Respirando a fondo strisciò per la seconda volta fino alla sua mente. Perché per quanto si ostinasse a negarlo, aveva bisogno di sapere. Era stato così da sempre...

Le immagini si susseguirono senza ordine, la sequenza immensa di due secoli di ricordi.

Winter ne afferrò uno a caso.

Il paesaggio era così diverso che non sembrava neppure di trovarsi a Westminster. Mancavano asfalto e macchine e molti dei palazzi più recenti.

Winter camminava a passo spedito di fianco a suo padre. Dovevano essere trascorsi più di dieci anni dall'iniziazione, perché il suo volto ora era quello di un uomo, ma lo sguardo non era cambiato di molto.

Gli stivali non producevano alcun rumore sull'acciottolato e le loro lunghe ombre li precedevano tremule alla luce a olio dei lampioni.

Solo i ricordi di Dougall la aiutarono a capire che si trovavano a poca distanza dal luogo su cui sarebbe sorta Victoria Station.

Una carrozza passò al trotto poco lontano e l'eco degli zoccoli dei cavalli rimbombò per le strade.

— È quello il palazzo? — domandò Dougall rivolto alla figura ammantata che li precedeva.

— Esattamente, Malcolm — replicò quello voltandosi

a guardarli. Dentro di lui, Winter trattenne il fiato nel riconoscere Darran Vaughan.

Vaughan si avvicinò al portone che Dougall aveva indicato e picchiò il batacchio.

Qualche istante più tardi, una graziosa cameriera dai capelli rossi venne ad aprire, la lunga gonna che frusciava sul pavimento.

— Dite al vostro padrone che ci manda Lochinvar — annunciò svelto Vaughan.

La cameriera impallidì leggermente. Era umana, ma la sciarpetta bianca che portava attorno al collo e la sua reazione erano la prova che conosceva la natura dei tre ospiti inattesi.

— Accomodatevi. Il padrone vi stava aspettando.

Aprì maggiormente l'uscio facendosi di lato rigidamente e i vampiri entrarono, attendendo che lei facesse strada.

L'interno dell'abitazione era ancora più ricco e sfarzoso dell'esterno, un trionfo di velluto, broccati e cristalli. Al padrone di casa piaceva trattarsi bene.

Di nuovo, Dougall si rifiutò di rivelare a Winter lo scopo di quella visita e lei non poté far altro che seguirli.

L'uomo che li accolse era massiccio e non troppo alto, il suo portamento fiero da guerriero contrastava bizzarramente con la rotondità più che accennata del ventre. Al petto portava una spilla d'argento: uno scudo con il sole inciso. Lo stemma delle Famiglie.

— Chi di voi è Morgan Blackwood? — domandò senza traccia di timore.

Morgan si fece avanti con un inchino rispettoso e l'uomo gli porse una busta chiusa da un sigillo di ceralacca.

— Ho ordine di consegnare questo plico solo a voi perché lo diate al Gran Maestro.

Winter vide lo sguardo che suo padre e Vaughan si scambiarono. Vaughan non cambiò espressione, invece Morgan sembrava scontento.

È uno dei giochetti di Lochinvar, *spiegò Dougall di fronte alla sua sorpresa.* Vaughan era il suo braccio destro, ma di tanto in tanto lui si divertiva a saggiarne la fedeltà ricordandogli che sarebbe stato tuo padre a succedergli. A nessuno di noi piacevano questi scherzi e Darran li ha sopportati per secoli.

Stavano quasi per lasciare la stanza, quando Dougall si voltò di nuovo, incuriosito dai sussurri alle sue spalle.

L'uomo delle Famiglie fece cadere qualcosa nella mano tesa di Vaughan. Sul cuoio nero del guanto sfavillò un grosso rubino.

Poi Dougall la scacciò da quel ricordo e Winter si ritrovò di nuovo nel labirinto della sua mente, affollata di eventi, luoghi, persone. Le sembrava di essere sulle rive di un fiume in piena che trascinava ogni cosa via con sé, troppo rapidamente perché lei riuscisse a identificarla.

Il volto di sua madre affiorò all'improvviso e lei lo afferrò un secondo prima che svanisse.

Dalle finestre del palazzo entrava una luce dorata, piacevole e calda. L'aria profumava di primavera.

Morgan Blackwood era seduto dietro una grande scrivania ingombra di fascicoli e teneva ancora davanti a sé un documento.

I suoi occhi non erano più quelli ardenti del ragazzino che aveva ricevuto l'iniziazione. Erano intensi e riflessivi mentre si posavano sulla giovane donna che aveva di fronte.

— Mi è stato comunicato di rivolgermi a lei, signor Blackwood — lo informò Elaine Mitchell in tono deci-

so. — Come le dicevo, sono l'assistente di Bethan Davies e lei mi ha fatto il suo nome.

Malcolm Dougall era comodamente sistemato sulla sedia di fianco alla scrivania, con i piedi sul ripiano e un plico di fogli appoggiati alle lunghe gambe.

— Sei famoso, Blackey — commentò in tono leggero, agitando il bicchiere di scotch che teneva in mano fino a far tintinnare il ghiaccio contro i bordi. Il suo sguardo rimbalzò dall'uno all'altra e finalmente si soffermò sul viso di Elaine.

Gli sembrò subito troppo giovane per l'incarico che le era stato affidato, troppo delicata con quei lineamenti da bambina.

Aveva grandi occhi verdi e labbra incurvate verso l'alto che le davano un'espressione dolce e sorridente. Indossava un paio di jeans chiarissimi e una semplice maglietta floreale che cozzavano irrimediabilmente con l'ambiente severo che la circondava.

— Sono qui per discutere con voi dei progetti di integrazione scolastica — proseguì Elaine.

Il suo tono, invece, era fermo e deciso.

Non farti ingannare dalle apparenze, Doug, *si ammonì Malcolm non senza divertimento,* questa ragazza sa cosa vuole e probabilmente anche come ottenerlo.

Winter era senza fiato. Per tutta la vita aveva desiderato scoprire qualcosa di più sui suoi genitori, e ora che il momento era finalmente giunto, l'istinto più forte era quello di fuggire.

Elaine e Morgan si fissarono in silenzio.

— Mi perdoni — disse infine lui. — Credevo che sarebbe stata la signora Davies a occuparsene.

La ragazza inclinò leggermente il capo e la luce tinse d'oro i suoi chiari capelli castani. Non aveva una bel-

lezza appariscente, eppure qualcosa in lei rendeva difficile rimanere indifferenti, conquistava.

— Sì, la referente resta Bethan — ammise con un sorriso bianchissimo — ma le trattative di Scarborough le gestisco io.

Finalmente, Malcolm Dougall realizzò cosa fosse: Elaine Mitchell era dedita alla causa.

Hai trovato pane per i tuoi denti, Blackey, *considerò tra sé.*

— D'accordo. Cominceremo a lavorarci oggi stesso, signorina Mitchell — approvò Morgan ricambiando il sorriso.

— Mi chiami Elaine, per favore.

Winter non riuscì a sentire la risposta di suo padre perché il tempo fece un nuovo balzo in avanti. Dougall tentò di scacciarla dalla propria mente e lei si dibatté selvaggiamente per riuscire a trattenere fra le dita il giusto filo dei ricordi.

Vide Bethan Davies, più giovane e magra. Riconobbe nuovamente Lochinvar e Vaughan.

Vide Morgan ed Elaine scambiarsi un bacio furtivo.

Venne sbalzata via, ma prima che il suo maestro riuscisse a respingerla definitivamente, immaginò di tuffarsi nel torrente dei suoi pensieri.

— Ho bisogno di parlarti, Doug.

Morgan camminava avanti e indietro per lo studio con espressione stravolta. Dougall non l'aveva mai visto così angosciato e il motivo gli era fin troppo chiaro.

— Siediti — gli disse con più durezza di quanto intendesse.

Morgan sfiorò il velluto del divano, inquieto come un

animale braccato. Non si sedette, ma almeno rimase fermo abbastanza a lungo da guardarlo finalmente in viso.

— Non ti piacerà quello che sto per dirti.

— Allora non farlo.

Sorrise tristemente.— Almeno a te devo dirlo, Malcolm. E tu devi ascoltarmi.

Dougall scosse la testa violentemente. Non voleva sentire, sperava che non sarebbero mai arrivati a tanto.

— No, sei tu *che mi devi ascoltare. So già cosa stai per dirmi, quindi risparmiati la fatica. Ti conosco meglio di chiunque altro, ho visto il modo in cui guardi Elaine e come lei guarda te. Quello che non capisco è che gusto ci troviate a farvi del male in questo modo.*

Winter vide suo padre perdere le forze, improvvisamente esausto. Si lasciò ricadere sul divano senza parole, guardando l'amico come se stesse per dargli il colpo di grazia.

— Appartiene alle Famiglie. Non hai il diritto di legarti a lei.

— Credi che non lo sappiamo?

Il tono di Morgan era così disperato che Dougall si odiò per ciò che stava per dire.

— Allora separatevi. Fatti spedire più lontano che puoi e non rivederla più. Per il suo bene, Blackey. Se Elaine non ha la forza di interrompere questa storia, dovrai essere tu a farlo prima che i rischi diventino davvero grossi. Il Consiglio non si limiterebbe a mettervi in guardia, lo sai.

L'angoscia di suo padre si tramutò in rabbia senza preavviso e Winter, attraverso gli occhi di Dougall, si sentì trafiggere dal suo sguardo. La sua espressione era diventata feroce, quasi crudele.

— Il Consiglio, Doug? — domandò tagliente. — Inizio

a chiedermi a cosa serva il Consiglio... A mantenere la pace? Quanti fra gli ordini di Lochinvar hanno davvero quel senso? E quante volte siamo stati usati solo per accrescere il suo potere?

Dougall lo fissò incredulo. — Ti rendi conto di cosa stai dicendo? Non è da te! Un giorno sarai Gran Maestro, hai vissuto la tua intera vita con quell'obbiettivo perché hai dei sogni da realizzare, per diventare la guida che il Consiglio merita. E anche Elaine ne ha. Non costringetevi a rinnegare voi stessi...

Morgan afferrò un fermacarte d'alabastro e lo gettò contro la parete colpendo un arazzo antico. Rappresentava un uomo e una vampira dalle espressioni ieratiche, abbigliati come sovrani del Medioevo. I Fondatori del Consiglio.

— Non capisci che non ha senso? — gridò. — Sarei pronto a dare la vita perché umani e vampiri possano convivere, ma dovrei rinunciare al risultato perché il prezzo della pace è il sacrificio dell'amore. Riesci a immaginare una contraddizione più spietata?

Ora era Dougall a essere stravolto dall'angoscia.

— Non rovinarti la vita, Morgan — sussurrò. — Se davvero la ami, non rovinarla a lei. L'esistenza degli uomini è già così breve... Allontanati. Hai a disposizione secoli per dimenticarla.

— Non possono bastare, Doug.

— Hai mai pensato al fatto che, prima o poi, la perderai comunque? Lei invecchierà e morirà, non c'è modo di impedirlo. E tu sarai uguale a ora e avrai un dolore in più da sopportare. Permettile di fare le sue scelte, avere figli se lo desidera. Lasciala libera, Blackey. Persino se riusciste a nascondervi all'Ordine e alle Famiglie, non avreste diritto alla felicità.

Winter comprese all'improvviso che Dougall non prendeva nemmeno in considerazione l'idea che potessero avere un figlio. Non in quel momento.

— Sono felice per voi — disse Malcolm nel ricordo successivo.

E lo era davvero, anche se Elaine aveva nascosto la propria gravidanza a tutti loro fino a che non era stato troppo tardi per poterla interrompere. Era stato ingannato, in un certo senso, e lo era stato anche Morgan.

Ma erano i suoi amici, Morgan era il fratello con cui aveva superato i secoli. Ora quei due erano davvero nei guai, ma li avrebbe sostenuti lo stesso.

Morgan aveva ragione: il prezzo della pace sarebbe stato il sacrificio dell'amore, non poteva esistere contraddizione più spietata.

Winter si sentì respingere, come se la superficie dei pensieri fosse diventata più solida e scivolosa e la stesse scacciando per risparmiarle i ricordi successivi.

L'ultima cosa che vide, mentre il vampiro riusciva finalmente ad allontanarla dalla propria mente, fu suo padre mortalmente ferito, con la testa posata sulle ginocchia dell'amico e una macchia rossa sul petto.

Tornando nel proprio corpo, Winter scoprì di avere il volto inondato di lacrime. Aveva avuto l'impressione di sorreggere lei stessa il padre morente.

Dougall le cinse la schiena con un braccio e lei si lasciò abbracciare. La tristezza in quel momento era troppa da sopportare.

— Avrei voluto fermarti prima — disse lui tristemente. — Non c'era bisogno che vedessi anche questo.

Winter represse un singhiozzo.

— Invece sì — replicò con un tremito leggero. — Ora ho la prova che loro sono esistiti davvero.

Più tardi, mentre tornavano verso il cottage, la ragazza trasse un lungo sospiro.

— Vorrei che fossi riuscito a convincere mio padre.

Dougall le rivolse un sorriso aperto e pieno di calore.

— Io no — replicò aumentando la stretta attorno alle sue spalle. — Non più. Avevano il diritto di scegliere e l'hanno fatto sapendo quali conseguenze avrebbero avuto le loro azioni. È doloroso da accettare, ma in fondo è proprio questa la vera essenza della libertà.

36

Hywel Llewelyn stava scalando le vette dell'Ordine con una rapidità sorprendente.

Segno, pensò cinicamente Rhys, che Lochinvar aveva perso troppi collaboratori fidati in poco tempo.

— Scoperto qualcosa dalle tue trattative con i dignitari delle Logge? — gli domandò con attenzione misurata. La sua risposta gli interessava molto più di quanto suo padre potesse sospettare ed era un bene che le cose stessero così.

— Molte Logge stanno per revocare la fiducia. C'è aria di ribellione un po' ovunque. — Hywel Llewelyn sedette sul letto del figlio con un sospiro di disappunto. — Darran Vaughan sta raccogliendo un buon seguito proprio sotto il nostro naso senza che riusciamo a fermarlo. E alcuni sono pronti a sostenere che Fennah stia stringendo alleanze segrete per rovesciare il Gran Maestro.

Rhys represse un sorriso. Era la prima volta che Hywel si confidava con lui, evidentemente impressionato dalla svolta che stavano prendendo gli eventi.

— Se Lochinvar continuerà a fare a modo suo, quando prenderai il suo posto ti troverai solo contro tutti. Si è attirato così tanto scontento che forse non ti sta facendo un favore nominandoti suo successore.

Il ragazzo gli rivolse uno sguardo interrogativo, fingendo di non capire.

— Sei talmente giovane per avere tanto Potere, figlio... — mormorò suo padre in tono indecifrabile. — Quel posto ti spetta di diritto. Il sangue della piccola Starr l'ha reso tuo per sempre, e io ti aiuterò a reclamarlo, quando sarà il momento.

Credeva di averlo in pugno e Rhys lo odiò una volta di più. Eppure non dubitava della sincerità di quella promessa: Hywel Llewelyn l'avrebbe condotto fino al seggio del Gran Maestro, spianandogli l'ascesa nella speranza di trarne beneficio.

È giusto così, lo sai, dovette ripetersi. *Stringerà alleanze, mentirà, non si fermerà davanti a niente. E tu glielo lascerai fare.*

Respirò a fondo, ingoiando il proprio disgusto.

Doveva attendere, per sé e per Winter.

Era quello il piano.

I Sin-derella non se la cavavano male con le cover dei Bullet for my Valentine, dovette ammettere Madison seguendo il ritmo di *All these things I hate.*

Non doveva essere l'unica a pensarlo, perché il Rainbow era pieno e il pubblico sembrava soddisfatto.

In un angolo sopraelevato vicino al muro, rivolse uno sguardo divertito ai propri accompagnatori. Gareth, in T-shirt nera e jeans scuri, era perfettamente mimetizzato con l'ambiente. Se ne stava appoggiato alla parete a braccia incrociate con disinvoltura, e a essere del tutto sinceri, quel look gli si addiceva parecchio.

Danny Roberts invece non fingeva nemmeno di potersi divertire. In quei giorni non faceva altro che guardarsi attorno con sospetto, come se l'aggressione al Tower Bridge l'avesse convinto che Londra nascondesse vampiri in ogni angolo. E la sua aria da sbirro era così evidente che Kenneth ancora non capiva perché se lo fossero portato dietro.

— Non dovevamo rilassarci stasera, Dan?

Il ragazzo alzò le spalle con aria di scuse e Madison sospirò.

— Almeno prenditi qualcosa da bere. Sembrerai meno in servizio...

Rimase a osservarlo per qualche istante mentre lui si allontanava.

— Non è troppo entusiasta di quello che sta scoprendo, vero? — domandò poi a Gareth.

Il ragazzo distolse lentamente il viso dal palco per voltarsi verso di lei. — Non puoi dargli torto, Mad.

Con quella luce i suoi occhi avevano la bizzarra sfumatura giallo verde di un gatto e le ciglia erano singolarmente scure.

— Lui i guai non se li è andato a cercare. Gli sono precipitati addosso... Ha solo bisogno di un po' di tempo per digerire le informazioni.

La ragazza annuì.

Non c'era molto da aggiungere, perciò permise al proprio sguardo di vagare distrattamente sulla sala. Sorvolò la folla dei presenti, oltrepassando schiene e teste, sorrise al fratello sul palco e si soffermò per qualche secondo sulla scalinata della parete di fronte.

D'un tratto le sue dita serrarono il braccio di Gareth tanto forte da far sbiancare le nocche.

— Là — disse con il cuore che le martellava furiosamente nel petto.

In alto, dagli ultimi gradini, un giovane uomo aveva sollevato un braccio per attirare la loro attenzione. Indossava una felpa scura con il cappuccio calato in testa, ma Madison lo riconobbe senza alcuna esitazione.

— È Crow. Era al mulino con Vaughan.

Gareth le afferrò la mano e cominciò a correre in quella direzione.

Madison lo seguì, ma dentro di sé non poté fare a meno di pensare che sarebbero dovuti correre dalla parte opposta.

Immerso nella calca, Danny Roberts osservò ogni loro movimento.

Sul tetto piatto del Rainbow c'era un vento pungente.

Crow attese che i due ragazzi si fossero chiusi la porta alle spalle e lasciò ricadere il cappuccio.

— Ben trovati, amici — disse avanzando verso di loro con la mano tesa.

Gareth si parò davanti a Madison. Ignorò la mano, squadrando il vampiro con aperta diffidenza.

— Gareth Chiplin, vero? — chiese Crow con una punta di provocazione.

Il ragazzo non si prese il disturbo di rispondere. — Che cosa vuoi? — replicò invece.

Crow sogghignò. — Parlare. E vi suggerisco di collaborare perché qualche giorno fa avete conciato male certi miei amici. Non è stato affatto gentile da parte vostra.

Sul viso di Gareth passò un'espressione francamente stupita.

— Okay, parliamo — concesse quindi, riprendendosi in fretta. — Perché i tuoi amici stavano facendo casino al Tower Bridge? Avevano finito le scorte di Siero?

— Gareth — lo richiamò Madison in un soffio teso.

Crow rimase imperturbabile. Aveva più la faccia di cuoio di un marines che i modi sofisticati dei vampiri di Cae Mefus. Sembrava un soldato in attesa degli ordini del suo superiore, una macchina da guerra efficiente e apatica.

— Sono tempi strani — dichiarò con voce indifferente. — Ognuno li affronta a modo suo. Anche il vampiro che ha aiutato voi si è mosso in modo singolare, del resto.

L'aveva buttata lì in tono quasi casuale, ma la reazione sorpresa dei suoi interlocutori non gli sfuggì.

— Quello che ha prosciugato le energie di uno dei miei ragazzi. Suvvia, non vorrete dirmi che non ne sapete niente?

— Non capisco di cosa tu stia parlando — confessò Gareth.

Crow si mosse con rapidità impressionante e il ragazzo sentì una stretta d'acciaio attorno alla gola.

— Seconda chance: chi è stato ad aiutarvi?

La presa si rinsaldò, bloccandogli le vie respiratorie.

— Nessuno — ansimò Gareth, rimpiangendo il fiato che era costretto a sprecare.

Il cervello di Madison smise di funzionare.

— Signorina Winston? — insistette Crow.

— Lascialo! — gridò la ragazza.

Il vampiro alzò il braccio apparentemente senza fatica e i piedi di Gareth si sollevarono da terra.

— Voglio una risposta.

Madison scrollò il capo, cercando di tornare lucida.

— Nessuno ci ha aiutato, lo giuro — mormorò. — C'era solo Danny. Nessun vampiro.

Un attimo dopo, Gareth era a terra rantolante e Madison in ginocchio al suo fianco. I suoi occhi brillavano di rabbia e paura.

— Bene — concluse Crow. — Ora che ci siamo chiariti, come sta la vostra amica Winter?

Gareth stava ancora lottando per prendere fiato.

— Non sono... affari tuoi... bastardo — ringhiò ansimando.

E, tra parentesi, non lo sappiamo. Era la prima volta che il pensiero di non poter contattare Winter gli faceva davvero piacere.

Il vampiro rise.

— Ah, già. Il signor Vaughan mi ha detto della tua cotta per lei, eroe — fece una pausa per sottolineare quelle parole. — Un vero peccato che lei abbia perso la testa per il Nox. — Gettò un'occhiata ai due ragazzi e riprese a parlare in tono leggero. — Un peccato per tutti, intendo. Da quando lei l'ha reso Immortale, Rhys Llewelyn si sta un po' montando la testa. Ma dopotutto è solo un ragazzino, non deve essere facile diventare all'improvviso l'erede designato del Gran Maestro, non trovi anche tu, Chiplin?

Gareth imprecò in gallese, ma Madison riuscì a cogliere lo scintillio ferito dei suoi occhi.

— Di che accidenti stai parlando? — replicò il giovane testardamente. — Non sai niente di Winter, le tue sono solo insinuazioni.

Nell'espressione di Crow affiorò una sfumatura pietosa.

— Temo di essere stato poco delicato — proseguì. — Forse tu non sapevi che gli ha donato il suo sangue... In effetti, sono confidenze che una ragazza riserva solo alla sua migliore amica.

Il suo sguardo inchiodò Madison, risvegliandola dalla confusione.

Non mi metterai contro Winter, stabilì immediatamente lei.

— Hai ragione, a me l'avrebbe detto — dichiarò quindi in tono falsamente sicuro. — Invece non me ne ha parlato. Quindi perché dovremmo ascoltarti?

Crow alzò le spalle. — Siete liberi di non credermi. Pensavo che alle Famiglie potesse interessare sapere che è stato creato un nuovo Immortale. E la storia tornerà a ripetersi. L'Immortale e il suo creatore sono uniti per sempre, solo il creatore potrà ucciderlo e quando lo farà perderà la vita a causa del loro vincolo indissolubile, eccetera eccetera... Copione già visto, ma sempre d'effetto, no?

Madison trasalì. All'improvviso, capire se Crow dicesse la verità le parve dannatamente importante.

— Winter non farebbe mai una cosa così stupida — insistette comunque.

Mentre lo diceva, però, cominciò a dubitarne. La conosceva abbastanza da sapere che era pronta a fare le cose più stupide per le persone che amava. E non aveva mai amato nessuno nel modo in cui amava Rhys Llewelyn.

— Mi auguro di sbagliare. Ma se non fosse così, volevo solo informarvi che potrebbe esistere una soluzione...

Gareth si rialzò faticosamente.

— No — disse amaramente. — In quel caso sarebbe già condannata.

— Non se qualcuno riuscisse a ricomporre il giusto talismano — rivelò Crow. — Esiste un oggetto capace di separare l'essenza vitale di un Immortale da quella di chi l'ha creato, una corona d'argento che al suo interno racchiude un rubino. Lochinvar non ha alcun interesse a diffondere la notizia perché il sangue della piccola Starr non potrà donare il Potere a nessun altro, finché il legame che la unisce a Rhys non verrà spezzato. E poi, persino le Famiglie si farebbero qualche scrupolo prima di condannare a morte una ragazza di diciassette anni. Ma chi volesse sottrarla al destino che l'aspetta, potrebbe trovare l'informazione interessante...

Madison non riuscì più a tollerarlo.

— Perché ci stai dicendo queste cose? — esplose furente. — Anche ammettendo che avessi ragione, che vantaggio ne ricaveresti?

Il vampiro si avvicinò alle scale antincendio e le sue parole scivolarono nel vento mentre cominciava a scendere i gradini. — Diciamo che se avessi ragione, voi e il signor Vaughan avreste un interesse comune. Voi volete salvare Winter Starr, lui vuole che il suo sangue riacquisti il Potere che ha perso. Il mezzo per ottenere entrambe le cose è quel gioiello.

Danny attese nell'ombra che Crow scendesse dalla scala esterna e cominciò a pedinarlo.

Abituato al silenzio delle notti gallesi, coprire il rumore dei propri passi a Londra gli sembrava fin troppo facile, però mantenne ugualmente una distanza di sicurezza. Se Gareth e Madison non avevano esagerato, quell'essere era in grado di sentir cadere una piuma.

Quella sera non era uscito armato, perciò continuò semplicemente a camminare nella sua scia, sperando di individuarne il covo.

Crow svoltò in Floral Street. La sua andatura era rapida ma regolare e Danny non ebbe difficoltà ad adattare l'ampiezza delle proprie falcate alle sue. Fuori dal White Lion, una compagnia di ragazzi piuttosto ubriachi gli tagliò la strada, aumentando le distanze tra loro.

Riuscì ad adocchiarlo nuovamente poco lontano dalle mura rosse della fermata di Covent Garden. Un istante prima che si lasciasse inghiottire dalla metropolitana.

— No! — Danny emise un grido di frustrazione comprendendo di averlo perso.

Batté il pugno sul palmo dell'altra mano e sospirò.

Mentre estraeva il cellulare per inviare un messaggio a Madison, la sensazione di essere osservato gli fece correre un brivido lungo la schiena.

Si voltò di scatto e i suoi occhi incontrarono quelli azzurro ghiaccio di un senzatetto seduto sul marciapiede. Era coperto da un soprabito grigio pieno di toppe e sfoggiava una lunga barba rossiccia e arruffata. Non sembrava diverso dagli altri.

Danny terminò di digitare e si allontanò rapido. Lo sguardo dell'uomo, però, gli rimase impresso: era limpido e acuto e si era fermato sul suo viso senza incertezze, come se lo conoscesse.

Mentalmente, prese nota di tornare da quelle parti.

37

Nello scantinato dei Sin-derella, Gareth era furioso. Aveva ancora il collo dolorante e le ginocchia gli pulsavano per la caduta.

Madison, però, era più preoccupata dalla sua espressione che dai suoi lividi.

— Cerca di calmarti — gli disse nel tono più garbato che riuscì a trovare.

Il ragazzo chiuse la porta assestandole una spinta notevole.

— Sono calmo — sibilò.

Lei fece spallucce. — Se lo dici tu — mormorò tra sé.

Si sedette su una delle brande mezze sfondate che costituivano l'arredamento di fortuna della stanza e incrociò le gambe preparandosi a una lunga attesa.

Gareth tentò di darsi un contegno, ma era addirittura inferocito.

— Ci mancavano solo Vaughan e la sua banda... — borbottò tra sé.

— Almeno sappiamo che non è sulle tracce di Winter... — Madison replicò facendosi scrocchiare le dita.

— E che Londra, se ci fosse rimasto qualche dubbio, è davvero nell'occhio del ciclone.

Alla luce dei neon, la pelle della ragazza sembrava chiarissima in contrasto con la maglietta blu notte. Aveva i codini disfatti e del trucco non rimaneva che un'ombra sbiadita attorno agli occhi.

Gareth si lasciò ricadere al suo fianco e per un minuto buono nessuno dei due parlò più.

— Hai qualche idea di quale potrebbe essere il suo piano? — domandò infine Madison.

Lui si passò la mano sul viso per poi immergerla tra i capelli. — Probabilmente sempre lo stesso: trovare Win e prendersi il suo sangue.

Puntellò un gomito al ginocchio per sostenersi e fece una smorfia di dolore. Era decisamente più ammaccato di quanto volesse dare a vedere.

— Però, se Crow avesse ragione, almeno non dovremmo temere che la uccida — azzardò Madison. — È già qualcosa.

Il ragazzo sbuffò. — Se le cose stanno come dice lui, Winter e Llewelyn sono condannati, Mad.

Si fissarono a lungo, riflettendo su tutti i significati di quella frase.

— Andiamo, non crederai davvero che lei abbia permesso a Rhys di bere il suo sangue?

Gareth si irrigidì ancor di più. — Hai visto cos'ha fatto Llewelyn al mulino — si costrinse a dire. — Be', credimi, non è stata una cosa comune. Non per un vampiro di diciotto anni. Loro diventano più forti con il trascorrere dei secoli e lui praticamente è ancora un bambino. E il legame che ha con Winter è intessuto di Potere. Io ho fatto finta di non vederlo, Madison, ma è così. Non sono solo...

Esitò e dovette distogliere lo sguardo.

— Innamorati? — concluse Madison per lui. — Già. Me lo sono chiesta anch'io. E credo anche che Rhys sia cambiato.

All'improvviso era arrabbiata anche lei. Quella era decisamente la parte peggiore: dover dubitare di Winter. Aveva sperato di non esservi più costretta.

Si morse le labbra, presa d'assalto da un insieme confuso di sentimenti. Se Winter non si era confidata con loro, sicuramente lo aveva fatto per proteggerli. Eppure, non poteva lo stesso fare a meno di sentirsi tradita.

— Lei sta cambiando, Mad — aggiunse Gareth tristemente. — Vorrei che fosse umana, ma è un'illusione. In questo momento somiglia a loro più di quanto non somigli a noi.

Madison fu tentata di cambiare argomento, poi ebbe una delle sue balzane intuizioni. — E se fosse lei il vampiro di cui parlava Crow? — domandò senza riflettere.

Gareth la fissò perplesso. — E questa come ti è venuta?

— Intendo dire... Quanti ne conosciamo disposti a darci una mano?

Lui si massaggiò il mento. Al Tower Bridge qualcosa di strano era accaduto davvero, più ci ripensava e più ne era certo, ma quella restava una supposizione infondata come qualunque altra.

— In questo momento non sappiamo nemmeno dove si trovi — obbiettò.

— Ma lei sa dove siamo noi. Possiamo escluderlo davvero?

Gareth ci pensò su.

— No — concluse infine. — Dobbiamo trovare il modo di contattarla.

E ciò li riportava a un vicolo cieco.

L'entusiasmo svanì lentamente dal viso di Madison e Gareth si accorse di sentirne subito la mancanza.

La spiò da dietro le ciglia e sorrise quando i suoi occhi tornarono a illuminarsi, certo che di lì a poco la ragazza avrebbe fatto una nuova proposta.

Madison era una fonte inesauribile di ottimismo.

— E se nel frattempo provassimo a cercare la corona d'argento o come diavolo l'ha chiamata Crow? — gli disse infatti.

Lui sentì una nuova ondata di sofferenza premergli nel petto. La scacciò con decisione. Cominciava a essere stufo di compatire i propri sentimenti.

Ha ragione lei, bisogna agire.

Sogghignò deliberatamente, portandosi la mano alla fronte in un ironico saluto militare.

Madison gli picchiò un pugno sulla spalla.

— È solo che non sopporto di restarmene qui senza fare niente — ammise vagamente imbarazzata. — È troppo frustrante!

Il sogghigno di Gareth si trasformò in un sorriso autentico. — Hai anche una vaga idea di dove iniziare a cercare?

Madison scosse il capo e scoppiò a ridere. — Nessuna.

Aveva una risata contagiosa e il ragazzo sentì che la tensione si stava finalmente sciogliendo.

Rise a sua volta e, quando smise, non riuscì a distogliere gli occhi da lei. Dopo tutti quei giorni, si accorse di non averla mai guardata davvero. Non aveva mai notato la vivacità del suo sguardo, il disegno delle sue labbra.

È bella, realizzò all'improvviso.

Un istante dopo sentì sul petto la pressione delle sue mani aperte e sbatté le palpebre notando quanto fossero vicini i loro visi.

— Oh, no, accidenti! — protestò Madison. Era imbronciata, eppure i suoi occhi scintillavano ancora. — Adesso non va proprio bene...

— Scusami — mormorò Gareth. Ma non ebbe il tempo di sentirsi respinto, confuso dal sorriso della ragazza.

— Scherzi? Non mi dispiacerebbe affatto — ammise Madison fin troppo sinceramente. — È solo il momento che è sbagliato.

Lasciò ricadere le mani e tenne lo sguardo fisso nel suo.

— Cioè... mi piaci... — rivelò. — Un sacco, in realtà. E Winter è la mia migliore amica. Ma neanche per voi mi va di fare da ripiego. Non voglio che mi baci per dimenticarti di lei, Gareth. E adesso sarebbe così... inutile raccontarsi bugie.

Gareth si concesse un sospiro di disappunto. Di sicuro, quello era parlare chiaro. Eppure Madison era riuscita a farla sembrare una cosa carina. Gli aveva fatto capire che teneva alla loro amicizia abbastanza da non permettergli di fingere che fosse qualcosa di diverso.

Liquidato con classe, considerò il ragazzo tra sé.

Ma in qualche modo ne fu addirittura sollevato.

— Okay — le concesse. — Vuol dire che ne riparleremo più avanti.

38

Winter aprì gli occhi, chiedendosi chi stesse bussando alla sua porta. Fino a quel momento, il sonno era stato un piacevole oblio, perciò si alzò senza fretta, riluttante ad affrontare un nuovo giorno.

I colpi si ripeterono, lasciandole a stento il tempo di vestirsi.

— Chi è? — domandò sbuffando.

Non le giunse alcuna risposta, ma all'improvviso un brivido familiare le serpeggiò lungo la schiena.

Raggiunse la porta correndo, mentre il cuore le batteva forte. La sua mano esitò per un istante sulla maniglia e infine l'abbassò, così vide l'inatteso visitatore.

— Buon compleanno — disse Rhys con un sorriso ammaliatore.

Winter si gettò tra le sue braccia e lo strinse più forte che poté.

Un turbamento violento spense i suoi pensieri, attraversandole tutto il corpo fuso nel sangue. Si sollevò sulle punte permettendo alle loro bocche di trovarsi.

Fu un bacio troppo intenso per appartenere solo ai sogni.

I respiri si confusero insieme, il sapore delle loro labbra ne creò uno nuovo.

Rhys le passò le braccia dietro la schiena, sostenendo tutto il suo peso come se non avesse atteso altro e lei gli allacciò le gambe attorno ai fianchi.

— Mi sei mancata — le disse tra un bacio e i successivi.

Anche tu... Winter lo pensò con tanta intensità che quelle parole palpitarono tra loro, più vive che mai.

Rise. Si sentiva leggera e felice.

— Come facevi a saperlo?

Rhys la lasciò scivolare a terra delicatamente e Winter lo guidò fino al letto, sedendosi al suo fianco.

— Siamo legati — rispose lui.

La sua mano era calda contro il collo di Winter, le sue emozioni così forti che la ragazza riusciva a sentire il battito del suo cuore attraverso la pelle. La luce argentea della stanza brillava come mai prima.

— Per sempre.

Si chinò verso di lei, sfiorandole nuovamente le labbra con le proprie, poi la sua bocca le percorse il mento scivolando in basso.

Winter fu scossa da un brivido di anticipazione. La bocca di Rhys sulla sua gola la fece fremere e risvegliò la sua stessa Sete.

— Ti amo addirittura troppo — mormorò.

Rhys si risollevò, facendo incontrare i loro occhi.

Quelli di Winter erano luminosi come piccole stelle.

— Vieni con me — le disse.

La sollevò in piedi e le cinse la schiena. Lei trattenne il respiro al tocco delle sue dita.

La stanza sull'isola cominciò a perdere consistenza, le sue pareti si trasformarono in fumo colorato, poi in nebbia.

Scomparvero e attorno a loro ci fu solo la radura di Cae Mefus, rischiarata dal volo delle lucciole.

— È bellissimo — mormorò Winter. — È reale?

Rhys sorrise. — Forse sì, in un certo senso.

Winter sapeva che era turbato dalle proprie sensazioni perché erano l'eco perfetta delle sue. Tra loro non esisteva più alcuna distanza, le loro anime erano unite indissolubilmente, i pensieri fluivano dall'uno all'altra senza distinzione.

Poi, dietro quello specchio languido, riuscì a cogliere un'ombra, nascosta in profondità.

— Cosa c'è? — domandò.

— Nulla che abbia il diritto di rovinare la tua festa.

La sfumatura rossa dei suoi occhi rifletteva il brillio delle lucciole. Winter lo baciò di nuovo, con dolcezza.

— Anch'io avevo bisogno di vederti — ammise Rhys con semplicità. — A volte mi sembra quasi impossibile...

— Non lo è. Uniti per sempre, giusto?

Lo sguardo del ragazzo divenne così intenso da bruciare. Fece scivolare una mano tra i suoi capelli, arrestandola sulla nuca.

— Lo vuoi davvero? — chiese con una strana urgenza. — Sei certa che non lo rimpiangerai?

Winter gli prese l'altra mano sollevandola tra le proprie. Abbassò gli occhi sul suo palmo e gli sfiorò il polso con le labbra.

— Mai — dichiarò, rivolgendogli uno sguardo obliquo e pieno di promesse. Gli solleticò la pelle con i denti, studiando la sua espressione.

Il ragazzo socchiuse gli occhi con un sospiro premendole il polso contro la bocca e lei non seppe resistere all'invito.

Continuando a guardarlo, lo morse fino a sentire il calore del sangue sulla lingua. In quel momento non c'era nulla di sbagliato nell'accettare il suo dono.

Rhys la abbracciò e il suo respiro sul collo la fece rabbrividire.

Attese la puntura bruciante dei canini scivolarle nelle vene, questa volta senza paura, con il bisogno travolgente di fondersi ancor più.

La radura si fece densa di Potere, di Sete e del tumulto dei loro sentimenti, in una tempesta languida che cresceva a ogni bacio, ardendo pelle contro pelle.

Molto più tardi, Winter si accorse che la notte stava volgendo al termine.

— Non voglio svegliarmi — mormorò come una bambina. — Vorrei che questo sogno non avesse mai fine.

Rhys percorse il suo viso sfiorandolo appena con le dita. Il suo sguardo sembrava volerla assorbire.

Era la sua ragione di vita, l'unica cosa per cui avrebbe lottato.

— Sarà solo l'inizio. Se saprai perdonarmi...

Winter lo fissò senza capire. — Perdonarti? Di cosa?

Di cosa, quando tutti erano convinti che sarebbe stato suo compito ucciderlo?

Nel momento stesso in cui il pensiero prese forma nella sua testa, Winter comprese che anche lui poteva sentirlo.

— Sono solo sciocchezze, Rhys. Non m'importa quello che pensano gli altri. Non sapranno mai che sei Immortale.

Il viso del ragazzo era così serio in quel momento che la stupì sentire nuovamente le sue labbra sulle proprie.

— Prima o poi, qualcuno potrebbe davvero chiederti di farlo, Winter. Ma ti costerebbe la vita, perché il legame che ci unisce non può essere spezzato. La mia morte significherebbe la tua. È il prezzo dell'immortalità che mi hai donato — sospirò il ragazzo mentre la sua immagine cominciava a svanire. — Per questo devo impedire che accada. Io non posso permetterlo... Promettimi che saprai perdonarmi, amore mio.

— Rhys! — Winter tentò disperatamente di trattenerlo, ma le sue dita si strinsero nell'aria.

Il sogno s'interruppe bruscamente e lei ebbe la sensazione di precipitare in basso, dove il suo corpo l'attendeva.

L'eco di quelle parole le gonfiò il cuore di tristezza.

Poi non ci furono che immagini insensate, apparizioni, schegge sparse e incoerenti.

39

Il 17 luglio, Winter si svegliò con un sospiro pronunciando il nome di Rhys.

Si sentiva quasi in colpa, perché la sua visita notturna avrebbe dovuto renderla felice. Invece il peso della solitudine la assalì persino prima che aprisse gli occhi, ancora più intollerabile perché avrebbe desiderato stare al suo fianco.

— Accidenti! — mormorò.

Provò a ricordare ciò che le aveva detto ed emise un gemito di frustrazione. Le parole erano svanite come il sogno, lasciandosi dietro solo il viso di Rhys e la certezza che lui avesse bisogno di lei.

Se solo non fossi confinata su questa stupida isola!

Si alzò di scatto e si diresse in bagno sperando che una doccia riuscisse a calmarla.

Tanto per migliorarle l'umore, dalla finestra l'accolse un cielo plumbeo. Sarebbe stata una lunga giornata.

Era il primo compleanno che trascorreva senza la nonna e i suoi amici, lontana da casa...

L'anno precedente, i Sin-derella l'avevano portata in

piscina a Hampstead e Madison aveva riempito il loro scantinato di palloncini.

— Chissà cosa stai facendo in questo momento, Mad... — mormorò.

Ma non poteva pensare a lei o sarebbe impazzita.

Il tentativo di deragliare la traiettoria dei suoi pensieri la impegnò per tutta la durata della doccia, ma quando arrivò in sala per la colazione, l'espressione di Bethan Davies rischiò di rovinarle la tranquillità appena ritrovata.

— Ben svegliata, Winnie.

Si sedette al tavolo di fronte a lei con il viso più serio che le avesse mai visto e attese in silenzio che avesse finito la sua tazza di caffè.

Tanti auguri, Winter, pensò la ragazza, sarcastica.

— Qualcosa non va? — chiese invece ad alta voce.

La donna scosse la testa con l'accenno di un sorriso.

— Volevo solo sapere come stai.

Winter sbatté le palpebre, perplessa. — Bene... credo.

Malcolm Dougall si affacciò dalla porta in quel momento.

— Avanti! Glielo dica, signora Davies! — esclamò con un'eccitazione che non tentava neppure di nascondere. — La smetta di girarci attorno.

Bethan lo trafisse con uno sguardo pieno di disappunto. Il suo viso tondo non sembrava adatto a un'espressione del genere, eppure gli occhi suggerivano di non ignorare il consiglio.

— Maledizione! Vuole chiudere il becco, per una volta?

Winter li fissò sempre più confusa. Che i suoi tutori si sopportassero a fatica era sempre stato chiaro, ma Bethan non aveva mai reagito in quel modo prima di allora. Improvvisamente, la ragazza cominciò a essere preoccupata.

— Che cosa sta succedendo?

Dougall aprì bocca per rispondere, ma l'occhiata ammonitrice della donna lo convinse a tacere.

Sollevò le mani davanti a sé e serrò le labbra. Si costrinse ad aspettare tamburellando il piede a terra, e Bethan comprese che non sarebbe riuscita a ottenere di meglio.

— Il fatto è che c'è una sorpresa, tesoro — disse concentrando tutta la propria attenzione sulla ragazza. — Una grossissima sorpresa...

Winter espirò tra i denti ribollendo nell'attesa.

Bethan stava già rimpiangendo di essersi assunta il compito di prepararla a ciò che sarebbe successo. Forse Dougall aveva ragione e non esisteva un modo di farlo davvero.

Si passò la mano sulla testa, controllando che la sua pettinatura fosse in ordine per puro riflesso automatico.

— Vedi, le cose non stanno esattamente come credevamo — rivelò infine. — Abbiamo aspettato il momento giusto per dirtelo, non volevamo turbare il tuo addestramento, ma ormai il signor Dougall e io pensiamo che sia inutile rimandare.

— Ci può scommettere — mormorò il vampiro a mezza voce.

Poi, prima che Bethan potesse cambiare idea, si fiondò fuori dalla stanza, entusiasta come un bambino.

— Tesoro, c'è qualcuno che devi assolutamente incontrare...

Winter cominciò a mordicchiarsi le unghie, con l'assurda speranza che potesse essere Rhys. L'avrebbe reso il più bel compleanno della sua vita.

Sai bene che non è possibile, si rimproverò. L'ansia stava raggiungendo i vertici. In quella manciata di secondi le vennero in mente miriadi di possibilità, nessuna delle quali ragionevole.

Se fossero Madison, o Gareth... O la nonna...

Avrebbe dato qualunque cosa per poter vedere anche una sola faccia amica.

Nulla però l'aveva preparata a ciò che vide.

La mano le ricadde violentemente e i suoi occhi si riempirono di lacrime.

Morgan Blackwood entrò nella sala a passi tesi.

Non avrebbe mai creduto che, quando il momento fosse giunto, la paura sarebbe stata intensa quanto il desiderio di vederla.

Aveva osservato sua figlia attraverso pochi scatti rubati per diciassette anni e ora, finalmente...

— Winter — sussurrò. E in quella sola parola riuscì a infondere tutto ciò che provava.

Winter vide l'uomo avanzare esitante. Mentre si avvicinava, non riuscì più nemmeno a pensare, paralizzata da troppi sentimenti contrastanti.

Boccheggiò.

Suo padre.

Non sapeva cosa dire o cosa fare. Voleva correre ad abbracciarlo per avere la prova che non fosse un fantasma e contemporaneamente gridare e colpirlo.

Amore, odio, nostalgia, rabbia... Tutto era troppo intenso, come se una strana pressione le stritolasse il petto fino a farlo esplodere.

Sto per svenire, pensò confusamente.

Poi si alzò e scappò via perché, semplicemente, non sapeva come reagire.

Morgan Blackwood corse subito dietro di lei e Bethan rimase a osservare la porta da cui erano spariti, rigida e tesa.

Dougall emise un lungo sospiro e le cinse le spalle in un gesto inaspettato. Non era meno nervoso di lei. Il sorriso affascinante che non abbandonava mai i suoi tratti aveva una strana sfumatura inquieta.

— Troveranno un modo — disse piano.

40

Winter si fermò in riva al mare, incurante della pioggia torrenziale. Non riusciva ancora a crederci... Era troppo bello e troppo crudele.

— Perché mi hai fatto questo? — disse, senza trovare la forza di voltarsi a guardarlo.

— Era necessario — rispose suo padre.

— Necessario che ti credessi morto per tutto questo tempo? Che piangessi per te? — Si girò di scatto piantandogli in viso occhi pieni di rabbia. — Mi hai lasciato sola!

Morgan si avvicinò d'un passo e, irrazionalmente, lei realizzò che era più alto di quanto l'avesse creduto.

— Perdonami — le disse. — Ti prego. Volevo che crescessi al sicuro, al riparo dal mio mondo. Ho odiato ciò che sono stato costretto a fare in ogni istante di questi anni...

— Costretto? E ti aspetti che io ci creda? Tu sei Morgan Blackwood! Non ti sei fermato nemmeno davanti al Consiglio pur di fare ciò che volevi e adesso cerchi di convincermi che sei stato lontano da me solo perché ti ci hanno *costretto*?

— Era l'unico modo per salvarti! Non saresti mai stata al sicuro con me, nemmeno se Elaine non fosse...

Winter fu scossa da un tremito violento.

— Non osare parlarmi di lei! Mia madre sarebbe ancora viva se non ti avesse incontrato!

L'uomo contrasse le labbra, accettando l'accusa senza protestare, e Winter si sentì crudele e ingiusta. Eppure non riuscì a trattenersi: doveva gridare la rabbia e il dolore graffiante che l'avevano accompagnata per tutta la vita.

— Non avevate il diritto...

Lo fissò rovente mentre continuava a tacere.

— Dimmi qualcosa — lo sfidò.

Morgan scosse la testa lentamente, con l'amarezza di chi ha rinunciato a difendersi.

— Non c'è niente che possa cancellare ciò che è stato, Winter. Lo vorrei disperatamente, preferirei essere morto io stesso e che oggi tu fossi qui a riabbracciare tua madre, ma non è possibile.

Si guardarono con occhi d'argento del tutto identici, mentre la pioggia affondava tra le onde.

— So che vi amavate. Ma proprio non ce la faccio. Credevi che bastasse ricomparire all'improvviso per sistemare ogni cosa? Che non avessi bisogno di te?

— Sei arrabbiata e ferita. Capisco come puoi sentirti.

— Non è vero — protestò la ragazza con voce incrinata. — Non lo so nemmeno io...

Dovette appoggiarsi alle rocce della scogliera, tremava così forte da non riuscire quasi a stare in piedi.

— Mi hai ingannato come tutti gli altri, papà.

Si portò la mano alla bocca, stupita dal suono di quella parola. Le sembrò di non averla mai pronunciata prima di quel momento. Sarebbe dovuta risultare goffa, falsa, sbagliata. Invece, era così dolce...

Morgan sorrise inconsapevolmente, pensando di non aver mai sentito niente di più bello. Si avvicinò ancora, incerto.

— Lo so. E lo rifarei, se fosse necessario. Se il Consiglio non ti avesse trascinato in tutto questo, non ti avrei mai cercata. Avrei lasciato che fossi umana e felice.

Winter scosse la testa. — Sarebbe stata un'illusione. Non sono mai stata umana e avevo bisogno che tu me lo dicessi. Che mi insegnassi il modo di accettarlo, che ci fossi.

— Non pretendo che tu mi perdoni o che mi permetta di starti vicino. Voglio solo continuare a proteggerti. Avevi il diritto di saperlo.

Infilò una mano nella tasca. Quando la estrasse, Winter colse uno scintillio familiare.

— Secondo Doug, adesso puoi indossarlo di nuovo — la informò porgendole il ciondolo di cristallo.

Lei ne osservò la forma, limpida e perfetta. Il Sigillo che aveva tenuto al collo per diciassette anni tra le mani di chi l'aveva creato per vegliare su di lei da lontano.

— È tutto ciò che mi rimaneva di te — sussurrò tra le lacrime. Singhiozzando, sollevò lo sguardo fino al viso del vampiro. — Vorrei che fossi tu a rimettermelo.

Sollevò i capelli bagnati scoprendosi il collo.

Morgan Blackwood avanzò e le sue dita incespicarono sul fermaglio mentre ripeteva ciò che aveva fatto quando lei era neonata.

Winter avvertì la sua vicinanza, il suo tocco leggero sulla nuca e il metallo freddo che le scivolava sulla pelle. E all'improvviso i ricordi cominciarono a ridestarsi. Conosceva quel profumo indescrivibile, quello elettrico dell'aria prima di una tempesta, l'odore di suo padre.

Finalmente comprese.

Lasciò ricadere i capelli, mise una mano sulla sferetta di cristallo per bloccarsela sulla gola e si voltò a guardarlo.

— Fermati — disse in un sussurro.

Si tolse il gioiello e, dopo un ultimo sguardo, se lo mise in tasca.

— Il ciondolo non mi serve più.... Tu sei tornato. Non c'è più bisogno che mi proteggi da lontano. Ora puoi insegnarmi a controllare il Potere.

Poi, le braccia di suo padre la avvolsero e lei s'irrigidì in quella stretta prima che le sue difese crollassero.

Lui era il ragazzino che era entrato fiducioso nell'Ordine, l'uomo che aveva amato Elaine Mitchell tanto da sfidare il mondo e generare una figlia. Che aveva dato la vita per proteggere entrambe in ogni modo possibile.

La vicinanza stava riportando a galla sensazioni sepolte da troppo tempo.

Winter conosceva quell'abbraccio forte e protettivo, la sensazione di poter essere fragile senza provare alcun timore. Era incisa nelle profondità del suo animo, sulla sua pelle che non l'aveva mai dimenticata.

I singhiozzi esplosero incontenibili e la ragazza dovette piangere tutte le sue lacrime. Per la propria solitudine, per la gioia, per la nostalgia.

In assoluto silenzio, Morgan pianse con lei, concedendosi finalmente di dire addio a Elaine.

Lascia libero il mio cuore, amore mio.

Ora appartiene a nostra figlia.

Per un istante, gli parve quasi di vederla accanto a loro.

Il suo sorriso non era mai stato più bello.

41

Susan Bray aprì la porta del suo ufficio con aria seccata. Erano le nove di sera di una lunghissima giornata, stava cuocendo nel suo completo di cotone e da qualche ora pregustava il momento in cui sarebbe riuscita a inghiottire qualche sonnifero e concedersi un meritatissimo riposo.

Il nervosismo si trasformò in sorpresa quando riconobbe Gareth Chiplin.

— Tu qui? — domandò facendogli cenno di accomodarsi.

— Buonasera, avvocato Bray.

Guidò il ragazzo fino alla scrivania e prese posto accanto a lui invece di accomodarsi al lato opposto del tavolo, certa che non si sarebbe trattato di una conversazione di lavoro.

— Allora, dimmi... — esordì adottando il tono pratico e cortese con cui si rivolgeva ai suoi assistiti della Family Division.

Gareth non ebbe bisogno di altri incoraggiamenti. — Ho bisogno di parlare con Winter.

Naturalmente, commentò Susan tra sé. Per quale altro motivo sarebbe venuto fin lì, altrimenti?

— E cosa ti fa pensare che io possa aiutarti?

— Più che altro lo spero. Sa, è il suo compleanno e io e Madison volevamo farle gli auguri. Pensavamo che le avrebbe fatto piacere sentire i suoi amici...

La donna sorrise con una punta di divertimento. Si era lasciata l'adolescenza alle spalle da molto tempo e non riusciva a trovare quell'argomento troppo determinante.

— Mi dispiace, Gareth, ma nemmeno io so come raggiungere Winter — disse lasciando che la sua voce suonasse un po' più calda. — Non è più sotto la mia tutela e il Consiglio non ha ritenuto opportuno comunicarmi dove si trovi o il modo di contattarla.

Il ragazzo studiò in silenzio la sua espressione e s'incupì accorgendosi che era sincera.

E se le dicessi che voglio chiederle dei suoi Poteri, avvocato? Scoprire se è davvero intervenuta al Tower Bridge, in qualche modo?

Per una manciata di secondi Gareth valutò se fosse possibile rivelarle qualcosa di più senza compromettersi troppo.

Quanto possiamo fidarci di lei, avvocato Bray?

La questione era tutta lì, in fondo. Per il momento non potevano contare su nessun altro.

— Le dica almeno che ci abbiamo provato, se ne avrà l'occasione — si arrese infine.

Eppure non era intenzionato ad andarsene senza avere ottenuto niente.

Scambiarono qualche altra chiacchiera distratta su Cae Mefus e sui Chiplin, poi il ragazzo si alzò, fingendo di essere pronto a congedarsi. Erano quasi sulla porta, quando lui tentò il piano di riserva.

Il suo volto si rischiarò, come colto da un'ispirazione improvvisa. — Non so se posso chiederlo a lei, avvocato, ma mi domandavo se fosse possibile visitare gli archivi del Consiglio, qui a Londra.

Susan lo guardò perplessa. Era una richiesta insolita da parte di un ragazzo così giovane.

— Non ho mai avuto occasione di entrarci, ma visto che passerò in città ancora qualche giorno, mi farebbe piacere aiutare mia sorella a ricostruire il nostro albero genealogico. Sa, lei è una patita di storia...

Gareth s'interruppe, chiedendosi se quella scusa non suonasse troppo artificiosa. Nessuno che conoscesse Eleri avrebbe mai abboccato.

— Magari potrei scoprire qualcosa di utile — azzardò poi.

La donna annuì facendo ritorno alla scrivania.

Frugò per un momento nei cassetti e ne estrasse un modulo su cui appose la propria firma.

— Non ti credo, Gareth Chiplin. Ma sembri un tipo intelligente e un buon amico per Winter — precisò porgendoglielo. — Questo permesso ha una validità giornaliera, quindi datti da fare, perché non te ne firmerò un altro senza una spiegazione migliore.

Gareth incurvò le labbra in uno dei suoi sorrisi. Ripiegò il foglio con cura e raggiunse la porta.

— Vedi di non cacciarti nei guai! — fu il saluto di Susan.

Danny variò l'ampiezza delle proprie falcate per tutto il tragitto da Piccadilly a Waterloo ed evitò le strade più affollate.

Il rumore dei passi che lo seguivano era appena percettibile nel frastuono londinese, ma sperava che il suo istinto non lo ingannasse.

Si sincronizzavano sul suo, costretti ad adattarsi a ogni variazione di ritmo.

Naturalmente, se a seguirti sono quei... cosi... sei morto, vecchio mio, pensò tra sé con un brivido. Eppure l'esaltazione del momento non fece altro che aumentare.

Si decise a fermarsi solo in riva al Tamigi. Si appoggiò alla balaustra di ferro e guardò le luci riflettersi nell'acqua.

— Ehi, poliziotto — lo chiamò una voce bassa e arrochita.

Danny si voltò, trovandosi davanti il senzatetto dalla barba rossiccia di Covent Garden.

— Sei un poliziotto, vero?

— Sono in licenza — rispose, sperando di non sbilanciarsi troppo.

— So che mi avevi già notato... vuol dire che sei bravo — disse l'uomo. Aveva un odore forte, pungente, il viso simile a cuoio vecchio, ma i suoi occhi erano straordinariamente limpidi e acuti. — Tu e i tuoi amici avete salvato tre dei nostri. Ti ringrazio a nome di tutta la comunità.

Danny scosse il capo. — Dovere — dichiarò con semplicità.

— Può darsi — replicò l'uomo con un sorriso malconcio. — Ma ho visto che segui le sanguisughe... e i tuoi colleghi non lo fanno. Preferiscono pensare che i tunnel siano pieni di innocui fantasmi.

— Tu no. Cosa sai di loro?

— Solo che esistono predatori più feroci degli uomini. Adesso sono particolarmente inquieti, chiunque incroci la loro strada ha bisogno di un bel po' di fortuna.

Si guardarono e una volta tanto fu Danny Roberts a sentirsi soppesato. Le regole dell'accademia non gli avevano insegnato a gestire una situazione del genere, perciò seguì l'istinto. Gli porse qualche sterlina. — Allora bevi alla nostra salute.

L'altro, però, fece una bella risata calda.

— Posso fare di meglio, ragazzo poliziotto — dichiarò facendogli cenno di rimettere i soldi in tasca. — Posso offrirti l'alleanza della nostra gente.

— Nessuna persona di buon senso dovrebbe immischiarsi nelle faccende di quei predatori.

Il barbone s'incamminò, prendendo la direzione da cui era venuto.

— Nemmeno tu, allora — si gridò alle spalle un attimo prima di svoltare in un vicolo buio. — Quando avrai bisogno, chiedi del vecchio Slinky.

42

Winter si aggirava inquieta nei corridoi poco illuminati di un antico edificio. Non ci era mai stata da sveglia, ma Rhys camminava davanti a lei e i suoi pensieri rendevano il luogo in qualche modo familiare.

I soffitti erano alti, le pareti bianchissime e ornate di stucchi. Una folta moquette scarlatta attutiva il suono dei loro passi.

Cosa ci faccio qui? si domandò stupita, mentre i suoi occhi cercavano di riconoscere quanto la circondava alla sola luce che filtrava dall'esterno.

L'atmosfera era solenne, quasi inquietante.

Si portò le mani al collo, alla ricerca del suo ciondolo.

È solo un sogno, pensò. Ma si sentiva indifesa, esposta. Non osava richiamare Rhys, mentre finalmente ciò che le aveva detto durante il loro ultimo incontro le riecheggiava chiaro nella mente.

«Promettimi che saprai perdonarmi...»

Ma per cosa?

Continuò a guardarsi attorno inquieta. Per la prima volta non aveva fretta che Rhys si accorgesse di lei.

«Promettimi che saprai perdonarmi...»

Era avvolto dalla stessa energia cupa, tormentata, da cui l'aveva tenuta lontana la notte del suo compleanno. Sembrava fondersi nelle ombre, riempiendole di Potere. In quel momento, solo in quel luogo deserto, non sembrava neppure il ragazzo di cui era innamorata: era un vampiro, una creatura disumana, intessuta nella notte.

Cosa ti succede, Rhys?

Lui aveva eretto una barriera invisibile tra sé e il resto del mondo. Winter comprese che si stava proteggendo anche da lei, perché quel momento appartenesse soltanto a lui.

Non l'aveva invitata. Lei era giunta fin lì solo perché si era addormentata pensando a lui.

Si sentì formare nel petto una bolla d'angoscia.

Lo seguì. Forse aveva solo bisogno di lei, forse avrebbe potuto aiutarlo...

Sono con te, Rhys, sussurrò senza voce. Voleva prenderlo tra le braccia, allontanare l'oscurità che gli si addensava attorno e trasformare quella visione in un sogno dolcissimo.

Lui non lo vorrebbe, disse una voce odiosa dentro di lei, *non questa volta.*

Winter respirò a fondo richiamando il proprio scudo. Non sapeva perché ne sentisse il bisogno. Si trovava a un bivio: sarebbe bastato un pensiero per interrompere quell'incubo. Però sapeva che non sarebbe fuggita.

Perdonami, Rhys, disse inoltrandosi in quei corridoi.

Rhys attraversò i corridoi in fretta.

Non c'era quasi nessuno alla Loggia, quella notte. Ogni suono era ingigantito, spettrale. O forse aveva finalmente paura di ciò che stava per fare.

Estese i propri sensi e si concentrò sulla presenza lontana di suo padre, al primo piano dell'edificio.

Hywel Llewelyn era vigile, i vampiri che lo circondavano in attesa di un suo ordine.

Bene, considerò il ragazzo tra sé, ciascuno avrebbe fatto il proprio dovere. Non c'era più tempo per i ripensamenti, perché non avrebbero mai avuto un'occasione tanto propizia.

Scese le scale in fretta e raggiunse la porta segreta che l'avrebbe condotto nel cuore della Loggia, contando automaticamente i propri passi.

Un antifurto ululò dalla strada poco lontano.

Ne approfittò per far scattare indisturbato il meccanismo d'apertura.

Senza il profumo dell'incenso, l'aria che risaliva dal basso era pesante e sapeva di chiuso.

Gli tremavano un po' le mani per l'agitazione e dovette fermarsi un istante per dominarsi.

I dubbi continuavano ad affollare i margini della sua mente, spingendo per poterla invadere.

Forse non è il modo giusto... Forse ne esiste un altro.

Si premette le dita sugli occhi.

Non ora, dovette imporsi, *più tardi.*

Più tardi avrebbe lottato con la propria coscienza e ne avrebbe tollerati i rimorsi, ma prima doveva arrivare in fondo.

Sai perché lo stai facendo, si disse. E l'immagine di Winter nei suoi pensieri gli strappò un brivido.

La amava, la desiderava.

Il suo sangue scorreva nelle sue stesse vene, riempiendole del suo bruciante Potere. E persino quella condanna era lieve da sostenere.

— Non ho scelta, amore mio — mormorò pianissimo.

Poi prese fiato e cominciò a scendere lentamente i gradini.

A ogni passo, la scala li conduceva sempre più in basso, più vicini all'inferno gradino dopo gradino.

Winter aveva gli occhi appannati di lacrime. Doveva fermarlo.

Che cosa vuoi fare, Rhys?

Sperò che quell'orribile discesa non finisse mai. Non voleva scoprire cosa la attendeva al termine.

— Fermati — disse. — Ti prego.

Ma la sua voce rimbalzava contro le barriere di Rhys. Lui non poteva sentirla...

— La disturbo, signore? — domandò Rhys in un tono duro che contrastava con la gentilezza delle parole.

Alaric Lochinvar sussultò. Non lo aveva nemmeno sentito arrivare. Lo stupore, però, si dileguò subito dal suo volto. Il Gran Maestro si raddrizzò sul proprio scranno, imperturbabile, anche se Rhys sapeva bene quanto detestasse venire interrotto nel corso delle sue riflessioni.

— Mio caro ragazzo, è sorprendente ciò che riesci a fare.

Rhys avanzò verso di lui, percorrendo la navata del Sacrario con un sorriso remoto. C'era un che di simbolico nel trovarsi in quel luogo.

— Ha ragione — ammise senza falsa modestia.

La guardia al fianco del seggio si erse in tutta la propria statura, guardando il ragazzo con scarsa simpatia.

— Vai, amico mio — lo congedò Lochinvar. — Il mio erede può raggiungermi ogni volta che lo desidera.

La guardia era uno dei Soldier più giovani. Non era in alta uniforme, ma sul colletto scuro della sua camicia spiccava un piccolo ricamo bianchissimo.

Rhys lo osservò allontanarsi e inviò un messaggio silenzioso a suo padre. Tutto stava per compiersi.

— Allora, di cosa volevi parlarmi, Rhys?

Lentamente, il ragazzo riportò lo sguardo sul viso del vecchio.

Lochinvar ebbe un guizzo di sorpresa scorgendone l'espressione. Era dura, distante.

— Del futuro, signore.

— Hai domande da farmi?

Rhys si avvicinò ancora al seggio. Si mosse con disinvoltura, senza alcuna traccia dell'umile rispetto che aveva mostrato fino ad allora.

— Sì. Ho bisogno di sapere che progetti ha per Winter.

Il Gran Maestro sorrise. — Ah, l'amore dei giovani...

Il ragazzo non finse neppure di condividere il suo divertimento.

— Tranquillo — soggiunse quindi Lochinvar. — Al momento non ho nessun piano. Non mi aspetto nulla dalla piccola Starr, a parte accertarmi che i suoi poteri non provochino danni a lei o agli altri.

La sfumatura rossa nelle iridi del ragazzo risplendette di rabbia. — Ha già fatto quello che le serviva, vero? Ha portato a termine la missione per la quale le ha permesso di nascere.

Lochinvar allargò le braccia. — Via, quanta ostilità, Rhys... Proprio tu, che ne trai tanto vantaggio!

Il giovane scosse il capo. — No, signore. Questo non è nemmeno l'inizio. Ho assecondato i suoi piani, sono nel posto in cui lei mi voleva, perciò credo di meritare un po' di sincerità.

Lo fissò duramente e Lochinvar s'incupì.

— Perché vuoi risposte che già conosci? — ribatté. — Quanto sei riuscito a capire in questi mesi?

— Parecchio. — Rhys sfiorò la spada dell'Ordine quasi distrattamente. — Per esempio, non credo che al termine dell'addestramento la lascerà libera.

Il Gran Maestro si limitò a inarcare le sopracciglia, in attesa che il ragazzo proseguisse.

— In effetti sarebbe stupido da parte sua rinunciare a un ostaggio così prezioso. Io non lo farei, non se grazie a lei avessi la possibilità di controllare l'arma che ho ottenuto con tanta fatica. Perché Winter e io siamo la chiave di volta della sua potenza, signore, questo è ovvio.

— Siete la garanzia della pace — lo contraddisse Lochinvar. — Se cercassi solo il Potere, avrei bevuto il suo sangue io stesso.

La risata del ragazzo echeggiò tagliente tra le colonne.

— Avrebbe potuto farlo cent'anni fa. Invece ormai è troppo vecchio per sostenere un simile Potere, il suo corpo ne verrebbe consumato, e lo sa tanto bene che ha cercato di ottenerlo tramite me. Vuole un impero pacifico, lo riconosco, ma ha commesso l'errore di incentrarlo su un solo individuo.

Lochinvar sospirò. Per la prima volta i secoli parvero prendere possesso del suo corpo, facendolo apparire fiaccato da un'esistenza troppo lunga.

— Non avrei affidato il compito ad altri, se ne avessi avuta la forza — ammise. — Ma tu potrai essere la guida di cui non solo l'Ordine, ma l'intero Consiglio ha bisogno.

— E se non ci riuscirò, potrà sempre costringere Winter a uccidermi e a morire nell'impresa, vero? Perché se l'esperimento fallisse non esisterebbe mezzo più comodo per liberarsi della minaccia che rappresentiamo, è così?

— Sei giovane, Rhys, ma puoi imparare. Devi farlo per i tuoi simili e per gli umani.

Rhys trasse un sospiro pieno di amarezza. — Se si fosse

fidato dell'Ordine e delle Famiglie, non sarebbe accaduto niente di tutto questo, ma ormai è troppo tardi. Sono diventato ciò che lei mi ha reso, signore.

— No — mormorò il Gran Maestro, trafiggendolo con uno sguardo severo. — Hai sempre avuto la possibilità di scegliere. Accusa te stesso per ciò che sei diventato.

Ora.

La lama della spada saettò rapida. Eseguì un arco perfetto, tracciando una sottile linea scarlatta sulla gola di Alaric Lochinvar.

Il Gran Maestro emise un gemito gorgogliante e i suoi occhi si colmarono d'orrore.

Rhys distolse il viso.

Mentre il sangue scorreva a fiotti caldi imbrattando il Sacrario, Lochinvar ricadde a terra, ai piedi del seggio che era stato suo, e Rhys tornò a guardarlo in tempo per cogliere il suo ultimo spasmo.

L'elsa della spada, tra le sue mani, sembrava contemporaneamente gelida e rovente. Distese le dita e lasciò che scivolasse a terra con un clangore metallico.

Poi, lentamente, s'inginocchiò accanto a Lochinvar e gli mise una mano tremante sul cuore. Non c'era alcun battito.

L'ho ucciso, fu tutto ciò che riuscì a pensare. Era accaduto davvero...

Siamo liberi, comprese osservando quel volto privo di vita. Perché allora non riusciva a provarne sollievo?

È per questo che l'hai fatto, si obbligò a ricordare, *per salvarla.*

Rhys si lasciò ricadere contro lo scranno del Gran Maestro, restando a osservare le proprie mani. Era giusto che fossero macchiate, scarlatte. Era un prezzo lieve per la vita di Winter.

— Saprò sopportarlo — giurò nel silenzio.

E l'ombra che lo circondava riuscì infine a raggiungerlo.

Winter urlò, tentando di riemergere dall'abisso in cui era precipitata.

Si dibatté disperatamente per liberarsi da quell'incubo.

Non può essere vero, non può essere vero...

Si svegliò piangendo e attese il mattino, terrorizzata, tremando nel proprio letto.

Conosceva Rhys, con il suo sangue le aveva donato l'anima. Non avrebbe mai fatto una cosa del genere.

Mi fido di te... continuò a ripetere come una formula magica.

Fu la notte più lunga della sua vita.

43

Un battito secco alla porta la risvegliò dal sonno inquieto in cui era piombata. Winter si passò le mani sugli occhi, tentando di scacciare i residui del sonno e delle lacrime.

— È aperto.

Morgan Blackwood entrò nella piccola stanza avvicinandosi lentamente al letto.

— Buongiorno, tesoro.

Si guardarono, due paia d'occhi identici che sembravano riflettersi gli uni negli altri, e la ragazza si fece più indietro tra le lenzuola per consentirgli di sedersi.

I capelli le ricadevano scomposti attorno al viso, ma lei lasciò che lo nascondessero: non voleva che suo padre la vedesse in quello stato.

— È molto tardi? — chiese, sperando che la sua voce suonasse abbastanza calma.

Morgan le sorrise. — Un po'. Dovevi essere stanca...

Il sorriso di suo padre la affascinava: era dolce e riusciva a scaldarla, eppure Morgan non sembrava mai felice o spensierato.

Nascondeva sempre l'ombra malinconica di un eroe tragico.

Era quella tristezza sepolta ad accomunarli, forse era il loro unico legame.

Sentì che gli occhi le si gonfiavano di lacrime represse.

— Ho una brutta notizia, Winter.

Lei scosse la testa. Non sarebbe riuscita a sopportarlo.

Le sembrava che ogni cosa intorno a sé fosse troppo grande in quel momento, troppo terribile e definitiva.

Desiderò scivolare tra le braccia del papà come una bambina, per sentirsi finalmente protetta.

Non c'è mai stato quando avevi bisogno di lui, le ricordò una voce crudele, *puoi contare solo su te stessa.*

Serrò le labbra.

— Bene — replicò indifferente al suono teso della propria voce. — Sono pronta.

Morgan trasse un sospiro. — L'Esecutore ci ha appena contattati...

No... ripeté tra sé freneticamente, *no, no... no!*

— Il Gran Maestro è stato ucciso stanotte.

Si sentì impallidire. Mentre il terrore la paralizzava, parlare le costò uno sforzo lacerante.

Rhys...

— Si sa chi è stato?

Suo padre scosse il capo. — No, ma stanno comunque indagando.

Il sollievo la travolse così violento da farla vergognare.

Non è stato lui, pensò furiosa. *Non puoi crederlo davvero!*

Serrò i pugni. Se avesse fatto anche solo il minimo movimento, sarebbe andata in pezzi.

Quando Morgan la abbracciò, lei lo lasciò fare, felice di potersi sottrarre al suo sguardo.

Resisti, s'impose Winter mordendosi le labbra per impedirsi di parlare.

Se avesse aperto bocca, non sarebbe più riuscita a fermarsi. Avrebbe raccontato a suo padre di amare un vampiro e di avergli donato l'immortalità. Di aver accettato la parte più oscura di sé soltanto grazie al vincolo che la univa a Rhys. E gli avrebbe rivelato di averlo visto assassinare Alaric Lochinvar nel più orribile dei suoi incubi, sperando che lui l'avrebbe consolata.

Ma suo padre non l'avrebbe consolata. E Rhys sarebbe stato in pericolo.

Doveva proteggerlo. Doveva credere in lui.

— Lasceremo l'isola al più presto, tesoro mio. Malcolm e io dobbiamo raggiungere la Loggia di Londra. Tu e la signora Davies potrete stare da tua nonna.

Londra... anche Rhys si trovava a Londra. Il cuore di Winter perse un battito. Sarebbe riuscita a vederlo.

Ogni cosa parve crollare e ricostruirsi in quel momento: la confusione, l'incertezza, il dolore per ciò che era stata costretta ad affrontare... tutto cominciò a svanire.

Winter ricacciò a fondo il nodo che le stringeva la gola. Si costrinse a raddrizzare le spalle, aggrappandosi a quella speranza con tutte le sue forze.

Tutto il resto deve aspettare, decise tra le braccia di suo padre. Avrebbe visto Rhys. Le sarebbe bastato guardarlo negli occhi per capire quanto fosse sciocco aver dubitato, per poter ridere di quel brutto sogno insieme a lui.

Ti amo, Rhys. Mi fido di te.

All'interno della biblioteca del Consiglio, Gareth stava perdendo le speranze. Trovare informazioni sulla fantomatica corona d'argento si stava rivelando un'impresa quasi disperata.

Sfogliò rapidamente l'ennesimo tomo di carta ingiallita e si prese la testa tra le mani.

Stai impazzendo a causa di Vaughan, si disse con un'ironia non del tutto autentica. *Ha già ingannato tutti una volta, perché non dovrebbe rifarlo?*

Nel silenzio dell'enorme stanza in cui si trovava, il battito dell'orologio continuava a ricordargli che il tempo a sua disposizione era quasi scaduto.

Richiuse scoraggiato il libro e ne aprì un altro a caso.

Parlava della storia del Consiglio, dalle origini a oggi.

Scorse le prime righe d'ogni pagina, scoprendo che si trattava della trascrizione di cronache d'epoca, pompose e pressoché illeggibili.

Soltanto pochi dei nomi che incontrava gli erano vagamente familiari.

S'inceppò su un certo Owein Chiplin, vissuto nel XVII secolo, e per qualche tempo la sua attenzione si lasciò distrarre da quel probabile antenato.

— Fantastico, Gary — sbuffò, scuotendo la testa per rischiararsi le idee. — Ma di nessun interesse.

Prima che potesse proseguire nella lettura, però, l'impiegata che lo aveva accolto all'ingresso lo richiamò con un cenno.

— Sto per chiudere — annunciò sbrigativamente.

Il ragazzo annuì, rimpiangendo per l'ennesima volta la prudenza di Susan Bray.

Erano le sei del pomeriggio e il suo permesso sarebbe scaduto solo a mezzanotte, ma naturalmente la chiusura degli archivi metteva fine alle sue ricerche.

Saltò avanti di un centinaio di pagine, imbattendosi in un'appendice fotografica.

Le illustrazioni erano in bianco e nero e un po' provate dal tempo, ma una lo fece esultare. Era una vecchissima litografia che riproduceva un'incisione in latino cancellata per metà.

Non aveva mai studiato quella lingua, ma in chimica se la cavava abbastanza bene.

— *Argentum* — lesse a mezza voce.

Bingo!

Afferrò il cellulare dalla tasca e scattò tre o quattro foto, sperando che almeno una fosse abbastanza leggibile.

— La ringrazio molto — disse poi alla bibliotecaria riconsegnandole i libri.

44

Dopo l'isolamento forzato delle ultime settimane, la metropolitana londinese parve a Winter più affollata che mai. Il vagone era invaso da una massa eterogenea di pendolari e turisti.

Di fronte a lei, Bethan Davies aveva l'aria smarrita.

Winter controllò la tabella delle fermate e trattenne il fiato. La prossima era Notting Hill.

— Non manca più molto — disse, alzando la voce per farsi sentire. Se non fosse stato per la strana quiete che l'aveva pervasa, si sarebbe sentita crudele. Ma dentro di lei non c'era che uno spesso strato di ghiaccio che teneva a freno ogni emozione.

La vettura rallentò e le porte si aprirono con un sibilo meccanico. Subito dopo, la gente cominciò a riversarsi all'esterno.

Non ancora, si ammonì contando i secondi. Uno sbuffo del treno e l'aria mutò mentre l'uscita cominciava a richiudersi.

Adesso!

Infilò un foglietto con l'indirizzo di casa nel palmo di

Bethan e saltò sulla banchina mentre la porta della metropolitana si serrava alle sue spalle.

Urtò un uomo in doppiopetto, ma non perse tempo a scusarsi. Bethan non ci avrebbe messo molto a capire il suo piano.

Winter corse su per i gradini, superando in fretta tutta la gente sulla scala mobile.

Né Dougall né suo padre le avevano dato più di un indirizzo vago in quella zona. Mentre si precipitava fuori dal *tube* in mezzo alle vie affollate, si concentrò cercando di intercettare la flebile impronta mentale di Rhys.

Non doveva essere molto lontana. Avvertiva la presenza di decine di vampiri nei dintorni. I suoi sensi erano distratti da un turbine di percezioni differenti. Poi, finalmente, dentro di lei scattò un meccanismo sconosciuto.

Lasciò la via principale per imboccare una tranquilla strada secondaria che s'inoltrava nell'area più residenziale del quartiere.

Riconobbe la villa senza alcuna esitazione. Era identica a decine di altre dimore d'epoca in quella parte di Londra, eppure non c'era alcuna possibilità d'errore. Non avrebbe potuto esserne più certa nemmeno se fosse stata segnalata da grosse insegne al neon.

Non sapeva come sarebbe riuscita a introdursi nella Loggia, mentre i vampiri erano impegnati a eleggere un nuovo Gran Maestro. Sperò solo di riuscire ad approfittare dell'agitazione di quei giorni.

Si fermò per un istante, cercando di dare un senso alle proprie idee confuse.

Non è il tuo posto, tentò di mettersi in guardia ragionevolmente. *Non sembri diversa da una qualsiasi ragazza umana... E se si accorgessero di quanto lo sei, saresti ancor più in pericolo.*

A fatica, si obbligò a controllare il ritmo dei propri respiri.

Sono la figlia di Morgan Blackwood, nessuno può dubitarne.

Per la prima volta nei suoi diciassette anni di vita, fu contenta della sua scomoda eredità paterna.

Per metà era un vampiro. Con un po' di fortuna nessuno sarebbe riuscito ad accorgersi della differenza.

Puoi farcela, Win, stabilì.

Soffiò fuori tutta l'aria e passò accanto ai vampiri di guardia. Apparentemente sembravano comuni guardie private, ma era sicura di non sbagliarsi.

— Il suo nome, signorina — disse il più vicino, calandole una mano sulla spalla con velocità impressionante.

Winter si sforzò di rendere affascinante il sorriso.

— Blackwood — rispose, sperando che la voce non la tradisse. — Winnie Blackwood.

Il vampiro la squadrò con aria critica e lei lasciò che il Potere trasparisse. Dovette risultare convincente, perché la guardia ritrasse la mano lentamente.

— Sia prudente, signorina — le consigliò permettendole di proseguire.

Rhys avvertì la presenza di Winter ancor prima di vederla comparire.

Con un cenno richiamò a sé uno dei Soldier. Sul collo, l'altro sfoggiava il marchio lasciato dai suoi denti. Raggiunse la sua mente senza alcuno sforzo e gli trasmise l'immagine della ragazza.

— Trovala e fai in modo di portarla nello studio del primo piano. Non ne sarà felice, ma non preoccupartene. Dille che ti ho incaricato io di accoglierla.

Il vampiro annuì. — Ho capito, signore.

Winter si sforzò di mantenere attorno a sé la barriera più solida che potesse creare e avanzò rasente i muri nel tentativo di non farsi notare.

I suoi occhi guizzavano senza sosta da un lato all'altro dei saloni che attraversava, cercando di individuare Rhys e contemporaneamente evitare suo padre e Dougall.

L'interno della villa si stava rivelando un vero labirinto, pieno di stanze, scale e corridoi.

Dove sei, Rhys?

Non poteva cercare di raggiungerlo senza allentare le proprie difese, ma la tensione che si respirava nell'aria le impediva di farlo. Affondò il volto nell'ampio cappuccio nero della felpa e continuò la sua ispezione.

Fu un brivido lungo la nuca ad avvertirla che qualcuno la stava seguendo.

Winter aumentò l'andatura guardandosi attorno nervosamente. Scartò verso una stanza affollata.

Un grande specchio, posto sulla parete di fronte, le permise di scorgere dietro di sé un giovane vampiro che indossava una fascia bianca sopra una specie di uniforme nera.

Sta cercando me, comprese immediatamente.

Sempre tenendo d'occhio lo specchio, puntò verso la porta più vicina, decisa a passare in mezzo a un gruppo di persone.

Era quasi riuscita a superarle, quando una di loro si pose tra lei e l'unica via d'uscita.

— Winter Starr? — mormorò incredulo.

Winter impallidì prima di riconoscere il ragazzo che aveva appena parlato. — Farland?

Tentò di aggirarlo, ma Cameron si mosse in fretta per impedirle il passaggio. — Che cavolo ci fai qui? Hai idea di cosa succederebbe se qualcuno capisse chi sei?

— Devo uscire subito! — sibilò lei nervosamente. — Mi stanno seguendo.

Gettò un'occhiata alle proprie spalle e lui seguì la direzione del suo sguardo.

— Andiamo! — disse afferrandole la mano e trascinandosela dietro in un corridoio poco affollato. Si guardò attorno sospettoso e infine lo percorse a passo di marcia, diretto verso l'uscita posteriore.

— Allora? — le domandò quando furono all'aperto. — Si può sapere che cosa ci fai alla Loggia?

— Devo vedere Rhys.

Le sopracciglia del ragazzo schizzarono verso l'alto. — Adesso?

Winter annuì con l'espressione di chi non è disposto a lasciarsi fermare.

— Non sai che Lochinvar lo aveva scelto come suo erede? Rhys in questo momento sta tipo... aspettando di sapere se diventerà il Gran Maestro più giovane della storia. Non è esattamente la situazione migliore per fargli una dichiarazione, insomma.

La ragazza non lo ascoltò nemmeno. — Sai dov'è?

Cameron alzò gli occhi al cielo, ma non ebbe il tempo di replicare.

— Sono stato incaricato di scortarla nello studio al primo piano, signorina — annunciò il vampiro con la fascia bianca sul petto.

Cameron si frappose tra i due, soffiando un'imprecazione.

— Credo ci sia un errore, signore — azzardò, cercando freneticamente un modo per uscire da quella situazione. Conosceva il significato dell'ornamento che l'altro indossava e non aveva voglia di contraddire un Soldier.

— Non credo. Mi manda Rhys Llewelyn.

Il ragazzo rimase a bocca aperta, fissando alternativamente Winter e la guardia dell'Ordine.

— Mi ha detto di portarla da lui — proseguì quello con lentezza studiata. — Ed è ciò che intendo fare.

Winter deglutì a vuoto. Ora era davvero terrorizzata, ma non poteva rifiutarsi di seguirlo a meno di non volersi mettere davvero nei guai.

Andiamo, stiamo parlando di Rhys!

Rivolse a Cameron uno sguardo che doveva risultare confortante e si avvicinò all'altro vampiro.

— Faccia strada.

45

Nello studio che era appartenuto a Lochinvar, Rhys contemplò il Siero nel proprio bicchiere e lo vuotò d'un fiato.

Non ne ricavò alcun piacere, ma la vicinanza di Winter accresceva la sua Sete.

Perché sei qui, maledizione?! Non è ancora il momento giusto... Sarei venuto io stesso a prenderti, ma non ora.

Serrò la mascella, il viso contratto in un'espressione rabbiosa. Sollevò il braccio e scagliò il bicchiere contro la porta chiusa. Una pioggia iridescente di schegge di vetro ricadde al suolo.

— Perché?

C'erano così tante cose da sistemare prima...

Winter non sarebbe riuscita a sopportarlo, non doveva vederlo in quelle condizioni.

Sarebbe fuggita, comprese mentre il panico risaliva a ondate. Non avrebbe capito, non poteva.

E lui l'avrebbe persa.

Il rumore di passi che si avvicinavano lo costrinse a dominarsi.

Nessuna debolezza, si avvertì. *O sarà stato tutto inutile.*

— Avanti — disse senza nemmeno lasciare alla sua guardia il tempo di bussare.

Si strinse nelle spalle, rigido, e rimase in attesa.

Winter entrò prima ancora del Soldier. Indossava i soliti jeans e una felpa scura, come in un giorno qualsiasi a Cae Mefus. A contrasto con il cappuccio, la sua pelle sembrava bianchissima e luminosa.

Nel vederla davanti a sé dopo tanto tempo, Rhys avvertì un segreto brivido di piacere.

No, non permetterò a nessuno di allontanarti da me, amore mio. Nemmeno a te.

Sul suo volto si dipinse uno strano sorriso, affascinante e spaventoso allo stesso tempo.

— Benvenuta — mormorò intrappolando quegli occhi d'argento nei propri. — Mi hai fatto davvero una sorpresa.

Si avvicinò di un passo e fece cenno al Soldier di lasciare la stanza.

Attese a fatica che la porta si fosse richiusa dietro di lui prima di prenderla tra le braccia. Winter gli si aggrappò disperatamente, mentre la sensazione esaltante dei loro corpi vicini cancellava tutto il resto.

Rhys la baciò con una passione a stento controllata e lei dovette appoggiarsi alla scrivania per riuscire a stare in piedi.

— Avevo bisogno di vederti — sussurrò.

Lui le tolse il cappuccio, affondando poi le dita tra i suoi capelli.

Non coprirli mai. Sono così belli... pensò perdendosi nella reciproca vicinanza.

Gli pareva di non aver mai desiderato Winter con tanta intensità.

Fece scivolare le mani lungo il suo collo fino a raggiungere la cerniera della felpa. La aprì, mentre continuava a posare baci sempre più urgenti sulla sua bocca, e lei socchiuse gli occhi.

Le morse delicatamente un labbro facendole scivolare la felpa giù dalle spalle. Le baciò il mento, poi la gola, e lei avvertì il suo respiro caldo sulla pelle.

Si sentì precipitare in quel turbamento pieno di desiderio. Era una malia ipnotica, invincibile persino in quel momento.

Doveva fermarsi o nessuno dei due ne sarebbe più stato in grado.

— Rhys — lo richiamò in un sussurro.

Lui le fece scivolare le mani sotto la maglietta, serrandole i fianchi.

— Aspetta...

Winter si ritrasse per riuscire a guardarlo in viso e la stretta attorno al suo corpo si attenuò lentamente.

— Devo sapere una cosa, prima.

Rhys sospirò. — È il motivo per cui sei qui, vero?

— Sì.

Ma adesso che era arrivato il momento, Winter scoprì di non riuscire a trovare le parole.

Avanti, Win, si schernì duramente, *chiedigli se per caso ha ucciso Lochinvar... Se gli ha tagliato la gola con le stesse mani con cui ti sta stringendo. Coraggio, lo credevi possibile...*

Perché era stato solo uno stupido sogno, no?

Non poteva averlo fatto davvero, non Rhys.

Rimase a osservarlo, muta. I suoi occhi percorsero ogni tratto del suo viso: i lineamenti precisi, le labbra in grado di sorriderle tanto dolcemente, le ciglia lunghe e le ombre che gettavano nel castano rossiccio delle iridi.

Era il ragazzo che amava. Poteva davvero accusarlo per colpa di un sogno?

Abbassò lo sguardo per guardare il suo corpo forte e sottile. Era bellissimo nell'elegante completo nero che indossava, sembrava pronto per una festa d'altri tempi, per farla volteggiare a tempo di valzer.

Eppure quella vista la mise a disagio. Quei vestiti non gli si addicevano. Troppo formali. Troppo freddi. Lo rendevano in qualche modo irraggiungibile, perché erano il simbolo di un mondo da cui lei era esclusa.

— Ho avuto un incubo, questa notte — disse a voce bassissima.

Rhys perse ogni espressione, ma le sue spalle si contrassero in modo quasi impercettibile.

Winter non poteva, *non doveva* saperlo...

— Mi dispiace — mormorò lui.

Il modo in cui pronunciò quelle parole le diede un tremito d'orrore.

Non è possibile.

— Sai cosa ho sognato?

Rhys evitò i suoi occhi a lungo, poi le prese il viso tra le mani in un gesto quasi goffo. — Era solo un sogno, Winter.

Lei respirò a fondo. — Ho visto la morte del Gran Maestro. Ti ho visto ucciderlo.

L'espressione di Rhys la lacerò.

— È stato solo un sogno, vero? — gli chiese in uno sgradevole tono acuto. — Vero, Rhys?

Il ragazzo rimase in silenzio e Winter sentì che le lacrime le scottavano gli occhi.

— Ti prego — lo supplicò. — Guardami in faccia e dimmi che non era reale... Per favore...

Rhys le voltò le spalle di scatto.

— Non posso — dichiarò. — Non mi è possibile mentirti.

Winter iniziò a tremare. In quel preciso istante, aveva perso ogni cosa. Non si accorse neppure di aver cominciato a piangere silenziosamente.

Lui non si voltò e lei continuò a guardare la sua schiena oltre il velo liquido che le appannava la vista.

I secondi divennero minuti.

— Perché l'hai fatto? — chiese dopo un'attesa che parve infinita.

— Per te. — Finalmente, Rhys si girò a guardarla con espressione amara. — Per arrivare abbastanza in alto da proteggerti. Ironico, vero, che proprio questo ci separi?

Winter scosse violentemente la testa. — Non ti rendi conto di quello che dici. Hai ucciso una persona...

— Credi che saremmo mai stati liberi finché c'era Lochinvar? Prima o poi ti avrebbe costretta a sacrificarti per eliminarmi. Era l'unico motivo per cui ti stava tenendo in vita.

— Non l'avrei mai fatto.

— Non avresti avuto scelta. Avrebbe usato ogni mezzo per obbligarti. Avrebbe attaccato chiunque ti sta intorno.

La raggiunse in due soli passi, sovrastandola.

— Ti avrebbe fatto soffrire. E ti avrebbe condannata. Non potevo permetterlo, lo capisci? Non adesso che mi hai dato il Potere di impedirlo.

Aveva alzato la voce e Winter reagì con rabbia.

— E che scelta hai lasciato a me? — gridò. — Non ti è mai venuto in mente di parlarmene?

Rhys scoppiò in una risata amara. — Non avresti capito. Non riesci più neanche a guardarmi negli occhi!

— Sei diventato un assassino, Rhys! — esplose lei prima di riuscire a impedirselo.

Indietreggiando, urtò la sedia che aveva dietro e vi ricadde sopra. Rhys le fu accanto in un istante. Le premette le mani sulle spalle bloccandola, ma lei era troppo furiosa per potersi spaventare.

— E adesso cosa vuoi fare? Far fuori anche me, prima che possa rovinare il tuo bel piano? Coraggio!

La pressione sulle sue spalle si dissolse all'improvviso e Rhys si accovacciò di fronte a lei. — Ucciderei anche me stesso. In più di un senso. Te lo giuro: nessuno di noi due può sopravvivere all'altro. — La intrappolò in uno sguardo di sincerità devastante. — Ti amo, Winter.

La frase le scivolò fino al cuore, bruciando come acido.

— E anche tu.

Winter distolse il viso. — Non lo so. Non ti conosco più.

Lui sospirò, condensando in quel suono tutta la tristezza che provava.

— Non importa — mormorò stancamente. — Uniti per sempre... solo questo conta.

Aveva ragione, ed era una cosa fin troppo crudele.

— Ti lascerò tempo prima di tornare a prenderti. Abbiamo l'eternità a disposizione.

In quel momento, Hywel Llewelyn irruppe nella stanza. Fece per correre dal figlio, poi si bloccò.

Rhys avrebbe voluto guardarlo, ma non riusciva a distogliere gli occhi dal viso di Winter.

— Cosa succede? — domandò.

— L'Ordine si è pronunciato — disse suo padre.

Un attimo prima che si rialzasse, Winter riuscì a vedere il fremito d'attesa che scosse le spalle di Rhys.

— I miei omaggi, signore e Maestro. Le Logge ti hanno scelto come loro nuova guida. — Hywel simulò un inchino simbolico e si risollevò sorridendo sfacciatamente. — Lunga vita! — disse con gli occhi fissi sulla

ragazza. — Davvero appropriato, vero, signorina Starr?
Winter lo ignorò.

— Complimenti, Rhys — sibilò invece, gelida. — Hai ottenuto ciò che volevi. Immagino tu sia felice.

Si alzò rigidamente.

— Lo sono — ammise il ragazzo. — Il destino si è compiuto. Prima o poi te ne renderai conto anche tu. Non sei più obbligata a fuggire.

Winter rimase inespressiva. — In questo momento non ho nessuna voglia di stare dove ci sei anche tu. Lasciami andare. Hai già fatto fin troppi danni.

Hywel Llewelyn si tese, pronto a impedirle di lasciare la stanza, ma Rhys lo trattenne.

— Pensaci bene, Win. Sai che esiste una sola alternativa.

La ragazza deglutì a vuoto, voltandogli le spalle.

— Mi è fin troppo chiaro — disse varcando la soglia.

Winter vagò a lungo sotto la pioggia torrenziale. Non sapeva più cosa avrebbe fatto della sua vita, e non le importava neppure.

All'improvviso un SUV nero dai vetri oscurati svoltò l'angolo sterzando rumorosamente. Rombò sull'acciottolato e le tagliò la strada, salendo sul marciapiede con le ruote anteriori.

— Entra, ragazzina — disse Iago Rhoser abbassando il finestrino. — E niente scherzi. Questa volta hai davvero esagerato.

Winter levò su di lui uno sguardo appannato.

Poi mise a fuoco la pistola che le puntava contro.

PARTE III

Non c'è altra via che la notte

Per arrivare all'alba
non c'è altra via che la notte.

Kahlil Gibran

46

Morgan Blackwood e Malcolm Dougall erano rientrati a casa Starr per ultimi, dopo aver trascorso ore in giro, alla ricerca di Winter.

— Qualche novità? — domandò Marion aprendo loro la porta.

Morgan scosse la testa. — Mi dispiace.

Rimasero a fissarsi in silenzio, mentre nei loro sguardi si alternavano fin troppe sensazioni contrastanti. Il passato, tra loro, era una barriera invalicabile.

Marion sapeva di essere ingiusta, ma una parte di lei avrebbe preferito che Blackwood fosse morto davvero. Vederlo le ricordava Elaine. E con lei tutti i momenti più dolorosi della sua vita. Riapriva ferite che in fondo non si erano mai rimarginate.

E adesso anche Winter è scomparsa.

— Perché sei tornato, Morgan? — sussurrò così piano che solo lui riuscì a sentirla.

— Mia figlia aveva bisogno di me. Come Elaine ha avuto bisogno di sua madre.

Marion gli voltò le spalle.

— Elaine è morta — replicò duramente. — Spera che non succeda la stessa cosa a Winter o avrai un altro peso sulla coscienza.

— Non succederà. Te lo giuro.

La donna si ritirò nella propria stanza senza una parola, come a voler prendere le distanze dal resto degli abitanti di quell'improvvisato quartier generale.

Madison sospirò. I due vampiri erano fradici, stanchi e mortalmente preoccupati. Quindi, se la padrona di casa non intendeva essere più ospitale, la ragazza immaginò di doverla sostituire.

— In cucina vi aspetta del caffè caldo...

I suoi occhi incontrarono quelli grigio brillante di Morgan Blackwood e l'uomo le sorrise riconoscente.

— Grazie — mormorò.

Madison agitò una mano nell'aria.

Adesso che lo vedeva da vicino, era impossibile non accorgersi di quanto Winter somigliasse al padre. Avevano gli stessi colori e una certa aria di famiglia.

— Intendo per essere sempre stata accanto a mia figlia.

— È facile voler bene a Win, signor Blackwood — replicò la ragazza.

Negli ultimi tempi aveva fantasticato più e più volte sull'aspetto che doveva aver avuto il vampiro che era stato capace di far saltare il mondo in aria per amore. Decise che lui aveva quello giusto: un'aria tormentata e una bellezza velata di malinconia.

Rimase a osservarlo mentre lui si allontanava nel corridoio e annuì soddisfatta.

— Ti vuole bene, Win — commentò tra sé.

— Puoi scommetterci — le sorrise Malcolm Dougall. — Non so se riusciremo mai a farlo capire alla signora Starr, ma lui ha sopportato tutto quanto solo per Winter.

Lei si strinse nelle spalle.

— Ce la farà — dichiarò ottimista. — Quando avremo ritrovato Winter.

— Già.

Al di là dei finestrini, il grigio di Londra scorreva veloce sfumando in una macchia indistinta.

L'Esecutore aveva imboccato una serie di strade laterali e poco affollate, però non sembrava avere una meta precisa.

Eppure, persa nei propri pensieri, Winter non riusciva nemmeno ad aver paura di quella nuova situazione. Attendeva, affondata nel sedile del passeggero, in preda a una strana indifferenza.

— Girano brutte voci, ragazzina — disse l'uomo dopo un lunghissimo silenzio.

La cicatrice che gli sfregiava il volto sembrava ancora più scura con quella luce fioca.

— È stato piuttosto difficile mantenere segreta la tua esistenza, soprattutto dopo che Lochinvar ha smesso di curarsene. Alcuni tra i ribelli erano sicuri che il tuo sangue avesse già creato un Immortale — si fermò a un semaforo e la fissò duramente fino a che non scattò di nuovo il verde.

— Ma è sempre stato il loro sogno — aggiunse — che un sovrano immortale riportasse in vita il passato. Io non gli ho mai dato peso... fino a quando non ho visto con i miei occhi un ragazzo sul seggio del Gran Maestro dell'Ordine. Hai qualcosa da dire?

Winter lo guardò inespressiva. — Se lo sa già, è inutile che ne parliamo.

Iago Rhoser fremette di rabbia. — E quando hai lasciato che ti mordesse immaginavi già che avrebbe ucciso

Lochinvar? O avete addirittura deciso insieme di assassinarlo? — la incalzò senza alcuna pietà.

Winter trasalì come se lui l'avesse schiaffeggiata.

— Perché l'hai incoraggiato, immagino. Magari sei stata tu stessa a chiedergli di farlo perché rivolevi indietro la tua vita, vero?

La macchina si arrestò così bruscamente che la ragazza venne sbalzata in avanti. Mentre il contraccolpo la rigettava contro lo schienale, il braccio dell'Esecutore le premette la gola.

— Non riuscivi a sopportare che qualcuno ti dicesse cosa fare e avete deciso insieme che dovevate rimuovere gli ostacoli. Uno splendido piano... — La pressione contro la trachea aumentò, impedendole di riprendere fiato. — Stai meglio ora che il tuo ragazzo ha commesso un omicidio? Sei più libera?

All'ennesimo scossone, Winter sentì esplodere la rabbia.

— Che cosa sta cercando di ottenere? Una confessione? O preferirebbe che scaricassi tutta la responsabilità addosso a Rhys? Me lo dica, mi dica lei cosa devo pensare e come mi devo comportare. Siete tutti bravissimi in questo!

Fulminea, gli affondò le dita nel polso spingendolo lontano.

— Ma la vuole sapere una cosa? — proseguì trafiggendolo con uno sguardo bruciante. — Là fuori, nella vita vera, nessuno ci ha mai aiutato! Ce la siamo dovuta cavare da soli, perciò non tenti neppure di rinfacciarmi gli errori che ho fatto. Tanto sarò lo stesso da sola a pagarne le conseguenze. Crede che non abbia capito che non sarò mai né libera, né felice?

L'uomo sferrò un pugno al sedile. — Non aspettarti

che ti compianga. Tu più ancora dei tuoi genitori hai infranto il più inviolabile dei divieti! Lochinvar è stato solo il primo a pagare per i tuoi errori.

Winter sorrise crudelmente. — Lochinvar ha sempre saputo di Rhys. L'ha nominato suo erede proprio perché gli ho donato il mio sangue. E la cosa più ingiusta è che piango lo stesso la sua morte, dopo che per i suoi stramaledetti piani ha usato lui e me. E persino lei, Esecutore. Divertente, no?

— Il tuo sangue appartiene al Consiglio, ragazzina, non a Rhys Llewelyn — gridò Iago Rhoser.

Se il suo aspetto solitamente era inquietante, in quel momento la sua ira avrebbe dovuto terrorizzarla.

Oh, no. È troppo tardi per questo!

Con tutte le sue forze, Winter calò il gomito sul finestrino chiuso. I frammenti di vetro le lacerarono la pelle. Sollevò il braccio intriso di sangue mostrandoglielo.

— Si sbaglia — sibilò. — Appartiene a me!

Tra tutte le reazioni possibili, Iago Rhoser non si era aspettato *quella.* Per un istante, nei suoi occhi passò un lampo di stupore.

— Mi uccida, se crede che servirebbe a qualcosa — concluse la ragazza in tono stanco. — Altrimenti mi dica che diavolo vuole.

L'uomo rimase a osservarla con una calma innaturale.

— Ti ucciderei senza remore, se ne fossi in grado. Ma non è così, quindi sai benissimo cosa voglio. Finché lui vivrà, ogni persona che conosci, chiunque incroci la sua strada, sarà in pericolo. Dimmi se lo ucciderai.

Winter rimase in silenzio a lungo, assordata dal battito furioso del suo stesso cuore.

Avrete avuto bisogno di più tempo, pensò tristemente.

— Lo farò, se sarà necessario — disse infine.

47

Quando le chiavi girarono nella toppa, sei paia di occhi si puntarono sulla figura pallida e bagnata che stava facendo il suo ingresso a casa Starr.

Winter ricambiò i loro sguardi, scostandosi dal viso ciocche nere incollate di pioggia.

C'erano proprio tutti: Dougall, Bethan, Gareth, Madison, e suo padre e la nonna a disagio l'uno di fianco all'altra.

Li osservò con un misto di gioia e rassegnazione.

Come se i pezzi fossero andati insieme da soli in modo imprevedibile, in quella stanza c'era tutta la sua vita.

O quasi.

Ma Rhys, l'unico assente, forse non ne avrebbe fatto parte mai più.

Dovette scacciare dolore e nostalgia, le uniche, cocenti sensazioni nel freddo di quella giornata.

— Vi devo delle scuse — disse in un sussurro.

Li guardò uno alla volta, a lungo. Se un motivo le rimaneva, erano loro.

— Dove cavolo sei stata? — le chiese Gareth ruvidamente.

Madison intervenne con prontezza. Gli assestò una spinta in pieno petto e corse a travolgere l'amica in un abbraccio.

— Adesso sei a casa, Win — mormorò cullandola. — Vieni ad asciugarti, sei fradicia...

Fissando i presenti con aria di sfida, la scortò fino alla sua stanza tenendola stretta. Poi richiuse la porta alle loro spalle e la fece sedere sul letto.

— Grazie — sussurrò Winter. — Io non...

— Dopo! — stabilì l'altra ragazza in tono deciso. — Prima devi farti una bella doccia calda e metterti dei vestiti asciutti. Sei congelata. Le spiegazioni possono aspettare ancora qualche minuto.

— In realtà non credo che ci sia molto tempo.

Madison sorrise. — Allora usiamolo bene. Ti accompagno in bagno.

Le diede il permesso di tornare in sala solo dopo essersi assicurata che i suoi capelli fossero bene asciutti.

— Sicura che te la senti? — le domandò con aria protettiva.

Winter annuì. — Prima o poi dovrò farlo, Mad — rispose attraversando il corridoio, pallida ma decisa.

Non appena mise piede in salotto, l'attenzione di tutti i suoi occupanti si concentrò di nuovo su di lei.

Solo un istante, pensò tra sé.

Si avvicinò alla nonna e la abbracciò forte prima di staccarsi da lei e mormorare: — Scusami, nonna.

Marion si limitò a passarle una mano sul viso. Era un gesto che ripetevano da quando era bambina, che cancellava tutto.

Devi riuscirci, Win, si disse la ragazza, *devi essere forte anche per lei.*

Gareth le si fece incontro, passandole un braccio attorno alle spalle. Indossava una maglietta nera dei Dragonforce che Madison doveva aver scovato nel suo armadio. Per Winter era sempre stata enorme. Gareth, al contrario, la vestiva perfettamente.

— Stai bene? — le chiese a voce appena udibile.

Winter si sforzò di sorridergli, prima di rivolgersi a Bethan Davies, ancora incupita e tesa. Era giunto il momento della verità. Non c'era più niente da fare, per quanto le sembrasse crudele.

Prima però poteva almeno cercare di far capire a tutti quelli che la circondavano quanto tenesse a loro. Se voleva sistemare il proprio passato, doveva occuparsi anche delle piccole cose.

— Devo delle scuse anche a te, Bethan — disse con un vago rossore sul viso. — Mi spiace di averti ingannato.

La donna sbuffò. — L'importante è che non ti sia successo niente.

Questo non è vero, Bethan, protestò Winter tra sé, con un sorriso amaro. *Sono successe fin troppe cose...*

Si chiese se tutti avrebbero continuato a sostenerla anche dopo aver sentito ciò che aveva da dire. Il suo sguardo esitò sul viso di Gareth. Sapeva che l'avrebbe fatto soffrire di nuovo.

È un segreto che non ti appartiene più, Winter. Sei tu la responsabile di ciò che sta succedendo.

C'era solo una cosa che non era ancora pronta a rivelare.

Espirò tutto il fiato che le rimaneva nel petto e si avvicinò a suo padre.

Non sapeva perché fosse tanto importante essere accanto a lui in quel momento.

I loro occhi s'incontrarono per qualche istante. Winter non aveva mai smesso di rimproverargli la sua lunga assenza, ma ormai non aveva più importanza.

Poi, lentamente, Morgan Blackwood la prese tra le braccia e Winter si aggrappò a lui disperatamente.

— Ho bisogno di te, papà — mormorò al suo orecchio. Ma non era più la pretesa di una bambina. Somigliava a una preghiera.

Morgan la strinse più forte. — Sono qui. Per te.

La fece sedere accanto a sé sul divano e Winter gli sorrise, sentendo per la prima volta che ce l'avrebbe fatta.

— Non sono stata sincera con nessuno di voi fino a oggi — dichiarò quindi, concentrandosi solo sul suo viso. — Il mio sangue ha perso il suo Potere.

Fu Dougall il primo a rompere il silenzio glaciale che era caduto nella stanza. — Stai scherzando, vero? Perché esiste solo un modo per...

Winter annuì. — Il nuovo Gran Maestro dell'Ordine è Immortale — confermò.

In quel momento le sue percezioni erano così acute che riuscì ad avvertire lo stupore di tutti, la rabbia rassegnata di Gareth, la confusione di Madison, l'incredulità della nonna.

Ed erano l'eco delle sue stesse sensazioni.

La mano di Morgan s'intrecciò alla sua. Mentre lo osservava, Winter vide che sul suo viso non c'erano giudizio né condanna. E nemmeno sorpresa.

— Com'è possibile, Winter? — domandò Bethan dopo qualche istante. La sua voce era affilata, nervosa. Con una sfumatura di paura.

— Gli ho donato il mio sangue.

— Perché? Quale pazzia...

— Per amore — la interruppe Madison bruscamente. Scoccò a Winter uno sguardo solidale. Non poteva approvare le sue scelte, ma rispettava i suoi sentimenti. — Perché si amano, signora Davies.

Bethan sospirò amaramente. — E questo dovrebbe giustificarli? Avete idea di cosa significhi? Non possiamo tollerare l'esistenza di un Immortale. Il Potere ne consuma l'anima e chiama sangue.

Gareth sospirò. — Se la prenda con chi le stava accanto, non con Winter — dichiarò inaspettatamente. — Io le sono stato vicino per tutti questi mesi e non sono mai intervenuto. Se lei potesse salvare dalla morte la persona che ama... Be', davvero non lo farebbe?

— E quante vite ne verranno distrutte invece? — insistette la donna.

— Non è il momento di perdere la testa — intervenne Dougall spezzando la tensione. — Credo che Winter voglia appunto evitare questo.

La ragazza abbozzò un sorriso riconoscente. — Non ho giustificazioni — disse, sforzandosi di mantenere la voce ferma. — E non vi sto chiedendo comprensione. Sono pronta ad accettare le conseguenze di ciò che ho fatto. Non voglio che altri ci vadano di mezzo.

Di nuovo cercò lo sguardo di suo padre.

— Ho giurato all'Esecutore che... — esitò, quasi incapace di ripeterlo — che farò ciò che sarà necessario.

Morgan Blackwood parlò per la prima volta. — Questo è fuori discussione, Winter. Non ho intenzione di lasciarti immolare. Nessuno ha il diritto di chiedertelo.

Per un attimo, l'espressione di Winter gli ricordò Elaine. Ardeva di coraggio, insieme dolce e determinata.

— La mia decisione non ha niente a che fare con Rhoser. Ma se fosse necessario, dovrei farlo, lo capisci? Tu e la mamma non avete avuto scelta, ma io posso ancora rimediare a ciò che ho fatto.

— E rinunciare alla tua vita?

— Non m'importa di sopravvivergli. Se Rhys dovesse

morire... per mano mia... l'ultima cosa che vorrei sarebbe sopportarne il ricordo un giorno dopo l'altro. Tu dovresti capirlo meglio di chiunque altro, papà.

E prima o poi accadrà, soggiunse tra sé. *Bethan ha ragione. Il Potere consuma.*

Madison vide le lacrime silenziose che inondavano il viso di Marion Starr. Non sapeva se fosse giusto dirlo, non quando l'unica speranza che avessero era legata alla parola del professor Vaughan, ma era stufa di tutto quel dolore. Nessuno di loro ne meritava altro.

Scambiò con Gareth uno sguardo d'intesa e il ragazzo annuì.

— Forse abbiamo un'alternativa — disse lentamente lui. — Uno dei vampiri di Vaughan ci ha parlato di una corona d'argento che potrebbe spezzare il legame di sangue. Se fosse vero, Winter non dovrebbe sacrificarsi.

48

Lo studio del Gran Maestro all'interno della Loggia di Notting Hill era illuminato dal sole di mezzogiorno, eppure l'aria che vi si respirava rimaneva gelida.

— Se non vi fosse chiaro, là fuori sta scoppiando il caos — disse Aeron Fennah in tono severo. Non era la prima volta che tentava di farlo capire ai suoi interlocutori e la contrazione del suo viso era il segno che stava dando fondo a tutta la sua scorta di diplomazia.

Eppure, in quella lunga mattina né il nuovo Gran Maestro, né i suoi consiglieri si erano minimamente sbilanciati.

Dall'altro lato della scrivania, Rhys Llewelyn si limitò ancora una volta ad ascoltarlo, con una calma troppo solenne per un ragazzo così giovane.

Susan Bray, seduta tra lui e l'Esecutore, sfilò gli occhiali e li ripulì meticolosamente mentre cercava le parole.

Pensa, Susan, pensa, si ordinò.

Erano fermi in quello stallo ormai da giorni e le Famiglie stavano perdendo il conto delle piccole ribellioni che fiorivano in ogni parte della Gran Bretagna. Era difficile non convincersi che fosse tutta colpa dei capricci di un adolescente inadatto al ruolo che ricopriva.

— La sua posizione nell'Ordine la rende automaticamente membro eminente del Consiglio, signor Llewelyn — tentò infine. — Perciò è sua precisa responsabilità collaborare con le Famiglie per riportare la quiete.

Rhys fece un sorriso vago. — Si sbaglia, avvocato — disse in tono carezzevole. — Nel momento in cui decideremo di calmare le acque, non avremo bisogno della collaborazione di nessuno.

Suo padre, immobile dietro la sua sedia, si concesse solo un guizzo divertito delle sopracciglia e Susan Bray desiderò ardentemente dirgli cosa pensasse dei suoi metodi educativi.

— Quindi per ora resterete a guardare? — domandò con incredulità ben simulata.

— Non trova sia necessario capire chi colpire, prima di passare all'azione? — rispose Rhys in tono perfettamente ragionevole.

Il capo delle Famiglie non riuscì più a trattenersi. — Il Consiglio continuerà a indagare sull'assassinio di Alaric Lochinvar. Potremmo scoprire presto il colpevole.

— Lo spero anch'io — replicò il ragazzo freddamente. — È il momento di far venire a galla la verità.

Si scambiarono uno sguardo elettrico, carico di significati che a Susan non piacevano. Sperava di sbagliarsi, perché tutti lì dentro sapevano chi avesse ucciso Lochinvar e come ne fosse stato capace.

Rhys Llewelyn distese le mani sul tavolo, i palmi rivolti verso l'alto. Rimase a osservarle a lungo. La sua espressione era indecifrabile, immersa in una realtà che non era disposto a condividere.

— Ecco ciò che ha ucciso Alaric Lochinvar — disse infine con voce incolore. Quando sollevò nuovamente lo sguardo, i suoi occhi erano remoti, solenni. — In fondo vi ho fatto un favore. Vi ho risparmiato la fatica di punire chi ha davvero tradito il Patto. Chi ha voluto che diventassi ciò che sono.

Immortale. Ma non ebbe neppure bisogno di dirlo.

La risata rabbiosa dell'Esecutore tagliò l'aria. — Ci saranno delle conseguenze, Gran Maestro dell'Ordine — dichiarò, calcando il titolo con aperto disprezzo. — Il Consiglio si occuperà di voi tutti. E di Winter Starr.

Gli occhi del giovane scintillarono di collera gelida. — Il Consiglio non esiste più, Esecutore. E spero le sia chiaro che nessuno al mondo è in grado di danneggiare me o lei. Si risparmierebbe sforzi inutili e frustranti.

Fennah batté un pugno sul tavolo. — Questo non è un gioco, Llewelyn — lo interruppe.

Rhys gli scoccò un'occhiata sprezzante. — Oh, sì che lo è. Lo è sempre stato, per tutti voi. Sono solo cambiate le regole.

49

— Cosa ne pensate? — domandò Susan qualche tempo dopo, mentre tornavano verso la Prigione.

Seduto accanto al posto di guida, Fennah incrociò le braccia sul petto. — Va eliminato prima che la situazione precipiti. Ha già rintracciato la piccola Starr, Esecutore?

Iago Rhoser serrò i pugni sul volante e Susan s'irrigidì sul sedile posteriore.

— Siamo caduti così in basso da pretendere il sacrificio di una ragazzina? — chiese furente. — Perché lei morirà, lo sappiamo tutti.

— Francamente, ci libereremmo di due problemi insieme — replicò Fennah inesorabile.

— Ma certo! Solo mi chiedo perché vi siate presi tanto disturbo a garantirne la nascita, visto che né lei, né Lochinvar avete mai saputo davvero come gestirla! Eppure vi siete dati parecchio da fare, e lei non intende rinunciare a manovrarla nemmeno ora!

— Sta rivolgendomi delle accuse, avvocato Bray?

Susan incrociò lo sguardo di Rhoser attraverso lo specchietto retrovisore.

Non le disse nulla, ma la sua espressione fu sufficiente.

— Esattamente, signor Fennah — sentenziò allora la donna. — E ho appena iniziato.

Fennah si voltò a guardarla con un sorrisetto di falsa ammirazione. — Prego, continui. È la mia parola contro la sua.

Susan, invece, sorrise trionfante. Erano mesi che attendeva quel momento.

— Temo che qui si sbagli, Fennah — replicò. — Perché qualche tempo fa l'Esecutore e io abbiamo avuto un interessante incontro con Malcolm Dougall. Ma immagino sia più abituato a chiamarlo *macduff*...

Fennah serrò la mascella, gli occhi su di lei stretti a fessura.

— Dougall è stato molto disponibile. Ci ha spiegato che lei, la guida delle Famiglie, era pronto a dargli l'immortalità in cambio della morte di Lochinvar. Ora forse qualcuno l'ha preceduta, Fennah, ma è l'intenzione che conta... — La donna fece una pausa, godendosene ogni secondo. — Possiamo fidarci di una simile guida? Dougall, tra l'altro, è pronto a confermare ogni parola. E, per sua fortuna, è più fedele al Consiglio di quanto lo sia mai stato lei, quindi ha preferito accordarsi con noi per sostenerlo, invece di aiutarla a distruggerlo.

— Ha la ragazza. Credete davvero che gli importi di ristabilire la pace?

— Morgan Blackwood ha la ragazza. Bel colpo di scena, eh?

Il volto di Fennah s'incupì all'istante.

— Morgan Blackwood? Blackwood è vivo? — domandò rabbiosamente. — Lei doveva averlo ucciso sedici anni fa, Rhoser...

— Meglio per noi che sia sopravvissuto — replicò Susan con voce dura. — Lui e Dougall potrebbero benissimo essere la nostra ultima speranza.

Aeron Fennah tacque qualche istante, cercando di valutare ciò che aveva appena scoperto. — Intendete formalizzare le vostre accuse?

— Intendiamo ricattarla, Fennah — rispose inaspettatamente l'Esecutore. — Se avessi avuto le stesse prove sedici anni fa, l'avrei gettata nel fango, ma purtroppo adesso ci serve un burattino da mettere contro Llewelyn. Quindi si tenga la sua posizione... Le decisioni, però, d'ora in poi spettano a noi.

— Sei riuscito a impressionarli, figliolo – commentò Hywel Llewelyn.

Rhys annuì, ma dentro di sé stava fremendo.

Sono diventato un bravo bambino, vero, papà? pensò rabbiosamente. *Combatto i tuoi nemici e tu diventi sempre più forte.*

Appoggiò i gomiti al ripiano scuro della scrivania e riprese a osservarsi le mani. Il bisogno di lavarle era quasi spasmodico. Le intrecciò, serrandole così strettamente da farle tremare.

Perché mentre suo padre era impegnato ad accrescere il prestigio della loro casata, erano state le *sue* mani a sporcarsi di sangue.

Le ultime parole di Lochinvar tornarono a echeggiargli nella mente. «Accusa te stesso per ciò che sei diventato...»

Un assassino, ecco cos'era diventato, ecco come lo vedeva Winter.

Quasi in risposta ai suoi pensieri, Hywel Llewelyn gli posò una mano sulla spalla. Rhys ne provò disgusto, ma subì il gesto passivamente.

— Stai di nuovo pensando a lei, vero? — domandò l'uomo con la nuova gentilezza che aveva nei suoi confronti.

Non gli rispose che il silenzio.

— Puoi ancora averla, lo sai...

Rhys strinse i denti.

— Non potrà continuare a fuggirti... Prima o poi dovrà sottomettersi al vostro vincolo.

La sua voce era dolce e carezzevole. In passato Rhys avrebbe dato qualsiasi cosa perché lo guardasse in quel modo. Ora, invece, in lui non trovava che orrore. E rabbia.

— Smettila.

— Sei tu che devi abbandonare tutti gli scrupoli, figlio mio. Non puoi lasciare libera quella ragazza. È già prigioniera del vostro legame. Il suo sangue è tuo, il suo Potere... — insistette suo padre. — Non devi far altro che riprenderla e quindi controllarla. Tenerla stretta come vorresti. Abbi il coraggio di portare a compimento i tuoi desideri.

Rhys gli afferrò il polso, liberandosi del suo tocco.

Non riuscirai a corrompere anche questo, giurò. *Non ti permetterò di contaminare la cosa migliore della mia vita!*

— Ti ho detto di stare zitto — ripeté in un soffio minaccioso. — Ne parli come se fosse una bestia da macello.

Sul viso di Hywel il sorriso conciliante si trasformò in una smorfia di disapprovazione.

— Meglio per te che lo sia. È l'unica al mondo che potrebbe distruggerci. E finché ti lasci frenare dai dubbi, corriamo solo il rischio che decida di farlo.

Certo. Naturalmente era qui che volevi arrivare... Rhys fece una risata secca.

— Potrebbe uccidere *me* — ribatté sprezzante — ma sono certo che tu sapresti sopportarlo.

— Se tua madre ti sentisse parlare in questo modo... — mormorò l'uomo. — Ci pensi mai a lei?

Il ragazzo increspò le labbra, facendo scintillare i canini. — E tu? Le hai forse chiesto cosa pensasse dei grandiosi progetti che hai per tutti quanti?

L'ira stava sgretolando il suo autocontrollo e una vampata di energia si raccolse attorno a lui.

— Ti avverto, sono un po' cresciuto per i ricatti affettivi. Non provare a dirmi cosa devo fare.

50

— Sei preoccupato, poliziotto — disse Slinky in tono sereno.

Danny si voltò a guardarlo nel tramonto di Covent Garden. Con quella luce la sua barba era ancora più rossa, gli dava un aspetto dignitosamente barbarico.

Non fece nulla per negare. D'altronde, quella del vagabondo era una constatazione, non una domanda e gli occhi limpidi di Slinky vedevano lontano.

— Sei venuto a cercarmi, perciò forse hai bisogno d'aiuto.

Era una strana situazione: seduto sulla panchina del parco, il senzatetto sembrava un saggio che tenesse udienza.

— Volevo solo chiederti se ci sono stati nuovi attacchi — ammise Danny. — Continuo a pensare che non siate abbastanza protetti.

— Io e la mia gente? — Slinky sorrise. — La città ci ha reso forti e prudenti, ragazzo. Conosciamo i luoghi da evitare e i rifugi sicuri... Ad andarci di mezzo sono i forestieri, i pesci piccoli delle gang che non riescono a capire quando non è il caso di attaccare briga.

Danny scosse il capo sedendosi al suo fianco sulla panchina. L'odore selvatico dell'uomo gli punse le narici prima di essere disperso dal vento della sera.

— Per ora — osservò. — Ma sarete bersagli facili se la situazione si farà più tesa.

— Può darsi. Quando sarà il momento vedremo cosa fare... È la nostra vita. In fondo, non siamo troppo diversi dalle sanguisughe: dobbiamo cacciare per tirare avanti, chi non può farlo muore di fame.

— Voi non predate gli umani — lo contraddisse il giovane.

Slinky sorrise. — Non tutti. Ma non farti illusioni. Non siamo mostri, però non siamo nemmeno santi. Non ci nutriamo di altri esseri viventi, eppure tanti ci considerano lo stesso parassiti. E alcuni di noi se lo meritano, credimi.

Danny ricambiò il suo sorriso con una punta di divertimento. — Così vanno le cose.

Tacquero, godendosi la brezza.

— Quali sono? — chiese poi il poliziotto. — I posti da evitare, intendo.

Slinky tirò su con il naso prima di rispondere. — Tanti. Sotto la superficie, Londra ha un suo regolamento segreto. Ci sono quartieri dove quelli come me hanno il loro regno, altri da cui le bande ci tengono lontani. Le sanguisughe hanno occupato certe zone abbandonate in periferia, ma ci sono gruppi che si spostano nei tunnel. E poi ci sono i luoghi proibiti: Aldwych e Westminster, oltre alle stazioni perdute e ai rifugi bellici. Alcuni li evitiamo persino noi per non turbare il sonno dei loro fantasmi... Possiamo organizzarci, se ti interessa fare una gita.

— Non è escluso — commentò Danny. L'ultima domanda la fece per puro scrupolo. — Hai mai sentito qualche vampiro parlare di una corona d'argento?

Per qualche istante, mentre Slinky rifletteva, sperò davvero in una risposta utile.

— Non ancora. Ma potrebbe succedere domani... o dopodomani. Chissà! Si imparano tante cose se si tengono le orecchie aperte. Vieni qui a quest'ora fra tre giorni.

Con il tavolo ingombro di carte di ogni genere e tutti gli abitanti affollati attorno, il salotto di casa Starr sembrava il quartier generale di un'organizzazione terroristica.

— Dobbiamo controllare di nuovo gli archivi del Consiglio — commentò Dougall, osservando con l'interesse di un archeologo la foto che Gareth aveva fatto qualche giorno prima in biblioteca.

Gareth scrollò il capo. — Anche ammesso che Susan Bray ci dia un altro permesso, ci vorrebbero mesi per ispezionare tutte quelle carte. E non abbiamo tanto tempo da perdere.

Madison, seduta sul divano accanto a Winter, sospirò, la testa abbandonata contro lo schienale e lo sguardo perso fuori della finestra.

— Vi spiacerebbe ripetere cosa dice l'iscrizione? — domandò.

La sensazione di continuare a girare in tondo senza arrivare da nessuna parte stava mettendo a dura prova i suoi nervi, e la calma accettazione di Winter la preoccupava più di ogni altra cosa.

L'amica sembrava la meno interessata a scoprire qualcosa di più sulla misteriosa corona, come se non riuscisse nemmeno a considerare la possibilità di sopravvivere a Rhys Llewelyn.

Dougall controllò nuovamente le parole leggibili.

— La *Corona Argentea* è il simbolo dell'unione delle due Stirpi. È l'eternità del sangue congiunto. *Coniunctio morte absoluta*, l'unione assolta dalla morte — cominciò a tradurre. Si passò la mano sugli occhi — Non riesco a decifrarlo: forse significa che il vincolo protegge dalla morte? *De Corona libertas venit.* Dalla corona giunge la libertà.

— Se solo sapessimo che diavolo significa — borbottò Gareth, esasperato.

— Almeno sappiamo che Darran non ha mentito — disse Morgan Blackwood. — Secondo questa iscrizione, esiste davvero un mezzo per spezzare il legame.

Stava sul bracciolo del divano e le sue gambe sfioravano quelle di Winter. La vicinanza tra loro aumentava di giorno in giorno, nonostante l'evidente disapprovazione di Marion Starr. Madison si ritrovò a sperare che crescesse ancora: probabilmente Morgan Blackwood era l'unico lì dentro che potesse capire veramente ciò che Winter provava.

Ha conosciuto lo stesso amore, Win, pensò tra sé. E, cosa ancora più importante, era sopravvissuto alla sua perdita.

Si guardò attorno, incrociando lo sguardo di Danny Roberts.

Il poliziotto era immobile su una sedia a qualche passo di distanza dagli altri.

La sua espressione era così indecifrabile che Madison si chiese se non stesse segretamente rimpiangendo di essersi unito a una simile compagnia.

— Quello che non riesco a capire è come sia possibile che nessuno sappia dell'esistenza di un simile talismano — disse l'uomo, prendendo la parola per la prima volta. — Voglio dire, se l'esistenza di un Immortale è così pericolosa, le Famiglie e l'Ordine dovrebbero essere pronti a intervenire.

Fu Winter stessa a rispondergli. — Le Famiglie e l'Ordine non hanno nessun interesse a sciogliere il vincolo tra un Immortale e chi l'ha creato — dichiarò semplicemente. — È molto più semplice eliminare entrambi.

Danny la fissò in silenzio. Nel suo mondo, era del tutto inammissibile che una ragazzina fosse costretta a sopportare ciò che doveva sopportare lei.

— Eppure un segreto del genere può interessare a molti — insistette testardamente. — Dobbiamo capire da dove iniziare a cercare, deve esserci qualche indizio...

Inconsapevolmente, le sue parole riuscirono a risvegliare i ricordi di Malcolm Dougall.

— I fondatori del Consiglio delle Due Stirpi erano sempre rappresentati con il capo incoronato — osservò. — Pensavo che fosse solo una caratteristica iconografica, in fondo Rowena ed Hereward sono vissuti in pieno Medioevo, e non ho mai trovato niente di scritto sui loro diademi... — Mentre lo diceva, però, quella supposizione smise di sembrargli inconsistente. — Ricordi l'arazzo di Edimburgo, Blackey? L'abbiamo avuto davanti agli occhi per decine d'anni, era una di quelle inutili anticaglie di cui Lochinvar amava tanto circondarsi... Accidenti! Non avevo mai trovato strano che la corona di Rowena fosse d'argento. Eppure era un dettaglio anomalo.

Morgan gli rivolse uno sguardo intenso. Pensare che la pista giusta fosse sempre stata lì, a portata di mano, era irritante ed esaltante al tempo stesso, ma potevano affidare tutte le loro speranze a una vaga intuizione?

Dougall, invece, ne sembrava sempre più convinto.

— Rifletteci, Blackey. Perché erano di due metalli diversi? Dovrebbe esserci un motivo.

— È possibile — ammise Morgan prudentemente.

— In ogni caso, è l'unica traccia che abbiamo, per ora — osservò Madison in tono pratico. — E le corone di gente come i fondatori del Consiglio non possono essere semplicemente scomparse, no?

Bethan annuì vigorosamente. — Posso andare io agli archivi. A nessuno sembrerà strano che una vecchia rispolveri un po' di ricordi...

— Io e te, Morgan, intanto potremmo far visita a Darran, che dici? — propose invece Dougall.

Finalmente un po' di entusiasmo parve contagiare persino Morgan Blackwood.

— Come ai vecchi tempi — replicò con uno dei suoi rari sorrisi traversi.

— E noi? — volle sapere Gareth.

— Voi statevene fuori dai guai — replicò Dougall severamente.

Il ragazzo annuì, ma a Winter non sfuggirono gli sguardi d'intesa che scambiò con Madison e Danny.

51

L'asfalto che copriva le strade rendeva Londra particolarmente inospitale in quell'ultima settimana di luglio. Le temperature stavano toccando vertici storici e Madison lanciò alle acque torbide del Tamigi uno sguardo pieno di desiderio.

— Da questa parte — annunciò Slinky precedendoli su una scaletta di ferro arrugginita che discendeva l'argine. Il reticolato dei gradini scricchiolava a ogni suo passo.

Danny fu il primo a imitarlo. Indossava una T-shirt scura che doveva attrarre il calore in modo insopportabile e la ragazza si chiese come facesse ad apparire impeccabile e concentrato come al solito.

Gareth, invece, le cedette il passo.

— Prima le signore — disse cerimoniosamente.

Madison lo superò con un sorriso divertito, anche se rinunciare alla vista del suo torso nudo le dispiacque. Cominciò a scendere, scoprendo che la scala era instabile esattamente come le era sembrata al primo sguardo. Terminava con una stretta passerella a pelo dell'acqua che seguiva il fiume per un chilometro buono.

La percorsero in fila indiana per qualche minuto, sfilando accanto a una distesa di murales colorati.

Poi Slinky si fermò calando un colpo sulla parete alla loro destra. Madison sbatté gli occhi, accorgendosi che aveva centrato il muso disegnato di un'enorme talpa. Il naso era rosa confetto, ma il resto della figura non aveva niente di tenero: subito sotto, tra i baffetti, c'era una bocca piena di denti affilati, mentre gli occhi dell'animale avevano un'espressione inquietante e fin troppo vivace. Tra le zampine artigliate c'era un'ascia da boia.

— Wow — fu l'unico commento della ragazza.

La loro guida tastò il disegno con una noncuranza dettata dall'abitudine fino a quando le sue dita si strinsero su una sporgenza ben mimetizzata tra i colori delle bombolette.

— Benvenuti nel regno delle Talpe — annunciò allegramente assestando una spinta poderosa alla superficie che stava toccando.

Con un cigolio il disegno si aprì, rivelando una porta prima invisibile.

Slinky vi si introdusse con disinvoltura e Danny lo seguì senza esitare. Madison e Gareth, invece, si scambiarono uno sguardo perplesso.

— Questo non lo sapevi nemmeno tu, vero? — chiese il ragazzo con un sorriso divertito.

Madison scosse il capo, abbassandosi per non picchiare la testa.

Aveva smesso di trovare eccitanti i cunicoli nascosti durante la prigionia a Glan Gors e, anche se si rendeva conto che non era il momento più adatto per lasciarsi impressionare dal passato, varcare la soglia le richiese uno sforzo notevole.

All'interno la accolsero zaffate di aria umida che sapevano di muffa, di Tamigi e di cose ancora meno gradevoli.

Quando finalmente quello stretto corridoio terminò in una cavità più ampia, tutti avevano ormai lo stomaco ribaltato.

— Avete portato i fazzoletti, vero? — chiese Slinky ridacchiando tra sé.

Madison fu la più veloce a estrarre una bandana blu, rimpiangendo di non aver avuto l'idea di servirsene prima.

L'uomo attese che i suoi compagni avessero sistemato sul viso le proprie protezioni improvvisate prima di ripartire.

Man mano che avanzavano nel sottosuolo, la luce si faceva sempre più fioca e la temperatura più bassa.

I riferimenti e le percezioni divennero così diversi che presto Slinky fu l'unico in grado di capire che direzione stessero percorrendo.

— Stiamo fiancheggiando la metropolitana — spiegò quando il tunnel attorno a loro tremò, causando una pioggia di polvere dal soffitto.

Avanzando alla luce del faretto elettrico che la loro guida reggeva, avevano raggiunto un vasto locale dai soffitti a volta, stipato di casse di legno.

— Questo era un vecchio bunker antiatomico. Ora lo usano come deposito per i materiali di manutenzione dei treni.

Sul fondo si aprivano altri due tunnel. Un terzo era stato malamente murato, ma i mattoni avevano ceduto in più punti consentendo uno stretto passaggio.

— Siamo dietro ad Aldwych, nella zona di Piccadilly — proseguì il vagabondo. — Dalla galleria di sinistra si raggiunge quella ancora in uso e la stazione. Al centro, invece, c'è il collegamento con la piattaforma chiusa. In genere la usano per le riprese dei film.

— Ne ho sentito parlare, ma non sono mai riuscita a venirci nei giorni in cui sono consentite le visite — commentò Madison. — Siamo diretti lì?

Il barbone fece un cenno indifferente. — No. E a dire la verità, sfido chiunque a distinguere l'una dall'altra quando i treni sono fermi... Da quelle parti non c'è niente di davvero interessante. La stazione originaria, invece, quella del 1907, dicono sia infestata.

Danny si fece attento. — Vampiri?

— No, fantasmi. Se ne parla da decenni, anche se l'ultimo avvistamento di cui si abbia testimonianza è stato negli anni Settanta. Dal binario perduto, però, si può accedere alla maggior parte dei tunnel sconosciuti. — Slinky guardò fisso verso il varco più a destra. — Possiamo dire che porta dritti nel cuore del labirinto...

I suoi occhi azzurrissimi scintillavano allegri e Madison cominciava a credere che quel giro turistico nella Londra sotterranea non avesse altro scopo che il suo divertimento.

O forse è una prova, Mad...

— Immagino sia lì che siamo diretti — ipotizzò quindi a voce alta.

— Per avventurarsi in certi punti bisognerebbe essere più attrezzati. Dove non arriviamo noi Talpe, hanno la loro casa i ratti.

Madison non replicò, ma la sua espressione si fece meno entusiasta. Gareth le rivolse un sorriso complice e sollevò la mano per toglierle dai capelli un residuo di ragnatela.

Madison gli rispose con uno dei suoi sguardi ridenti. Era incredibile come riuscisse a essere così carina persino in quella situazione, coperta di polvere e pronta a seguirli fin nelle viscere della terra.

— Certi percorsi sono stati sommersi — proseguì quindi Slinky. — Nemmeno io avrei voglia di avventurarmi da quelle parti.

Quando superò il tunnel di destra lasciandoselo alle spalle, la piccola compagnia trasse un segreto sospiro di sollievo.

L'esplorazione dei cunicoli proseguì ancora per quasi un'ora prima che la guida concedesse una pausa.

— Da questa parte — annunciò, aprendo cerimoniosamente una porta di legno montata alla meglio. — Voglio mostrarvi la dimora delle Talpe.

Si immisero in un nuovo tunnel scavato nella pietra e sgradevolmente simile alle gallerie di una miniera abbandonata. Dietro di loro apparve una figura piccola, nervosa e sottile come un ragazzino.

Sembrava comparsa dal nulla, ma la tranquillità di Slinky rese chiaro che doveva averli osservati a lungo.

— Come vedete, anche le Talpe hanno le loro sentinelle. Se fossimo stati estranei, lui sarebbe corso ad avvertire gli altri senza che nemmeno vi accorgeste della sua presenza.

La luce tremula di numerose torce in fondo a quell'ultimo corridoio li lasciò abbagliati per qualche istante.

Quando i loro occhi si furono abituati, compresero di aver raggiunto il centro di quello strano mondo sotterraneo.

Si trovavano in un bunker grande e spazioso, illuminato da vecchi neon e da torce elettriche. Sui lati c'era un assortimento inverosimile di mobili vecchi e spaiati che gli dava l'aspetto di una baraccopoli sommersa, precaria ma organizzata secondo un ordine tutto suo.

Slinky raggiunse il centro del locale.

Improvvisamente, da ogni nicchia nelle pareti emersero gli abitanti di quell'incredibile rifugio, quasi due dozzine di uomini e donne di ogni età.

— Talpe — disse Slinky con voce stentorea. — Questi sono gli amici della nostra gente che hanno salvato tre di noi dalle sanguisughe. Li ho portati fin qui perché possiate ringraziarli e perché conosciate i loro volti.

Le Talpe esplosero in un chiacchiericcio eccitato e Danny ne approfittò per bisbigliare qualcosa all'orecchio di Slinky. Né Madison né Gareth riuscirono a sentirne le parole, ma l'uomo si portò la mano alla barba e il vociare degli altri si fermò di colpo, come se qualcuno avesse tolto il sonoro.

— Loro combattono i bevitori di sangue, ma per farlo hanno bisogno di tutto l'aiuto che possiamo offrire. Chiunque sappia qualcosa delle sanguisughe deve dirlo. Slinky ha offerto ai nostri amici la collaborazione di noi Talpe. Perciò osservate e riferite tutto ciò che scoprirete.

Con un gesto teatrale, l'uomo indicò Danny, invitandolo a prendere la parola.

— Abbiamo bisogno di sapere quali siano i rifugi che occupano, più informazioni possibili sui loro spostamenti, ogni cosa che vi venga in mente... E soprattutto dobbiamo scoprire notizie su un oggetto chiamato *Corona Argentea*. È molto importante per il bene di tutti, perché presto le loro cacce si faranno più feroci.

Ascoltarono fino a sera ciò che le Talpe avevano da dire, cercando di memorizzare ogni dettaglio.

Mentre prendevano congedo, Madison si sentì afferrare le mani.

— Grazie — disse una donna dall'aria vagamente familiare. Aveva lunghi capelli castani striati in più punti di bianco e un viso duro come cuoio. — Mi avete salvato al Tower Bridge.

Madison arrossì imbarazzata, poi qualcosa attrasse la sua attenzione.

— Gareth — chiamò.

Seguendo la direzione del suo sguardo, il ragazzo notò lo strano monile che la donna portava al collo, un frammento grigio di pietra, forato rozzamente. Le incisioni, però, erano perfettamente riconoscibili: un sole e una luna nello stesso cielo. Il simbolo del Consiglio.

— Dove hai trovato questo ciondolo?

— È un regalo — rispose la donna stupita. Lo sfilò dal collo e lo tese ai due. — Un tempo avevo un innamorato coraggioso, si vantava sempre di non aver paura di niente. Diceva di averlo trovato nelle Gallerie Proibite. Lo volete?

Gareth scosse la testa.

— Gallerie Proibite? — insistette invece.

— Westminster — precisò lei. — Diceva che c'erano strane cose. Antiche.

52

— La città di York è stata ieri testimone di un nuovo episodio di violenza. Era circa mezzanotte quando J.S., tassista di cinquantadue anni, ha segnalato alle autorità un principio di incendio in una zona industriale periferica.

La voce della speaker scandì ogni parola prima di lanciare il servizio.

Nella cucina di casa Starr, Winter sospirò e Madison esitò per qualche istante chiedendosi se davvero fosse il caso di alzare il volume.

— I vigili del fuoco sono intervenuti tempestivamente, ma l'entità del rogo aveva già raggiunto i livelli di massima sicurezza.

Nello schermo della televisione l'inviato della BBC tese il microfono verso un pompiere in divisa.

— Secondo la segnalazione, l'incendio doveva essere appena scoppiato — dichiarò l'uomo. — Quando abbiamo raggiunto il posto, però, le fiamme si erano già propagate all'intero edificio, una palazzina industriale abbandonata. Sembrava di essere all'inferno.

— Fatalità o incendio doloso?

— È troppo presto per stabilirlo, ma è molto probabile che ci fosse del combustibile chimico. La fabbrica, però, non era più in funzione da anni. Nelle prime ore del mattino abbiamo iniziato a rimuovere le macerie e abbiamo trovato un uomo. Era completamente carbonizzato e purtroppo non siamo ancora certi che sia l'unica vittima. Le operazioni sono rallentate dai numerosi crolli strutturali e la temperatura là dentro è ancora altissima.

Il collegamento si chiuse su una panoramica dell'edificio distrutto.

— Immagini davvero spaventose — riprese la speaker in studio. — E ci è appena giunta la notizia che, nella notte, una donna ferita e in stato confusionale sia stata ritrovata a pochi chilometri dalla palazzina in fiamme. Secondo alcune indiscrezioni, poco prima dello scoppio dell'incendio si sarebbe trovata nell'edificio, dove sarebbe stata vittima di un'aggressione.

Madison spense la TV con un gesto snervato.

— Credi che...

S'interruppe di colpo. Winter tremava violentemente.

— Perdonami, Win — disse abbracciandola stretta. — Mi dispiace tanto.

Si aspettava che l'amica scoppiasse a piangere da un momento all'altro, invece gli occhi di Winter rimasero rossi e asciutti.

— È colpa mia, Mad — mormorò.

Madison la scostò da sé, stringendole le spalle con fermezza. — Non dirlo neanche per scherzo, tesoro. Non è affatto colpa tua.

Winter scosse la testa. — Sono stata io a renderlo ciò che è adesso.

Nel suo sguardo si leggeva tutta la disperazione che si era sforzata di scacciare in quei lunghi giorni.

Madison l'abbracciò di nuovo. — Tutti possono scegliere, Winter. È stato lui, non tu, a iniziare tutto questo. Tu sei solo innamorata e sconvolta.

— Vorrei che fosse una giustificazione.

— Forse non lo è, Win, ma non prendere su di te anche le sue colpe.

Winter si abbandonò sul divano, sciogliendosi dall'abbraccio. — Non credo di avere scelta. Siamo legati. Non puoi capire quanto...

Madison fu tentata di protestare, ma ci rinunciò perché era vero.

— Non c'è niente che appartenga solo a me — proseguì Winter. — È come essere parte della stessa cosa. È il Potere che abbiamo scatenato a unirci. So come dovrà finire, ma persino adesso, se potessi tornare indietro, temo che rifarei ogni cosa. Non posso perdonargli ciò che sta facendo, eppure lui mi manca in modo insopportabile. Mi manca ogni istante che abbiamo condiviso, ogni parola, ogni sorriso, ogni bacio. È stato il primo...

Si nascose il viso tra le mani, incapace di proseguire. Avevano fatto l'amore, si erano scambiati il sangue, avevano giurato di amarsi per sempre.

Ed era così. Lo amava ancora con tutta se stessa.

Deve contare qualcosa!

— Ho paura, Mad — ammise con un filo di voce. — Non so come farò ad arrivare fino in fondo. Anche se riuscirete a trovare il modo di dividerci, una parte di me morirà lo stesso.

Madison si accovacciò accanto a lei, sollevandole il viso con delicatezza per poterla guardare negli occhi.

— No, non hai il diritto di portarmi via la mia migliore amica, Winter — dichiarò serissima. — Se non trovi più la forza di combattere per te stessa, allora fallo per noi: per me, per Gareth, per Marion. E poi ci sono Dougall e Bethan, Danny e tutti i tuoi amici del Galles. E persino i Sin. E tuo padre che vive per te. Non mollarci, Winter.

Le accarezzò il viso a lungo, attendendo pazientemente che nel suo sguardo si riaccendesse la luce coraggiosa che l'aveva sempre resa speciale per lei.

Winter trasse un lungo sospiro, cercando di aggrapparsi alla forza che Madison le stava offrendo.

— Ce la faremo, Win. Dobbiamo solo scoprire come, ma ce la faremo.

Le tese il mignolo e Winter vi intrecciò il proprio come quando erano bambine.

— Sorelle per sempre?

— Sorelle per sempre.

Il suo sorriso era solo un'ombra vaga, ma era pur sempre un inizio.

Nella biblioteca della Loggia londinese, Cameron Farland sbatté il "Times" sul tavolo davanti a Rhys.

— Bel casino a York — commentò in tono insolitamente serio.

Rhys sollevò lo sguardo dal volume che stava consultando per scoccargli un'occhiata traversa.

— Cosa farai a questo proposito, *Gran Maestro*?

— Nulla. Se ne staranno già occupando le Famiglie.

Cameron aggrottò la fronte. — Cos'hai in mente, Rhys? Non credevo che assecondare i piani di tuo padre rientrasse tra le tue ambizioni.

Gli occhi del giovane Gran Maestro si strinsero a fessura.

— Secondo te sto prendendo ordini da mio padre? — domandò gelido.

— Francamente lo spero, perché non ti capisco più. Hai ammesso davanti a tutti di aver ucciso Lochinvar...

Rhys serrò i pugni sotto la scrivania.

Non chiedermelo, Cam, lo supplicò tra sé. *Nemmeno tu riusciresti a capire.*

Di nuovo, si sentì aggredire da una sensazione di vuoto allo stomaco. Stava per perdere anche lui, stava creando il vuoto attorno a sé e presto sarebbe rimasto solo.

— Anche tu sei qui perché ti dica che non è vero? — disse invece con voce dura.

— L'idea sarebbe quella, amico.

— Vai da Winter Starr. Lei me l'ha già chiesto.

Cameron impallidì visibilmente e Rhys desiderò poter fare marcia indietro.

Che senso avrebbe? Non laverebbe le tue mani.

— L'hai fatto davvero... — mormorò Cameron, fissandolo quasi stordito dalla rivelazione. — Perché? Non eri felice a Cae Mefus?

— Il mio posto è questo. Il Potere che scorre dentro di me lo pretende.

L'espressione da bambino stupito sul viso di Cameron si trasformò presto in una smorfia offesa, altrettanto infantile.

Sei innocente, Cam, pensò Rhys quasi con dolcezza. *Vattene finché puoi.*

— No. Al Potere si può rinunciare. *Tu* invece sei cambiato.

— Non sai di cosa parli.

— Il Potere appartiene a te. Non è il contrario. Sei tu a indirizzarlo. E se sei qui non sei vittima né del Potere né dell'amore. Salvaci. Puoi ancora farlo.

— Winter la pensa esattamente come te — osservò Rhys in un moto di rabbia colpevole.

Fu un'ispirazione improvvisa: si alzò di scatto e Cameron venne sbalzato contro la parete da un'ondata di forza sovrannaturale.

Rhys gli si avvicinò senza fretta, intrappolando il suo sguardo nel proprio.

— Vai da lei, Cameron — sussurrò con voce carezzevole. — Vegliala per me...

Gli occhi di Cameron si fecero vuoti e fumosi per qualche istante, poi il ragazzo riuscì a reagire.

— Non osare, Rhys. Non fare questo al tuo migliore amico.

— Piegare la tua volontà? Perché non dovrei?

— Perché faresti la scelta sbagliata. Ti servono amici. Di schiavi ne hai già anche troppi, ma non saranno loro ad aiutarti quando avrai veramente bisogno.

Rhys espirò a denti stretti. Non cambiò espressione, però dentro di sé sentì crollare un nuovo frammento.

— Vattene, Cam — ordinò stancamente. — Subito.

Quando Cameron fu uscito si lasciò ricadere su un seggio ricoperto di velluto e prese la fronte tra le mani.

La Sete lo consumava. Il Potere esigeva un tributo di sangue sempre maggiore.

Gli occhi d'argento di Winter invasero i suoi pensieri.

— Solo tu potresti saziare questa brama, amore mio — sospirò. — Ho bisogno della tua anima ora che la mia è così nera. Ho bisogno di te e non ho più nessun diritto di chiedertelo.

In un istante allungò la mano verso la bottiglia di vetro sul tavolo. Sangue, perché ormai il Siero non era più sufficiente.

Lo bevve avidamente, a sorsi feroci.

Poi, quando ebbe finito, serrò le dita attorno al contenitore facendolo esplodere in una nube di cristallo.

— Fuggi, Winter — mormorò, mentre le sue ferite si rimarginavano. — Fuggi finché sarò in grado di concedertelo.

53

Winter sobbalzò nell'udire lo squillo del proprio cellulare e per un istante folle si ritrovò a sperare che fosse Rhys.

Impiegò del tempo a riconoscere la voce che le parlava, riesumandola da quelli che le parevano ormai i ricordi di un tempo lontanissimo.

— Cameron... sei davvero tu?

— Io... ho bisogno di parlarti, Winter. — Aveva un tono così stanco da ferire le orecchie. — Credo di avere bisogno del tuo aiuto.

Winter lo sentì respirare profondamente.

Nonostante tutto ciò che era successo a Cae Mefus, non erano mai stati molto vicini.

Quindi, se aveva chiamato proprio lei, poteva esserci solo un motivo.

— Va tutto bene?

— No che non va tutto bene — replicò lui. — Tu avresti il coraggio di dirlo in questo momento? Rhys...

Il cuore di Winter perse un battito. — Ti ha fatto qualcosa?

I respiri tesi all'altro capo della linea erano l'unico suono su cui riuscisse a concentrarsi.

— No. È a se stesso che sta facendo del male.

Winter si passò nervosamente la mano tra i capelli. Le tremavano le dita.

— Lo so — sussurrò. — Ma non possiamo fare niente.

Il silenzio che cadde durò a lungo.

— Devi provare, Winter — disse infine Cameron. — Almeno tu devi provarci, parlagli!

La ragazza deglutì a vuoto, mentre il dolore le avvelenava il petto. Prima di poter rispondere, dovette lottare per riconquistare la voce. — Non servirebbe, Cameron. Non mi ascolterebbe.

— Se è così non c'è più niente da fare...

Cameron soffocò un gemito. Winter non aveva mai capito davvero quanto lui fosse legato a Rhys, non prima di avvertire tutta quella disperazione.

— Riprovaci. Ti prego... sei l'unica che ha ancora una possibilità di riuscirci — insistette lui. E la sua fiducia aveva un peso insopportabile.

— Le Famiglie vogliono che io lo fermi — disse lei lentamente. Entrambi conoscevano il significato di quelle parole.

— E non avrai scelta, se non riusciamo a trovare il modo di farlo ragionare! Non sembra nemmeno lui, è completamente fuori di sé. — Cameron stava quasi urlando. — Lui ti ama, Winter. Non posso credere che tu stia pensando davvero di ucciderlo!

Poi le sue difese crollarono.

— Scusami. È solo che... Non vuoi essere certa che non ci sia più nessuna speranza, prima di fare ciò che devi?

Winter represse un singhiozzo. — Preferirei morire piuttosto che... — Le sfuggì un sospiro tremulo, ma riuscì ancora a trattenere le lacrime. — Però non ho il diritto di scegliere per gli altri. La gente comincerà a morire, Cameron. Sta già morendo. Hai sentito cos'è successo a York?

Il ragazzo la interruppe bruscamente. — Non è colpa di Rhys, non questo... Sono i ribelli, loro stanno approfittando del disordine. Ti chiedo solo di fare un altro tentativo. E se fallirà lascia che ci riprovi io... Lo riavremo indietro, ma abbiamo bisogno di tempo.

— D'accordo. Convincilo a incontrarmi.

Ma mentre lo diceva, a Winter sembrò di ingannarlo.

— È mio amico e un tempo era il migliore di noi — disse inaspettatamente Cameron. — Non ti permetterò di torcergli un capello senza prima aver fatto tutto il possibile per salvarlo. È una promessa, Winter Starr.

— Uccideresti anche lui — replicò Winter mentre dall'altra parte le rispondeva solo il suono di linea.

Improvvisamente la solitudine della sua camera le parve così opprimente che non riuscì più a sopportarla.

Cameron ha ragione, c'è ancora speranza.

Doveva tener duro.

Danny Roberts si introdusse a New Scotland Yard con disinvoltura solo apparente.

Non stava certo facendo niente di male. Era ancora un poliziotto, in fondo, ma entrare alla centrale per sfruttarne le risorse mentre non era in servizio non lo faceva sentire esattamente a proprio agio.

Si orientò tra i corridoi con facilità. Almeno, considerò sollevato, il posto non era cambiato molto rispetto all'ultima volta che era stato lì, agli inizi della sua carriera. Si augurò che nemmeno il suo contatto lo fosse, altrimenti quella visita sarebbe stata piuttosto infruttuosa.

— Agente Roberts! — si sentì richiamare da una vivace voce femminile.

Fece appena in tempo a voltarsi, prima che una splendida ragazza dai riccioli rosso fiamma gli schioccasse un bacio sonoro sulla guancia.

Danny la strizzò in un abbraccio cameratesco. — Ciao, Gin! — disse con un calore inusuale.

Gin, l'agente Ginger Holloway, lo guidò verso una minuscola postazione ricavata da séparé di compensato chiaro.

— Benvenuto nel mio ufficio — disse enfaticamente. — Trovati un buco tra le scartoffie e siediti, se ci riesci, ma non mettermi in disordine i plichi o la prossima volta che risalirò su una volante sarà di nuovo inverno.

— Qualche caso interessante?

La ragazza lo guardò come se fosse lento di comprendonio. — A quintali. Contravvenzioni, soste vietate, mancato uso delle cinture di sicurezza. Se frughi in fondo alla pila di destra, troverai delle esaltanti guide in stato di ebbrezza.

Danny le sorrise. — È uno sporco lavoro...

— Ma qualcuno lo deve pur fare — completò Ginger per lui. — E chi meglio di una fanciulla troppo delicata per la strada?

Si guardarono, scoppiando a ridere come ai tempi dell'accademia.

— Chiunque pensi questo, è chiaro che non ti conosce, Gin.

Lei alzò le spalle, ma rinunciò all'espressione polemica.

— A te invece va alla grande, eh, Dan? Ormai sei vice-capo...

Fu il turno di Danny di adombrarsi fuggevolmente.

— Non più, a dire il vero. Mi hanno trasferito il mese scorso, a Cardiff.

Sperò che Ginger non cogliesse l'amarezza del suo tono, ma lei lo conosceva fin troppo bene.

— Perché non ne sei soddisfatto? Almeno non stai più tra pecore e covoni di fieno. Uno di noi due potrà far carriera!

Danny distolse il viso, nascondendo un sorriso ironico. — Devo solo abituarmi al cambiamento.

Trascorsero diversi minuti parlando del più e del meno e perdendosi nei ricordi comuni, poi Ginger andò dritta al sodo come suo solito.

— Sei solo venuto a trovarmi, Roberts — chiese con espressione provocatoria — o posso fare qualcosa per te?

Danny sollevò le mani in segno di resa. — Ho bisogno di vedere i piani regolatori della città, le piantine.

Ginger scoppiò in una risata irrefrenabile. — Di *tutta* la città? Farai le ragnatele prima di riuscirci...

— Westminster — precisò lui.

— E con che diritto, agente?

Danny si limitò a guardarla di sottecchi. — Diciamo che mi sto portando avanti su un paio di casi...

— Oh, be', fatti tuoi — lo interruppe la ragazza. — Seguimi. Se ti interessano gli ultimi cinquant'anni, vai a colpo sicuro. Posso farti vedere uno o due file.

In un attimo si avviò, a passo di carica, e lui si affrettò per starle dietro.

Ginger era una delle poche persone che camminassero quasi più rapidamente di lui e non si sarebbe certo preoccupata di aspettarlo.

— E per cose più vecchie?

— Quanto più vecchie? — tagliò corto lei.

— Circa mille anni...

Ginger emise un sonoro fischio d'apprezzamento. — Londra è piena di musei, bello!

Danny scosse il capo in preda allo sconforto. — Non ho certo il tempo di visitarli tutti.

— Perché? Se prendi la metropolitana non è così scomodo.

Ore dopo, Danny Roberts era chiuso nella sua stanza d'albergo, intento a studiare gli orari d'apertura del London's Transport Museum.

Metropolitana, considerò divertito. *Grande idea, Gin!*

Forse, solo forse, aveva trovato una pista.

54

— Sei sicura di voler uscire da sola, tesoro? — domandò Morgan Blackwood in tono premuroso.

— Se sto in casa un altro minuto impazzisco — replicò Winter, sforzandosi di mantenere un tono leggero. — Vado solo a trovare Mad in frullateria.

Poi, il senso di colpa la obbligò ad abbracciarlo. Si sollevò sulle punte, stringendolo forte.

Spero tanto che questa non sia una gigantesca stupidaggine, papà, pensò, schiacciandogli il viso contro il petto. *Ma devo farlo, Cameron ha ragione. Non posso arrendermi prima di aver tentato ogni cosa.*

Non che temesse davvero di essere in pericolo, non del tutto. Non poteva credere che Rhys le avrebbe mai fatto del male. E, a dispetto di ogni cosa, una parte di lei continuava a desiderare Rhys più della stessa aria.

— Ti voglio bene, papà — sussurrò per la prima volta, sgusciando fuori dal suo abbraccio.

Non appena si fu richiusa la porta alle spalle, però, il suo sorriso si sciolse senza lasciare traccia.

Aveva meno di mezz'ora per raggiungere Notting Hill.

Gareth distolse riluttante lo sguardo dalla porta solo per scoprire di non essere l'unico ad aver osservato quella scena.

— Possiamo fidarci? — chiese Malcolm Dougall con un sorrisetto.

Era un vampiro, eppure al ragazzo il suo modo di fare piaceva sul serio.

— Di Winter? — domandò con la stessa espressione. — Lo vorrei davvero, ma a volte non ne sono troppo certo.

— Già. In tutta sincerità farei una passeggiata anch'io, se non avessi un altro Blackwood di cui occuparmi — buttò lì Dougall con noncuranza. — Andremo da Darran Vaughan, una simpatica rimpatriata tra vecchi amici... Ma non sono cose che piacciano a voi ragazzi, vero?

Mi sta davvero chiedendo di spiarla? si chiese Gareth non senza divertimento. *E va bene, Doug. Non sarebbe nemmeno la prima volta che mi ritrovo a farlo.*

Le sue labbra si incurvarono nel consueto sogghigno. — In effetti, preferirei un bel frullato...

Non perse tempo a controllare, ma mentre usciva di casa, ebbe l'impressione che l'uomo gli avesse appena strizzato l'occhio.

— Aspettami qui fuori — suggerì Cameron in preda al nervosismo. — Vado ad avvisarlo che sei qui.

Aveva il viso tirato e i suoi movimenti erano insolitamente rigidi. In circostanze diverse, Winter l'avrebbe trovato addirittura divertente.

— Non serve, Cameron — disse invece, posandogli una mano sul braccio. — Ha già avvertito la mia presenza.

Stava per superare le guardie che sorvegliavano l'ingresso alla Loggia quando Gareth svoltò l'angolo, pronto alla carica.

— Tu sei impazzita! — dichiarò senza mezzi termini. — Si può sapere cosa credi di fare?

Per un attimo, Winter rimase congelata dov'era.

No, accidenti! Non adesso!

Cameron invece le si schierò davanti senza nemmeno prendere in considerazione la possibilità di lasciarla parlare.

— Levati di torno, Chiplin! — sibilò furente.

— Neanche per idea. Non la trascinerai là dentro.

Gli sguardi severi dei Soldier si puntarono su di loro. Non sembravano nemmeno interessati, ma Winter sapeva che erano pronti a intervenire. Aspettavano solo un ordine di...

Rhys.

La sua vicinanza improvvisa le diede un tremito lungo tutto il corpo, una corrente che la percorse in ogni fibra.

Dopo quel lungo distacco le parve finalmente di essere di nuovo completa.

Non saresti dovuta venire, disse lui nella sua mente.

Era avvolto dall'onda inquieta del Potere, cupo. Felice e disperato al tempo stesso.

Non ebbe neppure bisogno di farsi vedere per dare l'ordine. I Soldier scattarono senza un suono, intrappolando i due ragazzi con una facilità quasi eccessiva.

Li trascinarono verso l'interno della villa e Winter non poté far altro che seguirli.

Gareth tentò una protesta, dimenandosi tra le braccia del suo aggressore, ma la cancellata si richiuse dietro di loro, bloccando ogni via di fuga. Si era svolto tutto talmente in fretta che nessuno all'esterno avrebbe avuto il tempo di accorgersene.

È colpa mia, pensò Winter disperatamente, mentre lo sguardo color diaspro di Rhys le carezzava la pelle.

Questa volta, però, lei non ne provò che rabbia, una rabbia incontenibile.

— Lasciali andare! — ordinò raggiungendo il Gran Maestro sulla scalinata della villa.

Rhys le rivolse un sorriso di sfida. — Dopo — replicò con una tranquillità irritante.

Le tese la mano, invitandola ad avvicinarsi, e Winter non riuscì a impedirsi di arrossire.

Serrò le braccia sul petto per non cedere, ma il bisogno di sfiorare la sua pelle le incendiò i sensi.

— Subito — insistette con una durezza che la sorprese.

Rhys scrollò le spalle con un sospiro.

— Come vuoi tu, Winter — le concesse con voce piena di sarcasmo. — Sempre come tu desideri.

I suoi occhi rimasero fissi in quelli di lei e alle guardie bastò un lieve cenno per allentare la presa.

— Hai un valido motivo per violare questo luogo?

L'indifferenza del suo tono fece perdere a Winter ogni prudenza. Si sentiva tradita nel peggiore dei modi. Nemmeno Rhys aveva il diritto di far del male ai suoi amici.

Una rabbia cocente le percorse le vene.

— Il motivo sei tu, ma non sono più certa che sia valido.

Nelle iridi del ragazzo passò una nuvola veloce. — Volevi forse parlarmi, *amore mio*?

Lei fremette. Come osava dirlo in quel modo?

Stai rovinando tutto, Rhys! gli rinfacciò senza parole.

— Prima fai liberare Cameron e Gareth — insistette irremovibile. — Poi parleremo.

Rhys distese il braccio, indicando l'uscita in un invito palese.

— Nessuno li tratterrà più — dichiarò. Il suo sguardo intercettò quello di Gareth in una sfida silenziosa. — Puoi andare, Chiplin.

Gareth sogghignò. — Non ci sperare. Non vado da nessuna parte senza di lei.

Rhys tornò a voltarsi verso la ragazza. — Cosa devo fare, Winter? — domandò con allegria ben simulata. — Come vedi, non posso accontentare tutti.

Gareth mormorò qualcosa tra i denti. Winter invece era stufa di trattenersi.

— E da quando te ne curi? — disse rovente.

Consapevole della tensione che saturava l'aria, Cameron le rivolse uno sguardo supplichevole.

— Ti prego — mimò senza voce.

La sua espressione era così infelice che lei sentì evaporare un po' della sua ira.

— Prometti che quando avremo finito potranno andarsene illesi — disse infine. — Per favore, Rhys.

— D'accordo. Se non faranno niente di stupido.

Le si avvicinò di nuovo e questa volta Winter lasciò che lui le prendesse la mano senza opporsi.

L'elettricità crepitò tra loro, densa di sensazioni contrastanti.

— Vorrei mostrarti il giardino della Loggia...

Prima di seguirlo, Winter rivolse a Gareth un ultimo sguardo infelice.

— Mi dispiace — mormorò. — Andrà tutto bene, te lo prometto.

Poi si lasciò condurre lungo la ghiaia del sentiero fino a un gazebo di pietra, nascosto dalle fronde.

Rhys si appoggiò allo stelo sottile di una colonna, così immobile da sembrare a sua volta scolpito nel marmo.

— Perché sei venuta? — chiese dopo un lungo silenzio, in tono più rassegnato che rabbioso.

Era bellissimo, fatto di luci e ombre e Potere.

Winter sentì che le lacrime le pungevano gli occhi.

— Dovevo vederti, Rhys — ammise sentendosi debole e stupida. — Ti amo.

Rhys tacque, osservando l'intrico delle foglie attorno a loro.

— Lo so. È qualcosa che sento dentro di me in ogni istante. Non puoi farne a meno, anche se ormai per te è una condanna. — Lentamente, si girò lasciando che i loro occhi si incontrassero. — Anche se ti avvelena il respiro.

Le stringeva ancora la mano e gli bastò un solo, piccolo movimento per trarla a sé.

Winter trattenne il fiato, mentre lui aspirava il suo profumo sfiorandole le tempie con le labbra.

— Ci apparteniamo, Winter — mormorò posandole un bacio lievissimo sulla pelle. — Solo insieme siamo completi.

Si curvò su di lei cercando la sua bocca, ma la ragazza voltò il viso.

— Puoi ancora tornare indietro, Rhys — si impose di dire. — Puoi fermare questa follia, prima che ti sfugga dalle mani.

Le braccia che la avvolgevano si irrigidirono per un istante.

— Questa follia ci ha reso liberi, amore mio. Nessuno ci costringerà mai più a fare ciò che non vorremo, nessuno potrà separarci, non lo capisci? Ora posso difenderti, proteggere ciò che proviamo...

— A che prezzo, Rhys? Io non voglio pagarlo!

Lui portò le sue dita alle labbra.

— Io sono pronto a sostenerlo, Winter. Ed è giusto che sia così, fa parte di ciò che sono.

Lacrime represse rendevano gli occhi argentei di Winter liquidi e brillanti.

— Non è così — protestò. — *Tu* non sei così!

— Sbagli, Win — la contraddisse Rhys con dolcezza. — Presto saremo liberi di essere ciò che siamo davvero. Ma devi fidarti di me. Il mondo che ci aspetta sarà migliore, sarà quello che hai sempre desiderato.

Winter scosse il capo, mentre una lacrima trasparente le solcava la guancia.

— Non mi hai mai chiesto cosa volessi davvero io — disse in un sussurro. — Il mio mondo ideale era quello in cui potevamo stare insieme, vederci a scuola... Era la nostra radura, la spiaggia, il St Dewi's, il tramonto sulle colline. Era quello il mio mondo ideale. Era semplice e incasinato, ma era perfetto!

Il ragazzo la guardò, incerto per la prima volta.

— Quel mondo non è mai esistito, Winter. — Posò la fronte contro la sua. — Adesso, però, posso conquistarlo per te. Permettimi di farlo. È l'unico modo che abbiamo di salvare il nostro futuro.

Per un momento inebriante, la visione di quel futuro le diede un brivido di piacere. Insieme per sempre... poteva esistere qualcosa di più meraviglioso? Era per quello che Rhys stava lottando, e opporsi era crudele e doloroso.

Insieme per sempre... Sangue, Potere, anima e corpo. Winter ripensò a quel giorno nella radura e il ricordo del suo tocco, di ciò che aveva letto nel suo sguardo, palpitò sulla sua pelle.

Non dobbiamo negarcelo, amore mio. Siamo sempre stati destinati l'uno all'altra.

I pensieri di Rhys scivolarono nei suoi, permettendole di sfiorare l'immagine del mondo perfetto che li attendeva.

Fu scossa da una vertigine languida. Barcollò, affidandosi alla stretta del ragazzo.

Poi Winter si ricordò di Gareth, in quello stesso giardino. In pericolo.

— Non è giusto, Rhys. Nessuna felicità dovrebbe costare tanto. Le nostre vite non valgono più di quelle che i ribelli stanno distruggendo. Non posso accettarlo.

— Tu non ti rendi neanche vagamente conto del valore che ha davvero la tua vita — la contraddisse lui con infinita tenerezza. — La *nostra* vita... Il *nostro* Potere... il Consiglio ci ha resi deboli con le sue illusioni di pace. La verità è che non potrà mai esserci alcuna pace tra le due Stirpi. In questo gioco saremo sempre predatori o prede... e noi due lo saremo più di ogni altro. Non ha senso opporsi, negare il Potere enorme che scorre dentro di noi. Non c'è nulla di malvagio in questo: è la nostra natura.

L'ombra scura dentro di lui si protese per inghiottirla e Winter si liberò di scatto, indietreggiando d'un passo.

— Non puoi crederlo davvero, Rhys — gemette. — Non puoi essere cambiato così tanto.

— Non sono cambiato affatto, Winter. Sono solo meno ipocrita. Se non hai mai voluto vedermi per ciò che sono, la colpa non è mia.

— Non è vero — protestò la ragazza. — Il Potere ti sta accecando!

Rhys le fu davanti così all'improvviso da spaventarla.

— So quello che sto facendo. E lo sto facendo per noi! — disse prendendole il viso tra le mani. Il ritmico scorrere del suo sangue sotto le dita catturava ogni suo pensiero. — Perché non riesci a vederlo, Winter? È sempre stato questo il prezzo! A me non importa sostenerlo, ma tu devi fidarti.

Ne aveva bisogno e lasciò che lei lo vedesse.

Winter cercò di catturare i suoi occhi, ignorando la Sete che vi leggeva.

— Rhys, devi ascoltarmi... — lo supplicò. — Quello

che dici non ha senso. Io non posso accettarlo e neanche tu dovresti farlo.

— Non ti ho mai chiesto di aiutarmi. Non l'ho mai nemmeno pensato. Non lo faresti mai ed è giusto così. Sarò io l'unico colpevole. Solo, aspettami... Quando tutto sarà finito staremo di nuovo insieme.

Winter posò le mani sulle sue e le strinse.

Poi se le allontanò dal viso senza distogliere lo sguardo dal suo.

— No — disse in un sussurro. — Se mi ami davvero devi fermarti. È l'unica possibilità.

Rhys fremette, gli occhi più grandi per un istante soltanto, mentre tutta la sua rabbia esplodeva.

— Io ti amo. Per quale altro motivo avrei fatto tutto questo? — gridò. — Ma ti rivelo un segreto: non avevo alternative. Puoi continuare a illuderti, però non abbiamo mai potuto scegliere.

Winter scacciò le lacrime.

— Possiamo farlo adesso, Rhys.

Sotto ai suoi occhi, il ragazzo obbligò il proprio volto a tornare impenetrabile. — Io l'ho già fatto, Winter. Ora tocca a te. Mi aspetterai?

Lei tacque.

— Stai facendo un grossissimo errore, amore mio. E se ti sforzassi davvero di capire, invece di dare retta a ciò che dicono i tuoi amici, lo sapresti anche tu.

Le rivolse uno sguardo bruciante, ferito.

Winter dovette fare appello a tutte le sue forze per sostenerlo.

— Ti ho ascoltato, Rhys — rispose lentamente. — Ed è proprio questo che mi spaventa. Avrei dovuto ascoltare Gareth molti mesi fa. Se fossi riuscita a starti lontano, non saremmo a questo punto.

— Gareth Chiplin? — la provocò Rhys con una risata aspra. — Sei davvero ingenua, Win. Credi proprio che abbia cercato di separarci per puro senso di giustizia? Se deciderai di chiederglielo, guardalo negli occhi mentre lo fai: potresti scoprire che la sua amicizia non è disinteressata come credi.

— Taci! Non hai il diritto di parlare di lui in questo modo.

Rhys schiuse le labbra in un sorriso malevolo.

— Appartiene alle Famiglie. La sua presenza qui è un oltraggio all'Ordine.

— Non pensarci nemmeno. Non sarebbe mai venuto se non fosse stato per me, e ti ricordo che anch'io appartengo per metà alle Famiglie. Imprigionami — lo sfidò Winter. — Non sono certa che sarei in grado di impedirtelo. Ma ti avverto, non ti azzardare a toccare Gareth!

— Combatteresti contro di me... per lui?

Nella voce del ragazzo si alternavano dolore e incredulità.

— Sai che lo farei.

Winter richiamò il Potere attorno a sé in un'ondata ribollente.

Rhys non l'aveva mai trovata così bella. Era forte, coraggiosa. Era parte di lui.

E contemporaneamente, in quel momento ebbe davvero paura di perderla, ebbe paura che un frammento del suo cuore gli scivolasse dalle dita, che lei potesse donarlo a qualcun altro.

La gelosia esplose improvvisa, dilaniante, sommandosi all'insieme confuso dei suoi sentimenti. Mentre lei gli passava accanto, non fece nulla per trattenerla, paralizzato dall'intensità di ciò che provava.

Tornerà, si obbligò a ricordare, dominandosi con uno

sforzo enorme. *Non può farne a meno, come io non posso fare a meno di lei. È destino.*

Lei si fermò sulla soglia e si voltò a guardarlo. Il tempo smise di correre mentre si fronteggiavano immobili.

— Ci rivedremo presto, Winter.

La ragazza scosse piano il capo, fissando su di lui uno sguardo determinato e infinitamente triste.

— Spero che non sia così, Rhys. La prossima volta dovremo combattere davvero.

55

Erano trascorse ore dalla fine di quello sfortunato incontro e l'adrenalina cominciava appena a dissolversi.

Winter sospirò, cogliendo la propria immagine nello specchio opaco dentro il bagno dei Sin-derella. Aveva ancora il viso arrossato e gli occhi gonfi. Sfilò il fermaglio, lasciando che i capelli le ricadessero sulla fronte e sulle guance, e decise che era venuto il momento.

Si avviò a passi silenziosi e raggiunse Gareth nel salottino che era attualmente diventato la sua stanza.

Lo trovò sdraiato sulle brande mezze sfondate, le braccia incrociate sul viso e una strana immobilità inquieta.

Non la guardò mentre gli si avvicinava.

— Volevo scusarmi — disse Winter.

Il ragazzo sospirò e riabbassò le braccia lentamente.

— Non sono certo che basti — replicò con un sorriso malamente abbozzato. — Hai corso un rischio troppo grande.

Tuttavia non c'era alcuna accusa nel suo tono, sembrava solo terribilmente stanco.

— Dai, siediti — la invitò sollevandosi contro la parete.

Winter lo raggiunse rigidamente.

— Dovevo farlo — mormorò.

— Lo so.

Rimasero fermi per qualche tempo, poi Gareth le fece scivolare un braccio attorno alle spalle.

— Ti conosco, Win. Nessuno poteva impedirtelo.

Lei lo guardò, cercando di cogliere il senso di quelle parole.

— È naturale che tu non voglia arrenderti. Posso capirlo. Tutti quanti noi ti capiamo. Però permettici di aiutarti, non devi affrontare tutto questo da sola, te l'ho già detto.

Il suo sorriso era così pieno di calore che Winter dovette distogliere lo sguardo. Dopo l'incontro con Rhys, la voce di Gareth era un dolce balsamo...

Le sembrò che un po' delle ombre cupe che la minacciavano le fossero state lavate via.

— Non avrei mai voluto metterti in pericolo. Maledizione! Non ho capito fino all'ultimo che lo eri davvero!

Gareth annuì.

— Io invece ho avuto paura di perderti — ammise. — Ho avuto paura che lui ti facesse del male. E ancora di più che l'avresti seguito, che te ne saresti andata per sempre.

— Non lo farò, Gareth.

— Lo so — ripeté il ragazzo sfiorandole la guancia con dita leggere. — Ti conosco davvero. So che non cederai, ma lo ami... — Nei suoi chiari occhi cangianti brillava una luce sincera. — E questo a volte non lo sopporto proprio.

«Guardalo negli occhi» ripeté la voce di Rhys nei ricordi della ragazza.

Winter lo fece, ma Rhys si era sbagliato. Non c'era alcuna ombra nello sguardo di Gareth, solo un calore di cui avrebbe voluto accorgersi prima.

Nel silenzio dei loro respiri, il ragazzo comprese che finalmente Winter aveva capito.

Lentamente, abbassò il viso sul suo, con una dolcezza che sorprese entrambi. Gli istanti si sgretolarono in frazioni infinite, mentre le lasciava in ciascuno la possibilità di scegliere.

E Winter scelse.

Le loro bocche si sfiorarono, incontrandosi per la prima volta. Si carezzarono, rese lievi e timide dalla scoperta.

Poi, la mano del ragazzo le scivolò sul braccio. E si scambiarono un nuovo bacio, tenero, innocente.

Winter dischiuse le labbra e in quel momento il tempo sembrò tornare indietro, ai primi giorni in Galles, alle risate condivise, ai battibecchi, alla semplicità di chiacchiere inutili. A entrambi parve quasi di poter cambiare ciò che era avvenuto, imboccando un sentiero diverso, più luminoso e rassicurante.

Si interruppero in sincronia perfetta, lasciando che i loro sguardi parlassero per loro.

Poi, il presente riuscì a ritrovarli.

«Destino» aveva detto Rhys.

Un amore totalizzante che bruciava come una condanna.

Winter cercò qualcosa da dire, senza riuscirci. Gareth invece continuò a sorridere.

— Lo desideravo da tanto, Win — confessò con semplicità.

Winter capì che avrebbe dato la vita per lui, come per Madison e la nonna, per tutti quelli che avevano un frammento del suo cuore. Ma nemmeno in quel momento ciò che provava nei suoi confronti era l'amore che lui meritava.

— Mi dispiace...

Gareth le posò un bacio sulla fronte.

— Non devi — disse, sorprendendosi per primo. — Avrebbe potuto essere tutto diverso. Mi basta che finalmente lo sappia anche tu. — Niente più segreti. Si sentiva così leggero che aveva voglia di ridere. — È stato il nostro addio al passato.

Mentre lo diceva, si rese conto di non aver mentito. Bizzarramente, il viso ridente di Madison gli traversò i pensieri.

56

— Credimi, Morgan — disse Darran Vaughan, posando il proprio bicchiere di champagne sul tavolo del ristorante. — Se avessi qualche notizia in più sulla *Corona Argentea* ve la riferirei.

— E se ne avessi *molte* di più — osservò ironico Malcolm Dougall — non ci avresti mai rivelato della sua esistenza.

Vaughan sorrise. — Può essere, amico mio, comunque in realtà non ho mai approvato il legame che Winter ha con la nostra giovane guida.

Quindi puntellò il gomito al tavolo, il mento appoggiato al pugno chiuso, e li guardò da dietro le ciglia prima di aggiungere: — Va contro... i miei interessi, diciamo così.

Morgan si irrigidì immediatamente.

— Stai lontano da mia figlia — sibilò mentre le sue labbra si arricciavano scoprendo i canini.

Vaughan lo guardò inespressivo.

— Per il momento puoi stare tranquillo, Blackey. Ti invito a farlo, anzi, considerato che dobbiamo unire le forze per sistemare il disastro che la tua preziosa bambina ha combinato.

Si scrutarono a lungo con un'ostilità a stento trattenuta e Dougall sospirò.

— Non scenderemo a patti, Darran — disse in tono conciliante ma definitivo. — Se è l'immortalità che cerchi, prima o poi torneremo nemici.

Vaughan annuì con disinvoltura. — Motivo in più per trattarmi bene, se volete che collabori, non credete?

Dougall si strinse nelle spalle. — Avrei in mente altri modi per convincerti. Temo, però, che dovremo accontentarci. Possiamo trovare un accordo.

Vaughan gli scoccò un sorriso noncurante, prendendo a giocherellare con il proprio calice.

— I patti si stringono per il gusto di infrangerli. Blackey dovrebbe saperlo meglio di chiunque altro...

Blackwood non rispose, ma il Potere si condensò tutto attorno a lui.

— Un tempo eri più diplomatico, Darran — si affrettò a intervenire Dougall — e Morgan più paziente.

Vaughan alzò le braccia in segno di resa. — Se sapessi dov'è quello stupido gioiello, andrei a prenderlo io stesso. Tutto quello che sono riuscito a scoprire è che la misteriosa corona di Rowena era ritenuta un talismano invincibile, un oggetto di Potere. Ma sono secoli che se ne è persa ogni traccia. E risparmiatevi il British Museum e le biblioteche dei college: ho sfogliato ogni dannatissimo codice amanuense, ma dicono solo che è «nascosta nella terra, là dove Rowena giace». Spero sia stata trafugata, perché la tomba di Rowena è andata distrutta da decenni.

Dougall sentì lo sguardo di Morgan su di sé e resistette all'istinto di ricambiarlo.

«Nascosta nella terra, là dove Rowena giace» ripeté tra sé. Era certo che entrambi avessero avuto la stessa idea e che Vaughan ci sarebbe dovuto arrivare da solo.

Perché, se avevano ragione, il giro che Danny Roberts stava facendo al London's Transport Museum in quelle stesse ore si sarebbe rivelato davvero molto istruttivo.

L'aria notturna tra gli alberi di St James Park era fresca e allettante. Se la loro meta fosse stata diversa, sarebbe stata una piacevole gita serale, invece quella notte poteva cambiare il loro destino.

Winter camminava tra Dougall e suo padre senza sapere cosa sperare. Si sentiva la testa ovattata, ma era un bene.

Se avesse dato retta a uno solo dei suoi pensieri, sarebbe crollata.

Davanti a loro, Madison e Gareth si sforzavano coraggiosamente di allentare la tensione. Le loro risate intermittenti erano l'unico suono che spezzasse il silenzio.

— Da questa parte — disse Danny, lasciando il sentiero che avevano seguito fino ad allora e puntando verso il folto della vegetazione.

Dopo pochi istanti, il fascio bianco della sua torcia rimase l'unica fonte di luce.

Era l'una passata e, distrattamente, Winter si sorprese a considerare che per la prima volta attraversava un parco londinese a quell'ora. Si respirava una strana atmosfera, che le riportava alla mente le avventure di Peter Pan nei giardini di Kensington.

Oh, sì, pensò tra sé, *questa notte ogni cosa è possibile...* Forse persino spezzare il vincolo che la univa a Rhys.

Ne era terrorizzata ed esaltata al tempo stesso. Era impossibile dire se si sarebbe sentita più libera o solamente incompleta.

Verosimilmente, uno straziante miscuglio di entrambi i sentimenti.

Quando Danny si fermò, le dita di Morgan Blackwood si intrecciarono a quelle di Winter e lei ne ricambiò fugacemente la stretta.

La speranza che continuava a leggere sul viso di suo padre la metteva a disagio. Le sembrava ingiusto non riuscire a condividerla.

Oh, smettila! si rimproverò. *Accadrà quel che deve.*

Sorrise tra sé. Quella notte era preda di un bizzarro fatalismo, l'ultimo rifugio probabilmente.

Osservò la scalinata che aveva di fronte, l'accesso a una fermata di metropolitana dismesso da almeno un decennio e invaso dalle erbacce.

Danny illuminò i dintorni, poi scese i gradini.

— Slinky verrà a prenderci qui — annunciò sfiorando la ruggine che copriva le sbarre della cancellata.

La catena che le tratteneva, invece, era nuova di zecca e il giovane la scosse per saggiarne la resistenza.

Il suono metallico echeggiò nel tunnel.

Con un sospiro, Danny si sfilò lo zaino e ne estrasse gli attrezzi che era riuscito a procurarsi solo il giorno prima.

Scassinò il chiavistello con facilità, ma non per questo fu felice di farlo.

Illuminò l'interno prima di aprire, poi si fece da parte invitando gli altri con un cenno del capo a entrare.

Nel silenzio, il rumore dei passi di Slinky rimbalzò immediatamente sulle pareti della galleria, tra scritte d'ogni genere, cartelloni pubblicitari degli anni Novanta e simboli delle confraternite universitarie.

Il portavoce delle Talpe si avvicinò sorridendo. I suoi occhi, però, si puntarono istintivamente su Dougall e Morgan Blackwood.

— Ti sei scelto una strana compagnia, poliziotto — commentò comunque in tono benevolo.

Danny spalancò gli occhi per la sorpresa.

— Chi vive nell'oscurità deve affidarsi ad altri sensi, amico mio — commentò il vagabondo muovendo la mano in un cenno conciliante.

— Nessuno di noi darà fastidio alla tua gente, Slinky — ribatté il ragazzo.

L'uomo fece uno dei suoi sorrisi sdentati. — Te lo ripeto, Danny Roberts: non siamo indifesi come ci credi. E uno come te non potrebbe mai ingannare chi gli offre aiuto.

Come se l'argomento non avesse bisogno di altre discussioni, l'uomo passò a esaminare l'abbigliamento dei presenti, soddisfatto degli altissimi stivali che indossavano.

— Spero che riusciremo ad arrivare dove volete — dichiarò. — I miei esploratori hanno studiato le cartine che hai copiato al museo, poliziotto, ma i percorsi asciutti sono interrotti da decine di anni. L'unico modo per avvicinarci è seguire il corso del Tyburn. Da lì, le gallerie sono sconosciute persino alle Talpe.

— Tyburn? — ripeté Gareth.

— È uno dei fiumi sotterranei — spiegò in fretta Slinky. — Ce ne sono diversi, tra quelli naturali e i canali dell'acquedotto, ma stavolta temo non avremo il tempo di vederli. I treni torneranno in funzione tra poco più di tre ore. Ci conviene sbrigarci.

S'incamminò nel lungo corridoio e gli altri lo seguirono in silenzio.

Dopo aver raggiunto i binari delle linee aperte al pubblico e averne seguito il tragitto per un buon tratto, Slinky li fece svoltare in una galleria secondaria che apparentemente terminava in un fondo cieco.

— Il bello inizia adesso — annunciò tastando la parete fino a scovare un'apertura quasi invisibile.

La aprì con una spallata poderosa. Per qualche istante la luce della sua torcia non rischiarò che una nube di polvere densa.

Questa volta, Madison fu la prima a ricordarsi di mettere la bandana sul viso.

Quando la polvere fu tornata al suolo, davanti ai loro occhi comparve un tunnel scavato in modo alquanto grezzo.

— Oh, accidenti! — si lamentò la ragazza imboccando il passaggio, mentre lo squittio di qualche ratto risuonava appena oltre il fascio della pila.

Slinky si limitò a un vago sorriso prima di richiudere la porta alle spalle dell'ultimo entrato.

— Vi consiglio di battere bene i piedi. Siamo tanti e sarebbe un bene che le creature del sottosuolo ci credessero anche di più.

A Madison i topi non erano mai piaciuti. Winter le prese la mano e s'incamminò al suo fianco.

Dopo qualche tempo, l'odore di terra, un aroma più fresco, che sapeva di funghi e umidità, sostituì quello acre e pungente dei binari della metropolitana.

Gli occhi di Winter erano acuti anche nell'oscurità, ma dove la luce elettrica non arrivava, non si vedeva altro che una parete nera di buio.

A ogni passo avevano tutti l'impressione di addentrarsi in un mondo nuovo e sconosciuto.

— Stiamo raggiungendo i livelli inferiori — spiegò la loro guida quando quella strada sotterranea divenne una discesa sempre più ripida e infine una scarpata che si apriva su uno spazio ampio. Sulle pareti erano conficcati i resti di gradini crollati.

— Laggiù.

Dougall superò l'uomo avanzando rapido e studiò brevemente lo strapiombo. Tranne i monconi della scala, la superficie era liscia e priva d'appigli per quasi una decina di metri.

— Con il suo permesso, io vi precederò e Blackey verrà per ultimo. Siamo gli unici che potrebbero frenare eventuali cadute.

Slinky fece un cenno d'assenso, mentre Danny estraeva una lunga corda e la fissava al tronco spezzato di una struttura in ferro. Un tempo doveva essere stata la base di una qualche pedana.

Oppure, considerò tra sé con un brivido, *parte del sistema che reggeva le volte del soffitto...*

Quando ebbe finito, Dougall era già in fondo al dirupo.

— Spero che nessuno di voi soffra di vertigini — gridò allegramente.

Il poliziotto fece un verso a metà tra uno sbuffo e una risata e si calò per primo.

Madison lo imitò e Gareth ne seguì la discesa con sguardo attento prima di fare lo stesso.

L'agilità di Slinky sorprese tutti. Nonostante il suo corpo alto e massiccio, era disinvolto come se nella vita non avesse mai fatto altro.

Quando il viaggio riprese, fu subito chiaro che le condizioni erano destinate a peggiorare. L'aria si era fatta più fredda, densa dell'eco di acque lontane.

Slinky li condusse attraverso cunicoli a stento grandi abbastanza da consentire il passaggio.

Si fermò solo sulla sponda di un fiume sotterraneo.

— Questo è il Tyburn. Vi ho portato dove volevate.

Danny annuì in modo quasi impercettibile, avvicinandosi lentamente a lui.

Anche se Slinky sapeva cavarsela meglio di tutti loro nei labirinti del sottosuolo, non gli piaceva l'idea che si separasse dal resto del gruppo. Ma probabilmente il pericolo maggiore lo avrebbe corso se fosse rimasto con loro.

Gli tese la mano e l'uomo la strinse nel proprio palmo calloso.

— Grazie dell'aiuto.

Slinky rispose con un cenno noncurante. — Buona fortuna. Ne avrete bisogno per trovare ciò che cercate.

Poi si incamminò voltandogli le spalle e svanì nell'oscurità.

Gli altri ripresero la marcia in silenzio.

Il Tyburn era più largo e profondo di come l'avessero immaginato. In quel punto scorreva tranquillo, ma persino continuando a camminare, si ritrovarono presto i piedi congelati fin dove gli stivali erano immersi nell'acqua.

— Dobbiamo davvero attraversarlo? — chiese Gareth scrutando con diffidenza il fondo scuro.

Camminava in testa al gruppo, accanto a Danny.

— Secondo le mappe che ho ricostruito, il palazzo che cerchiamo sorgeva sulla riva opposta — annuì il poliziotto senza entusiasmo.

— Fantastico — replicò il ragazzo. — E abbiamo anche idea di come farlo?

Madison sbuffò. — Seguiamo i ratti. Avranno un guado da qualche parte, no? L'acqua è così fredda che persino loro ci staranno il meno possibile...

Winter sorrise, comprendendo che l'ispirazione le veniva da un film di guerra che avevano visto insieme un paio di anni prima. Non erano in Vietnam, ma immaginava che non fosse una cattiva idea.

Si sentiva strana, irrequieta... Non poteva ignorare

che, da qualche tempo, brividi rapidi e ininterrotti avevano preso a solleticarle la nuca.

Si guardò attorno, cercando istintivamente i volti dei due vampiri.

Dougall aveva un'espressione seria, allerta.

— Potere — disse solo, quando i loro occhi s'incontrarono.

— Credo che siamo vicini alla meta — confermò Morgan. — Gareth, potresti illuminare l'altra riva?

Il ragazzo eseguì, mostrando una parete rocciosa e completamente spoglia.

— È possibile che il palazzo dei Fondatori si trovasse nei paraggi?

— Se non proprio qui, dovremmo essere comunque vicini — rispose Danny dopo averci riflettuto. — Sto cercando di misurare le distanze in base al nostro passo, ma è difficile senza altri punti di riferimento.

La luce della torcia baluginò avanti e indietro sulla superficie del fiume. Winter rimase a osservarla lasciando vagare la mente.

— Manca poco — mormorò quasi tra sé. Non sapeva da dove le venisse quella certezza, ma la fonte del Potere era vicina.

— Ne sei sicura, bambina? — chiese Dougall scrutandola con attenzione.

Winter annuì.

— Allora troviamo il modo di raggiungere l'altra sponda. Quella dannata corona deve essere qui da qualche parte.

Dovettero, però, allontanarsi di quasi un chilometro prima che il livello del Tyburn si abbassasse abbastanza da consentire il passaggio. Lo risalirono poi per un tratto ancora più lungo, fino a imboccare una stretta galleria che permise loro di allontanarsi dalle sue sponde.

La vibrazione del Potere era come un ronzio continuo e sempre più intenso nella testa di Winter.

Più si avvicinavano, strisciando nella terra, più la corrente le risaliva lungo il corpo.

— Tutto bene? — le domandò suo padre accorgendosi che si era fermata. Le passò una mano sul viso per scostarne i capelli e vide che aveva la fronte umida di sudore freddo e gli occhi sbarrati.

La ragazza si sforzò di annuire, ignorando il terrore cieco che le stava invadendo la mente.

Rhys lo capirà... realizzò lucidamente per la prima volta. Nonostante le distanze, tanto Potere l'avrebbe attratto fino a lei come nei sogni che avevano condiviso.

— Devo schermarmi — ansimò. — Non posso permettere che lui lo veda.

Rhys poteva raggiungere la sua anima allo stesso modo in cui poteva farlo lei. Come aveva fatto a non pensarci prima?

All'improvviso era sicura che lui avrebbe trovato il modo di fermarla se avesse capito cosa stavano facendo, le avrebbe impedito di recidere il filo invisibile che li univa e questa volta lei avrebbe ceduto davvero.

Morgan serrò le labbra, realizzando la situazione.

— Respira, Winnie — disse facendole passare un braccio sotto le spalle. — Pensa solo a respirare, preoccupati del tuo schermo e di nient'altro. Penserò io a farti proseguire.

Le labbra della ragazza s'incurvarono nell'accenno di un sorriso, poi suo padre si ritrovò a sostenerne l'intero peso, mentre la trascinava attraverso i cunicoli.

— Che cosa sta succedendo? — Il tono di Madison tradiva una sfumatura vagamente isterica.

Dougall le scosse un braccio, incitandola a proseguire. — Dobbiamo fare in fretta. Winter avverte il Potere delle due Stirpi ancora più di noi. Prima troviamo quella tomba, meglio sarà per tutti.

Sempre se esiste ancora, completò tra sé. Ma ne dubitava sempre meno. E di certo non aveva voglia di discuterne con le presenze che li stavano seguendo ormai da quasi due ore.

Maledizione, Darran! E così sei riuscito a trovarci...

57

La prima cosa che Winter vide, riaprendo gli occhi, furono alcune statue consumate dal tempo.

Siamo arrivati, pensò confusamente mentre suo padre la depositava delicatamente a terra.

Il Potere, in quel punto, era tanto forte da amplificare ogni sua sensazione. Si guardò attorno, cogliendo ogni dettaglio della stanza che li circondava: i sassi delle mura, i soffitti a crociera crollati in più punti, le macerie che ricoprivano il pavimento. Molti particolari non li vedeva davvero, ma in qualche modo, semplicemente, ne percepiva la presenza. E, in sottofondo, avvertiva la preoccupazione di Morgan e Dougall.

— Non vorrei turbarvi — disse quest'ultimo con aria di scuse — ma temo che stiamo per ricevere visite.

Non era affatto una buona notizia e Madison sospirò sonoramente.

— Sarà forse il caso che ci sbrighiamo a trovare quella corona — commentò accendendo la propria torcia elettrica. Ciascuno di loro aveva portato una scorta di batterie di riserva, ma avevano lo stesso deciso di servirsi delle pile a turno per non correre il rischio di trovarsi al buio.

Se qualcosa fosse andato storto, rischiavano di dover trascorrere chissà quanti giorni nel sottosuolo...

Winter si rialzò lentamente e cominciò a percorrere il perimetro della cripta barcollando un po'.

Osservò le statue e i fregi che ornavano le pareti. Ricordavano i decori di certe cattedrali medievali o i reperti che aveva visto solo al British Museum: gargoyle, cavalieri, dame...

Ne sfiorò i contorni con rispetto.

Sul fondo, il soffitto era franato in più punti, distruggendo buona parte delle sculture.

— Di là — si sorprese a mormorare.

Morgan e Dougall sollevarono gli occhi verso di lei, ma non si mossero dalla stretta entrata, i muscoli pronti allo scatto. Danny rimase con loro.

Madison e Gareth, invece, la seguirono attraverso i detriti. Superarono calcinacci e terra e infine Winter seppe di aver trovato ciò che cercava.

La radiazione sovrannaturale, in quel punto, le faceva formicolare la pelle.

A terra, seminascoste dalla frana, c'erano le figure ieratiche di un uomo e una donna elegantemente abbigliati.

Rowena ed Hereward, li riconobbe immediatamente, grata delle lezioni di storia che Bethan le aveva imposto. I Fondatori del Consiglio delle Due Stirpi.

A differenza di molte rappresentazioni dello stesso periodo storico, non c'era nulla di stereotipato in loro. Ogni piega delle vesti, ogni ruga dei loro volti erano stati scolpiti con maestria. I due erano sdraiati con le braccia morbidamente distese lungo i fianchi invece che giunte al petto. Sembravano addormentati.

Winter s'inginocchiò e cominciò a ripulirli dalla terra che ne copriva la sommità. Gareth e Madison seguirono subito il suo esempio, con rapidità sempre più frenetica.

All'altro capo della stanza, intanto, la situazione precipitò.

Morgan, Dougall e Danny furono intrappolati prima che i ragazzi avessero il tempo di accorgersi che non erano più soli.

Winter scattò in piedi pronta a raggiungerli, ma Gareth la trascinò nuovamente a terra, tappandole la bocca con la mano.

Con un po' di fortuna, la terra franata avrebbe impedito agli invasori di accorgersi della loro posizione.

— Aspetta — le sussurrò all'orecchio. I suoi occhi scrutarono ansiosamente intorno.

Le torce elettriche li avevano traditi già da un pezzo e i vampiri avrebbero colto ogni loro passo se avessero tentato di allontanarsi. Gettarsi in pasto ai lupi, però, continuava a sembrare una pessima alternativa.

— Siete stati davvero scortesi a tenere per voi tutto il divertimento — disse Vaughan scoccando uno sguardo di rimprovero a Morgan e Dougall. — Eppure sono stato io a mettervi sulla buona strada...

Non ottenne alcuna risposta. I due vampiri e il poliziotto erano immobili e furenti nella morsa dei loro assalitori, vampiri enormi e ben poco delicati.

— Agente Roberts — proseguì Vaughan — ricordo che, al nostro ultimo incontro, lei mi ha sparato.

— Peccato non abbia colpito nessun punto vitale — commentò Dougall sarcastico. Uno dei nuovi venuti gli assestò un pugno nello stomaco prima che un cenno del suo capo lo facesse tornare tranquillo.

Vaughan li superò, inoltrandosi a passi lenti tra le rovine.

— Siate gentili con i miei vecchi compagni — ordinò al suo piccolo esercito. — Tu vieni con me, Crow.

Nell'oscurità, avvertiva chiaramente la vicinanza di Winter. Il tocco del suo Potere inebriante si fondeva in modo misterioso con quel luogo come se ne facesse parte.

Winter e i suoi amici nei sotterranei... Era una situazione bizzarramente familiare, a ben pensarci.

La luce delle torce sulla parete di fondo vacillò impercettibilmente e Vaughan si affrettò a fare un cenno a Crow. Lo osservò strisciare fino ai bordi della sala e svanire nelle tenebre.

Fu lo strillo di Madison Winston a dimostrare che li aveva stanati.

— Vediamo di non perdere tempo — disse loro nel solito tono freddo e distante. — Voglio solo la corona.

Superando le macerie alla luce di una torcia, avanzò senza fretta.

— Ben trovati, ragazzi...

Gareth sibilò qualcosa in gallese. Insulti, a giudicare dal tono. Winter invece fissò l'oscurità alle sue spalle.

— Stanno tutti bene, non preoccuparti — sussurrò Vaughan arrestandosi a una spanna da lei. Con fermezza, si chinò a prenderle il polso e la trasse in piedi. — La corona.

— Non l'ho ancora trovata. — La voce di Winter suonò esausta e frustrata.

Non potevano essersi sbagliati, il Potere era così intenso in quel punto...

— Il coperchio dei sarcofaghi è bloccato dalle macerie — mormorò ricominciando a scavare con mani tremanti di tensione.

Era la sua unica possibilità di essere libera, non poteva permettere che andasse in fumo.

Senza alcun preavviso si ritrovò le guance bagnate di lacrime.

Dobbiamo trovarla! pensò disperatamente.

Quando Vaughan le prese il viso tra le mani, lei urlò senza riuscire a trattenersi.

— «Là dove Rowena giace...» — citò lui con una strana urgenza. — La corona è nella tomba di Rowena... dobbiamo iniziare da lì.

— Ci vorranno giorni per rimuovere tutte quelle macerie! — protestò Winter. Era sull'orlo del crollo nervoso.

Vaughan non lasciò la presa.

— Hai di meglio da fare? — la provocò. — Se molli adesso, ti restano due alternative, mia cara: morire mentre uccidi il tuo ragazzo o trascorrere con lui un'eternità di sofferenza... A te la scelta.

Tenne lo sguardo inchiodato nel suo fin quando non fu certo che lei si fosse calmata, poi richiamò i suoi uomini. — Sbrigatevi. Pare ci sia lavoro per tutti.

Affondò le mani nella terra e, dopo qualche istante, Winter s'inginocchiò accanto a lui, presto imitata da tutti gli altri.

Le lancette dell'orologio di Danny scandirono il ritmo dei loro movimenti per un tempo che parve infinito, prima che i sarcofaghi dei Fondatori venissero alla luce.

Occorse l'impegno congiunto di tutti i vampiri per rimuovere il coperchio di quello di Rowena e, quando ci furono riusciti, Winter si sentì morire.

Vaughan diede allora ordine di scoperchiare anche il secondo sepolcro, poi abbatté il pugno sulla pietra quando anche quello venne levato.

Le tombe non contenevano che i resti dei Fondatori.

58

Per qualche minuto, ogni cosa sembrò congelarsi, mentre ciascuno cercava un modo di affrontare la situazione.

Ci avevano creduto davvero, e ora le loro speranze erano andate in fumo. Non c'era modo di spezzare il vincolo, avevano inseguito un fantasma.

Poi si svolse tutto troppo rapidamente.

Gareth tentò di gridare un avvertimento, ma la sua voce venne coperta dal rombo della frana.

Winter sentì il terreno cedere sotto i suoi piedi ma provò solo una strana indifferenza, come se quanto stava succedendo non la riguardasse.

Vaughan, il più vicino a lei, fece appena in tempo ad afferrarla prima che il pavimento cedesse del tutto. Atterrò violentemente, la ragazza sopra di sé, sbattendo la schiena contro il suolo molti metri più in basso. Il dolore gli mozzò il respiro, ma ebbe la prontezza di rotolare su un fianco, mettendo Winter sotto di sé per ripararla dalla pioggia di detriti.

Strinse i denti in attesa che la frana cessasse.

Non sarebbe neppure un brutto modo per morire, pensò divertito concentrandosi sul profumo della ragazza, *ma forse è meglio rimandare il momento...*

Si risollevò facendo forza sulle braccia e cercò un riparo, in parte trascinandosi dietro Winter, in parte appoggiandosi a lei.

S'infilarono in una minuscola nicchia scavata nella roccia. Solo allora Darran Vaughan si concesse di crollare, mentre la polvere tornava a depositarsi tutto attorno.

Nell'oscurità, Winter sentì il suo peso addosso.

Lui aveva il respiro così irregolare che lei ebbe paura a muoversi.

— Sta bene? — domandò esitante. — Professore...

Il vampiro mosse appena la testa contro la sua spalla.

— Fa male — confessò con l'accenno roco di una risata.

I battiti violenti del suo cuore impiegarono qualche minuto a rallentare. Erano così immobili e vicini che Winter ne avvertiva l'eco dentro di sé.

— Professore... — ritentò poi.

— Falla finita — la interruppe lui bruscamente. — Ho un nome. Dopo essermi preso un quintale di terra sulla schiena al posto tuo, ho almeno il diritto di sentirtelo usare.

La ragazza sospirò. — Be', direi che sei vivo, Darran Vaughan — commentò stancamente.

La vibrazione del Potere era diventata tanto intensa da obnubilarle il cervello. Le sembrava di trovarsi in un sogno vivido e delirante.

Raccolse le forze tentando di ritrarsi, ma Vaughan strisciò in avanti, bloccandola sotto di sé.

— Non è divertente? — disse con una sorta di rassegnata ironia. — Anche questa volta ti avrei in pugno, eppure il Potere del tuo sangue mi è inaccessibile.

Winter era troppo stordita per trovarlo inquietante.

— Già — mormorò sottovoce. — Non esiste nessuna *Corona Argentea.*

Tacque, mentre i pensieri andavano e venivano a loro piacere.

— Perché mi hai salvato? — chiese poi. — Rimarrò legata a Rhys, nessun altro diventerà Immortale. Se invece fossi morta, ti saresti sbarazzato anche di lui.

Vaughan rise. Non si sentiva più lucido di lei e scoprì che quella era una domanda cui non sapeva davvero rispondere.

— Forse sono solo molto ottimista — borbottò, solleticandole la clavicola a ogni parola. A pochi centimetri dalla sua bocca, avvertiva il pulsare della vena. I canini gli scivolarono fuori dalle labbra in risposta. — Devi essere talmente deliziosa — sussurrò spingendo le dita fino al collo della sua maglietta.

Forse non diventerò Immortale, Winter, ma perché no?

Winter s'irrigidì all'istante.

— Non pensarci nemmeno — sibilò.

Il respiro di Vaughan si avvicinò ancora alla sua pelle.
— Perché non dovrei?

Winter ragionava lentamente.

Qualcosa in lei rispondeva intensamente alla Sete, e avvolti da tutto quel Potere, reagire era quasi al di sopra delle sue possibilità.

— Il nuovo Gran Maestro lo saprà all'istante, se glielo permetto...

— Questo, invece, è il punto — sbuffò contrariato. Inaspettatamente le posò un bacio sulla gola così delicato da strapparle un brivido. — Ti giuro solennemente che troverò quella maledetta corona, Winter Blackwood Starr — promise, rendendo la sua voce un tocco di velluto. — E allora avrò il tuo collo, che ti piaccia o no. Insieme, temo, alla tua anima e al tuo cuore.

— Credimi, dovrai accontentarti del sangue — lo contraddisse lei con assoluta certezza. — Se mai verrà quel momento.

Vaughan si risollevò, decidendosi finalmente a lasciare la nicchia. Muoversi gli provocava ancora qualche fitta di dolore, ma era piuttosto soddisfatto.

Sbagli, Winter. Forse non proveresti per me lo stesso amore disperato che provi per lui, ma il dono di sangue è una magia che né tu né io potremmo combattere a lungo.

Era un pensiero piuttosto affascinante, considerò osservando la figura sottile della ragazza appena visibile in quell'illuminazione fioca.

Furono le voci piene di tensione degli altri, alte sopra le loro teste, a riscuoterli davvero.

— Winter!

— Stiamo bene — gridò la ragazza. — Siamo qua sotto.

Vaughan scosse la testa. — Personalmente, io sarei un po' ammaccato, tesoro. E sappi che approfitterò della tua inevitabile riconoscenza.

Winter finse di non averlo sentito. Alla luce delle torce, cominciò a guardarsi attorno, studiando quel nuovo ambiente sconosciuto. Le pareti erano in pietra levigata, adorne di ciò che restava di antichi affreschi.

— Un'altra stanza.

Una stanza satura della magia delle due Stirpi.

Il nuovo moto di speranza si tradusse in una tachicardia violenta.

Più o meno al centro c'era una sorta di piattaforma circolare in pietra, ricoperta di quella che pareva lamina metallica.

— Sembrerebbe un altare — osservò Vaughan avvicinandosi a sua volta.

Winter lo sfiorò, comprendendo che il Potere veniva da lì. Le sue dita incontrarono un'incisione sul basamento.

— Gareth! — chiamò. — Forse abbiamo trovato la tua iscrizione.

Quando il ragazzo li raggiunse calandosi con una torcia, la loro supposizione venne confermata.

L'altare era di marmo chiaro, ma i suoi fianchi erano ricoperti da uno spesso strato d'argento che il tempo aveva reso opaco. Vaughan lo spolverò, ammirando l'intreccio celtico che lo percorreva per tutta la circonferenza, due linee unite in complesse volute.

Winter lo contemplò affascinata.

— Credo che le linee intrecciate rappresentino le due Stirpi — azzardò Vaughan, tornando per un istante il professore di storia che si era finto a Cae Mefus.

Servendosi del cellulare, Gareth cominciò a scattare foto a ogni angolo della cripta, per poterle riesaminare in un secondo momento. Forse le iscrizioni dell'altare o qualche simbolo dipinto sulle pareti avrebbero potuto fornire loro qualche indizio.

— È ora di andare — li ammonì poco dopo Danny sporgendosi dall'apertura sopra di loro e rabbrividendo in quell'atmosfera carica di energia sovrannaturale.

Winter scosse il capo con veemenza. — Non possiamo. È il posto giusto!

Gareth le cinse le spalle in un gesto confortante guidandola verso la fune che avrebbe permesso loro di risalire.

— Non c'è traccia della corona, Win — mormorò tristemente. — Mi dispiace.

— Davvero, Gareth. È questo il posto, devi credermi!

Danny sospirò inquieto. — Se non ci sbrighiamo resteremo imprigionati qua dentro per tutto il giorno — insisté. — La metropolitana sta per tornare in funzione.

La *Corona Argentea* era vicina. Forse ci avrebbero messo settimane a trovarla, ma Winter avvertiva la presenza dell'amuleto con una certezza bruciante.

Non potevano semplicemente andarsene, non ora che Vaughan sapeva dov'era custodita. Se l'avesse trovata prima di loro, le avrebbe concesso di servirsene per recidere il suo legame con Rhys solo in cambio della propria immortalità.

— Papà! Non possiamo andarcene!

Morgan Blackwood sospirò, scontento quanto lei. — Ti giuro che torneremo a prenderla, Winter. Ora però venite su. Dobbiamo allontanarci prima che ci siano nuovi crolli.

Mentre risaliva la corda, Winter desiderò urlare, tanto era cocente la frustrazione.

59

Erano circa a metà della risalita in superficie attraverso i cunicoli, quando Vaughan scivolò in una stretta rientranza approfittando dell'oscurità. I vampiri che lo circondavano proseguirono a un suo cenno.

Il gruppo procedeva alla spicciolata, cupo e di malumore, e Winter aveva fatto in modo di isolarsi dai suoi compagni.

Trascinarla accanto a sé fu sin troppo facile.

— Lo sai? La rabbia ti dona — le disse nell'orecchio, premendole una mano sulla bocca.

Il suo mugolio indignato lo fece sorridere.

— Tranquilla, se avessi voluto farti del male, avrei avuto decine di occasioni più adatte. Voglio solo proporti un accordo privato, il che significa che il tuo paparino e Doug non devono saperne niente.

Winter sbuffò sulle sue dita.

— Blackey teme nuovi crolli — proseguì allora il vampiro. — Una preoccupazione che io e te condividiamo di sicuro, no? Solo che, come ogni buon genitore, lui è ossessionato dal pensiero della tua sicurezza e la sua ansia lo rende un po'... — Fece una pausa, fingendo di cercare le parole. — ...ottuso. Perché quello non è affatto il vero pericolo, sei d'accordo? Noi sappiamo bene che il rischio maggiore è che quella cripta venga di nuovo inghiottita dalla terra. E forse non lo temiamo per gli stessi motivi, ma su questo non possiamo che essere d'accordo.

La ragazza annuì.

Vaughan lasciò scivolare la mano fermandola sulla pelle liscia del collo un istante più del necessario.

— Allora la proposta è questa: io ti trovo la *Corona Argentea* e tu fai in modo di raggiungermi non appena ci sarò riuscito. Da sola.

Winter si sentì soffocare. Accettare sarebbe stato dannatamente ingenuo...

— Naturalmente mi assumo ogni rischio, potrei pur sempre morire nell'impresa. Ma riflettici: nessuno impedirà a me e ai vampiri che mi ubbidiscono di metterci in pericolo, quindi dalla nostra abbiamo una maggiore libertà di movimento. Rhys Llewelyn condivide i tuoi pensieri, non i miei. È te che sorveglia, mentre non è nemmeno sicuro che io mi trovi a Londra. E sappiamo benissimo con quanto impegno tenterà di impedirti di scindere il vostro legame. Senza contare che, anche ammesso che mi scopra o l'abbia già fatto attraverso la tua mente, non ti dispiacerà perdere me invece dei tuoi amici, non è vero, Winter?

La tentazione diventava di secondo in secondo più irresistibile.

Winter soffiò fuori tutta l'aria che le rimaneva nei polmoni, obbligandosi a riflettere.

— Voglio una gara equa, Darran — mormorò infine, sollevandosi sulle punte per accostargli le labbra all'orecchio. — Hai a disposizione tutte le ore del giorno, ma di notte lascerai campo libero a noi. E non ne parlerai con anima viva.

Vaughan si finse sorpreso, ma dentro di sé esultò.

In fondo è così facile ingannarti, Winter.

Non era affatto certo che lei avrebbe accettato, se avesse saputo che per completare la corona era necessario il rubino che lui custodiva.

— D'accordo — concesse quindi. — Ma sappi che da questo momento è solo questione di tempo. Mi chiedo quale sia il tuo sapore dal primo istante in cui ti ho vista...

— Mi auguro che te lo chiederai per tutta la vita — replicò Winter, uscendo dall'improvvisato nascondiglio.

Vaughan attese immobile, sorridendo tra sé, fino a che Morgan Blackwood non gli passò accanto.

— Devi fare un discorsetto con tua figlia, Blackey — commentò quindi allegramente. — Non riesce proprio a capire quando qualcuno cerca di corteggiarla.

60

La cena a casa Chiplin non era diversa da tutte quelle che Gareth ricordava, quasi che dall'ultima cui aveva partecipato fosse trascorso un solo giorno e non settimane.

Sua madre era in riviera con Dai, come faceva tutti gli anni in quel mese, e Griffith aveva fatto del suo meglio per sostituirla ai fornelli.

Sia lui che Eleri si sforzarono per tutto il tempo di evitare qualsiasi argomento che potesse ricordare i disordini di quel periodo e presto il ragazzo ne ebbe abbastanza.

Lasciò il proprio posto di scatto, prese il telecomando e accese la televisione sintonizzandola sul notiziario.

— Le tre aggressioni di stanotte alzano ancora il livello di allerta. Edimburgo, Scarborough e Truro... Da un capo all'altro del Regno, gli episodi di violenza sono in continua ascesa — annunciò la solita speaker bionda nella sua perfetta cadenza londinese. — Gli esperti ribadiscono la mancanza di connessioni tra i casi, ma questo è di poco conforto ai parenti dell'ennesima vittima, il quarantenne Jeremy Lincoln.

— Perfetto — soffiò il ragazzo tra i denti.

Il volto solitamente pacato di Griffith Chiplin s'irrigidì.

— Che cosa stai cercando di dimostrare, Gareth?

— Io proprio niente, papà — rispose lui cupo. — Bastano i fatti a parlare, non ti pare?

— Siamo in un brutto momento, ragazzi... — cominciò a dire suo padre.

— Palle! — lo interruppe Gareth rabbiosamente — Me le sono dovute sorbire per anni, prima di iniziare a capire veramente come stavano le cose, e adesso El deve fare la stessa cosa!

— Perché? Come stanno davvero le cose? — ribatté l'uomo alzando la voce. — Spiegacelo, visto che dici di averlo capito!

Gareth serrò i pugni. — Io... io non lo so, papà. So solo che abbiamo fatto finta di niente per tutta la vita, accontentandoci di ogni dannata versione ufficiale, credendo che il Patto fosse giusto e sacro. Intoccabile. Che il Consiglio pensasse ai nostri bisogni.

S'interruppe, lasciandosi ricadere sulla sedia. Non sapeva nemmeno perché avesse dato il via a quella sceneggiata, forse solo perché avevano trascorso ogni notte di quella settimana alla ricerca della *Corona Argentea* senza trovarne traccia.

— Fennah e Lochinvar hanno solo fatto i loro interessi, prendendoci in giro dal primo all'ultimo — concluse sforzandosi di smorzare il proprio tono. — Adesso il Patto è crollato e noi ci guardiamo intorno come pecore chiedendoci cosa fare.

Griffith gli batté un colpetto sulla mano, guardandolo pieno di comprensione. — Non so come mai tu ne sia convinto, Gary, ma dovresti sforzarti di capire che i Consiglieri affrontano raramente decisioni facili.

— Come tutti noi — replicò Gareth pungente. — Prendi quello che hanno fatto a Winter... Non possiamo ignorarlo, proprio noi. Ha vissuto sotto il nostro tetto per mesi, e abbiamo avuto il permesso di raccontarle ciò che aveva il diritto di sapere solo quando è stato troppo tardi. — Rivolse al padre uno sguardo pieno di collera. — Hai idea di cosa stia succedendo a Londra? I vampiri scendono in caccia ogni notte e la nuova guida dell'Ordine non ha intenzione di alzare un dito per fermarli. E dopo aver visto tutto questo, torno a casa e qual è la tua massima preoccupazione, papà? Cosa cucinare per cena? C'è un futuro da decidere, maledizione! Sono stanco di farmi lasciare in panchina e non riesco a capire come facciate tu e la mamma a trascorrerci la vita!

— Sei teso e arrabbiato, Gary. Quando sarai più calmo potremo discuterne civilmente — dichiarò l'uomo alzandosi per sparecchiare.

Gareth cercò il viso della sorella. — Almeno ti hanno detto cos'è successo, El? Ti hanno informata che le Famiglie dovranno sottomettersi a Llewelyn, se non troveranno il modo di fermarlo? Se Winter non darà la vita per fermarlo? — Emise un sospiro rovente, continuando a fissare gli occhi azzurri di Eleri. — È un prezzo che siete disposti a pagare? — Si passò la mano sulla fronte, scacciando la tristezza dal proprio sguardo. – Perché lei lo è. È pronta a tutto. E io sono fiero di essere suo amico... e la aiuterò in ogni modo possibile.

Eleri si portò la mano alla bocca.

— È così, papà? – domandò con un filo di voce.

Griffith sbatté le posate nel lavandino in un clangore metallico.

— La vostra amica ha fatto delle scelte precise — sentenziò in tono duro. — Scelte che noi abbiamo scoperto perché il nuovo Gran Maestro ha ottenuto il titolo grazie all'immortalità e al Potere che *lei* gli ha donato. Winter non ha nemmeno ritenuto opportuno dircelo.

Gareth premette le unghie contro il legno del tavolo, furente. — Ah, sì? Sono felice che tu la pensi così, perché io mi sento in colpa per ciò che è successo, per aver ubbidito a ordini che mi hanno impedito di starle vicino quando ne avrebbe avuto più bisogno. E la sai una cosa, papà? Se lei è colpevole, nemmeno io mi sento troppo innocente. Ma anche se lo fossi, non vorrei pagare la mia salvezza con la sua vita.

Si alzò bruscamente, fece le scale due gradini per volta e raggiunse la propria stanza, sbattendo infine la porta.

Dalla cucina, al piano di sotto, giungeva il suono di voci concitate, ma non si prese il disturbo di cercare di distinguerne le parole.

Qualche minuto dopo, Eleri entrò nella sua camera e si sedette sul letto accanto a lui.

— Ti avverto, Gary — disse con la sua voce limpida. — Le accuse che hai rivolto a papà sono pesanti e il fatto che tu sia innamorato di Winter non ti autorizza a parlargli in quel modo, a meno...

— *Cer'yr Diawl*, El! — ringhiò il ragazzo. — Se ti sta bene così, non rompere!

Eleri alzò gli occhi al cielo.

— ...a meno che non siano vere — concluse senza lasciarsi intimidire.

Si guardarono in silenzio, poi la ragazza sospirò.

— Ha donato il suo sangue a Llewelyn, vero?

— Questa non è neanche lontanamente la parte più grave, El. Llewelyn si sta lasciando corrompere dal Potere e lei è l'unica in grado di fermarlo. Ah, le Famiglie la obbligheranno a ucciderlo, anche se questo le costerà la vita... Ti basta come quadretto?

Eleri aveva gli occhi lucidi e Gareth si sentì un mostro ad averle rivelato la verità in quel modo.

— Scusami, è che non riesco proprio ad accettarlo. Non sopporto l'idea che mamma e papà sosterranno questa follia.

— Non è che la *sostengano* — sbuffò la ragazza.

— Non sostenerla significa opporsi concretamente, sorellina — replicò lui in tono più dolce. — Aiuta Winter a trovare quello stupidissimo amuleto. Accidenti, persino Vaughan è più collaborativo di loro!

Eleri gli assestò una spinta. — Vaughan non fa nulla che non gli faccia comodo — replicò. Poi mise a fuoco il resto della frase. — Di che cavolo di amuleto parli, Gary? Se secondo te gli altri nascondono delle cose, almeno tu sforzati di essere chiaro...

Gareth le riassunse in breve tutto ciò che sapeva del vincolo che legava Winter a Rhys e della *Corona Argentea*. Eleri si prese qualche minuto per riflettere.

— Ce l'hai con te una copia di quell'incisione?

Gareth estrasse dalla tasca posteriore dei pantaloni un foglietto malamente ripiegato e glielo porse.

— *Hic est domus aeternitatis* — cominciò a leggere lei. — All'incirca, "questa è la dimora dell'eternità"... *Coniunctio morte absoluta*, "l'unione viene sciolta dalla morte".

Gareth aveva completamente dimenticato che latino era uno dei corsi preferiti dalla ragazza. Sua sorella scorse le righe in fretta, mormorando le parole tra sé, e infine si alzò, diretta alla propria stanza.

— Ho bisogno del mio vocabolario — annunciò, lasciandolo fremere nell'attesa.

Quando tornò, con una mano a tenere il segno nel tomo enorme che reggeva, la sua espressione era raggiante.

— *Corona* — lesse spalancando il volume sulla scrivania. — "Diadema, corona." Oppure "cerchio".

Il suo sguardo turchese brillava di concentrazione.

— Cerchio, circolo. Capisci?

Gareth si strinse nelle spalle, spazientito.

— Gary, forse stavate semplicemente cercando la cosa sbagliata. Se significa anche "cerchio" non è detto che dobbiate cercare un oggetto, forse si tratta di un luogo. C'è scritto *de Corona libertas.* Significa che la libertà viene "dal cerchio", non "per mezzo della corona". Forse dovete fare qualcosa in un posto specifico, un rito, una formula...

Il ragazzo spalancò la bocca, cominciando a mettere insieme i dettagli.

— «Nascosta nella terra, là dove Rowena giace...» — mormorò lentamente. — Potrebbe essere l'altare rotondo!

Come avevano fatto a non capirlo prima? L'altare era un cerchio di pietra ricoperto d'argento.

— Sei un genio, El! — esclamò, afferrando il cellulare e digitando il numero a memoria.

Continuò a far oscillare il ginocchio nell'attesa, mentre Eleri lo scrutava trattenendo il fiato. Winter rispose al terzo squillo.

— Win, mia sorella ha capito — le annunciò Gareth d'un fiato. — Ci siamo sbagliati. Non esiste nessun diadema! La *Corona Argentea* è l'altare circolare: per questo sentivi il Potere. L'abbiamo trovato, Win, sei libera!

Quando riattaccò, dopo un breve scambio di battute, sapeva già cosa avrebbe fatto.

Eleri lo aiutò a rifare i bagagli con un sorriso complice e infine lo strinse in un abbraccio che esprimeva tutta la sua preoccupazione.

— Fidati di papà e mamma, Gary — gli disse scacciando la commozione. — Tutto quello che fanno, lo fanno per noi.

Gareth le schioccò un bacio sulla guancia. — Sta' loro vicino, El. A farli preoccupare basto io.

Si sorrisero, alleati come sempre, poi il ragazzo s'incamminò verso la stazione.

61

La donna scese dall'auto guardandosi attorno con circospezione. Aveva fatto quello stesso tragitto centinaia di volte, tornando dal lavoro.

La gente esagera, pensò, assestandosi la borsa in spalla prima di richiudere la portiera. Eppure, gli articoli che aveva letto sul "Times" le impedivano di essere davvero tranquilla.

Piantala! si impose. *E vedi di sbrigarti, piuttosto. Se non ti spicci, la babysitter ti farà pagare un'ora in più e prima della fine del mese dovrai supplicare la mamma di tenerti i gemelli. Altro che aggressioni misteriose: questo sì che sarebbe terrificante!*

Quel pensiero le scatenò una risatina nervosa. Essere una giovane madre separata nella capitale si stava rivelando ancora più difficile di quanto si fosse aspettata.

Si avviò rapida, i tacchetti che picchiavano vivacemente sull'asfalto, cercando di battere il proprio personale primato.

Southwork non era una delle zone migliori di Londra – e saper correre sui tacchi era una dote che le ragazze del posto imparavano praticamente dall'infanzia –, ma aveva il pregio di essere economica.

La donna rallentò appena, immersa nei propri pensieri. Le era bastato vedere di sfuggita una sagoma alta e snella per farsi tornare in mente il suo capo e i suoi stupidi rimproveri.

Una giornata da dimenticare, si disse esasperata. Non vedeva l'ora di chiudersi la porta di casa alle spalle per concedersi un buon sonno.

Purtroppo non ci arrivò mai, perché la sagoma alta e snella le sbarrò il passo e i suoi compari le tagliarono la fuga.

Fece appena in tempo a urlare, poi rimase a fissare i lampioni con occhi spenti, mentre i vampiri si dissetavano alle sue vene.

Il giorno dopo, i quotidiani avrebbero rivelato che si chiamava Meryl Grant, e nessuno avrebbe protestato dicendo che il suo nome andava scritto con due R.

Rhys scese da una delle auto con un movimento fluido e raggiunse suo padre.

Incrociò le braccia sul petto e attese, appoggiato alla vettura, l'arrivo dei loro ospiti mentre i Soldier si disponevano a ventaglio attorno a lui.

Quel vecchio capannone industriale della periferia era un luogo ideale per le trattative che li attendevano, isolato e tranquillo quanto bastava.

Nessuno li avrebbe interrotti o ostacolati. Una volta di più, Hywel Llewelyn aveva fatto bene il proprio lavoro.

I vampiri di Dover non si fecero aspettare a lungo. Le due vetture del loro corteo percorsero il cortile asfaltato, fermandosi a distanza di sicurezza da loro.

Quando spensero i motori, calò il silenzio.

— Ci siamo, figliolo — osservò Hywel Llewelyn, pregustando l'incontro con un sorriso.

Rhys lo guardò inespressivo, poi riportò gli occhi sui nuovi venuti.

Qualcuno, nell'auto al centro del corteo, abbassò i finestrini oscurati rivelando, alla luce dei fari, la vampira nell'abitacolo.

Dunque la Maestra della Loggia di Dover era venuta di persona per assistere alle trattative.

Il ragazzo rimase impassibile, ma approvò silenziosamente la sua scelta di rimanere in macchina. Non gli sarebbe piaciuto confrontarsi con lei.

Sollevò appena una mano in segno di saluto e la vampira lo ricambiò con un cenno del capo. Poi i suoi inviati attraversarono lo spazio che li separava, fermandosi al centro di quella terra di nessuno.

— Si aprano le danze — mormorò Rhys con un vago sorriso. A un suo ordine, i Soldier lo precedettero, facendo da scudo a lui e a suo padre.

La disparità degli schieramenti era così evidente che il capo della delegazione di Dover si accigliò per un istante prima di inchinarsi rispettosamente.

— I nostri omaggi, Gran Maestro.

Rhys attese che si fosse rialzato. — Siate i benvenuti.

Il Potere lo circondava e lui lasciò che i nuovi venuti se ne accorgessero. Così doveva essere.

Si sentiva forte quella notte, pronto al nuovo atto della sua battaglia.

— Siamo qui per chiarire le nostre posizioni, Gran Maestro — esordì finalmente il vampiro di Dover — in virtù della libertà concessa a ogni Loggia dell'Ordine.

Il ragazzo annuì solennemente senza che il suo viso tradisse alcuna emozione. — Vi ascolto.

— La nostra Maestra mi ha incaricato di riferirvi che le Famiglie della nostra città non approvano l'incertezza di questo periodo. Minacciano di privarci del loro sostegno, interrompendo ogni collaborazione con l'Ordine.

— Sta confermando una voce di cui ero al corrente — replicò Rhys. — Comprendo davvero la situazione spinosa in cui la Loggia di Dover si trova.

Sul volto dell'altro affiorò una vaga speranza.

— Le Famiglie ci hanno chiesto di schierarci — confessò, a disagio sotto lo sguardo di quel ragazzo pieno di Potere.

Rhys tenne gli occhi nei suoi in attesa. Sarebbe stato il vampiro di Dover a distoglierli per primo.

— È ciò che vi chiedo anch'io — disse con calma cristallina.

Finalmente l'altro abbassò il viso. L'immobile rigidità delle sue spalle diceva quanto cominciasse a essere agitato.

Tuttavia, dopo qualche istante, ricominciò a parlare. — Le Famiglie non approvano il nuovo Gran Maestro. Non sono disposte a lasciare invendicata la morte di Lochinvar né tanto meno a tollerare l'esistenza di un Immortale. A Dover e ovunque. La nostra Maestra la invita a riconsiderare le sue decisioni, Rhys Llewelyn, perché la strada che ha scelto sgretolerà il Patto e persino il Consiglio.

Sei coraggioso, uomo di Dover, dovette riconoscergli Rhys. Sarebbe stato un valido alleato, se solo avesse scelto diversamente.

Fece una risata di seta. — Non esiste più alcun Patto. L'Ordine non ha bisogno del Consiglio. Le Famiglie stanno solo tardando ad accorgersene, ma stanotte le aiuteremo.

Il messaggero deglutì a vuoto.

— Chieda alla Maestra della Loggia se la sua è una scelta definitiva — lo esortò Rhys. — Le chieda di decidere se seguirà gli umani delle Famiglie, tradendo la sua stessa Stirpe.

Il vampiro di Dover si portò la mano al petto e tornò rigidamente verso le auto, un'ombra nera contro le loro luci.

— Un vero peccato... — commentò nel frattempo Hywel Llewelyn.

Rhys lo ignorò.

— Tenetevi pronti — ordinò ai Soldier.

Sapeva già quale sarebbe stata la risposta della Loggia di Dover. E sì, era un peccato.

Il portavoce tornò indietro dopo qualche minuto. Il pallore sul suo volto indicava che non si faceva illusioni sulla propria sorte.

— La Maestra di Dover non la appoggerà, Rhys Llewelyn — riferì in tono definitivo, rifiutandosi di rivolgersi a lui con il titolo che gli spettava. — Tradire il Patto è il peggiore tradimento verso la propria Stirpe e la nostra Loggia non si macchierà di una simile colpa.

Sospirò, leggendo la propria condanna sul viso del ragazzo. Per un attimo fugace, mentre rimaneva in attesa, il vampiro di Dover vide Rhys Llewelyn per ciò che avrebbe dovuto essere: un giovane che fino a poco tempo prima era stato un bambino innocente.

— Mi dispiace, ragazzo — mormorò tristemente. — L'immortalità che hai scelto *è* tradimento.

Rhys serrò le labbra, ignorando la tristezza che gli esplodeva nel petto. Era così intensa da essere intollerabile e, ancora una volta, la soffocò nella rabbia.

Collera cieca verso il mondo intero.

Verso se stesso.
Verso Winter.
Forse le cose sarebbero diverse se tu avessi scelto di stare al mio fianco, amore mio, pensò confusamente.
La calda sfumatura color ocra dei suoi occhi divenne crudele.
— Ora — sussurrò infine.
I Soldier bloccarono immediatamente i vampiri di Dover, lasciando libero solo il portavoce della loro guida al centro di un cerchio improvvisato.
Rhys gli si avvicinò.
— Questa è la risposta dell'Ordine — sentenziò, spezzandogli il collo con un unico, rapido movimento.
Quindi il cerchio si riaprì, consentendo alla vampira nell'auto di vedere il corpo che cadeva a terra.
Piena di orrore, la Maestra della Loggia di Dover aprì la portiera e avanzò verso di loro a testa alta.
Aveva appena perso un amico e un alleato prezioso e il resto della sua scorta rischiava di fare la stessa fine.
Quando s'inginocchiò in segno di sottomissione, Rhys seppe che lo faceva per salvare le loro vite.
Questo dovrei essere per l'Ordine. Un difensore, pensò amaramente. In quel momento avrebbe dato qualsiasi cosa per poter tornare indietro.
Sono stati loro a impedirtelo, rispose una voce nella sua mente. Una voce sgradevolmente simile a quella di suo padre.

Cameron Farland si lasciò ricadere a terra dopo aver osservato l'intera scena con un binocolo.
Perché, amico mio?
Fino all'ultimo aveva sperato che Rhys avrebbe cambiato idea.

Maledisse se stesso per aver voluto spiare quell'incontro, per tutte le ore trascorse in appostamento.

Eppure l'avrebbe rifatto. Perché ciò che aveva visto cambiava tutto. Perché aveva avuto bisogno di scrutare il baratro con i propri occhi.

— Mi dispiace, Rhys — mormorò trattenendo le lacrime.

Avevano tentato. E avevano fallito.

62

Il trillo impazzito del suo cellulare svegliò Winter da un sonno tormentato.

Aveva esaminato le foto della cripta per tutta la notte, prima di spedirle a Eleri perché li aiutasse nella traduzione e Gareth era tornato dal Galles verso l'alba, il che le aveva concesso appena poche ore di riposo. Le scoppiava la testa.

Trovò il telefono a tentoni e se lo accostò all'orecchio prima ancora di aprire gli occhi.

— Avevi ragione — disse Cameron Farland.

La confusione di lei si dissolse in un istante.

— Cos'è successo?

— Ha ucciso il portavoce della Loggia di Dover e la Maestra si è dovuta arrendere. Tra una settimana Rhys riunirà ciò che resta del Consiglio in Galles, ma è una trappola. Lui e suo padre non hanno alcuna intenzione di fermarsi.

La testa di Winter prese a girare vorticosamente.

Una settimana... sette giorni appena, e il caos sarebbe scoppiato definitivamente.

È troppo poco, realizzò disperatamente. *Non siamo pronti*... Io *non sono pronta!*

— Cameron, ne sei certo?

Il ragazzo soffiò nel ricevitore. — Credi che abbia voglia di scherzare? Perché non è divertente parlare dell'omicidio del mio migliore amico.

Le si contrasse la gola. Winter annaspò in cerca di aria.

— Perché è di questo che dobbiamo parlare, ormai. Hai già letto il giornale? Dal rogo di York sono emersi sei cadaveri. Sei, maledizione! E a Southwork è stata assassinata una donna anche stanotte.

Controllando a stento il tremito che la scuoteva, lei scese dal letto.

— Vediamoci a St James. Sto arrivando, Cam.

È troppo presto! Maledizione!

Accese il portatile e si vestì tremando.

Ti prego, El, ti prego.

Controllò la posta incrociando le dita spasmodicamente. Non potevano fare niente, senza la traduzione del rituale, e non c'era più tempo.

Ancora una settimana e Rhys avrebbe rovesciato il Consiglio.

Perché? Non ti bastava ciò che avevamo? Perché mi obblighi a farlo? Perché...

Si bloccò, comprendendo la fine di quel pensiero.

Perché devi costringermi a odiarti?

Ecco ciò che non aveva il coraggio di dire nemmeno nel silenzio della propria mente.

Ma era così? Era davvero l'unica cosa che restava del loro amore... odio, rabbia e paura?

Eppure era arrivato il momento di decidere

Cosa sei disposta a rischiare per amore, Winter Blackwood Starr? tornò a ripetersi.

Improvvisamente, la tristezza si era fatta asciutta, lasciandola lucida e freddamente razionale.

O, almeno, per ciò che rimane dell'amore, precisò tra sé con un distacco innaturale. *Tanto non importa, finirà tutto nel momento in cui lo affronterai. Non ci saranno cocci da rimettere insieme, Win... nemmeno se sopravviverai.*

I suoi occhi erano fissi sullo schermo del computer, ma in quel momento Winter era altrove. Era sola con se stessa in un mondo in cui non poteva più ingannarsi.

Noi due, comprese finalmente, *o quello che è giusto?*

Quell'amore disperato, incatenato al Potere e al Sangue, o la salvezza di tutti, amici e sconosciuti? Di gente che nemmeno sapeva di essere in pericolo?

Perché era inutile mentire, non sarebbe mai riuscita a odiare Rhys. Poteva persino averne paura, ma non l'avrebbe mai odiato.

Era disposta a sacrificare ogni battito del suo cuore per chi, in un modo o nell'altro, per proteggerla o manovrarla, l'aveva ingannata? A dare la sua vita e quella del ragazzo che amava?

Winter provò il desiderio di ridere perché, messa così, la domanda era dannatamente semplice.

Se Rhys poteva sopportare il prezzo del mondo che stava creando, lei era in grado di fare altrettanto?

Cosa sei disposta a sacrificare per amore, Winter? La giustizia? I tuoi amici?

Oh, no, Rhys. Non così tanto.

Né per salvare me stessa, né per salvare te.

Doveva fare in fretta, stabilì tornando bruscamente al presente. Aveva bisogno del rituale e ne aveva bisogno subito.

Aprì tutti i file di immagine, ricontrollandoli affannosamente, ma anche attentamente, uno a uno. *Doveva* esserci qualche indizio.

I Fondatori avevano creato la *Corona Argentea*, loro avevano saputo come usarne il Potere.

Dal cerchio, la libertà...

Ma come? *Come?*

Si impose di riflettere. Ogni indizio andava decodificato, ma tutti si riferivano alla stanza sotto i sotterranei delle statue.

Si concesse una risata nervosa. Se solo i Fondatori si fossero presi il disturbo di lasciare un libretto di istruzioni accanto all'altare...

Un momento: e se fosse stato davvero così?

Ispezionò le foto dell'intera cripta alla ricerca di un nascondiglio, una nicchia, un luogo abbastanza grande da custodire un codice miniato.

E si diede della stupida.

Era tutto scritto su quelle pareti: il modo di attivare la *Corona Argentea* era rappresentato in ogni passaggio sugli affreschi che le decoravano.

63

Eleri aveva trascorso l'intero viaggio da Cae Mefus tamburellando i piedi sul linoleum del treno.

La copia del "Pioneer" che le giaceva sui jeans l'aveva gettata in uno stato di agitazione mai sperimentato.

Morti. Ogni giorno che passava, la rivolta dei vampiri continuava a mietere vittime.

Sospirò rumorosamente, inquieta nella solitudine di quel vagone, e prese a giocherellare con gli smarties variopinti del suo braccialetto.

La sua espressione tesa faceva uno strano contrasto con l'allegro rosa shocking della sua maglietta.

— Dovevi essere meno convincente, Gary, accidenti a te! — protestò senza nemmeno curarsi di abbassare la voce.

Controllò nuovamente l'indicatore della fermata e sbuffò.

Mancava più di mezz'ora a Londra.

Solo quando si ritrovò con Cameron a St James Park, Winter si rese conto che il suo piano non aveva senso.

Stava rischiando di comportarsi in modo stupidamente ingenuo per il puro bisogno di rivedere di persona quegli affreschi e leggere le incisioni.

— Sono una stupida, Cameron — esplose, battendosi una mano sulla fronte.

Vaughan era là dentro, in base all'accordo segreto che lei stessa aveva stretto con lui. Lei non poteva semplicemente correre alla cripta come se niente fosse.

O forse sì?

Sarebbe stato davvero possibile nascondergli ciò che aveva scoperto?

Ma anche ammesso che ci riuscisse, Vaughan avrebbe potuto benissimo decidere di tenerla prigioniera, adesso che né suo padre né Dougall erano con lei per proteggerla. E in quel caso sarebbe davvero riuscita a controllare il Potere abbastanza da impedirglielo?

— Dobbiamo andarcene — riprese in tono risoluto. — Torneremo stanotte. Non so neanch'io perché ti ho portato qui, Cam.

Falso! dovette però riconoscere, alle prese con la sua nuova sincerità.

Si era diretta a St James perché aveva maledettamente paura di poter cambiare idea, che la sua determinazione svanisse, impedendole di compiere il proprio dovere.

Senti già la sua mancanza, la accusò la voce della coscienza.

— Cosa? — gridò Cameron.

Winter aveva appena scoperto di essere acutamente sensibile alla sua disperazione. Forse perché Cameron Farland voleva davvero bene a Rhys e l'angoscia che provava era l'eco della sua.

— Per favore, Cam — replicò con dolcezza. — Devi solo aspettare qualche ora. Adesso corriamo soltanto il rischio di peggiorare la situazione. Abbiamo bisogno d'aiuto...

Il ragazzo sollevò le labbra, svelando i canini.

— No. Siamo così vicini all'obbiettivo, non puoi tornare indietro! Non m'interessa se te la stai facendo sotto!

— Cameron, c'è Vaughan nella cripta!

Winter cercò di posargli una mano sulla spalla, ma il ragazzo si ritrasse.

— Dobbiamo vedere quegli affreschi — insistette irremovibile. — Cosa succederebbe se ti fossi sbagliata? Quanto tempo sprecheremmo? E intanto ci sarebbero altre vittime.

E le mani di Rhys si sporcherebbero di altro sangue... Non lo disse ad alta voce, non ce n'era bisogno. Entrambi stavano pensando la stessa cosa.

— Non mi sto sbagliando — cercò di farlo ragionare la ragazza. — Te lo giuro, eseguiremo il rituale stanotte. Sono solo poche ore. Non possiamo rischiare che Vaughan ci scopra. Se Rhys non ha diritto all'immortalità, l'ultima cosa da fare è permettere a Darran di ottenerla.

Cameron abbassò gli occhi, il petto che si alzava e abbassava rabbiosamente sotto la maglietta bianca, ma il suo silenzio era segno che lui aveva capito.

— Permettimi di dissentire, Winter — disse una voce nuova, risuonando pericolosamente vicina. — Trovo, al contrario, che sarebbe un'idea grandiosa. — Darran Vaughan le posò le mani sulle spalle, facendola sussultare, prima di soffiarle sul collo: — Una sola cosa mi amareggia davvero: avevamo un accordo, Winter, e tu l'hai... infranto. Tale padre, tale figlia.

Cameron riuscì a riscuotersi dalla sorpresa solo in quell'istante. Fulmineo, tentò di sferrargli un pugno, ma Crow non gliene lasciò il tempo.

Le sue dita gli afferrarono il polso, bloccandolo praticamente a mezz'aria.

Poi gli calò la mano libera sul lato del collo, di taglio, e il ragazzo si afflosciò con un gemito di dolore.

Vaughan mantenne la presa sulle spalle di Winter intanto che Crow legava Cameron con una spessa corda.

— Vogliamo andare? — disse quindi, prendendola sottobraccio con un sorriso affascinante.

— Incredibile come le cose più evidenti finiscano per passare inosservate — commentò Darran Vaughan mentre percorreva il perimetro della cripta a lunghi passi, trascinandosi ancora dietro Winter. — E dire che la soluzione è sempre stata qui, davanti ai nostri occhi...

Si fermò bruscamente e la ragazza ne approfittò per tentare di liberarsi. Vaughan glielo impedì, trattenendola con un sorriso raggiante.

— Ci aspetta un futuro interessante... — disse con uno strano calore. Il modo in cui la guardava era troppo intimo. — Ma in fondo i piaceri rimandati acquistano un sapore impagabile.

Winter strattonò di nuovo il braccio e questa volta riuscì a ritrarlo.

— Il rito, Darran — sibilò. — Compi quel maledetto rito e poi fai ciò che ti pare.

Lui la avvolse in uno sguardo obliquo eppure, a dispetto di tutto, sensuale.

— Sei ingenua, Winter — mormorò. Era così vicino che lei poteva sentirne il respiro sulla pelle. — È un lato di te che a volte mi commuove. — Si portò la mano al petto. — Aiutarti a compiere il rituale sarà un privilegio e un onore. Non chiedo di meglio che liberarti dal tuo scomodo principe azzurro, in fondo.

— Allora sbrighiamoci — replicò Winter tagliente.

Il vampiro simulò un inchino. I suoi occhi brillavano di divertimento, chiari come diamanti, tentatori mentre studiava insieme a lei i dipinti, un solo passo a separarli in quell'attesa sempre più faticosa.

— Non offenderti, Winter — disse sarcastico quando ebbero finito. — Temo dovrai concedermi di immobilizzarti, se vuoi che ti aiuti. A Glan Gors, l'ultima volta che ho cercato di essere cavalleresco con te, ho rischiato di morire per colpa del tuo innamorato e tu mi sei sfuggita. E io cerco sempre di imparare dai miei errori.

Winter lo squadrò furente. — Credi davvero che tenterei di fuggire?

Vaughan non riuscì a trattenere un nuovo sorriso. — Sì, a essere sincero. Ci sono molti aspetti del legame che ho intenzione di stringere con te che cominceranno a esserti chiari solo dopo che avremo iniziato. Sono anche ragionevolmente convinto che non li apprezzerai, perciò ho il diritto di tutelarmi, non ti pare? Non ti nascondo che mi risulterebbe abbastanza frustrante perderti di nuovo... Inoltre questo altare contiene più Potere di una bomba atomica. Sarebbe piuttosto rischioso scatenarlo a vuoto.

Winter schiuse le labbra, pronta a protestare, ma Vaughan vi premette sopra un dito per richiuderle.

— Non offrirmi la tua parola, non so che farmene. Per essere brutalmente onesto, mi hai già dimostrato più volte di non saperla mantenere. Ora dammi le mani, per cortesia.

La ragazza fece un passo indietro ma lui rise, avanzando fino a costringerla spalle al muro.

— Prima di tutto, dovresti aver chiaro quanto desidero strapparti a quel piccolo bastardo megalomane.

Winter era troppo arrabbiata per cedere. — Smettila! È il mio sangue che ti interessa.

Vaughan colpì il muro alle spalle della ragazza.

— Non costringermi a essere più svenevole di così, Winter Blackwood. Sono stato abbastanza esplicito, mi sembra.

Velocissimo, si lasciò scivolare accanto a lei.

— Il secondo motivo è che non hai scelta. Da circa un secolo sono in possesso di un certo rubino senza il quale la *Corona Argentea* non è che un vecchio rudere. E lo custodisco in una tasca.

Sollevò le braccia, scoccandole uno sguardo di sfida.

Stai mentendo, avrebbe voluto gridare Winter, ma sarebbe stato inutile. Aveva visto la pietra nelle sue mani, spiando tra i ricordi di Dougall.

Riluttante, gli tese i polsi.

Vaughan li prese con un sorriso di trionfo. Li imprigionò in una corda sottile e fece la stessa cosa con le caviglie, senza curarsi di farle male.

— Avrò tutta l'eternità per farmi perdonare — dichiarò prendendola in braccio con soddisfazione. — Ma non se il rituale fallisse.

Tuttavia la depositò sulla pietra fredda con una delicatezza insospettabile e il suo viso assunse una strana solennità.

— Mi dispiace, Winter — disse, sfilando il rubino dalla tasca e facendolo scivolare nel suo incavo sul fianco dell'altare. — Non sarà troppo piacevole per te.

Winter sollevò gli occhi al soffitto, serrando i pugni. Le bruciava la pelle a contatto con l'altare e il battito del cuore le picchiava in gola.

— Fai in fretta.

Vaughan la guardò un'ultima volta, quasi con aria

di rammarico, facendosi scivolare in mano un piccolo oggetto.

Winter colse appena uno scintillio, poi la lama del pugnale le recise un polso subito al di sopra della corda e il Potere la travolse in una mareggiata improvvisa.

64

— El? — Gareth aprì la porta con l'espressione più stupidamente sorpresa che Eleri gli avesse mai visto in tutta la vita.

— Ciao, fratellone — replicò la ragazza, aggirandolo per fare il suo primo ingresso in casa Starr.

Gli sguardi di tutti i presenti si puntarono su di lei con un'intensità che la mise a disagio.

Gli unici che conoscesse erano Madison Winston e... *Danny Roberts?!*

Eleri spalancò gli occhi, incerta se credere o no a ciò che vedeva.

— Salve a tutti — salutò quindi con un sorriso tanto smagliante quanto forzato.

— È mia sorella — annunciò Gareth, ridacchiando tra sé.

Uno dei vampiri attorno al tavolo della sala, un uomo dai chiari capelli castani e dall'espressione amichevole, scosse la testa tra il divertito e l'esasperato, ma il clima della stanza rimase disteso. Per lo meno quanto poteva esserlo nell'epicentro dei disordini londinesi.

Eleri lo prese come un incoraggiamento.
— Devo vedere Winter — dichiarò, dando un taglio ai convenevoli.
Gareth le sfilò lo zaino dalle spalle e la ragazza non si lasciò sfuggire l'occasione di averlo così vicino.
— Forse ho trovato il modo di ricostruire il rituale — gli rivelò in un sussurro, sperando acutamente che nessun altro la sentisse.
Il viso di Gareth parve risplendere di felicità.
— È nella sua stanza. Vieni. Sarà contenta di vederti.
Mentre gli altri riprendevano a confabulare, la guidò fino a una porta di legno bianca in fondo al corridoio.
Vi batté il pugno una volta. Poi una seconda.
— È tutto illustrato negli affreschi — spiegò Eleri, dondolandosi sui piedi nell'attesa.
Winter non rispose al terzo battito e nemmeno al quarto e a quel punto Gareth spalancò la porta con un gemito di disappunto.
— *Rech!* — commentò davanti alla stanza vuota.

Winter continuava a fluttuare in una strana luce argentea, la coscienza che andava e veniva seguendo le maree del Potere.
La pietra sotto la sua schiena non era più fredda. La magia che la permeava assorbiva il calore del suo sangue, goccia dopo goccia, risvegliandosi pigramente.
L'aria era assordante di un crepitio elettrico.
Sentì vagamente che Vaughan le sollevava le mani con delicatezza e cercò di voltare il viso alla ricerca del suo sguardo. Le pareva di non avere più energie, tutte quelle che le rimanevano erano concentrate nello sforzo di resistere alla paura che le attanagliava le viscere.
I suoi occhi si fecero appannati. Per qualche secondo,

nulla di ciò che vedeva ebbe un senso. Poi la nebbia si dissolse e si ritrovò a fissare il proprio sangue scivolare in un foro del marmo.

— Ho paura — confessò con voce flebile.

Vaughan le carezzò la fronte delicatamente. Le sue dita crano così calde... o forse era lei a essere quasi fredda.

— Presto sarà tutto finito — le disse il vampiro.

Winter lo lesse sulle sue labbra, perché il sibilo del Potere copriva ogni altro suono.

Espirò faticosamente e attese con occhi lucidi di terrore.

Il suo sangue fluì verso il basso, scomparve, e infine, stilla a stilla, cominciò a fluire nei solchi del decoro, tingendoli di scarlatto. Mentre i secondi si scacciavano l'un l'altro sonnolenti, ne percorse ogni voluta, un'ansa dopo l'altra, colmando ciascuna delle due linee intrecciate.

Il simbolismo era così elementare da risultare irritante: il cerchio delle due Stirpi che traeva alimento dalla duplice eredità del suo sangue.

Ma era tutto troppo lento.

Spazientito, Vaughan si chiese quanto altro sangue sarebbe stato necessario sacrificare.

Quando il cerchio si chiuse lo compresero entrambi senza ombra di dubbio. L'altare divenne l'occhio di un ciclone e Vaughan ne avvertì la resistenza quando tentò di attraversarlo.

Non si arrese fino a che una sferzata violenta lo spinse lontano.

In quel momento, Winter cominciò a urlare.

Il marmo divenne incandescente e il Potere esplose dentro e fuori dall'altare come una tempesta.

Winter si sentì pungere da migliaia di spilli roventi in ogni centimetro del suo corpo.

La forza sovrannaturale le sciabolava tutto attorno, lame affilate che le tagliavano la pelle, trafiggendola.

Sotto di lei il calore cominciò a sfrigolare.

Il Potere era ovunque, immenso e incontrollabile, premeva spietato stritolandola in una morsa.

Poi, dentro al suo corpo, qualcosa rispose, destandosi improvviso. Potere e dolore.

Le parve che le sue vene fossero percorse da lava incandescente, viscosa, bruciante.

Gridò con quanto fiato aveva, incapace di smettere, mentre il suo corpo veniva lacerato dall'esterno e dall'interno cedendo a quella potenza sovrannaturale.

I suoi tremiti erano così violenti che la corda che la imprigionava si spezzò.

Quando non riuscì più a contenere il dolore, Winter svenne, naufragando lontana.

C'era il volto di Rhys davanti a lei, incantevole e sorridente come nei suoi ricordi più belli. Le teneva la mano, mentre lei rideva senza alcun pensiero. Sembravano passati secoli dall'ultima volta che era stata così bene.

Attraverso le loro dita intrecciate scorreva un calore dolce, che s'irradiava dall'una all'altro, avvolgendoli senza distinzione.

Era bello. Sembrava così giusto.

Winter conosceva il nome di quel calore luminoso.

— È amore — mormorò nel tono cantilenante di una bambina. — Felicità...

Si sentiva completa e appagata. I loro sguardi continuavano a sfiorarsi, restavano uniti anche quando si abbandonavano fuggevolmente.

Come le loro anime.

Come i loro cuori.

Come il Potere e il sangue.

Parte della stessa cosa. Perfetti e perfettamente felici solo insieme.

Loro due.

Speciali, uniti da un destino che nessuno poteva capire...

— La volontà, Winter! — gridò una voce oltre il cerchio di quel sogno dorato. — Devi volerlo!

— Devi volerlo! — ripeté Darran Vaughan disperatamente. Giaceva ai piedi della *Corona Argentea*, incapace di muoversi.

Il Potere lo sferzava con un'intensità devastante, ma lui non si sarebbe allontanato per nulla al mondo.

Non aveva mai provato un dolore simile a quello che lo opprimeva in quel momento, eppure sapeva che non era nulla rispetto a quello che divorava lei.

— *De Corona libertas* — declamò. — *Libertas!* Ricorda ciò che vuoi davvero, Winter.

L'energia scatenata gli strappò il fiato.

— Spezza il vincolo — soffiò.

Doveva raggiungerla.

Doveva farle sentire la sua voce.

Affondò le dita nella terra. I muscoli si contrassero nelle sue braccia mentre tentava coraggiosamente di sollevarsi.

— Avanti, ragazzina! — pregò, resistendo alle fiammate che continuavano a scacciarlo. — Spezza quello stramaledetto cerchio!

De Corona libertas...

Winter comprese che doveva avere un senso, un senso

importante, perché chi aveva pronunciato quelle parole l'aveva fatto con una voce densa di angoscia.

Cercò di accantonare il pensiero, crogiolandosi nella perfezione di quel momento, nella forza avvolgente di ciò che la univa a Rhys, ma all'improvviso si sentì sfiorare da un tocco gelido e feroce.

Potere, *realizzò.*

— Vai via! — disse.

Il suo tono infantile parve sbagliato anche a lei.

Che cosa faceva quell'ombra nera nel suo sogno prezioso?

Ma anche Rhys ne era avvolto e la macchia scura stava strisciando verso di lei.

— Siamo la stessa cosa — disse la cosa parlando con la voce del ragazzo.

Era vicina ai suoi piedi e Winter si ritrasse istintivamente.

I ricordi riaffiorarono tutti insieme.

— Allontanati da lì, maledetto bastardo!

Morgan Blackwood gli sferrò un calcio in pieno petto, così forte da strapparlo all'altare.

Vaughan rimbalzò a terra, ma subito corse di nuovo verso il cerchio di pietra.

Dougall gli sbarrò la strada — Non hai già fatto abbastanza danni?

Invisibile oltre il turbinare del Potere, Winter gemeva pietosamente.

Blackwood tentò di avvicinarsi all'altare, ma il vento sovrannaturale lo schiacciò al suolo prima che potesse raggiungerlo.

Vide il sangue che bagnava l'incisione e avanzò strisciando.

Se fosse riuscito ad asciugarlo, a spezzare il cerchio che alimentava il rito...

— Non lo fare, Blackey. Non lo fare, se davvero tieni a tua figlia!

Morgan esitò.

Non credeva che Vaughan fosse capace di una supplica.

— Devo portarla via. Non posso lasciarla morire.

Winter resistette, mentre le sembrava che una nuova energia le estraesse l'anima dal petto. Il dolore fisico non era nulla di fronte a quella nuova sofferenza. Ma non poteva fermarsi, non ancora.

Il tornado del Potere invertì la sua direzione in risposta alla più lucida e devastante delle sue volontà. L'altare cominciò a inghiottirlo, risucchiandolo con violenza da lei e attraverso di lei.

Era orribile. Le toglieva il respiro, consumava ogni energia, sgretolava la sua stessa essenza vitale, ma nello stesso tempo stava assorbendo anche la forza del vincolo.

Winter si sentì svuotare, prosciugare.

Poteva sopportarlo. Non era un prezzo così grave, in fondo.

— Devo portarla via.

La voce di suo padre le giunse come un suono armonioso ma dannatamente sbagliato.

Mi dispiace, papà, *pensò Winter, abbandonandosi al fuoco che la consumava.* Non posso permettertelo.

Il Potere delle due Stirpi reagì al suo comando.

La cripta dei Fondatori cominciò a franare, ripiegandosi su se stessa.

Non appena Gareth gli ebbe liberato le mani, Cameron Farland si precipitò verso l'altare, incurante del soffitto che gli stava crollando attorno.

Il Potere ebbe un picco, poi si acquietò all'improvviso, lasciando la cripta immersa in una calma stagnante e irreale.

Poi la terra riprese a franare, costringendolo a deviare con un balzo verso la parete opposta.

Una nube densa di polvere e pietrisco lo separò dagli altri.

Mentre Morgan e Vaughan osservavano il cerchio d'argento, paralizzati dall'orrore, Winter smise di gridare. Il suo corpo ebbe una nuova, orribile contrazione.

La sua schiena si tese in un arco innaturale, poi, improvvisamente, la tensione abbandonò i suoi muscoli, facendola ricadere sulla pietra macchiata di sangue.

Infine giacque inerte.

— No!

Il grido di suo padre coprì il fragore della frana.

Vaughan la raggiunse e, lentamente, le sfiorò la gola alla ricerca del battito cardiaco. Era così immobile...

— Dimmi che non è vero, ragazzina! Respira, Winter. Maledizione, respira!

Una nuova scossa del terreno lo gettò a terra. Un istante dopo, il soffitto cedette del tutto, seppellendo l'altare sotto un cumulo di macerie.

— Winter!

Morgan si divincolò selvaggiamente, tentando di liberarsi dalla presa di Dougall.

— Lasciami! La mia bambina è ancora là sotto! Lasciami, Doug!

Dougall rinserrò la stretta. — Dobbiamo allontanarci da qui, Blackey, è pericoloso.

— Non posso lasciare mia figlia!

Dougall sospirò, gli occhi fissi nei suoi. — Mi dispiace, Blackey. Devo portare via quei ragazzi e ho bisogno di te per farlo. Non mollare proprio adesso, amico mio...

65

— Winter...

Persino poter pronunciare di nuovo il suo nome gli diede un brivido tenero. Rhys immerse gli occhi nell'argento dei suoi. Acque fresche, pure. Erano questo i suoi occhi, una fonte limpida in cui annegare ogni colpa.

Eppure era così sfocata la sua immagine... palpitava a ogni respiro, inconsistente...

Il luogo in cui si trovavano era simile al giardino della Loggia, ma sembrava ricoperto di petali, o di neve, e ogni cosa sfumava in una luce fioca, carezzevole.

Rhys cercò di avvicinarsi a lei. Fece qualche passo. Era così breve la distanza, e allora perché non riusciva a raggiungerla?

— Dove sei?

Winter gli sorrise dolcemente. Indossava un lungo abito bianco di garza sottile, che ondeggiava attorno al suo corpo sfiorato da una brezza che il ragazzo non riusciva a sentire.

— Lontano, amore mio — rispose in un sussurro lieve. — Molto lontano.

I lunghi capelli neri le ricadevano sulle spalle come fili di seta, le sue labbra erano una curva morbida.

Sembrava così delicata in quel momento, così semplice e serena.

— Mi manchi, Winter — si ritrovò a dire Rhys.

Lei lo guardò tra le ciglia, il viso piegato di lato.

— Anche tu — ammise. Ma il suo sguardo rimase limpido, ridente. L'inquietudine che lo opprimeva sempre era svanita.

Paradossalmente, Rhys ne fu quasi spaventato.

— Presto ci ritroveremo — le sussurrò. — È una promessa, lo sai...

Winter sollevò un braccio, improvvisamente vicina nelle distanze irrazionali di quel sogno. Sorvolò il suo volto senza toccarlo, percorrendone ogni tratto. Era come ricevere una carezza di vento.

Per un istante Rhys si sentì avvolgere da una luminosità fresca, confortante.

— Oh, no, amore mio — sussurrò poi Winter con voce limpida e ferma. — Non l'hai ancora capito?

I suoi occhi divennero stelle d'argento, la sua pelle pallida e brillante.

Rhys tentò di toccarla, ma le sue mani si ritrovarono immerse in una nebbiolina opalescente.

— Questo è un addio...

Rhys si risvegliò in preda a un dolore acuto. Un sudore gelido gli inondava la schiena e il suo cuore picchiava impazzito contro lo sterno.

Per un istante si sentì lacerato, incompleto, come se gli avessero portato via una parte di sé. La pazzia gli tese le sue braccia tentatrici...

— Un sogno — disse riscuotendosi dolorosamente. Negli appartamenti del Gran Maestro a Londra, la sua voce rimbalzò cupa sulle volte dei soffitti. — Soltanto uno stupido sogno.

Gli ci volle del tempo prima di comprendere che a svegliarlo era stato un bussare concitato alla sua porta.

— È aperto — mormorò, stringendosi le braccia attorno al corpo per scacciarne il gelo.

Suo padre si fermò sulla porta, pallido e contratto.

— C'è una cosa che devi sapere, figlio mio — esordì in tono contrito.

Rhys comprese che era spaventato e la sua paura gli diede una fitta di panico.

— Parla.

— Riguarda la figlia di Blackwood...

Hywel Llewelyn non si mosse. Prese fiato ed espirò più volte prima di trovare il coraggio. Ma non si poteva rimandare.

— Gira voce che sia morta.

Rhys scattò fulmineo. Balzò fuori dal letto e lo raggiunse in due soli passi.

Le sue dita gli strinsero la gola.

— Menti — gli ringhiò sul viso. Il suo sguardo era rosso e feroce, la collera gli contraeva ogni muscolo. — Stai mentendo!

Hywel emise un rantolo, in cerca d'aria. — Te lo giuro sulla mia vita.

Il ragazzo lo liberò con una spinta violenta e lui si accasciò contro la parete.

— Io sono vivo — sibilò Rhys — e quindi anche lei.

Ma all'improvviso la sua rabbia si riversò su Winter, resa spaventosa dalla nostalgia e dal dolore.

Perché vuoi ingannarmi? Perché farmi soffrire in questo modo? Nessuno di noi due può sopravvivere all'altro.

Sferrò un calcio alla poltroncina di velluto, facendo incrinare il legno.

Vuoi cambiare le regole del gioco, Win? D'accordo, allora, ma non potrai nasconderti a lungo.

Si lasciò ricadere sul letto, osservando il soffitto senza vederlo. Non era disposto ad accettarlo.

Non ti credo, amore mio, ripeté. *Io sono vivo.*

Oh, sì, era un piano perfido e geniale. In molti probabilmente ci sarebbero cascati. L'avrebbero creduto inerme e spoglio dei suoi poteri e l'avrebbero combattuto. Ma non era così. Il vincolo non si poteva spezzare.

Sei crudele, Win.

— Trovatela — ordinò, la voce orrendamente piatta. — Devono averla nascosta da qualche parte.

Hywel chinò il capo.

— Avremo poco tempo prima che la voce cominci a indebolire la nostra posizione — osservò con uno sforzo.

— Allora sbrigati, papà! — replicò Rhys tagliente. — Cerca di anticipare la riunione del Consiglio. Pare che siamo appena stati sfidati.

66

Con le persiane chiuse, la camera di Winter era immersa nella penombra.

Dougall vi entrò cercando di non fare troppo rumore, lo sguardo fisso sulla sagoma curva di Morgan, seduto sul letto.

Era avvolto di disperazione e odore di whisky.

— Hai intenzione di bere fino alla fine dei tuoi giorni? — gli domandò sedendosi al suo fianco.

Gli prese la bottiglia dalle mani e ne trasse un lungo sorso.

— A volte sembra quasi che questa roba aiuti — commentò, asciugandosi le labbra con il dorso della mano.

L'altro rimase in silenzio per un tempo infinito.

— Prima Elaine e poi lei — mormorò infine. — Marion ha ragione, distruggo tutto ciò che amo.

Dougall sospirò. Non l'aveva mai visto in quelle condizioni, nemmeno sedici anni prima, e peggiorava ogni ora di più, con l'avvicinarsi del funerale.

— Marion soffre quanto te, Morgan. Altrimenti non ti incolperebbe...

— Avevo giurato di proteggerla... Era così giovane, Doug... Aveva tutta la vita davanti.

E la tua tra le mani, pensò l'altro tristemente.

— Anche tu Blackey — gli ricordò battendogli un colpetto sulla spalla. — Sei vivo, hai ancora qualche secolo da spendere.

Morgan fece una risata intrisa di disperazione.

— Sono stanco, Malcolm. Non riuscirai a convincermi di nuovo... non questa volta.

Dougall annuì. Poi sollevò la bottiglia, tenendola rovesciata.

Il liquore si versò a terra, andando a impregnare il tappeto.

— Se vuoi che ti creda, ripetimelo da sobrio, Morgan — lo sfidò.

Mentre lasciava la stanza, passò accanto alla bacheca di sughero. Era piena di ritagli, appunti scarabocchiati, disegni. Al centro, avvolta da quel delirio di colori e immagini che era stata la sua vita, Winter gli sorrideva da una foto.

Dougall staccò la puntina che la reggeva e si allontanò tenendola tra le mani.

Pazza bambina coraggiosa, pensò tristemente, osservando quel visetto infantile. E così alla fine era riuscita a sacrificarsi, rendendo la cripta delle due Stirpi la propria tomba.

La piccola Winter... Nei suoi pensieri riaffiorarono i ricordi di ogni istante trascorso sull'isola, le sue espressioni tanto simili a quelle di Elaine, il timbro della sua voce, i suoi sguardi.

Porti con te un pezzo di ciascuno di noi.

Sorrise malinconico perché era fin troppo vero.

Non era sua figlia, ma anche lui le aveva voluto bene.

Era facile lasciarsi coinvolgere da quella ragazzina tormentata.

Per l'ennesima volta in quei giorni, si chiese se ci sarebbe stato modo di evitarlo, incapace di trovare una risposta.

Il crollo aveva interrotto il rito prima del suo compimento. L'avevano persa per quello.

Lui però è ancora vivo, tornò a ripetersi. Dougall avrebbe dato qualsiasi cosa per far cambio ma, se Rhys Llewelyn le era sopravvissuto, significava almeno che il legame era sciolto.

Almeno non hai proprio buttato via la tua esistenza, Win.

C'era del lavoro da fare, decise. Piangere non avrebbe reso onore al suo sacrificio.

Il funerale fu una piccola cerimonia privata. Per qualcuno una messinscena, dal momento che la sorte non aveva lasciato loro nemmeno un corpo da seppellire.

Fu eretta una lapide al sole di una giornata tiepida. Aeron Fennah e l'Esecutore avevano imposto la propria presenza, ma nessuno se ne era curato davvero. Rhys invece si era rifiutato di presenziare a quella farsa, invece suo padre osservava la scena da lontano.

Madison aveva gli occhi gonfi e la sua mano, stretta in quella di Gareth, tremava leggermente.

Non aveva ancora deciso chi incolpare per la morte dell'amica e l'assenza di un bersaglio la esasperava.

Marion Starr, eretta e dignitosa sul suo bastone da passeggio, era accanto a Susan Bray. Dietro la veletta nera, i suoi occhi erano fissi su Hywel Llewelyn con odio.

Fremette quando, al termine della cerimonia, il vampiro si avvicinò alla lapide.

Persino lui ebbe un attimo di esitazione nel leggere le due date che vi erano incise, nascita e morte, tanto crudelmente vicine.

Si chinò a depositare ai suoi piedi una rosa, una cupa macchia borgogna tra i fiori bianchi che la circondavano.

Legato allo stelo c'era un piccolo biglietto.

A presto, diceva la scrittura elegante di Rhys. *E per sempre.*

Ma non era l'ultimo saluto di un innamorato. Aveva il suono definitivo di una minaccia.

Dougall trattenne Morgan per un braccio mentre i suoi occhi bruciavano sulla schiena di Hywel Llewelyn, ormai lontana tra le tombe.

— *Lui* non è nemmeno venuto — mormorò rabbiosamente Morgan. — È rimasto nella sua stramaledetta Loggia e ha mandato qui suo padre.

— È convinto che sia un inganno, Blackey. Ha appena dichiarato di non crederci.

Aeron Fennah si avvicinò a passi rigidi, l'Esecutore era la sua ombra silenziosa. Si scambiarono un'occhiata e Rhoser annuì.

— Signor Blackwood — disse quindi il capo delle Famiglie tendendo la mano.

Morgan si limitò a fissarla prima di risollevare su di lui uno sguardo tagliente. Fennah sospirò.

— Mi rendo conto di aver commesso degli errori ai suoi occhi — riconobbe in tono solenne.

— Mi lasci in pace.

— Lo farei, mi creda — riprese l'uomo. — Un padre costretto ad affrontare una simile perdita avrebbe diritto al proprio dolore. Ma il mio ruolo e la situazione mi impongono di parlarle.

Dougall lo fissò torvo e Morgan serrò i pugni.

— Sulla tomba di mia figlia?

Il capo delle Famiglie guardò la lapide per qualche istante.

Poi, lentamente, annuì.

— Forse è il luogo più giusto, signor Blackwood.

Seguendo la direzione del suo sguardo, tutti gli uomini si ritrovarono a osservare la rosa borgogna.

— La vendichi — disse poi Fennah. — Con il nostro sostegno... Perché il sacrificio di sua figlia non deve andare sprecato.

Morgan rilesse le parole scritte sul biglietto.

«Per sempre.»

Com'era stata breve l'eternità di Winter...

— Sappiamo chi è il vero responsabile della sua morte — sottolineò Fennah. — Reagisca, Blackwood. Le offro l'appoggio delle Famiglie: faccia fuori quel maledetto ragazzino e si prenda il suo posto. Lei ne ha il Potere.

Blackwood trattenne il fiato.

Sangue, ci sarebbe stato altro sangue e lui era così stanco...

Poi sentì un tocco nuovo sulla spalla.

— Morgan — lo chiamò Marion Starr rivolgendogli la parola per la prima volta dal giorno della morte di Winter.

Il vampiro si voltò e i loro sguardi scivolarono l'uno nell'altro.

— Vendicala — disse la donna con voce dura. — Fallo per la sua memoria e per quella di Elaine.

Il dolore aveva consumato in lei ogni pietà.

Dougall si avvicinò d'un passo e Morgan lo interrogò silenziosamente.

— No, non per vendetta, Blackey. Tua figlia non merita anche questo torto. Ferma Rhys Llewelyn, ma fallo perché è giusto. Porta a termine la missione che Winter aveva scelto per sé.

— È con noi, Blackwood? — incalzò Rhoser.

Perché è giusto... Perché va fatto...

Morgan Blackwood annuì.

67

Gareth si diresse al covo dei Sin-derella per raccogliere le proprie cose.

Griffith e Morwenna si erano presentati al funerale, ma sarebbero partiti più tardi quello stesso giorno, portandosi dietro Eleri. Lui invece non sapeva con esattezza cosa avrebbe fatto. Era esausto, ancora troppo confuso per decidere.

Davvero? si domandò scendendo le scale che portavano allo scantinato. *Eppure abbiamo una guerra da affrontare.*

E poi c'era Madison.

Sbuffando, si rese conto che ormai la tristezza della ragazza raddoppiava la sua. Non poteva lasciarla sola.

Era così immerso nei propri pensieri da non accorgersi subito che la porta d'ingresso era stata forzata, né ebbe il tempo di elaborare un piano.

Scivolò nel corridoio cercando di non fare il minimo rumore. Quando raggiunse la porta del cucinino, le luci si accesero.

— Iniziavo a credere che non saresti più arrivato — esordì Rhys Llewelyn a un passo di distanza.

Gareth s'immobilizzò, combattuto tra l'istinto di andarsene per non essere costretto a guardarlo in faccia e quello di aggredirlo.

— Cosa vuoi? — sibilò.

— Parlare — rispose Rhys, raggiungendo il tavolo con disinvoltura e accomodandosi su una sedia. — Anche se non ti nascondo che ho quasi sperato di trovarla qui.

La sua espressione sembrava perfettamente ragionevole, eppure qualcosa suggeriva che la sua calma fosse del tutto instabile.

— Trovarla qui?

— Andiamo, non potete aspettarvi davvero che creda alla vostra messinscena...

Gareth sentì esplodere la rabbia.

Con che diritto? Come osava presentarsi lì e dubitare di ciò che lui aveva visto succedere davanti ai propri occhi?

S'impose di mantenere la calma.

— Tuo padre era al suo funerale, Llewelyn.

— Sì. Mi auguro che qualcuno le consegni il mio biglietto.

Si fissarono e Gareth non trovò traccia di dubbio sul suo viso.

Fu sale sulle sue ferite.

— Idiota! Non capisci che è morta davvero? Cos'altro dobbiamo fare per convincerti?

I canini bianchissimi scintillarono tra le labbra di Rhys. — Potreste almeno mostrarmi un corpo. Una stupida lapide non prova niente.

— Tu sei pazzo. Con che coraggio vieni qui a insultare la sua memoria? Non ti basta quello che le hai già fatto?

— Non c'è un corpo. E io sono vivo! E così lei! — La sua voce tradì una sfumatura di disperazione. — Siamo legati!

Poi scosse la testa come per scacciare nuovamente i dubbi.

— Siamo legati — ripeté in un sussurro. — Non importa quanto tu e gli altri, e lei stessa, tentiate di dividerci. Mi avrebbe trascinato con sé, se fosse morta, invece non è successo.

Gareth si passò una mano sul viso. Quella conversazione era più di quanto potesse sopportare.

— Magari fosse così! Il suo corpo è sepolto sotto Westminster — disse piano — nella cripta dei Fondatori del Consiglio.

Rhys calò il pugno sul tavolo.

— Non è vero — sentenziò, scandendo ogni parola. Era un inganno. Solo un tentativo di ostacolare i suoi piani. — Lo saprei, Chiplin. Sono certo che lo saprei.

— Non se fosse riuscita a spezzare il vincolo che vi univa. E spero con tutto il cuore che sia così, perché è morta provandoci.

Dal volto di Rhys defluì ogni colore, mentre un'incertezza gelida cominciava a strisciargli sottilmente lungo le vene.

«Questo è un addio» gli aveva detto in sogno.

Gareth lo guardò con un misto di odio e pietà.

— C'era un altare nella cripta dei Fondatori. Lei doveva distruggere il vincolo... Non so cosa sia andato storto, ma il Potere l'ha uccisa. — Le parole presero a uscirgli tutte insieme, aggrovigliandosi l'una sull'altra. — È morta davanti ai miei occhi, Llewelyn, e non sai quanto ti invidio per esserti risparmiato quella vista. Io non riuscirò a dimenticare quell'istante per tutta la vita.

— Dovevate impedirglielo!

Il pugno di Gareth gli fece scattare il viso di lato.

— Davvero? Come, dopo che tu l'hai costretta a farlo? — urlò il ragazzo. — Lei ti amava! Ti ha supplicato di fermarti. Le hai forse dato retta?

Mentre lo guardava, Rhys si limitò a girare nuovamente la testa verso di lui. Poi rimase perfettamente immobile, lo sguardo svuotato d'ogni luce.

— La amavo — mormorò quasi senza voce.

— Hai ancora il coraggio di dirlo? Quell'amore l'hai sacrificato al Potere da mesi. È questo che l'ha distrutta, non lo capisci ancora?

Si fissarono con durezza, bizzarramente uniti dal dolore. Forse pronti a combattere.

— Dovevamo fermarla? — ripeté Gareth. — Sai cosa ti dico, Llewelyn? Finalmente è libera. Non ti ha permesso di corromperla.

Rhys lasciò ricadere i gomiti sul tavolo. Tutta la sua rabbia, tutto il rancore, qualsiasi cosa avesse provato fino a quell'istante lo avevano abbandonato.

Si prese la testa fra le mani. Il senso di vuoto che aveva tenuto a bada dalla notte in cui l'aveva sognata lo ghermì per divorarlo.

— Se solo l'avessi saputo... Non ho neppure potuto provare a salvarla.

Ma ora era tutto inutile. Ciò che aveva fatto, ciò che lo attendeva... Niente aveva più senso ora che se n'era andata.

— Ci sarei riuscito.

Gareth lo guardò con immenso disprezzo. — Sì, ti sarebbe bastato seguirla quando te l'ha chiesto.

Un istante dopo era solo, nello scantinato deserto.

68

A casa Chiplin, Eleri uscì dalla doccia.
Si avvicinò al lavandino, fermandosi davanti allo specchio appannato. Non era altro che un'abitudine: il suo corpo, abbandonato a se stesso mentre la mente vagava, ripeteva gesti familiari per puro automatismo.

Cominciò a tamponare i capelli biondi con un asciugamano e stranamente fu quello il momento in cui si accorse di quella sopravvivenza inerte.

È colpa tua.

Se l'era ripetuto per giorni, certa che Winter non sarebbe morta se loro non avessero interrotto il rito per colpa sua. Era stato per lei che Gareth aveva aperto la porta della sua stanza scoprendola vuota. Era stata lei a realizzare dove fosse e cosa stesse facendo l'amica.

Se fosse arrivata a Londra anche solo un'ora dopo, si sarebbe congratulata con Winter per il suo successo, invece di vederla morire.

Sei tu la causa, ripeté la voce della colpa, conficcata in fondo allo stomaco.

Lo so, ammise la ragazza, mentre le sue mani continuavano a sfregare l'asciugamano sui capelli, come se asciugarli potesse avere una qualche importanza. *Lo so.*

Riconoscerlo così, con semplicità, le diede quasi conforto.

Poi provò un moto di paura. Winter era morta per colpa sua e lei sarebbe riuscita a ripetterselo anche guardandosi allo specchio?

Si sollevò in punta di piedi e pulì il vetro con le mani.

Tra le goccioline trasparenti di condensa, lo specchio le rimandò la sua immagine: sguardo spiritato e solchi scuri sotto gli occhi arrossati.

Aver smesso di piangere le sembrò inaccettabile, ma nel fondo di se stessa non trovava più lacrime.

Si odiò.

Infine, comprese di dover fare qualcosa.

Se voleva sopportare la propria immagine riflessa ogni giorno della sua vita, doveva fare qualcosa.

La stanza era luminosa e piacevolmente fresca.

Il bianco dei soffitti era più in alto del normale, un chiarore confortevole e uniforme.

Dalle finestre aperte entrava una brezza profumata. Sapeva di fieno tagliato di fresco, di erba baciata a intermittenza dal sole e dalla pioggia. Aveva un aroma ricco di mari spumeggianti, boschi e rilievi montani. L'odore del Galles.

Cameron Farland, seduto su una poltroncina rivestita di tessuto chiaro, aprì un nuovo libro sfogliandolo con cura.

Indossava un maglione di lino blu notte e pantaloni dello stesso colore. Il suo viso aveva un'espressione distesa, per quanto possibile, ma recava ancora le tracce dell'avventura londinese, un livido viola sullo zigomo e un taglio sulla fronte che andava rimarginandosi.

I vestiti coprivano il resto delle sue ferite. E alcune non erano nemmeno visibili, solo incise dentro.

I capelli riflettevano il sole più caldi di come non fossero mai stati, i suoi occhi avevano la stessa sfumatura. In quella luce, il ragazzo sembrava fatto d'ambra e d'avorio.

Gettò uno sguardo intorno, perlustrando l'intera stanza per poi soffermarsi sui pascoli, visibili nella cornice della finestra.

Sospirò, assestandosi il libro tra le mani.

Distese le gambe con una smorfia di dolore al contrarsi della caviglia, poi cominciò a leggere.

Che altro poteva fare in quell'attesa?

I dignitari delle Logge cominciavano ad affluire verso Ger Y Goeden, nel palazzo che Rhys e suo padre avevano allestito per l'occasione.

I membri più influenti delle Famiglie si avvicinavano al Galles alla spicciolata, briciole nel vento che si era levato in quei giorni, ma entro breve sarebbero giunti tutti, attratti dal miraggio del Patto.

Sarebbe stata una splendida festa per Hywel Llewelyn.

Rhys sorrise tra sé, il primo sorriso sincero che si concedesse da quando, due giorni prima, era stato nello scantinato dei Sin-derella.

Suo padre era così vicino a coronare i propri sogni... Pregustava già una splendida strage.

Il ragazzo si alzò con un sospiro e il Soldier più vicino s'irrigidì sull'attenti, in attesa di un comando che non sarebbe mai giunto.

A questo punto siamo arrivati? considerò Rhys con un divertimento autolesionista. *Esseri antichi e potenti pronti a scattare al mio capriccio.*

Era giusto. Era stato lui a volerlo.

— Novità? — gli chiese con un garbo che la guardia non era più abituata a sentirsi rivolgere.

— Blackwood e Fennah hanno deciso di presenziare — gli fu risposto in fretta.

Deliberatamente, Rhys intercettò i suoi occhi. Li trattenne nel proprio sguardo. E il Potere rispose.

Ma non era la corrente bruciante a cui i mesi precedenti l'avevano preparato. Non lo sarebbe stata mai più e presto se ne sarebbero accorti tutti.

Rhys sorrise soddisfatto, distogliendo in fretta il viso.

Al pari degli altri vampiri, quel Soldier l'avrebbe temuto finché avesse continuato a credere nell'illusione della sua invincibilità.

— Chiama mio padre — disse, bramando la solitudine che gli avrebbe consentito un nuovo esperimento.

Il Soldier ubbidì e il ragazzo si ritrovò solo nei propri alloggi.

Raggiunse rapidamente la scrivania e ne aprì un cassetto.

Il pugnale era nascosto sotto una pila di fogli che non aveva fretta di consultare.

Lo sollevò con un'urgenza improvvisa e rimase a fissarne la lama tagliente.

Poi, con un gesto fulmineo, se la affondò nella carne del braccio.

Provò un bruciore acuto, lancinante, che lo costrinse a serrare le palpebre con il fiato mozzo.

Inspirò e, quando estrasse l'arma, rimase a guardare il sangue che cominciava a zampillare.

Aspettò. Il dolore non era mai stato così piacevole.

Aspettò mentre il liquido rosso grondava fino al polso, poi prese un fazzoletto e ripulì la ferita.

Stringendo i denti, si bendò il braccio e fece scivolare

in basso le maniche della sua camicia per coprire ogni traccia.

Chiunque l'avesse visto l'avrebbe creduto pazzo. Erano mesi, invece, che non si sentiva così lucido.

Devastato, d'accordo. Ma lucido.

Il processo di guarigione s'innescò lentamente, miracoloso per un umano, ma secondo i ritmi naturali di un vampiro.

Decisamente, il rito della cripta aveva avuto successo.

Winter se n'era andata portando con sé la sua immortalità.

— Volevi vedermi? — domandò Hywel Llewelyn rispettosamente, facendo la sua comparsa.

Rhys annuì. — Credo sia meglio che tu ti sieda — disse con un vago sorriso.

Attese che suo padre seguisse il consiglio, prendendo posto su un basso divanetto, poi lo imitò.

— Avrei assecondato i tuoi piani, papà — cominciò, assaporando ogni parola. — Davvero. Mi serviva arrivare dove tu volevi e non sono mai stato disposto a fermarmi.

Hywel lo fissò senza capire e Rhys lo guardò con una sorta di rassegnata condiscendenza. Senza sentirsi superiore - l'aveva fatto tutta la vita e ora ne stava contemplando i risultati - ma consapevole, questo sì.

— Io e te ci assomigliamo, in fondo — arrivò ad ammettere. — Lo sai anche tu che non mi fa piacere. Forse non immagini quanto, ma non è mai stato un segreto.

L'uomo sbuffò, per metà rassegnato, per metà noncurante. — Stai cercando di dirmi qualcosa, Rhys?

Il ragazzo rise. — Sì, accidenti!

Fece una pausa, felice di ciò che stava per rivelare.

— Ho perso i miei poteri — annunciò quindi. — Winter se li è ripresi prima...

Prima di morire. Non lo disse ad alta voce. Non avrebbe più profanato la sua memoria.

Il volto di suo padre divenne una maschera di pietra.

— Nessuno sano di mente lo accetterebbe con tanta facilità, figliolo. Sei ancora turbato. Il Potere continua a scorrere forte in te.

— Come è sempre stato, papà. Ma sono tornato me stesso. Semplicemente, limitatamente, me stesso. Il gioco dell'immortalità è finito.

E allora la rabbia di Hywel esplose.

Era stato pronto a prostrarsi davanti a lui fino a che l'aveva creduto la propria arma invincibile, replicando il piano di Alaric Lochinvar.

Ora, invece, la sua furia si irradiava a ondate brucianti.

— Non ti credo.

Rhys si strinse nelle spalle.

— Liberissimo. Ma ti consiglio di rifletterci. Da questo momento in poi, non ti servirò più a nulla. — Distese le braccia davanti a sé, poi le ripiegò dietro la testa. — Sei ancora convinto di voler distruggere il Consiglio?

Lo vide fremere d'ira.

— Non ci fermeremo — dichiarò Hywel. — Non ti permetterò di buttare via ciò che abbiamo conquistato. Stasera tu mi sosterrai. Ti terrai il seggio su cui siedi e imparerai ad amarlo. È così facile amare il Potere, Rhys. Ti proibirò di gettarlo al vento, lo giuro sul mio onore.

Quale? Che onore ci resta, papà? pensò Rhys, avvolto dal senso di vuoto e dalla mancanza.

Eppure tacque. Doveva resistere ancora per un po'.

69

— Cominciavi a farmi paura — disse Cameron mentre la luce della stanza sfumava in un tramonto rosso.

Winter aprì gli occhi di scatto.

— Averti qui in coma non mi ripagava certo della fatica che ho fatto a portarti via da quella dannata cripta.

La ragazza si guardò attorno, sorvolando ogni angolo di quello strano ambiente.

Aveva la testa ovattata e nessun ricordo di come fosse arrivata... be' ovunque si trovassero.

Sbatté le palpebre, scoprendo di sentirsi bene, leggera come non le era forse mai capitato.

Eppure un attimo prima era stata nella cripta in preda agli spasmi.

Era forse...

Si portò la mano al petto e si stupì nel sentire il battito del proprio cuore. Non era possibile. Le pareva che a un certo punto si fosse fermato. Anzi, ne era sicura.

Fissò Cameron, alla ricerca di qualche indizio. La calma insolita sul suo volto era rassicurante.

— Siamo morti, vero?

Cameron richiuse il libro e le sorrise, avvicinando la sedia al letto.

— Io no — replicò in tono gentile. — Su di te, invece, non ci scommetterei.

— Ma la cripta... — Winter s'interruppe incerta. — È stato un incubo?

— Solo in senso figurato. È successo davvero — rivelò il ragazzo. Poi si alzò. — Scusami. Non ti ho neanche chiesto se hai bisogno di qualcosa. Hai fame? *Sete?*

Winter fece per negare, poi ci rinunciò. Adesso che ci pensava, si sentiva lo stomaco vuoto e la gola secca.

Cameron lasciò la stanza richiudendosi la porta alle spalle e Winter rimase sola a spiare l'avanzare della sera attraverso la finestra.

Il silenzio della sua testa cominciava a riempirsi, ma era più un chiacchiericcio in sordina, un rincorrersi di voci che aspettavano la sua attenzione.

Per prima cosa si concesse di recuperare i propri ricordi recenti, quelli cha avevano preceduto la sua...

Morte, realizzò con un brivido.

Come in un film a velocità accelerata, rivide le lunghe ore trascorse nei sotterranei piantonata da Vaughan, la durata interminabile del rito, la sofferenza.

Quando Cameron rientrò, Winter tentò di sollevarsi, scoprendo che non c'era punto del corpo che non le facesse male.

— Sarà il caso che tu ci vada cauta — la avvertì il ragazzo, posando il vassoio che aveva tra le mani per aiutarla nell'impresa. — Non ti offendere, ma non sei conciata troppo bene.

Winter sorrise e increspare le guance le diede una fitta appena sotto lo zigomo. Cominciava a capire cosa lui intendesse.

Cameron le sistemò il cuscino dietro la schiena.

— Ti ho portato del Siero — annunciò. — Quello che ti ho dato nei giorni scorsi è stato appena sufficiente a tenerti in vita. I lividi invece stanno lentamente guarendo.

Winter rivide se stessa contorcersi sul marmo dell'altare, tremando violentemente. Doveva essersene procurati un bel po'.

— Grazie.

Accettò il bicchiere con una vaga esitazione. Riuscire a sollevarlo senza aiuto, però, bastò a farla sentire più ottimista.

Furono sufficienti pochi sorsi a ridarle qualche forza.

— Dove siamo?

— Al St Dewi's. Questa è la sede dei Nox. Non avrei saputo dove altro portarti... E se ti stai chiedendo come ci siamo arrivati, la versione breve è che, mentre la cripta crollava, ho strisciato in quei cunicoli trascinandomi dietro il tuo... corpo.

Winter gli scoccò un'occhiata traversa.

— Stavi per dire "cadavere", vero?

Lui sogghignò. — Al momento eri piuttosto morta. Comunque nemmeno io ero un fiore. È stata una cosa pazzesca: non respiravi, non avevi battito.

I suoi occhi si velarono, mentre ripensava a quelle ore, e Winter rabbrividì.

— Perché l'hai fatto?

Il ragazzo le sorrise come se stesse per confessarle un segreto. — Nessun altro sarebbe riuscito a farlo. I crolli ci avevano separato da tutti. E, sinceramente, mi sentivo in colpa. Se non ti avessi fatto quella scenata al parco, Vaughan non ti avrebbe mai trascinato laggiù. Perciò, be', immagino di aver pensato che il minimo che potessi fare era restituirti a tuo padre.

Winter si fece immobile.

— Quando sono arrivato in superficie ti ho caricato in macchina, ho cominciato a guidare... e a un certo punto ti sei rimessa a respirare! È stata una scena da film horror. E allora ti ho portato qui.

— Aspetta un secondo, Cameron — lo interruppe lei. — Gli altri lo sanno, vero? Glielo hai detto...

Cameron distolse gli occhi. — Temo di no.

— Cosa? Mi credono morta?

— Eri in coma. Potevi non svegliarti comunque, Winter. E Rhys si meritava un bello spavento.

Winter scosse il capo enfaticamente.

— Rhys non c'entra, stiamo parlando della mia famiglia, dei miei amici! Con che diritto glielo hai tenuto nascosto? Non hai pensato a come devono sentirsi?

— Ma ragiona: sarebbero venuti qui, e Rhys l'avrebbe scoperto. Qualcosa è andato storto nel rito. Anche se tu fossi così pazza da volerci riprovare, la *Corona Argentea* è perduta. Ormai il fatto che lui ti creda morta è l'unico vantaggio che abbiamo.

Winter si premette la mano sulle labbra.

Non poteva essersi spinta fin lì per niente. Non riusciva ad accettarlo. Serrò gli occhi, scandagliando i suoi sensi alla ricerca dell'ombra di Rhys nella propria mente.

Non trovò che il vuoto.

— Ma ce l'abbiamo fatta, Cameron — comprese. Non aveva ancora avuto il tempo di chiederselo, e improvvisamente ne era certa. — Il rito ha funzionato!

— Certo — replicò il ragazzo, torvo. — Alla perfezione! Così bene che sei morta...

Inaspettatamente, Winter ebbe voglia di ridere.

— Era quello che doveva succedere. *Coniunctio morte absoluta*... il vincolo viene sciolto attraverso la morte.

Solo la mia morte poteva spezzare il legame con Rhys, non capisci?

Mentre sul volto del ragazzo affiorava lentamente la comprensione, lei seppe cosa doveva fare.

— Portami un telefono, Cameron.

70

Eleri aveva faticato parecchio per convincere Trevor Biven a prestarle il motorino ma, mentre saliva in sella, decise che ne era valsa la pena.

Era un modello vecchissimo e il motore si accese con uno scoppio inquietante.

La ragazza indossò il casco facendovi sparire dentro i capelli e si avviò per le vie del paese, aumentando la velocità man mano che si sentiva più sicura.

Okay, macinino, forse non te la cavi troppo male, pensò rincuorata.

Ottimo, perché era l'unico modo che avesse di raggiungere Ger Y Goeden in fretta.

E di provare a scappare, nel caso più fortunato.

Non che potesse sperarci davvero, ma non si poteva mai dire.

Attraversò il paese e sterzò verso una stradina tra i campi sollevando una nuvola di polvere bianca.

Aveva studiato il tragitto con cura. Le case sparirono in fretta e attorno a lei non ci furono che pascoli e pecore.

Su quel percorso accidentato, il mezzo sussultava a

ogni dosso e la vibrazione le si trasmetteva fastidiosamente nelle ossa.

Alle sue spalle, il cielo si tingeva di rosso.

Aveva scelto il momento peggiore per il suo piano.

— Nonna...

— Chi è? — La voce di Marion Starr era bassa e roca nel telefono e Winter si sentì stringere il cuore.

— Sono io, nonna — disse prudentemente, dolcemente. — Winter.

Nel silenzio la sentì sussultare. — Non è possibile...

— Sono davvero io. Sono viva, nonna.

Un istante ancora e i sussulti si sciolsero in singhiozzi pieni di sollievo. — Bambina mia... la mia bambina...

Finalmente, Winter sentì le lacrime scorrere anche sulle proprie guance.

— Mi dispiace, nonna. Mi dispiace tanto.

— Credevo di averti perduta per sempre...

— Lo so, nonna. Scusami.

Erano così infantili quelle parole, inadeguate di fronte al dolore che Marion aveva dovuto affrontare.

— Tutti ti credevamo morta.

Lo ero, nonna, pensò Winter tra sé. *Solo che nessuno di noi aveva capito che sarebbe successo.*

— In un certo senso, è stato così. Presto ti spiegherò tutto — promise.

Provava uno strano disagio, la sensazione che qualcosa stesse per succedere.

— Devi passarmi il papà, adesso. Sto per tornare a casa, ma prima devo parlare con lui. Devo sapere che sta bene.

Marion sospirò. — Winnie, tuo padre e gli altri non sono più qui. Il Gran Maestro ha riunito il Consiglio a Ger

Y Goeden. Lui e Dougall sono partiti ieri. Danny Roberts e i tuoi amici hanno insistito per andare con loro.

Winter impallidì.

— Grazie — riuscì appena a dire. — Ti voglio bene, nonna.

Interruppe la comunicazione e digitò in fretta il numero di Madison. Non le rispose che una voce preregistrata. Con Gareth accadde la stessa cosa. In mezzo alle colline gallesi il segnale era assente.

Mordendosi le unghie, si voltò verso Cameron.

— Non c'è più tempo — annunciò.

71

Il palazzo di Ger Y Goeden era uno sfarzo di marmi e sete.

Hywel Llewelyn non aveva badato a spese perché l'ultimo atto della sua ascesa si svolgesse in un degno teatro.

Il salone del rinfresco era magnifico: vasto, riccamente decorato, illuminato da lampadari di cristallo che facevano rimbalzare la luce in una pioggia di arcobaleni colorati.

Mentre sedeva circondato dai Soldier, sorseggiando champagne, l'espressione di Hywel era soddisfatta e piena di anticipazione.

Manca così poco... considerò. *Per ottenere la vittoria, non ho più bisogno di te, mio debole figlio.*

Scrutò la sala e tutti i suoi occupanti. Infine i suoi occhi si posarono sull'ultimo venuto, Darran Vaughan.

Lui, decise, sarebbe stato il primo a morire.

Troppa gente era disposta a seguirlo. Del resto si era preparato con un anno di anticipo rispetto a loro, riuscendo a radunare la maggior parte dei ribelli gallesi ai propri ordini e ad avere un buon seguito persino a Londra.

Tra tutti, vampiri e membri delle Famiglie, era l'unico che lo preoccupasse davvero. Vaughan voleva il potere esattamente come lui, e, a differenza degli altri, ancora fedeli all'illusione del Patto, lui non si sarebbe fermato davanti a nulla pur di ottenerlo.

Ma questo è un gioco in cui non ci si può permettere di sbagliare, e tu hai già sprecato la tua occasione al mulino di Glan Gors, Vaughan.

I ribelli si sarebbero dispersi nell'istante esatto in cui i suoi uomini fossero riusciti a eliminare il loro capo.

Poi, l'unico ostacolo sarebbe stato Morgan Blackwood.

Un semplice ostacolo.

Il dolore l'aveva già distrutto da giorni, Hywel non doveva far altro che ricordarglielo. In fin dei conti, la morte della ragazzina si stava rivelando addirittura un vantaggio: aveva messo Blackwood fuori gioco, e le Famiglie avevano perso l'unica arma con cui potevano davvero minacciarli.

E se davvero il legame era stato spezzato, lui non era nemmeno più costretto a piegarsi al Potere di Rhys.

Tutto per il meglio.

Sorrise e sollevò il calice in un brindisi solitario.

Eleri si issò faticosamente in cima alla cancellata, sperando con tutta se stessa che nessuno la scoprisse.

Si bloccò per un istante per riprendere fiato e passò dall'altra parte, una gamba alla volta.

La suola di gomma delle scarpe da tennis grattò via la vernice arrugginita e si ritrovò con un piede nel vuoto.

— *Rech!* — esclamò in un ringhio, facendo forza sulle braccia per non ricadere di pancia sui paletti di ferro.

Dopo quello che le parve un tempo infinito, riuscì a ristabilire l'equilibrio, aggrappata furiosamente al cancello.

Meglio smetterla di sfidare la sorte, sospirò tra sé. Scosse la testa per scacciare i capelli dagli occhi e si lanciò in basso.

L'atterraggio sgraziato le diede una scossa elettrica lungo i polpacci.

Rotolando su se stessa, andò a tuffarsi in un cespuglio di ortensie e solo allora le venne in mente che avrebbero potuto esserci anche dei cani da guardia. Sarebbe stato un modo maledettamente stupido di suicidarsi.

Ma quello *era* un piano stupido e suicida, sempre ammesso che lo si potesse definire un piano.

Sospirando, scostò le foglie per dare un'occhiata.

Possibile non ci fosse davvero nessuno di guardia?

Nulla.

Eleri si alzò e abbandonò il proprio nascondiglio per correre dritta alle scale della cantina.

Scese i gradini a rotta di collo e scivolò all'interno, nell'oscurità di un magazzino ingombro di merci.

Il prossimo ostacolo era trovare un modo per raggiungere i piani superiori, ma non sarebbe stato neanche lontanamente l'ultimo di quella avventura.

Percorse il magazzino orientandosi a tentoni e finalmente scoprì una nuova scala. Cominciò a salire piena di diffidenza, ancora stupita della mancanza di controllo.

Potrebbe entrare chiunque, considerò senza riuscire a darsene una spiegazione.

Forse Rhys Llewelyn era fin troppo sicuro di sé. O forse non aveva perso i suoi poteri e lei era in un guaio persino peggiore del previsto. Ma anche in quel caso, perché rischiare che qualcuno sgattaiolasse dentro a rovinargli la festa?

Proseguì, ritrovandosi al piano terra in un corridoio finalmente illuminato.

Si appiattì contro la parete e si guardò attorno freneticamente.

Ancora nulla. Una cosa era certa: se esisteva una sorveglianza, di sicuro non si stava impegnando troppo.

Eleri si rimise in piedi, inoltrandosi nel cuore della villa.

Voci indistinte le facevano capire che molti dei suoi occupanti erano riuniti poco lontano.

E con ogni probabilità Rhys Llewelyn è lì con loro, dovette ammettere. *Sul serio, El, che cavolo ci sei venuta a fare?*

Ma non era il momento di lasciarsi scoraggiare, né tanto meno di fare marcia indietro.

Trovò la scala che portava al secondo piano e vi si diresse sussultando a ogni rumore.

Ora doveva solo trovare la stanza del nuovo Gran Maestro e pregare di sopravvivere.

Si guardò attorno furtiva e aprì la prima porta.

Una stretta forte le serrò i polsi, trascinandola all'interno.

72

Cameron Farland parcheggiò nel cortile della villa, nell'unico posto ancora libero. Mentre toglieva le chiavi dal cruscotto, le sue mani erano scosse da un tremito continuo.

— Ancora nessuna risposta?

Winter gli restituì il cellulare con un sospiro snervato.

— Adesso siamo fuori campo anche noi.

La pensava esattamente come lui: i proprietari delle auto lì intorno si avvicinavano alla morte ogni minuto che passava. Poter preavvertire qualcuno all'interno della villa sarebbe stato il loro migliore vantaggio. Non erano neppure certi che le guardie li avrebbero lasciati entrare...

— Non ti tirerai indietro all'ultimo, vero, Starr? — le domandò Cameron ansiosamente.

La ragazza serrò le labbra. Non c'era tempo per esitare.

— Te l'ho giurato, Cameron.

Indossava un'enorme felpa nera. Il cappuccio era così grande da coprirle del tutto il viso.

— Non capisco perché tu voglia correre il rischio che ci fermino.

— Là dentro ci sono mio padre e tutti i miei amici. Devono sapere che sono viva — ripeté la ragazza per l'ennesima volta. — E ti ricordo che quando abbiamo cercato di affrontare tutto questo senza il loro aiuto, non ce la siamo cavata troppo bene.

Cameron fece una smorfia esasperata, ma rinunciò a ribattere.

— Ci aiuteranno. Fidati di me.

— D'accordo — concesse infine. — Ma se falliamo anche questa volta, dubito che la nostra morte sarà solo apparente.

Si fissarono per qualche istante, pallidi e risoluti. Avevano un accordo.

Il vampiro le passò la mano sotto il braccio.

— Tra un po' dovrò andare avanti da solo. Tu tieni la testa bassa e vedi di non attirare l'attenzione mentre cerco di convincere i tizi all'ingresso a lasciarci passare. Non credo che Rhys si sia preso il disturbo di informarli che non siamo più esattamente amici, ma non si può mai sapere. Quindi, in caso di necessità, salta in macchina e scappa.

Winter annuì seguendolo verso le guardie accanto alla porta: due Soldier, a giudicare dalla fascia bianca sul petto. Si fermò nel punto più buio della veranda.

Mentre Cameron proseguiva, si obbligò a tenere lo sguardo sulla punta delle proprie scarpe, concentrandosi per non perdere neppure un suono.

— Sono Cameron Farland — disse il ragazzo, il nervosismo quasi impercettibile nella sua voce. — Io e mia sorella dovremmo essere attesi.

Le guardie non li degnarono d'uno sguardo.

— Entrate pure — disse uno dei due con un sorriso inappuntabile.

Winter lo raggiunse in fretta.

— È stato troppo facile — mormorò mentre correvano per i corridoi. — C'è qualcosa di strano...

Cameron sogghignò. — Mai stato più d'accordo, *sorellina.*

Vagarono a lungo prima che il caso decidesse di aiutarli.

Attratti da un rumore solitario di passi, sorpresero Malcolm Dougall davanti a una porta chiusa. — Apri, Blackey — stava dicendo.

Mentre l'uscio si apriva, Winter riuscì a riconoscere le voci di Danny Roberts intento a discutere con Morgan e Gareth all'interno della stanza.

A quanto aveva detto la nonna, doveva esserci anche Madison.

Cameron scattò con rapidità improvvisa. — Devo parlarle, Dougall. Subito.

Entrò dietro di lui. Mentre l'uomo richiudeva la porta, Cameron riuscì a bloccarla incuneandovi il gomito.

Winter s'insinuò nel varco e solo allora il ragazzo richiuse l'uscio, lasciandovisi ricadere contro.

Winter non perse tempo a spiegare, si slanciò verso suo padre, mentre il cappuccio le ricadeva sulle spalle, e lo travolse in un abbraccio soffocante.

Morgan barcollò, colto di sorpresa. Riconobbe il profumo della figlia prima ancora di riuscire a vederla in viso.

La sollevò tra le braccia ruotando su se stesso come fosse stata una bambina.

— Sei qui... — mormorò.

Winter scoppiò a ridere e piangere nello stesso momento, incapace di fermarsi o di decidersi.

— Ero in coma. Mi sono svegliata solo oggi. — Tirò su con il naso. — Papà — sussurrò. — Papà...

Non riusciva a dire altro.

Trascorsero interi minuti, prima che all'abbraccio di suo padre si sostituissero quelli di Madison e Gareth, così forti da strapparle il fiato.

— Siete venuti anche voi — mormorò. — Come avete fatto a entrare?

— Non hanno fatto alcun controllo. La parte più difficile è stata convincere Doug e tuo padre a portarci con loro — replicò Madison con semplicità.

Lei e Gareth si scostarono in sincronia perfetta per consentirle di respirare.

Dougall si avvicinò per prenderla a sua volta tra le braccia.

— L'unico modo di lasciare a casa Danny e questi due sarebbe stato narcotizzarli — disse tentando di dare alla sua voce un tono esasperato.

Non ebbe successo: era semplicemente troppo felice di rivederla. — Adesso, però, mi toccherà trovare il modo di tenerli al sicuro.

— Grazie, Doug — sussurrò Winter all'orecchio del vampiro.

Senza lasciarla andare, Dougall le scompigliò i capelli in una carezza rude.

— Non azzardarti mai più a farci uno scherzo del genere, ragazzina. Mi sono stancato di rimettere insieme i cocci di tuo padre.

— Che diavolo ci fai qui? — esplose Rhys Llewelyn, tenendo Eleri inchiodata alla parete con facilità.

Il suo cuore batteva frenetico, doveva essere terrorizzata.

— Io...

Rhys la lasciò andare di colpo. — Vattene prima che la situazione sfugga completamente al mio controllo!

Le voltò le spalle ed Eleri approfittò della prima occasione.

Si fece scivolare le braccia dietro la schiena.

Era così agitata che sfilare dalla custodia e incoccare la vecchia balestra di casa Chiplin le richiese più tempo del necessario. Il legno scricchiolò, danneggiato dagli anni che l'arma aveva trascorso appesa al camino. Quando scoccò il proiettile, il contraccolpo spezzò la corda, che le staffilò le mani così forte da farle perdere la presa.

Maledizione!

Il rumore indusse il Gran Maestro a girarsi e così la freccia lo trafisse alla spalla, tristemente lontana da ogni punto vitale.

— Immagino che questa sia la tua risposta, Chiplin — mormorò Rhys, mentre sulla stoffa candida della sua camicia sbocciava una fioritura scarlatta.

Stringendo i denti, rimosse la freccia più incredulo che infuriato.

Il suo sguardo si fermò a terra sull'arma ormai inservibile che Eleri aveva portato con sé e inaspettatamente le sue labbra si incurvarono in un sorriso.

— Davvero volevi uccidermi con quel pezzo da museo? — era sorpreso e divertito. — Non dirmi che le Famiglie non hanno a disposizione niente di meglio...

Eleri portò una gamba indietro mettendosi in posizione di difesa, in attesa di un contrattacco che, però, tardava ad arrivare.

Rhys invece le voltò la schiena alla ricerca di un fazzoletto con cui tamponare la ferita.

— Saresti così gentile da aiutarmi? — domandò, spiazzandola del tutto.

— Non ci penso nemmeno! — sibilò la ragazza inviperita.

Il suo tono era così rabbioso che lui si girò a guardarla.

— D'accordo — cedette dopo aver studiato con attenzione il suo viso. — Farò da solo. Nel frattempo, dimmi almeno come hai fatto ad arrivare fin qui... Ero convinto di aver lasciato qualcuno davanti agli ingressi.

— Se l'hai fatto, hai incaricato gente davvero poco scrupolosa — replicò Eleri.

La calma di Rhys la metteva a disagio. Non dubitò neppure un istante che lui l'avrebbe uccisa, però l'attesa stava alimentando la sua rabbia.

— La porta delle cantine era spalancata e i corridoi vuoti.

Gli occhi di Rhys si strinsero a fessura.

Ci siamo, pensò lei. Scandagliò le pareti e il pavimento alla ricerca di un'arma di qualsiasi genere.

Rhys, invece, le passò accanto veloce per andare ad aprire la porta.

— Ne sei assolutamente certa?

Eleri lo fissò. L'unica cosa di cui era convinta era di aver a che fare con un pazzo.

— Bastardo! — imprecò lui a denti stretti.

— Con chi ce l'hai?

— È stato mio padre a ordinare ai Soldier di spostarsi dal loro posto. E non l'ha certo fatto per consentire l'ingresso a te.

Mentre Eleri perdeva del tutto il controllo della situazione, Rhys sistemò il proprio improvvisato bendaggio.

— Ti conviene andartene, Eleri Chiplin — la avvertì poi. — Se lui ha spostato tutti i Soldier nella sala significa che stasera sterminerà chiunque si trovi tra queste mura. E dubito che riuscirò a fermarlo.

La ragazza deglutì a vuoto. Cominciava a sospettare che le cose non somigliassero affatto a come le aveva immaginate.

— Intendi dire che *tu* vuoi salvare il Consiglio?

Si guardarono negli occhi a lungo.

— Ma come farai, se il rito ha funzionato? Senza i tuoi poteri rischierai la vita!

Le labbra del ragazzo s'incurvarono in un sorriso amaro e bellissimo.

— Credo sia il minimo che possa fare. Per... lei.

L'espressione di Eleri si fece solenne. — Okay. Sbrighiamoci.

73

— La stanza di Morgan Blackwood è proprio lì in fondo — le indicò Rhys in tono concitato, mentre percorrevano in gran fretta un corridoio. — Avvisalo e poi correte da Fennah e Rhoser. Io proverò a fermare mio padre.

Era una dannata sfortuna aver perso il controllo dei Soldier proprio in quel momento. In assenza del Potere, Hywel sarebbe stato tutt'altro che mansueto.

Eleri annuì. Una parte di lei continuava a essere convinta che dare retta a Rhys Llewelyn fosse folle, ma almeno avrebbe avuto l'occasione di raggiungere gli altri. E l'espressione del suo viso quando aveva parlato di Winter sembrava così sincera...

— Ce la farai?

— Riuscirò a trattenerlo.

— Davvero, *figliolo?* — intervenne Hywel Llewelyn, sopraggiungendo in cima alle scale. — E in che modo?

Eleri rimase immobile, congelata.

Rhys invece si raddrizzò con fierezza.

— Qualsiasi, papà — rispose in tono fermo. — O forse, Maestro di Cardiff, preferisci un ordine ufficiale del tuo Gran Maestro?

Hywel avanzò nel corridoio, sorridendo mentre due Soldier seguivano fedelmente i suoi passi.

— Il mio Gran Maestro l'hai ucciso con le tue mani, Rhys — osservò glaciale — prima di perdere quei poteri che ti rendevano di una qualche utilità.

Gettò a Eleri uno sguardo di disprezzo.

— Prendetela — ordinò al suo seguito. — Sarà il nostro primo ostaggio da mostrare alle Famiglie.

Gareth uscì dalla stanza come una furia.

Morgan Blackwood lo seguì immediatamente.

Dougall, invece, si piazzò davanti alla porta, impedendo il passaggio a Winter e Madison.

— Niente stupidaggini — chiarì in tono definitivo.

Rigirò la chiave nella toppa e se la fece scivolare in tasca.

— No, Doug! — protestò Winter.

— Gareth e tuo padre ci sanno fare, Win. Ma se gli altri scoprono che sei viva non abbiamo più speranze.

— Facci uscire — ringhiò Madison. — Ne ho abbastanza di perdere gente a cui voglio bene!

Di fronte a tanto assurdo coraggio, Dougall non riuscì a trattenere un sorriso.

— Lo stesso vale per tutti noi. Per questo non hai il diritto di farti ammazzare.

— Oh, Morgan — esordì Hywel Llewelyn vedendolo comparire. — Vuoi unirti alla festa? Bene! Significa che inizi a reagire alla morte di tua figlia.

Pronunciò la frase velenosamente, consapevole dell'effetto che avrebbe avuto sia su Blackwood, sia su Rhys.

Il viso di Rhys divenne una maschera di rabbia.

— Lascia stare la ragazza — ordinò invece Morgan. — Appartiene alle Famiglie.

Hywel guardò Eleri, tremante nella presa dei Soldier, con un sorrisetto crudele.

— Non dirmi...

Gareth si gettò all'attacco senza che Morgan riuscisse a trattenerlo, e da quel momento gli eventi si susseguirono frenetici.

Hywel balzò indietro. Il più vicino dei Soldier lasciò andare Eleri per scagliarsi sul ragazzo.

La sua gamba ruotò a una spanna da terra, in una spazzata che costrinse Gareth a fare un salto di lato per evitare di essere atterrato.

Gareth sentì la parete pericolosamente vicina.

Un istante prima di colpirla con la schiena, il ragazzo vi si puntellò con le mani, rimbalzando in avanti. Il suo pugno si abbatté violentemente sul vampiro, colpendogli lo stomaco.

Eleri venne spinta a terra, mentre la seconda delle guardie si lanciava contro Morgan, impegnandolo in un combattimento serrato.

Hywel ne approfittò per scendere nuovamente le scale. Non aveva alcun dubbio sul fatto che le sue guardie sarebbero riuscite a tenere a bada tutti gli avversari - due ragazzini e un padre distrutto dal dolore, per quanto un tempo fosse stato un Soldier - ma il clamore di quella lotta lo impensieriva.

Nessun errore, nessun indugio si ripeté. C'era un piano da seguire.

Quando Aeron Fennah gli si fece incontro nei corridoi, si limitò ad afferrarlo per i capelli.

Il sangue del capo delle Famiglie era un piacere che

aveva rimandato troppo a lungo, stabilì affondandogli i canini nel collo.

L'avversario di Morgan tentò un'ultima, disperata reazione. Con le mani contratte ad artiglio, cercò di raggiungere il suo viso, ma non colpì che l'aria.

Poi il grido di Eleri tagliò il silenzio, mentre l'altro vampiro riusciva ad assestare a Gareth una spinta poderosa.

Gareth indietreggiò rapidamente, tentando nel frattempo di ristabilire l'equilibrio. Poi la sua caviglia cedette e il ragazzo ricadde all'indietro sulla passatoia.

Maledizione!

Già sui gradini, pronto a inseguire il padre, Rhys invertì d'impulso la direzione. Piegò le ginocchia e scattò in avanti, atterrando tra Gareth e il suo aggressore.

I suoi occhi intercettarono quelli del Soldier, ma la guardia non ebbe il tempo di fermarsi.

Le sue mani gli arpionarono le spalle, lacerando stoffa e carne.

Affondarono nel taglio aperto dalla freccia di Eleri, facendolo sanguinare nuovamente, e aprirono uno squarcio nella pelle sana.

Il dolore gli appannò la vista per un istante. Senza fiato, fece appena in tempo a rotolare a terra con una violenta torsione.

Il Soldier fu sbalzato contro il muro e Rhys lo bloccò puntandogli le gambe contro il ventre fino a che Morgan Blackwood lo finì, spezzandogli il collo.

Rhys ricadde di schiena mentre il suo stesso sangue gli impregnava i vestiti, caldo e viscoso.

Chiuse gli occhi e, quando li riaprì, la mano tesa di Gareth occupava tutto il suo campo visivo.

— Ce la fai ad alzarti?

Rhys annuì faticosamente.

Assurdo, rifletté, rimettendosi in piedi con uno sforzo che riuscì a nascondere solo in parte. Era contento di averlo salvato.

Gareth Chiplin, che gli aveva portato via Winter...

Quella sì che era stata una buona azione.

Gli sarebbe venuto da ridere se i tagli non gli avessero fatto tanto male.

Gareth gli fece passare un braccio sotto le spalle con un sospiro per nulla soddisfatto.

— Ce lo portiamo dietro? — chiese Morgan Blackwood, squadrando il giovane vampiro con espressione indecifrabile.

Rhys si sentì arrossire sotto il suo sguardo.

Mi dispiace, signore, pensò senza trovare il fiato di dirlo a voce alta. *È colpa mia. Se lei è morta, se stiamo soffrendo, se siamo in pericolo... sono io il responsabile. E mi odio per questo.*

Il suo sguardo si fece di nuovo sfuocato e Morgan Blackwood gli calò uno schiaffo sulla guancia, impedendogli di svenire.

— Be', sarebbe troppo facile, ragazzo — gli sussurrò nell'orecchio. — Non ti permetterò di mollare adesso. Perciò muoviti e vedi di meritare l'amore di mia figlia.

Rhys socchiuse gli occhi in segno d'assenso.

Quando tre battiti risuonarono alla porta, Winter scattò in piedi.

— Muoviti, Doug — borbottò nervosamente Morgan dal corridoio.

Dougall fece scattare la serratura e davanti ai loro occhi si dipinse lo spettacolo più incredibile che potessero immaginare: Eleri. E Morgan perfettamente illeso. Avanzarono per primi, e dietro di loro comparve Gareth con il suo incredibile fardello.

Rhys!

Winter non ebbe alcuna esitazione.

Era stata pronta a ucciderlo, e persino in quel momento l'avrebbe fatto, se fosse stato l'unico modo di fermarlo. Ma quando lo vide entrare, pallido e ferito, con il sostegno di Gareth, gli si gettò incontro dimentica d'ogni cosa.

— Win...

Rhys tentò istintivamente di raddrizzarsi, imbarazzato dalla propria debolezza, annientato dalla vergogna per ciò che aveva fatto.

Si liberò dalla presa di Gareth reggendosi faticosamente in piedi. Quel momento devastante e meraviglioso doveva affrontarlo sulle proprie gambe.

Poi la prese tra le braccia e tutto il resto fu un ricordo lontano.

— Win — mormorò di nuovo.

C'era tutta la tenerezza del mondo in quel sussurro. Tutto l'amore che li aveva uniti e che lui aveva rischiato di distruggere. Il sollievo e la gioia.

E una supplica di perdono.

Per la prima volta i suoi occhi si riempirono di lacrime.

Scivolò in ginocchio, aggrappato ai suoi fianchi.

— Perdonami... — sussurrò. — Perdonami...

Mentre gli carezzava i capelli, Winter non riuscì a trattenere il pianto.

Ma erano lacrime di gioia.

E riconoscenza.

Gli sollevò il mento, immergendo gli occhi nei suoi. La sua paura si dissolse in un istante.

Il rito aveva avuto successo. La presenza di Rhys era scivolata fuori dalla sua mente restituendole i suoi pensieri, e ci sarebbe voluto del tempo prima di abituarsi davvero a quella mancanza.

Ma ciò che rimaneva non erano né il Potere, né la magia del sangue. Era il loro amore. Così, semplicemente.

Erano Rhys e Winter.

Winter si lasciò ricadere accanto a lui, i volti vicinissimi, i respiri confusi sulle labbra.

— Devi venire via — sussurrò. — Sei ferito.

«Vedi di meritare l'amore di mia figlia» aveva detto Morgan Blackwood.

Rhys sorrise con malinconica dolcezza, perché Morgan aveva ragione: quella era una nuova scelta.

Le carezzò il viso, delicato ed esitante. — Non posso, amore mio... Ho commesso degli errori. Devo provare a rimediare, posso ancora fermare mio padre.

Le posò l'indice sulle labbra seguendone il contorno, e lei vi adagiò un bacio.

Ora che il vincolo sovrannaturale non univa più le loro menti, Winter non aveva che i propri sentimenti per comprendere ciò che lui pensava.

— Devo affrontare le conseguenze delle mie scelte, Winter. Come hai avuto il coraggio di fare tu.

Lei si passò una mano sul viso, asciugando in fretta le lacrime, e ricambiò il suo sorriso.

Era giusto. Non poteva negargli ciò che aveva preteso per se stessa.

Si alzarono insieme.

— D'accordo — sussurrò prima di lasciarlo andare. — Fai ciò che devi.

74

Bastarono pochi minuti.

I vampiri di Hywel Llewelyn scivolarono nella sala dei rinfreschi confusi tra la folla dei presenti.

S'insinuarono accanto alle uscite.

Le porte si chiusero silenziosamente, tagliando ogni possibilità di fuga, e Hywel raggiunse il centro della stanza.

— Permettetemi di illustrarvi i termini del dibattito, signori — disse con voce forte. — In fondo siamo qui per trattare, no?

Dai presenti, vampiri e umani, si levò un brusio stupito.

— Potremmo accomodarci e metterci dei giorni — proseguì l'uomo, sovrastando ogni altro suono. — Fondamentalmente, però, continueremmo a girare attorno allo stesso punto.

Tacque, e i suoi occhi sorvolarono l'intero uditorio per un tempo lunghissimo. Si stava godendo la scena, le loro espressioni sempre più preoccupate.

— Con me — proseguì infine — o contro. La questione è solo questa, ve l'assicuro.

Con un gesto teatrale indicò le porte chiuse. A nessuno sfuggirono gli uomini che c'erano di guardia.

— Decidete in fretta.

L'eco della sua voce calò sul salone, subito seguito da un silenzio funereo.

— Dov'è il Consigliere Fennah? — domandò Iago Rhoser facendosi avanti. — Vogliamo conoscere il parere del capo delle Famiglie.

— Temo che nessuno potrà più chiederglielo — fu la laconica risposta di Hywel.

A Darran Vaughan, in penombra all'estremità più lontana, sfuggì un sorriso.

Che la festa abbia inizio! pensò soddisfatto.

— È il momento di portare un po' di confusione, amico mio — disse piano a Crow.

Nel giardino posteriore della villa, Morgan Blackwood si ritrasse dalla finestra.

— Non possiamo più aspettare, Doug — annunciò in tono deciso. — Non sappiamo cosa decideranno di fare i Soldier ora che il ragazzo non può più controllarli. Se anche solo una parte di loro sosterrà Hywel, là dentro non sopravvivrà nessuno.

Dougall annuì solennemente. — Siamo comunque pronti, Blackey.

Si guardarono in una replica di ciò che tante volte era accaduto in passato, la fascia bianca dei Soldier nuovamente sul petto.

Poi i loro sguardi si puntarono su Rhys.

— Se ci volti le spalle sei morto, *Gran Maestro* — commentò Dougall con uno dei suoi luminosi sorrisi. — Spero per te che il Siero ti abbia ridato un po' di forze, perché non perderemo tempo a farti da stampella.

Rhys sollevò il capo, l'espressione severa e piena di determinazione. — Ci sono.

— Allora preparati a un'entrata d'effetto — stabilì Dougall infrangendo il vetro con un pugno secco.

— Hywel Llewelyn — gridò Morgan Blackwood, irrompendo nella sala attraverso la finestra sfondata. — Qualcuno qui avrebbe qualcosa da dire.

Hywel lo fissò sorpreso. E quando riconobbe il ragazzo che lo seguiva, ebbe un istante di esitazione.

— Stupido moccioso — ringhiò poi tra i denti.

I vampiri che lo circondavano s'immobilizzarono per un attimo, in attesa della sua decisione.

— Nessuna pietà — stabilì l'uomo.

Dougall sollevò Winter di peso, per poi depositarla all'interno della sala, al riparo di un paravento.

— Ricordati cosa ti ho insegnato, ragazzina — mormorò al suo orecchio. — Non perdere il controllo e scegli bene i tuoi obbiettivi.

Winter chinò la testa in segno di assenso.

Un istante prima che Gareth potesse raggiungerli, Madison gli afferrò la mano e lo trasse verso di sé.

Annuì, in risposta ai propri pensieri, e posò le labbra sulle sue.

Fu un bacio rapido, ma diede i brividi a entrambi.

— Era questo il momento giusto? — domandò il ragazzo con un sorriso.

Lei alzò le spalle. — Potrebbero non ricapitarne di migliori.

Si guardarono, concedendosi un istante che fosse solo per loro.

Poi entrarono nella sala insieme a Eleri e Danny.

— È buffo, ma abbiamo davvero qualche speranza di tirare domani — commentò Dougall facendo loro spazio dietro al paravento.

Winter gli strinse fugacemente la mano. — Ce la faremo, Doug.

Il vampiro sollevò appena le sopracciglia, sarcastico, poi raggiunse Morgan e Rhys e i loro destini si separarono.

Poco lontano la lotta era già iniziata. Nell'aria si sentiva odore di sangue.

Winter si sporse all'esterno in cerca di un bersaglio. Poi richiamò il Potere.

Non c'era ordine in quella battaglia. Schieramenti e Stirpi erano mescolati e confusi. Ognuno dovette affrontare da solo il momento della scelta.

Hywel Llewelyn rimase in disparte finché ci riuscì, lasciando che i suoi uomini colpissero per lui.

Ci fu uno sparo, ma comprese di essere lui stesso il bersaglio solo quando un proiettile gli addentò la carne su un fianco.

Il dolore improvviso lo fece ripiegare su se stesso. Quando rialzò gli occhi sul giovane armato a pochi metri da lui, la sua espressione era una condanna a morte.

Rinunciando alla protezione dei suoi alleati, corse in quella direzione.

Danny Roberts sparò di nuovo, ma il vampiro riuscì a evitare la pallottola.

Saltò, un balzo agile che lo fece atterrare a pochi metri dal paravento.

Dietro di lui, le guardie si stavano già radunando in un muro compatto.

Ma gli serviva uno scudo.

Con un brusco cambio di direzione richiuse le dita sul

collo di una giovane donna, che perse il fiato in un grido di terrore.

La trascinò davanti a sé, felice che le Famiglie non forgiassero più i combattenti del passato. Se la strinse al corpo mentre lei tirava goffi calci all'aria.

— La prego — lo implorò lei. — La prego!

Hywel sapeva di aver raggiunto il proprio scopo. Attese che una delle sue guardie scattasse in avanti, pronta ad attaccare Danny, e tornò a indietreggiare proteggendosi dietro l'umana.

Il Potere evocato le sfuggì di mano, interrompendo il filo sottile che Winter aveva stabilito con una delle guardie di Hywel.

Sbalzata fuori dalla dimensione in cui era immersa, scoprì che Danny era precipitato all'indietro, travolgendo il paravento.

Un vampiro lo teneva immobilizzato affondandogli le ginocchia nello stomaco.

Gareth reagì immediatamente.

Sollevò la gamba e gli sferrò un calcio in pieno viso. Le grida e i rumori coprirono lo scricchiolio sinistro della mascella.

Danny gli premette la pistola contro il petto e fece fuoco.

A quella distanza, il proiettile gli aprì un foro nella carne, riemergendo dalla schiena.

— Via, Win! — gridò Madison sollevando l'amica di peso.

Insieme a Eleri abbandonarono la loro posizione, ritrovandosi del tutto allo scoperto.

Madison le stringeva il polso trascinandola avanti alla cieca, e Winter la seguì barcollando ancora stordita. Le sue dita sfiorarono la felpa di Eleri e vi si aggrapparono.

L'unica cosa cui riusciva a pensare era che dovevano rimanere insieme.

Mentre tutt'attorno infuriava la lotta, Madison puntò ai tavoli del rinfresco.

— Là sotto — ordinò, sollcvando la tovaglia per farle entrare.

Eleri non ebbe bisogno di sentirselo ripetere.

Quando furono di nuovo tutte al riparo, Winter si sporse freneticamente scegliendo un nuovo obbiettivo tra il seguito di Hywel.

Scorse una vampira e tentò di imprimersi la sua immagine in testa, di assorbirla dentro di sé.

Si concentrò sul suo volto e la Sete che emanava attorno le offrì l'appiglio che cercava.

Winter spinse la mente contro la sua, puntando dritta a quell'istinto selvaggio. Riuscì ad afferrarlo. La brama di sangue cominciò a richiamarla a sé, e Winter non si oppose.

Poi la volontà della vampira si ribellò, respingendola con furia brutale.

La lotta non durò che un minuto, ma fu un tempo lunghissimo.

Finalmente, la ragazza si ritrovò dentro il corpo della vampira, avvinghiata alla parte più profonda della sua mente.

Lo sguardo dell'altra si accese di una strana luce argentea, mentre le sue mani ghermivano Hywel.

Winter comprese troppo tardi di aver sottovalutato l'avversario. Hywel Llewelyn era abbastanza antico da avvertire il Potere quando veniva evocato. Si fece scivolare un pugnale tra le mani e lo usò per recidere la gola della vampira.

Winter fece appena in tempo a sfuggire all'agonia, ritrovandosi a terra sotto il tavolo dei rinfreschi.

Il cuore le martellava dolorosamente nel petto.

— Ha capito — gemette. — Mi ha scoperta.

Era una brutta notizia. Non aveva bisogno di spiegare quanto.

I vampiri che sollevarono il tavolo sopra le loro teste non le lasciarono comunque il tempo di reagire.

— La figlia di Blackwood — scandì uno di loro fissandola duramente. — Ci serve come ostaggio.

Winter afferrò uno dei piatti caduti e glielo scagliò contro.

— Winter.

Vaughan la riconobbe immediatamente.

Il suo avversario approfittò di quell'istante per tirargli un pugno alla bocca dello stomaco.

Non male, dovette riconoscere lui boccheggiando. Lo ricompensò con un calcio agli stinchi che lo mandò a terra.

Rapidissimo, gli prese la testa tra le mani e gli spezzò il collo con una torsione improvvisa.

— Spiacente. Ho trovato di meglio da fare.

75

Winter si ritrovò accanto a un enorme camino poco lontano dalla finestra, con le spalle al muro e un paio di vampiri di fronte.

Almeno il suo tentativo di fuga aveva distolto la loro attenzione da Madison ed Eleri.

— Non ti faremo del male — tentò di blandirla uno. — Sei un ostaggio prezioso. Dobbiamo solo portarti dal signor Llewelyn.

— Dovrei fidarmi? — replicò la ragazza, cercando di prendere tempo. — Se non mi farete fuori voi, lo farà il vostro capo...

Il Potere. Non aveva altra possibilità, ma non riusciva a richiamarne abbastanza da raggiungere le loro menti.

Il segno recente di un morso marchiava i loro polsi. Hywel doveva averli già legati a sé.

Winter fissò le loro fasce bianche.

— Non vi rendete conto di cosa state facendo? Voi dovreste essere i difensori dell'Ordine. Preferite davvero essere gli schiavi di quel pazzo?

I Soldier non si mossero, ma lo sguardo di uno dei due

si velò di amarezza. — Non c'è più nessun Ordine, figlia di Blackwood. Ha iniziato a crollare dopo il tradimento di tuo padre.

La ragazza rise, sforzandosi di riflettere in fretta. — Una nobilissima scusa.

Il suo viso rimase impassibile quando Darran Vaughan comparve alle spalle dei vampiri, ma lei si sentì invadere da un moto di speranza.

— Andiamo. — Il primo Soldier si fece avanti, cercando di prenderle il polso.

Vaughan fu più rapido. Gli afferrò i capelli scagliandogli la testa contro il muro. Mentre il corpo ricadeva, macchiando di sangue la seta avorio della tappezzeria, lanciò alla ragazza uno sguardo d'intesa. Poi si voltò di scatto, parando il contrattacco del secondo Soldier.

La spada dell'attaccante gli aprì un solco dal fianco all'ombelico.

Era la prima volta dopo quasi un secolo che riceveva ferite da arma bianca.

— Non muoverti — ordinò a Winter facendole scudo. Poi tornò a rivolgersi all'altro vampiro. — Le spiacerebbe indietreggiare d'un passo, signore? Rischiamo di colpire una damigella...

Il Soldier arretrò automaticamente da perfetto gentiluomo, mentre il terzo millennio cessava di esistere.

Poi Vaughan lo vide sollevare nuovamente la spada e ne parò l'affondo con una delle pinze del camino.

L'impatto produsse una scintilla azzurrina e uno stridio metallico, mentre la lama strisciava sul ferro precipitando in basso.

Vaughan disimpegnò la sua arma improvvisata facendole disegnare un cerchio nell'aria prima di calarla sull'avversario.

L'altro scattò indietro e affondò nuovamente, recidendogli la camicia e la pelle poco sotto al gomito. Il nuovo taglio cominciò a sanguinare e Vaughan a perdere la pazienza.

Ridusse l'estensione della guardia e lasciò che l'altro si facesse più sotto. Schivò un affondo con una torsione improvvisa, ma la lama riuscì lo stesso a tagliarlo di striscio sulla schiena. Serrò le mani attorno all'impugnatura e l'avversario gli cedette inaspettatamente la spada, gettandosi su Winter con una decisione improvvisa.

Le bloccò le caviglie proprio mentre la ragazza tentava di scappare, riscuotendosi improvvisamente dallo strano fascino di quel duello.

Vaughan incespicò fino a lui e lo trapassò con la lama.

Madison ed Eleri cominciarono a strisciare lungo le pareti.

Non avevano mai avuto tanta paura ma, mentre avanzavano carponi, nessuna delle due prese mai in considerazione la possibilità di scappare.

Si fermarono a riprendere fiato dietro una fila di sedie.

Madison riuscì a stento a soffocare un grido, quando un uomo cadde riverso, senza vita, a mezzo metro da lei.

Accucciata appena più indietro, Eleri le posò la mano sulla gamba per richiamare la sua attenzione.

Con un cenno della testa indicò la pistola abbandonata accanto alle dita del cadavere.

Madison espirò stancamente e riprese a strisciare in avanti, allungandosi fino a sfiorarla.

Una vera fortuna che almeno qualcuno nelle Famiglie cominciasse ad apprezzare i vantaggi del progresso.

Winter si scrollò di dosso il corpo del Soldier e si rialzò.

Il suo sangue le inzuppava le mani e buona parte del viso. Istintivamente si passò i palmi sui jeans per scacciare quell'umidità viscida e appiccicosa.

Ai margini del proprio campo visivo vide Vaughan barcollare violentemente, poi non poté far altro che sorreggerlo.

— Ti consiglio di non perdere tempo con me, mia cara — mormorò lui con ironia sofferente. — Levati di mezzo, finché riesco ancora a coprirti la fuga...

Winter sbuffò, rinserrando la presa attorno al suo corpo. — Ti porto fuori di qui.

Vaughan rise. — Sul serio. Lasciami morire da eroe. Sai benissimo che è più di quanto mi meriti.

La ragazza lo ignorò nonostante una parte di lei fosse perfettamente d'accordo. Ma non poteva lasciarlo morire dopo che lui l'aveva aiutata.

— È semplicemente fuori discussione, Vaughan — dichiarò cominciando a camminare.

Sotto il peso dell'uomo, i pochi passi che li separavano dalla porta più vicina sembravano una distanza insuperabile.

Eppure, per qualche misterioso motivo, nessuno sembrò accorgersi di loro.

Lentamente, puntellandosi al muro, riuscirono a raggiungere l'uscita e a varcarla, ritrovandosi nel corridoio deserto.

— Lasciami qui e sparisci — ripeté il vampiro facendosi scivolare a terra.

Aveva l'aspetto di un guerriero ferito, sofferente ma pieno di fierezza, indomito. L'impeto dello scontro era riuscito a sconvolgere l'ordine rigoroso dei suoi capelli, che gli ricadevano in morbide onde color oro pallido sul viso e sul collo.

Il suo sorriso, per una volta, fu semplice e schietto.

— Dammi retta, almeno adesso.

Winter scosse di nuovo la testa. — Ti porto alla tua auto.

Non era certa del perché lo stesse facendo.

Forse c'era semplicemente troppa morte attorno a loro perché potesse sopportarne un'altra.

— Nobile e pura fino in fondo...

Vaughan si rialzò rigidamente, ignorando la mano che lei gli offriva. Fortunatamente, il dolore si stava riducendo.

E, fortunatamente, al suo arrivo aveva avuto la presenza di spirito di parcheggiare fuori dai cancelli.

Distese gli arti con prudenza, controllandone attentamente le condizioni, e ricominciò a camminare con minor difficoltà.

Uscire in strada fece sentire meglio entrambi.

Infine, lui si appoggiò all'auto trattenendo la ragazza per un polso.

— Avrei proprio voluto conoscerti in altri tempi, Winter Blackwood Starr. Tempi più feroci, ma più liberi...

Winter rabbrividì.

— Non è andata così — disse severamente.

Vaughan sorrise sornione.

Poi chinò il viso, sfiorando rapidamente le sue labbra con le proprie.

La ragazza divenne di marmo. — Ora vattene, Darran.

Con una rapidità che non avrebbe creduto di avere, lui spalancò la portiera e la spinse dentro l'abitacolo.

Winter fece appena in tempo a capire cosa stesse succedendo, prima che lui la raggiungesse all'interno dell'auto inchiodandola al sedile con il proprio peso.

— Sul serio, adoro la tua ingenuità — le disse con un sorriso.

Winter tentò di allontanarlo da sé. Riuscì a risollevarsi a metà, la schiena puntata contro la portiera, ma Vaughan riuscì ad afferrarle le braccia.

— Bastardo traditore!

— Mi pare che questo punto l'avessimo chiarito dai tempi di Glan Gors.

Winter sentì il suo respiro sul collo.

— E ora perdonami. Avrei preferito rendere tutto più piacevole anche per te... ma, come ti ho già detto, non amo ripetere i miei errori.

Il morso le strappò un grido.

Winter continuò a dibattersi, odiando la propria stupidità, mentre Vaughan beveva il suo sangue e il suo Potere.

Riuscì a liberarsi le mani.

— Fermati! Maledizione, fermati!

Diventerà Immortale, pensò, cercando di colpirlo.

È ciò che voglio, replicò il vampiro, aprendosi un varco nella sua mente.

Il Dono di Sangue li stava già avvicinando e ora che la *Corona Argentea* era perduta, uccidendolo avrebbe ucciso se stessa. Sarebbe stata quella la fine?

Dopo tutto ciò che avevano dovuto sopportare lei, Rhys, tutti gli altri...

No!

Freneticamente, Winter cercò di soffocare il Potere che era stato scatenato, di trattenerlo prima che scorresse tra loro.

Era una nube d'energia lontana, densa, ribollente. La afferrò, comprimendola con la propria volontà.

Pensava che sarebbe riuscita a farcela, quando Vaughan unì il proprio Potere a quello già evocato.

Winter gridò di nuovo, schiacciata da quel vortice sovrannaturale.

Il vincolo stava per chiudersi, nella fugace immagine di una catena i cui anelli si serravano invincibili.

— No!

Stringendo i denti, lo colpì allo stomaco con i gomiti e il dolore improvviso lo costrinse a lasciarla andare.

La catena si spezzò bruscamente e Winter strisciò indietro scalciando mentre il Potere si scatenava attorno a loro, fuori controllo.

Pallida per lo sforzo, la ragazza lo richiamò a sé, assorbendolo dall'esterno e gettandolo contro il vampiro.

Vaughan boccheggiò, resistendo con tutte le sue forze. Una sola stilla di sangue, poche gocce ancora e avrebbe ottenuto il controllo di quella potenza.

La afferrò per la vita e la attirò di nuovo verso di sé.

Winter sbatté la testa contro la portiera.

Era stordita di Potere e di fatica, ma non poteva cedere.

Restava una sola cosa da fare.

Sentì il respiro di Vaughan sul polso. Lo ritrasse violentemente e affondò le dita tra i capelli dell'uomo, tirandoselo addosso.

— Paura, Darran? — sibilò con un sorriso di sfida.

Lo sguardo di Vaughan era appannato quanto il suo.

— No — rispose abbassandosi fino a sfiorarla.

Lei fu più rapida.

Sollevandosi di scatto, gli affondò i canini nella gola.

76

Madison, Gareth, Eleri e Cameron riuscirono a guadagnarsi un varco verso l'uscita a colpi di pistola. Una alla volta, spalancarono ogni porta consentendo la fuga a chiunque fosse ancora vivo.

Ormai i combattimenti si erano ridotti a uno scontro all'ultimo sangue al centro della sala, una lotta violenta e caotica le cui sorti rimanevano incerte.

Iago Rhoser si abbassò sulle ginocchia flesse, sfuggendo al fendente di un vampiro. Non era mai davvero disarmato, ma dopo aver esaurito le munizioni, una corda e un pugnale erano armi un po' misere contro la spada che l'altro sfoggiava.

L'Esecutore rimase immobile, attendendo che l'avversario colpisse di nuovo, e si ritrasse solo all'ultimo, compromettendone l'equilibrio.

Il vampiro scivolò in avanti mostrandogli la schiena. Lui vi conficcò il pugnale precisamente all'altezza del cuore.

Non fece in tempo a estrarlo. Altri due vampiri gli si

fecero incontro e Morgan si disimpegnò dalla lotta per venirgli in aiuto.

— Fianco a fianco — mormorò l'Esecutore. — Chi l'avrebbe mai detto, eh, Blackwood?

Si accostarono uno all'altro, schiena contro schiena.

A pochi metri, Dougall e Rhys continuavano a farsi strada verso Hywel.

Tra i ribelli di Vaughan e le forze di Hywel, la riunione del Consiglio era diventata un'orribile carneficina.

Uno sparo e Rhoser si sentì trafiggere la mano da un proiettile.

Non era mai stato ottimista, ma sapeva affrontare il presente, e quella ferita non era un buon presagio.

Stringendosi la mano al petto, vibrò un calcio alle ginocchia del vampiro più vicino.

Il dolore e la fatica, però, cominciavano a renderlo disattento.

Gettandosi all'attacco alla cieca, si ritrovò separato da Blackwood. Un pugno sulla nuca lo fece crollare in ginocchio, poi qualcuno gli sferrò un calcio nelle reni.

Rantolò sul pavimento. Un altro vampiro gli abbatté una sedia sulla schiena così forte da far scricchiolare il legno.

L'Esecutore sentì in bocca il sapore del sangue. Afferrò una caviglia del vampiro con rabbia, strattonandolo per farlo cadere.

Strisciando a pancia in giù, incurante del dolore, srotolò la corda che teneva sempre al proprio polso e la fece passare attorno al collo del vampiro.

Tirò, puntandogli un ginocchio nella schiena per fare più forza. Lo sentì lottare con una furia disperata, poi dare un'ultima contrazione.

Rhoser rilassò le braccia. Respirare era un atroce martirio, ma al vampiro che aveva appena strangolato era andata decisamente peggio.

Morgan Blackwood si abbassò di fianco a lui, facendogli passare una mano sotto il fianco, e l'Esecutore si lasciò sfuggire un lamento.

— Siete ancora in tempo ad arrendervi — disse Hywel Llewelyn, ormai pericolosamente vicino.

Rhoser serrò una mano attorno a quella di Morgan. — Lasciami perdere. Fai fuori quel lurido verme, piuttosto, e sii una buona guida per l'Ordine. È sempre stato il tuo destino. Il Patto ha bisogno di te, Morgan Blackwood.

Morgan osservò il suo volto sofferente, poi lo lasciò andare con delicatezza.

— Lo giuro solennemente, Esecutore — dichiarò risollevandosi.

Vaughan respirava appena. Winter lo aiutò a sedersi e aprì la portiera alle proprie spalle.

— Doug ti ha insegnato bene — mormorò l'uomo con l'accenno vago di un sorriso. — Sei riuscita a controllare il Potere.

Winter gli scoccò uno sguardo rabbioso. — Dovevi proprio farlo?

Vaughan si umettò le labbra, assaporandone il gusto. — Oh, sì.

— Magnifico — replicò la ragazza.

Aveva gli occhi umidi e gonfi, ma il dolore non c'entrava. Non quello fisico, almeno.

— Stai piangendo per me... — comprese Vaughan meravigliato.

— Non sto affatto piangendo — protestò la ragazza.

Il vampiro sospirò.

— È questo che abbiamo cercato tutti in te, lo sai? Io

e Llewelyn. Sei talmente innocente, e mi chiedo come tu sia riuscita a rimanerlo in mezzo a... — Le sue dita fecero un cenno vago. — A tutto questo.

Le sue parole furono coperte dall'ululato di un'auto della polizia.

Quando tornò a guardarlo, Winter si accorse che aveva gli occhi chiusi e respirava ancora più lentamente.

— Anch'io avrei voluto conoscerti in altri tempi, Darran Vaughan — sussurrò. — Tempi più felici.

Mentre una lacrima le sfuggiva dalle ciglia, inspirò a fondo e scivolò fuori dall'auto.

Vide Evans fermarsi sgommando davanti alla villa e precipitarsi dentro. Ottimo, qualcuno doveva essere riuscito a chiamare i rinforzi e lui era il più vicino.

Winter sperava solo che non fosse troppo tardi.

Era tempo che anche lei tornasse dentro, pensò mettendosi a correre.

77

Mentre Morgan, Dougall e Cameron tenevano impegnate le guardie, Rhys avanzò deciso verso suo padre.

— Ritira la tua gente!

Hywel lo guardò pieno di disprezzo. — Osi darmi ordini, Rhys?

— Ritira la tua gente — insistette il ragazzo.

Si guardarono a lungo e Rhys vide in lui uno dei suoi possibili futuri.

— Quello che stai facendo è una follia, papà.

— Ti andava benissimo, quando credevi di poterla gestire — ribatté Hywel mellifluo. — Hai perso la spina dorsale, figliolo? Non ti credevo debole a tal punto.

Rhys sentì montare la collera.

— Mi hai creduto debole per tutta la vita, papà. E ora so che lo sono stato davvero, fino a questo momento. Questo, però, non posso permettertelo.

— Conosci il modo di impedirmelo, *figlio mio* — sorrise Hywel. — Ora chiediti se hai il coraggio di lottare contro tuo padre.

Winter tornò nella sala e si appiattì contro il muro per osservare l'atto finale di quegli scontri.

Improvvisamente era tutto chiaro, capì osservando Rhys fronteggiare suo padre.

Quella e nessun'altra sarebbe stata la battaglia definitiva.

Lei non avrebbe potuto aiutarlo.

O forse sì...

Socchiuse gli occhi e spinse con delicatezza la mente verso quella del ragazzo. Fu un tocco gentile, perché non intendeva intervenire.

Sono con te, gli sussurrò.

Non credeva che lui avrebbe colto quel pensiero, ora che il vincolo era stato spezzato, però comprese che avvertiva la sua vicinanza.

E questo doveva bastare.

Hywel non attese di essere attaccato.

Sollevò il braccio, pronto a colpire Rhys, ma il ragazzo riuscì a bloccarglielo in alto.

— Stai buttando via tutto — sibilò l'uomo. — E per cosa? Non ti ringrazieranno. Non basta una buona azione per riscattare ciò che hai commesso, quelle colpe che esistono solo ai loro occhi. Nemmeno un'intera vita di sacrifici sarà sufficiente. Resterai un nemico per tutta questa brava gente, scrupolosa e beneducata. Un reietto... perché hai avuto il coraggio di fare ciò che loro possono solo sognare.

Rhys trasalì e per una frazione di secondo sentì la forza di quelle parole, il loro significato insinuante, il sollievo immediato che potevano dargli.

Serrò i denti, rifiutandosi di ascoltare.

Suo padre gli sferrò un colpo con il taglio della mano, puntando chiaramente alla macchia rossa che gli impregnava i vestiti.

— Preferisci la loro onorevole prigionia a ciò che voglio offrirti?

Avanzò e fece scattare il pugno.

Rhys si spostò di lato per evitarlo.

— Non dobbiamo combatterci, ma unire le forze, Rhys. Riprenderci il nostro rango, gli onori che ci sono dovuti.

Colpì ancora e ancora e Rhys continuò a respingerlo senza contrattaccare, in una danza a spirale in cui erano sempre più vicini.

— Non capisci che voglio il meglio per te?

Con la coda dell'occhio, il ragazzo lo vide nascondere una mano dietro la schiena. Dove teneva la pistola.

S'immobilizzò, disgustato e sorpreso nonostante tutto.

Potevi scegliere...

— Tu non hai niente da offrirmi, papà — dichiarò poi, avanzando di scatto.

Lo colpì allo stomaco a pugni uniti e Hywel si piegò in due.

Rhys gli afferrò la nuca mentre la tristezza gli serrava la gola.

Con l'altra mano lo disarmò.

Suo padre si lasciò ricadere verso il basso, cercando di fargli perdere la presa, ma lui continuò a stringerlo.

Il suo braccio gli avvolse il collo in una morsa.

— Non hai niente da offrirmi — gli soffiò sulle tempie in un sussurro rabbioso. — Ti ho già permesso di portarmi via tutto ciò che avevo.

Lentamente sollevò la pistola, puntandogliela contro la testa.

Fece scattare la sicura.

Il passato era così difficile da superare. Il bambino che

tante volte Hywel aveva punito, pretendendo che fosse diverso da ciò che era, squadrò suo padre attraverso di lui.

Si sentiva tradito e abbandonato. E voleva la stessa vendetta che anche Rhys agognava.

Serrò gli occhi e, quando li riaprì, incontrò lo sguardo argenteo di Winter. Occhi splendidi che lo guardavano pieni di fiducia, nonostante tutto ciò che aveva fatto. A se stesso. Agli altri. A lei.

Ho ancora qualcosa per cui lottare, ripeté ricambiando il suo sguardo.

Gli sembrò che un pesante fardello gli cadesse dall'anima, permettendogli di risalire. Di provarci.

Non avrebbe aggiunto altri crimini ai suoi rimpianti. Mai più.

— Sei fortunato, papà — annunciò con durezza. — Non ho il diritto di dare a te la colpa. Non voglio somigliarti.

Morgan e Dougall li raggiunsero camminando lentamente.

Rhys affidò loro il prigioniero e raggiunse Winter. Non osava toccarla. Non lo meritava.

Mentre Danny ed Evans aiutavano i superstiti a disperdere gli ultimi ribelli, attese al suo fianco il proprio destino.

Epilogo

All'interno della Loggia di Londra, Winter osservava gli ultimi preparativi di suo padre con un sorriso radioso.

— Fai un figurone, Gran Maestro — gli disse aiutandolo a fissare in vita il nodo della spada cerimoniale nella luce rosata del tramonto estivo.

Morgan si portò la mano al petto con un inchino.

In realtà si sentiva maledettamente a disagio in quei panni.

— Tu e Doug dovrete aiutarmi durante la cena. Temo di non essere più abituato ai ricevimenti formali.

— Finiscila, Blackey. Sei sempre stato uno splendido damerino — replicò Dougall, assestandosi addosso la fascia bianca.

Intercettò lo sguardo di Winter e le strizzò l'occhio.

Lei rise.

Sapeva cosa il suo maestro stava pensando: dopo ben due secoli, il ragazzino che era entrato nell'Ordine con gli occhi luminosi e pieni d'emozione era finalmente pronto a guidarlo.

Morgan scosse la testa, ma i bordi delle sue labbra si sollevarono suo malgrado.

Prese tra le sue una mano della figlia e le fece compiere un giro su se stessa.

Il lungo abito di Winter ondeggiò in un fruscio di veli. Era d'un argento così pallido da sembrare bianco, ma metteva in risalto la sfumatura metallica dei suoi occhi.

— Sei bellissima... — disse Morgan pieno di orgoglio.

Lei ristabilì l'equilibrio traballando leggermente.

— Non sono abituata ai tacchi — si lamentò. Poi si accorse della figura che li fissava dalla soglia. — Nonna!

Il suo richiamo parve riscuoterla e Marion Starr si decise a entrare nella stanza, sostenendosi all'immancabile bastone da passeggio, per stringerla in un abbraccio rapido.

Poi si scostò, attenta a non rovinare l'elaborata acconciatura della sua chioma corvina.

— Tua madre sarebbe fiera di te, bambina mia — mormorò.

Winter sorrise commossa, poi trattenne il fiato, mentre la nonna si avvicinava a Morgan squadrandolo con la mano sul fianco.

Il passato era difficile da dimenticare e rendeva tesi i loro rapporti.

Morgan ricambiò il suo sguardo con evidente disagio.

L'espressione di Marion, però, si addolcì.

— Sarebbe fiera anche di te, Morgan Blackwood — dichiarò. — Sei un buon padre e un uomo valoroso.

Morgan s'inchinò nuovamente, ma la nonna si allontanò nei corridoi senza lasciargli modo di replicare.

— Fidati, tra poco sarete grandi amici — commentò Dougall, assumendosi come al solito l'onere di alleggerire l'atmosfera.

Tese il braccio a Winter e lei vi posò il proprio, lasciando la stanza.

Quando furono davanti alla camera di Rhys, però, rallentò istintivamente l'andatura.

C'era ancora una cosa che doveva fare perché quel giorno fosse perfetto.

Cercò lo sguardo di suo padre in una muta richiesta e Morgan annuì sorridendo. Sapeva ciò che lei provava più di chiunque altro e non l'avrebbe trattenuta.

Facendosi coraggio, Winter bussò.

— Avanti.

Rhys distolse lo sguardo dal soffitto e si raddrizzò a sedere.

Winter era bellissima in quell'abito chiaro.

La nostalgia gli confuse i pensieri mentre lei si avvicinava timidamente.

Erano trascorse settimane da Ger Y Goeden ed era la prima volta che si ritrovavano da soli.

— Stai bene? — domandò la ragazza.

Rhys incurvò le labbra in un sorriso.

— Più o meno — ammise con semplicità. — Ci vorrà del tempo...

Winter si sedette accanto a lui.

— Temo di sì — mormorò.

I minuti trascorsero mentre restavano immobili, semplicemente vicini.

Non osavano nemmeno sfiorarsi dal giorno della battaglia, nessuno dei due aveva il coraggio di superare la distanza e di turbare lo strano equilibrio che si stava creando.

— Se hai bisogno di qualcosa...

Rhys scosse la testa. — Il signor Blackwood è già stato fin troppo generoso con me. Se fosse stato per gli altri, mi avrebbero rinchiuso nella Prigione accanto a mio padre e avrebbero gettato via la chiave. Ancora non capisco perché mi permetta di trascorrere qui alla Loggia la mia reclusione...

— Sa che imparerai — rispose lei con dolcezza. — E crede che possa farlo persino io.

Tacquero.

— E tu? — chiese infine il ragazzo voltandosi a guardarla. — Sei davvero sicura che si possa superare ciò che...

Winter non gli lasciò terminare la frase.

— Questione di tempo. Troveremo un modo.

— D'accordo.

Era così vicina... Rhys si chiese cosa sarebbe successo se l'avesse baciata.

Scacciò quel pensiero con un sospiro e incrociò le braccia dietro la testa, osservando le ombre sulle pareti.

Troppo presto, si ammonì.

C'erano troppe cose da sistemare prima.

Dovevano imparare perché ciò che provavano non fosse una condanna per entrambi, lasciarsi il tempo di diventare migliori e più forti.

E ti ritroverò, se saprò mai meritarti? desiderò chiederle.

Ma non lo fece.

Sarebbe stato il tempo a dirlo, i cambiamenti che erano ormai pronti ad accettare.

— Danny Roberts tornerà a Cae Mefus con Evans — lo informò Winter. — Gareth invece resterà a Londra con Madison ancora per un po'.

Rhys incurvò le labbra in un sorriso.

La vita andava avanti, come doveva essere.

— E tu cosa farai?

Winter ci pensò per qualche istante. — Credo che mi riprenderò la mia vita. E vedrò di farne qualcosa di buono. Doug e papà hanno grandi sogni.

Sorrise a sua volta.

— Non so esattamente cosa sarà del futuro — confessò poi. — So solo che ho un sacco di cose da imparare.

Per prima cosa, controllare i suoi poteri, ammesso che li avesse ancora. Vaughan l'aveva morsa, eppure non era nemmeno certa che questo l'avesse salvato dalla morte visto che, al termine della battaglia, lui e la sua macchina erano semplicemente scomparsi.

Rhys la spiò in segreto.

Winter era cambiata. In quei mesi dalla ragazza tormentata che aveva conosciuto in biblioteca era nata una persona nuova, coraggiosa e determinata.

È ancora per sempre, pensò il ragazzo. *Ti amo.*

Non per la tentazione del Potere e del Sangue, ma per la giovane donna che stava diventando.

Un giorno il passato avrebbe smesso di tormentarli e sarebbero stati davvero liberi.

E se si fossero ritrovati, sarebbe stato per non lasciarsi mai più.

Winter gli posò un bacio lievissimo sulle labbra e si rialzò.

— Arrivederci, Rhys — mormorò richiudendosi la porta alle spalle.

Un attimo dopo il ragazzo si sfiorò la bocca con le dita nella solitudine del suo isolamento.

Avrebbero imparato.

Come aveva fatto Morgan Blackwood.

Sorrise perché quella non era la fine.

Era la promessa di un nuovo inizio.

A tutti è dovuto il mattino, ad alcuni la notte.
A solo pochi eletti la luce dell'aurora.

EMILY DICKINSON

Elenco dei personaggi

Le Famiglie

Umani, i membri delle Famiglie da sempre custodiscono il segreto dell'esistenza dei vampiri.

- **Susan Bray:** legale della Family Division che si è sempre occupata di Winter.
- **Chiplin:** la famiglia che ospita Winter a Cae Mefus. Morwenna e Griffith sono i genitori, Gareth, Eleri e Dai i loro tre figli.
- **Bethan Davies:** anziana donna di Cae Mefus.
- **Aeron Fennah:** Pater delle Famiglie, Consigliere Maggiore (insieme al Gran Maestro vampiro) del Consiglio delle Due Stirpi.
- **Elaine Mitchell:** madre di Winter, morta quando lei era piccola.
- **Iago Rhoser:** l'Esecutore che si occupa di far rispettare le volontà del Consiglio.
- **Marion Starr:** la nonna materna di Winter, con cui la ragazza è vissuta tutta la vita finché non è stata trasferita a Cae Mefus.

L'Ordine della Notte

Società segreta che controlla i vampiri. La Loggia principale si trova a Londra, Notting Hill.

- **Morgan Blackwood:** padre di Winter, ex Soldier dell'Ordine e delfino del Gran Maestro.
- **Malcolm Dougall (*macduff*):** ex membro dell'Ordine, un tempo amico di Morgan Blackwood.

• **Hywel Llewelyn:** Maestro della Loggia di Cardiff e padre di Rhys.
• **Alaric Lochinvar:** Gran Maestro, Consigliere Maggiore (insieme al Pater umano) del Consiglio delle Due Stirpi.
• **Darran Vaughan:** ex professore di storia al St Dewi's, dove ha cercato di impossessarsi del sangue di Winter.

Il Club Nox
Studenti vampiri del St Dewi's.

• **Cameron Farland:** migliore amico di Rhys. In passato ha rischiato di mordere Winter.
• **Rhys Llewelyn:** ad appena diciannove anni è l'unico vampiro Immortale.

Altri studenti del St Dewi's

• **Trevor Biven:** il migliore amico di Gareth.
• **Lorna Carter:** amica di Winter. In passato ha avuto una complicata relazione con Cameron Farland.
• **Andrew Lloyd:** capitano della squadra di football.

Altri personaggi

• **Miles Cooper, Merryl Grant, Jeremy Lincoln:** vittime dei vampiri.
• **Crow:** vampiro ribelle, al servizio di Darran Vaughan.
• **Ioan Evans:** capo della polizia di Cae Mefus. Lontanamente collegato alle Famiglie, è al corrente dell'esistenza dei vampiri.
• **Ginger Holloway:** poliziotta.
• **Danny Roberts:** ex vice di Ioan Evans, era stato trasferito perché vicino a scoprire l'esistenza dei vampiri.
• **Slinky:** capo delle Talpe (i senzatetto) di Londra.
• **Kenneth Winston:** fratello di Madison e membro della band metal Sin-derella.
• **Madison Winston:** la migliore amica londinese di Winter.

Ringraziamenti

Se *Winter* si è rivelato, in modo del tutto imprevisto, un incredibile gioco di squadra, per *Silver* la stessa cosa è successa in maniera biecamente premeditata, comportando fin dal primo giorno il coinvolgimento del solito gruppetto di amici, editor, collaboratori che, loro malgrado, sono ormai reclutati d'ufficio.
Partiamo quindi con i classici: rinnovo i miei ringraziamenti a F.B., per il continuo sostegno, la disponibilità (e tanti altri motivi che non ho intenzione di elencare).
A Francesco Gungui: se continuo a ringraziarti non è solo per ruffianaggine, mano sul cuore! Il nostro è un bel team. Lavoriamo più che bene, abbiamo un sacco di idee e possiamo anche riderne, il che non è affatto poco.
Un grossissimo e doveroso grazie a Manu & Manu, l'équipe psicologico-medica che ha contribuito a rendere credibili innumerevoli scene, e a Eli, perché quando riesco ad acchiapparla è sempre disposta ad ascoltare le mie nuove, malefiche idee in qualsiasi momento del giorno.

A colleghe e colleghi che mi sopportano anche quando il mio cervello esplode, inizio a perdere i colpi e arrivo in ritardo, per di più senza chiavi.
Last but not least, a James: l'impastatrice è in arrivo. E per l'occasione rilancio con una gelatiera ultimo modello... potrebbe interessarti?
Passiamo quindi ai nuovi nomi.
Grazie a Valentina Pozzoli, per le dritte, gli incoraggiamenti e per avermi aiutata a dirigere l'occhio di bue.
Un ringraziamento enorme, poi, a Emma Muracchioli, squisita, geniale e precisissima nelle sue revisioni. Sarei davvero felice di proseguire la nostra collaborazione per tutti i progetti futuri.
Grazie infinite anche a Stella, che mi ha aiutata a scoprire il mio bisogno di thriller (e di arti marziali), e a Poirot, il lettore più veloce e perspicace del West.
Un ringraziamento particolare a G.P., costretto a partecipare ai miei *brain storming* estivi e capace di sembrare addirittura entusiasta. Grazie a te e a D.D. per... tutto!
Le ultime fanciulle che desidero ringraziare non le conosco di persona ma hanno letto *Silver* in agosto e hanno avuto la forza di fare osservazioni interessanti e preziose: Elisa Cardone e Valeria Massari. Spero che questa versione definitiva incontri il vostro gusto.
A tutti voi infiniti ringraziamenti!

Indice